크라이스트 클론

크라이스트 클론

2권 재앙의 묵시록

초판1쇄 인쇄 | 2003년 7월 1일
초판1쇄 발행 | 2003년 7월 4일

지은이 | 제임스 보사이너
옮긴이 | 유영일
펴낸이 | 신성모

편집 | 정종화, 김윤창, 김영미
영업·홍보 | 최승필
관리 | 이영하

펴낸곳 | 북&월드
등록 | 2000년 11월 23일 제10-2073호

서울시 서대문구 창천동 68-68 기린하우스 A동 501호
전화 (02) 326-1013 팩스 (02) 326-0232
이메일 onlybook@hanmail.net

ISBN 89-90370-51-5 03840
     89-90370-49-3 03840 (세트)

ⓒ북&월드, 2003. Printed in Seoul Korea

• 책값은 뒤표지에 표기되어 있습니다.
• 파본은 구입하신 서점에서 교환해 드립니다.

2

재앙의 묵시록

크라이스트 클론

제임스 보사이너 지음 · 유영일 옮김

THE CHRIST CLONE

북&월드

이것들은 유령들인가, 아니면 장차 일어날 일들의 조짐인가?

— 찰스 디킨스, 《크리스마스 캐롤》

1
트로이의 목마

메릴랜드 더우드

워싱턴은 늦가을의 청명한 날씨였다. 기온은 18도를 약간 웃돌았고, 하늘은 구름 한 점 없이 화창했다. 이런 날은 누구라도 일손을 놓고 야외로 나가고 싶으리라고 데커는 생각했다. 그러고 보니 납치 기간까지 합하여 사무실에 나가지 않은 지도 어느덧 3년을 넘겼고, 이젠 놀고먹을 수 있는 기한도 목까지 찬 것 같았다.

데커는 세디 그로브 역에서 지하철을 탔다. 평소에 비해 지하철이 붐비지 않았다. 여러 정거장을 그렇게 헐렁헐렁하게 지나치자 그제야 그는 그 이유를 알아차렸다. 재난 탓이었다. 워싱턴 D.C.는 인구의 14퍼센트를 잃은 터였다. 거의 150만에 가까운 사람들이 목숨을 잃은 셈이었다. 그러한 충격적인 비극이 지하철 탑승 인원에 단적으로 드러난 것이다. 듀퐁 서클 역에서 내려서 《뉴스월드》 잡지사 사무실로 가는 동안 그는 내내 그런 생각을 떨칠 수가 없었다.

잡지사 로비로 걸어 들어가자 접수원이 서명을 하라면서 안내할 사람이 나올 테니 잠시 기다려 달라고 말했다. 데커는 다소 기분이 나빠졌다. 오랜 만에 고향에 돌아왔는데도 냉대를 당하는 기분이었다. 사인을 하고 싶지도 않았고, 안내원을 기다리고 싶지도 않았다. 접수원에게 뭐라고 따지려고 하는데, 다행히도 셔릴 스탠포드가 엘리베이터에서 내려서 다가왔다. 셔릴이 접수원에게 말했다.

「문제될 거 없습니다. 그분은 여기에서 근무하시는 분이에요.」

데커가 아는 사람들은 많지 않았다. 자리를 비운 지 3년이 넘다보니, 그가 아는 많은 이들이 전출되었거나, 은퇴를 했거나, 다른 일자리로 떠나고 없었다. 몇몇은 대재난 당시에 죽기도 했다.

셔릴이 데커를 뒤쫓아가보니, 데커는 어느새 예전의 자기 자리를 차지하고 앉은 사람을 멍하니 바라보고 있었다. 탐 도나핀의 자리에도 다른 사람이 앉아 있었다. 데커는 기분이 엉망이었다.

「호손 씨.」

셔릴이 소리쳐 불렀다. 그대로 두었다간 책상의 새 주인들에게 뭔가 한소리 퍼부을 것 같아서였다.

「호손 씨, 애셔 국장님이 기다리고 계십니다.」

셔릴이 더 가까이 다가서며 말했다.

데커는 자신의 옛날 자리에 앉아 있는 젊은 기자를 째려보고 나서는 행크 애셔의 방으로 향했다.

「…오늘은 아무래도 운수가 좋은 날은 못 될 것 같군.」

데커의 뒷모습을 바라보며 셔릴은 애써 미소를 지으며 혼잣말을 했다.

「난 옛날 그 자리로 돌아가고 싶어요.」

애셔의 방 안으로 들어서자마자 데커가 말했다.

「그것이 바로 내가 당신을 보자고 한 이유요. 우린 당신에게 새로운 사무실을 제공하고자 하오. 전망 좋은 창문이 있는 구석 자리에 말이오.」

애셔의 말에 데커는 금방 마음이 바뀌었다. 애셔가 방금 말한 그런 분위기의 방이라면 뉴스월드에는 딱 하나밖에 없었다. 바로 지금 두 사람이 앉아 있는 애셔의 멋진 사무실.

「아, 아, 그러니까…….」

「이 사무실은 아니오!」

데커의 생각을 읽은 애셔가 딱 잘라 말했다.

「그럼 어디를 말씀하시는 거죠?」

「데커, 오늘 승진 발령이 났소. 당신은 뉴욕 지사장이오.」

데커는 잠시 생각했다.

「제가 뉴욕 지사 발령을 원치 않는다면 어떻게 되는 거죠?」

「원하지 않을 이유가 어디 있소?」

데커는 더우드에 있는 자기 집을 생각했다. 엘리자베스에게 고향으로 삼겠다고 약속했던 바로 그 집이었다. 가족이 누워 있는 뒤뜰의 묘지도 떠올랐다.

「전 그냥 가고 싶지 않을 뿐이에요.」

애셔는 그제야 무엇이 데커의 마음에 걸리는지 이해할 것 같았다.

「데커, 그러니까 그게 당신의… 어, 집 문제라면 말이오, 아무 문제도 없소. 대폭적인 임금 인상을 해도 좋다고 허락을 받았으니까 말이오. 여기 있는 집을 그냥 갖고 있는 상태에서 뉴욕에 아파트를 하나 구할 수 있을 거요.」

「그럴 리가요! 뉴욕에 아파트를 유지하려면 얼마가 드는지 알고 나 계세요?」

「옛날보다는 많이 싸졌소. 대재난 이후로 뉴욕도 인구가 많이 줄었거든.」

데커는 언젠가 택시 운전사에게 들었던 죽은 자들의 아파트에 대한 이야기를 상기하고는 조금 오싹한 기분이 들었다.

「물론 그렇겠지요. 하지만 전 아파트가 싫어요.」

애셔는 문을 닫고는 목소리를 낮추었다.

「데커, 당신과 나만의 이야긴데, 비용은 얼마가 들어도 좋다는 이야기를 들었소.」

데커는 자신을 놀리고 있지 않은지 확인하는 눈빛으로 애셔를 바라보았다.

「방금 〈얼마가 들어도 좋다〉고 하셨나요?」

「날 보고 미쳤다곤 하지 마시오, 데커.」

데커는 잠시 생각하는 눈치였다.

「도대체 무엇 때문이죠? 그자들이 그렇게 돈을 물 쓰듯 하는 사람들은 아니잖아요?」

「뉴욕 지사를 이끌 새로운 두뇌가 필요한 거겠죠. 당신이 적임자라고 찍힌 거고.」

「행크, 전 물론 기분이 날아갈 것 같아요. 하지만 뭔가 이상한 점이 있어요. 뉴스월드는 사방에 돈을 뿌리고 다니는 그런 회사가 아니잖아요. 두 집 살림을 할 수 있는 돈을 지불하겠다니, 그게 예삿일인가요?」

「난 모르오, 데커. 하긴 내 생각에도 뭔가 격에 맞지 않는 것 같긴 하오. 그렇다고 굴러 들어온 떡을 걷어차는 것 또한 미친 짓 아니오?」

「그밖에 또 어떤 이야기를 들으셨어요?」

「이마 잭슨이 오늘 아침 날 부르더니 당신을 뉴욕 지사로 발령하기로 결정했다고 했소. 내가 얼마를 제안할까요 하고 물었더니, 그녀가 〈얼마가 들든지〉라고 대답하더군요. 그래도 구체적인 액수를 제시해달라고 했더니 그녀는 그 말만 되풀이하는 거요. 그녀는 그 결정이 자기보다 윗선에서 결정되어 내려온 것이니 더 이상 묻지 말아달라고 하더군요. 당신이 그 자리를 받아들일지의 여부만 알아봐달라는 거였소. 내 생각엔 이사진 중의 누군가가 당신이 그 자리에 앉길 원하는 것 같소. 솔직히 말하자면, 일이 도대체 어떻게 되어가는 건지 당신이 나에게 알려주었으면 좋겠소.」

「전 전혀 몰라요.」

데커가 어깨를 으쓱해 보였다.

행크 애셔는 한숨을 쉬며 고개를 흔들었다. 이사진이 특정 기자의 승진에 마음을 쓸 이유는 없었던 것이다. 이런 식으로 개입하는 사례는 지금껏 찾아볼 수 없었다.

「제가 언제까지 결정을 내려야 하지요?」

「빠르면 빠를수록 좋소.」

데커는 고개를 갸웃했다.

「도대체 모를 일이군요. 하지만 다시 오겠습니다.」

*

그날 저녁 데커는 크리스토퍼와 함께 외식을 했다. 학교에 다니게 된 소감이 어떤지 얘기를 나누고 싶었고, 뉴욕으로 이사를 가는 문제를 어떻게 생각하는지를 알고 싶었다. 크리스토퍼는 캘리포니아에서 학적부가 도착하지 않은 상태였기 때문에 새 학교에서 일련의 시험을 보아야 했었다. 데커는 그것으로부터 입을 떼었다.

「시험은 잘 봤어?」

「괜찮았어요. 시험이 쉬웠어요.」

데커는 크리스토퍼가 항상 명민한 아이라고 생각은 해왔지만, 과연 어느 정도인지 좀 알아야겠다는 마음이 들었다.

「크리스토퍼, 학교에서는 대개 성적이 어느 정도였는지 내가 좀 알면 안 될까?」

「평균 4.0이었어요.」

「잘하는구나.」

사실은 그리 놀랄 일도 아니었다.

「월반을 해야 한다고 말하는 선생님들은 안 계셨니?」

「거의 해마다 그런 말이 있었지만, 마르타 할머니가 반대하셨어요. 아이는 자기 또래들과 함께 자라야 한다면서요. 나보다 나이 많은 아이들과 함께 지내는 것은 사회생활을 하는 데에 별로 좋지 못하대요.」

「넌 어떻게 생각해?」

「할머님이 옳으신 것 같아요. 할머니는 내가 대학에 들어가고 난 뒤에는 내 결심 여하에 따라 얼마든지 앞서 나갈 수 있다고 하셨어요.」

「훌륭한 분이셨음에 틀림없구나. 그분과 좀더 가깝게 지냈어야 하는 건데.」

크리스토퍼가 미소를 지어 보였다. 그들은 잠시 음식에 열중했다.

「뉴욕으로 이사를 가게 된다면 어떻겠니?」

데커가 아무 설명 없이 불쑥 물어보았다.

「뉴욕이라고요?」

크리스토퍼는 뜻밖에도 반색을 했다.

「그럼 UN 가까이에서 살게 되나요?」

「확실한 건 몰라. 《뉴스월드》 뉴욕 지사장직을 제의받았거든. 사무실은 UN에서 몇 마일밖에 떨어져 있지 않지만, 실제로 어디에서 살지는 정해지지 않았어. 아파트를 구하러 좀 돌아다녀야 할 것 같구나.」

크리스토퍼는 흥분을 감추지 못했다.

「넌 UN이 좋은 모양이로구나?」

「그럼요! 그리로 이사를 가기만 한다면 저도 일거리를 찾을 수 있을 거예요. UN에서 잔심부름 같은 걸 하면 되지 않겠어요. UN에는 또 UN 나름의 대학도 있잖아요?」

「네가 그렇게 좋아할 줄은 정말 몰랐구나.」

데커가 미소를 지으며 말했다.

「아, 예, 전 뉴욕으로 가는 것에 대찬성이에요!」

「너무 흥분하지 마라. 확실하게 결정된 건 아냐.」

*

데커는 승진을 무작정 반길 수만은 없었다. 하지만 일단 인터넷을 통하여 UN 부근의 아파트 가격을 알아보았다.

크리스토퍼가 잠자리에 들자, 데커는 자신이 레바논에 인질로 잡혀 있는 동안 엘리자베스가 기록했던 가계부를 꼼꼼히 살펴보았다. 두 집을 유지하려면 어느 정도의 임금을 요구해야 할지를 참고하기 위해서였다. 몇 개월 동안의 가계부를 들여다보던 그는 그만 고개를 떨어뜨린 채 눈물을 흘리기 시작했다. 레바논에 억류되어 있으면서 그는 엘리자베스가 어떻게 살림을 꾸려 가는지 늘 걱정했었다. 가계부는 거기에 대한 해답을 부분적으로나마 제공해주고 있었다. 융자금을 제외하면 빚이 전혀 없었을 뿐만 아니라, 꼬박꼬박 융자금을 상환해나가는 한편, 조금씩이지만 저축을 불려나가고 있었다. 그가 레바논에 억류되어 있는 동안 그녀가 한 푼이라도 아끼기 위해 얼마나 내핍한 생활을 했는지를 읽을 수 있는 기록이어서, 눈물을 흘리지 않을 수 없었다. 게다가 그녀는 그가 돌아올 때를 대비하여 저축까지 하고 있었다. 그녀는 자신의 욕망을 위해서는 거의 돈을 쓰지 않았다. 절약하고 또 절약하면서 살아갔음에 틀림없었다. 필요한 것 이상으로 모든 것을 다 갖추고 풍족하게 살아가는 주변 사람들을 바라보면서 그녀와 아이들은 어떤 생각을 했을까? 그런데 이제 그는 집에 있고, 돈도 필요 이상으로 갖게 되었음에도, 그것을 함께 누릴 그들은 더 이상 곁에 있지 않았다.

*

엘리자베스의 검박한 생활과 인터넷에서 찾아낸 아파트 가격 사이를 이리저리 저울질하면서, 데커는 《뉴스월드》에 그렇게 많은 액수를 요구할 필요가 없다는 것을 알았다. 밑바닥 생활을 하고 있던 그에게, 얼마가 되든 요구하는 대로 지불하겠다는 《뉴스월드》 측의 제안은 분명 파격적인 것이었다. 하지만 그들은 왜 갑자기 그런 제안을 하게 되었을까? 암만 해도 그 배경이 궁금하지 않을 수 없었다. 잠자코 그 제안을 받아들일 것인지, 그런 제안의 배경을 알아보아야 할 것인지, 쉽사리 가늠이 서지 않았다. 행크 애셔가 말했던 것처럼 이것은 과연 〈굴러 들어온 떡〉인가, 아니면 트로이의 목마인가? 거기에 대해 생각을 하면 할수록 배경을 알아야겠다는 결심이 굳어졌다. 그것도 그 제안을 받아들이기 이전에.

*

데커는 행크 애셔의 사무실로 곧장 들어가서는 문을 닫았다. 그러고는 그 위에 숫자가 적힌 종이 한 장을 내밀었다.

「이게 뭐요?」

애셔가 종이를 들여다보며 물었다.

「뉴욕으로 가게 되었을 때 소요되는 금액입니다.」

데커가 망설임 없이 대답했다.

「당신 미쳤소? 이건 내가 받는 액수의 두 배요! 회사에서 그렇게 많은 액수를 지불할 것 같소?」

「아마도 국장님 생각이 맞겠지요. 하지만 알아봐 주세요.」

애셔는 얼빠진 짓이라고 생각했지만, 그로서는 어찌 됐든 상황을 보고하지 않으면 안 되었다.

그런데 상관인 이마 잭슨에게 전화를 걸어 그 말을 전하자, 그녀는 데커가 얼마를 요구하든 다 받아들이겠다고 하는 것이 아닌가.

애셔는 손으로 전화기를 가리고는 데커를 향해 어이가 없다는 표정을 지어 보였다.

「괜찮다고 하는군요.」

그가 입 모양만으로 그렇게 말했다.

데커 또한, 전혀 예상치 못한 일이었다. 잭슨은 거절할 것이 뻔하고, 그러면 협상안을 제시해야겠다는 것이 데커의 생각이었다. 얼굴을 맞대고 그녀와 이야기를 한다면 금방 어떤 해답이 나올 것이라고 예상했었다.

「어떻게 그런 제안을 받아들일 수가 있느냐고 좀 물어봐 주세요.」

데커가 속삭였다.

이번에는 행크의 자존심이 도마 위에 올랐다. 그로서는 자신이 받는 것보다 더 많은 액수를 데커에게 제공하겠다고 나서는 《뉴스월드》 측에 반감을 가질 수밖에 없었다. 행크가 물었지만, 잭슨은 자기 자신 또한 윗선의 지시에 따르는 것뿐이라고 했다. 그는 이를 갈면서도 그만한 자리에 오른 중역답게 지시를 받아들였지만, 단지 그렇게 끝낼 수만은 없었다. 데커야 어찌 되었든, 애셔는 자기 나름대로 가까운 시일 내에 임금 인상을 요구할 생각이었다.

「자, 이젠 어떻게 하겠소?」

전화를 끊고 나서 애셔가 물었다. 상황이 그런 식으로 돌아가는 것에 화가 났지만, 그는 이젠 더 이상 참견하고 싶지가 않았다.

「그분께 다시 전화를 걸어서 전 관심 없다고 해주세요. 저를 그렇게 해서라도 그 자리에 등용하고 싶다면, 왜인지 그 이유를 확실하게 말씀해주셔야 한다고 하세요. 전 게임을 하고 싶은 기분이 아니라고 말씀해주시고, 저에게 곧이곧대로 정직한 대답을 해주시든지 아니면 예전의 그 자리로 복직을 시켜주시라고 해주세요! 그리고 그녀에게 말해주세요. 언제든지 저의 집으로 연락을 주시면, 일정을 비우고 만나 뵙겠다고요.」

*

　데커가 집에 들어서자마자 전화벨이 울렸다. 한센 대사의 딸인 잭키의 목소리라는 걸 금방 알 수 있었다.

　「호손 씨, 한센 대사님이 전화를 드리라고 하시더군요. 대사님은 이번 주 《뉴스월드》에 나온 당신의 기사에 아주 만족하셨습니다. 대사님에 대해서 그렇게 멋지게 표현해주신 데 대해서 감사의 말씀을 전해달라고 하셨습니다.」

　「제가 오히려 감사해야 할 일이지요. 여러 모로 베풀어주셔서 늘 감사해한다고 전해주세요. 특히 인터뷰를 할 수 있도록 배려해주신 데 대해서는 말할 나위가 없구요.」

　「고맙습니다. 그렇게 전해드리지요. 한센 대사님은 또, 자신의 언론 담당 비서관 겸 연설문 작성의 책임자 자리를 당신에게 제안하고 싶다고 하십니다. 의향이 어떠신지 알고 싶어하세요. 그 자리가 이제 막 공석이 되었는데, 대사님은 당신이 그 자리에 적격이라고 생각하십니다.」

　데커는 그 제안에 놀라지 않을 수 없었다. 어떻게 이런 기회가 다 찾아올 수 있을까? 적절한 때에 적절한 일이 일어나게 마련이라는 말은 바로 이런 경우를 두고 하는 말이 아니겠는가? 《뉴스월드》에서 되어가는 모양새가 그는 여간 불편한 것이 아니었다. 뉴욕 지사장

자리를 받아들인다면, 대우는 좋을지라도 애셔의 곱지 않은 시선을 받아야만 할 것이다. 그렇다고 해서 스스로 감봉을 자처한다는 것도 마땅치 않았다. 그런 마당에 다른 제안이 또 들어왔으니, 어찌 눈독을 들이지 않을 수가 있겠는가? 더구나 UN에 대한 말을 할 때, 크리스토퍼의 환한 표정을 잊을 수가 없었다. 데커는 아직 충분히 깨닫지 못하고 있었지만, 엘리자베스와 두 딸이 죽은 이후로 크리스토퍼는 급속히 그의 가족이 되어가고 있었다.

「아, 저로서는 영광이지요. 기쁜 마음으로 생각해보도록 하지요.」

「감사합니다. 뉴욕에 한번 오셔서 더 구체적인 상의를 하시는 게 어떨까요? 언제 가능하시겠습니까?」

「내일 오후에라도 가능합니다. 한센 대사님만 좋다면요.」

「괜찮을 것 같습니다. 비행기표를 예약해놓도록 하겠습니다. 한 시간 이내에 전화가 갈 것입니다.」

데커는 전화를 끊고는, 즉시 이력서를 쓰기 시작했다.

*

잭키 한센은 아버지의 방 책상 앞에 앉아 있었다. 그녀는 담당자를 불러 데커의 비행기표를 예약하도록 지시했다. 그러고는 방문을 닫아걸고 전화를 걸었다.

「잭키 한센입니다. 이사님과 통화하고 싶은데요.」

잠시 후 전화에서 목소리가 흘러나왔다.

「아, 말씀하세요.」

「그가 좋다고 했습니다. 인터뷰를 하러 내일 이리로 올 것입니다.」

아무런 설명도 없이 잭키 한센이 그렇게 말했다.

「좋군요! 대단히 잘하셨습니다.」

앨리스 번레이가 말했다.

그녀는 전화를 끊고는 로버트 마일너를 향해 미소를 지어 보였다. 일이 계획대로 풀려가는 데 대한 만족의 표시였다.

「브랙포드에게 말해서 《뉴스월드》 사람들에게 손을 떼도록 해야겠군요.」

마일너가 말했다.

「어떻든 아주 잘된 일 같습니다. 호손 씨가 잡지사에서 일하는 것보다는 한센 대사를 위해 일을 하는 편이 훨씬 더 낫지요. 소년의 미래를 좌우하기엔 훨씬 더 좋은 위치니까요.」

「잭키가 자기 아버지에게 그 일자리를 주도록 확신시킬 수 있다면, 호손 씨가 그 제안을 받아들일 게 확실할까요?」

번레이가 의문을 표시했다.

「《뉴스월드》가 갑작스럽게 승진과 봉급 인상을 철회한다면, 호손은 그것을 의도적인 모욕으로 받아들이지 않을 수가 없을 겁니다. 어떻게든 명예를 보존할 방법을 찾겠지요. 한센 대사의 제안은 그런 기회를 그에게 제공해줄 거고요.」

마일너의 대답이었다.

2
맹인 사진기자

3주일 후   이스라엘 텔아비브

탐 도나핀은 소형 전기 히터에서 나오는 따뜻한 바람을 얼굴에 맞으면서 깨어났다. 주변의 소음이 귀를 가득 채웠다. 아직 완전히 깨어난 것이 아닌 상태에서 그의 마음은 꿈과 의식 사이를 헤매고 있었다. 결국 그는 완전히 의식이 깨어서 눈을 떴지만, 갑자기 눈꺼풀 안쪽에서 작은 유리 파편들이 찔러대는 것 같은 심한 통증이 느껴졌다. 그는 즉각 다시 눈을 감고는 신음 소리를 내지르며 고통으로 몸을 굴렀다.

누운 자세로 어떻게든 눈의 고통을 덜게 하려고 애쓰면서, 탐은 기억을 더듬어보았다. 미사일이 떨어져서 차가 박살이 나고 니겔이 죽었다는 것이 그가 떠올릴 수 있는 마지막 기억이었다. 언제 어떻게 의식을 잃은 것인지 암만 해도 알 수 없었다. 지금 어디에 누워 있는 것인지도 알 길이 없었다. 귀를 기울여 뭔가 사람의 목소리라든가 분별할 수 있는 소리를 들으려고 했지만 아무 소리도 들려오지 않았다.

「저기요.」

가까이에 있을지 모르는 누군가를 향해 말을 걸어보았다. 아무도 대답하지 않았다.

「여보세요.」

더 큰 소리로 불러보았다.

「이제야 깨어났군.」

남자의 목소리였다. 아무런 친밀감도 느껴지지 않는.

「여긴 어디죠?」

「닥터 로다 펠스버그의 아파트 안이요. 점령지 텔아비브에 있는.」

남자가 빠르게 대답했다. 그 목소리에는 탐이 불청객이라는 것이 분명하게 드러나 있었다.

「내가 여길 어떻게 오게 된 거죠?」

「거의 한 달 전이었소. 거리에서 당신을 발견한 내 누나의 랍비가 당신을 이리로 데려온 것이.」

「한 달 전이라고요! 제가 그렇게 오랫동안 의식을 찾지 못했었다고요?」

「그렇소.」

「점령지 텔아비브라고 하셨나요?」

「그렇소만.」

남자는 더 자세하게 설명해주지 않았다.

「누가 점령했다는 거죠?」

결국 그렇게 묻지 않을 수 없었다. 명백히 불친절을 드러내고 있는 그 남자에게 조금쯤은 화가 났다.

「러시아인들이오.」

이 남자에게 진지한 답변을 들을 길은 없는 것일까? 탐은 이곳이 정신병원은 아닌지, 자신이 말을 걸고 있는 이 남자가 환자 중의 한 명은 아닌지 의심스러워졌다.

「당신 누나의 랍비가 나를 이리로 데려왔다고 하셨는데요. 당신이 말한 닥터 펠스버그가 당신의 누나인가요?」

「바로 맞추셨소.」

「그분이 절 돌봐주신 거로군요.」

「그렇소.」

탐은 일이 도대체 어떻게 진행되고 있는 것인지, 자신에게 무슨 일이 일어난 것인지 몹시 알고 싶었다. 하지만 누군가 더 믿을 만하고 완전한 대답을 해줄 사람과 이야기를 하고 싶었다.

「그 의사분하고 이야길 할 수 있을까요?」

그가 간절하게 말했다.

잠시 동안의 침묵 끝에야 대답이 돌아왔다.

「그럴 수 있을 거요.」

탐은 그 남자가 전화 다이얼을 누르는 소리를 들었다.

「로다 누나, 그 양반이 깨어났어요. 누나하고 이야길 하고 싶은 모양인데?」

「곧 갈게!」

전화기 속에서 여자가 말했다.

곧이어 닥터 로다 펠스버그가 나타났고, 곧장 탐의 침대 옆으로 다가와서는 혈압과 맥박을 체크하기 시작했다.

「이 사람, 뭘 알아보긴 했어?」

1층의 자기 사무실에서부터 3층인 이곳까지 뛰어온 탓인지 숨을 가누지 못하면서 그녀가 물었다. 그녀는 자기 동생과 마찬가지로 뉴저지 악센트가 배어 있었다.

「하이, 그러니까 저……」

탐이 될수록 명랑하게 말했다. 그녀는 약간 놀라며 몸 상태를 물었다.

「오, 기분은 좀 어때요?」

「머리가 지끈지끈 아파요. 눈을 떴을 때는 마치 누군가가 면도칼로 눈 위를 마구 그어대는 것 같았어요.」

「유리를 다 빼냈다고 생각했는데……」

로다 펠스버그는 뭔가 알아들을 수 없는 말을 혼자 웅얼거렸다. 그의 상태를 좋지 않게 평가하는 내용인 것 같았다.

「눈을 떴을 때, 뭔가 보이던가요?」

「안 보였던 것 같소.」

그는 잠시 말을 멈추었다. 그녀가 한 질문의 의미가 갑자기 분명해졌다.

「내가… 눈이 먼 건가요?」

「아직은 알 수 없어요.」

그녀의 목소리에는 감정이 묻어 있지 않았지만, 조금쯤은 위안을 주는 구석이 있었다.

「천천히 눈을 한번 떠보실래요? 내가 안을 좀 들여다볼게요.」

탐은 그녀가 자기 옆에 앉는 기척을 느꼈다. 그는 움찔거리면서 눈을 떴다. 뭔가가 보이기를 간절하게 희망하면서. 하지만 아무것도 보이지 않았다. 닥터 펠스버그의 손을 얼굴 위에서 느낄 수 있었다.

그녀의 손길은 단호하면서도 부드러웠다. 진행되고 있는 일들의 긴박감에도 불구하고, 그녀가 그에게로 가까이 다가와 검안경으로 그의 눈을 들여다볼 때는 희미한 향내를 맡을 수 있었다.

「내 손 안의 불빛이 보이나요?」

「하나의 점으로 보여요.」

「좋아요. 이제부터가 시작이에요. 눈동자는 둘 다 정상적으로 작동되는 것 같군요. 하지만 아직도 작은 유리 파편들이 남아 있어서 걱정이군요.」

그녀가 눈 속에 안약을 떨어뜨리면서 말했다. 탐은 눈의 통증이 금세 가시는 듯한 기분이었다.

「눈을 감는 상태로 유지하기 위해 붕대를 감을 거예요. 당신을 안과에 데려갈 때까지는 그렇게 해야 해요.」

「내가 다시 볼 수 있을까요?」

「확실하게 말하기엔 일러요.」

그녀가 대답했다.

그녀는 그가 앉을 수 있도록 붙잡아주고는, 그의 눈에 붕대를 감기 시작했다.

「당신은 살아 있다는 것만으로도 감사해야 해요. 당신을 처음 이리로 데려왔을 때, 눈 속에서 많은 유리 파편들을 제거해야 했어요. 당신은 정말 운이 좋은 거예요. 유리 파편이 더 깊이 들어갔다면, 유리체(琉璃體)의 수양액(水樣液)이 다 빠져나갔을 거고, 그러면 당신의 안구는 망가지고 말았을 거예요.」

탐은 유리체니 수양액이니 하는 말이 무엇을 뜻하는지 알 수 없었지만, 안구가 망가질 뻔했으며, 최소한 그 점에서는 운이 좋은 것으로 받아들여야 한다는 것만은 분명히 알아들었다.

「각막이 많이 다쳤어요. 망막은 두 눈이 다 화상을 입었구요. 상처를 입을 당시에 번쩍이는 섬광을 보았나요?」

「예, 그런 것 같아요.」

기억에 남아 있는 마지막 장면을 돌이키면서 그가 말했다.

「망막의 화상이 가장 큰 걱정이에요. 각막은 이식으로 대체될 수 있지만, 망막이 손상을 입으면 고칠 길이 없어요. 남은 유리 파편은 제가 제거할 수가 있지만, 아무래도 자격 있는 안과의에게 가서 보이는 것이 좋겠군요.」

「그게 언제나 가능할까요?」

「시간이 좀 걸릴 거예요.」

그녀는 〈좀〉 걸린다고 했지만, 그녀의 어조로 보아 꽤 긴 시간이라는 것을 알 수 있었다.

「왜죠? 여기에서는 무얼 하는 거죠? 왜 제가 병원에 있지 않고 여기에 있는지 말씀해주실 수 없나요?」

탐은 두려움에 사로잡히지 않으려고 애썼지만 쉽지 않은 일이었다. 그는 방금 영원히 볼 수 없게 될지도 모른다는 끔찍한 말을 들은 것이 아닌가.

「도나핀 씨, 우린 친구들이에요. 우리는 당신을 돕고자 해요. 하지만 당신이 사고를 당한 이후로 많은 것이 바뀌었어요. 이스라엘은 점령을 당했지요. 인내심을 갖고 기다려주시면 제가 모든 것을 다 설명해드릴게요. 하지만 먼저 무얼 좀 드셔야 할 것 같네요.」

그제야 탐은 갑작스러운 허기증을 느꼈고, 그래서 그 말에 반대할 수가 없었다.

*

　탐은 부엌에서 로다 펠스버그와 그녀의 동생인 요엘이 소곤거리면서 이야기하는 소리를 들었다.

　「그가 이젠 깨어났으니 다른 환자들이 있는 곳으로 옮겨야 하는 것 아냐?」

　요엘 펠스버그가 물었다.

　「아냐, 옮기지 않을 거야.」

　로다가 대답했다.

　「왜지?」

　「랍비 코헨이 여기에 있게 해야 한다고 했거든.」

　「누나가 그를 돌보아야 한대? 그 사람이 그런 말까지 할 권리는 없잖아.」

　「그래도 랍비잖아.」

　로다가 더 이상 거론할 필요가 없다는 듯이 잘라 말했다.

　「그래, 귀마개를 하고 검은 옷으로 몸을 휘감고 다니는 그가 하시드(율법의 내면성을 존중하는 경건주의자 – 역주)처럼 보일 수도 있을 거야. 하지만 다른 하시드 랍비들은 그 사람을 자신들과 연관짓고 싶어하질 않아. 그렇게 말하는 걸 직접 듣기도 했고.」

　하지만 로다는 요엘의 종교적인 관심사가 그 정도 수준에서 그친 것에 적이 안심했다. 랍비들 사이에서 코엔의 입지는 요엘이 상상하는 것보다 훨씬 더 심각했다. 한때 코엔은 세계에서 정치적으로 가장 막강한 힘을 가졌던 랍비 므나헴 멘델 스치니어슨의 후계자로 여겨질 정도였다. 하지만 지금은 그를 자신들과 연관시키지 않으려는

사람들이 비단 하시드 랍비들만이 아니었다. 어느 누구도 그와 연관
되고 싶어하지 않았다. 심지어는 가장 자유주의적인 파들조차도 그
러했다. 그의 이름만 나오면 누구나 다 침을 튀겨가며 혐오하고 경
멸하는 말을 내뱉었다.

「오, 대단하군. 랍비들의 생각을 헤아리고 걱정까지 해주다니 말
야. 언제부터 그렇게 바뀐 거야?」 로다가 시치미를 떼고 말했다.

「요점은 그자는 괴짜라는 거야.」

요엘이 대꾸했다. 그녀는 그 문제를 더 이상 거론하고 싶지 않았
다.

「오셔서 드세요.」

「로다.」

수프와 몇 개의 접시를 탐 앞에 가져다놓는 로다를 요엘이 불러
세웠다.

「오셔서 드세요.」

그녀가 좀더 목소리를 크게 해서 말했다. 그러고는 요엘을 향해
덧붙였다.

「그 문제는 나중에 다시 이야기하자.」

하지만 그녀의 내심은 그 문제를 다시는 거론하고 싶지 않았다.

로다는 탐의 손에 스푼을 쥐어주고 그의 앞에 놓인 쟁반에 수프
그릇을 놓아주었다. 탐은 볼 수가 없는 상태에서는 먹기가 힘들다는
것을 처음으로 알았다. 몇 숟갈 떠먹지 않았는데도 금세 자리가 지
저분해졌다. 로다가 그에게 냅킨을 건네주었다. 그는 입 주변을 닦
으면서 폭발로 인해 얼굴에 생긴 상처를 느낄 수 있었다. 그는 손가
락으로 더듬더듬 상처 자국들을 만져보았다.

「제가 보기 흉한가요?」

그가 조심스레 물었다.

「…몸의 앞부분은 만신창이가 되었어요. 상처 자국은 결국 다 없어질 거예요. 얼굴에 남은 상처를 지우려면 성형수술을 좀 해야 할지도 모르죠. 나중에 말이에요. 기다리면서 지켜보아야 합니다.」

탐은 팔과 어깨와 가슴을 더듬더듬 만져보았다.

「아무리 그래도 흉터보다는 제 본모습이 더 많겠죠. 안 그래요?」

고통을 유머 속에 감추려고 애쓰면서 그가 말했다.

「하지만, 설명을 좀 해주세요. 전 여기서 무얼 하게 되는 거죠? 안과 의사한테는 언제 갈 수 있죠?」

「전쟁이 시작된 다음날 밤이었어요. 랍비 사울 코헨이 당신을 이리로 데려왔어요. 여기에서 8,9킬로미터 떨어진 거리의 잡석더미 아래에 묻혀 있는 당신을 발견했대요. 그때 이후로 당신은 의식을 찾지 못한 상태에서 헤매었어요.」

로다의 설명에 탐은 고개를 뒤흔들었다.

「폭발 이후의 일에 대해서는 아무것도 기억나지 않아요.」

「불행하게도 전쟁 상황은 좋아지지 못했어요. 이스라엘은 열심히 대항하여 싸웠지만, 아랍이 한수 위라는 것이 금방 명백해졌지요. 미국과 영국은 군수품과 식량을 제공함으로써 도우려고 애썼어요. 저는 그들이 더 많이 도울 수도 있었다고 생각해요. 하지만 그들 나라의 많은 정치가들이 전쟁을 지원할 수는 없는 노릇이라고 반대하고 나섰고, 특히 불과 두 달 전의 대재난 시에 두 나라 모두 많은 국민을 잃은 상태였지요. 그런데 러시아가 아랍 국가들에 무기를 공급하고 있다는 것이 밝혀졌어요. 물론 러시아는 이를 부인했지만 UN

안전보장이사회는 아랍 항구들을 봉쇄하는 안을 가결시켰지요.」

「지금 절 놀리시는 거예요? 그렇다면 안전보장이사회에서 그 안을 통과시키는 동안 러시아 대표는 도대체 무얼 했단 말이죠?」

탐이 물었다.

「그게 정말 이상한 일이에요. 러시아 대표는 그 투표에 참가하지 않았으니까요.」

「말도 안 돼.」

탐이 불쑥 내뱉었다.

「러시아는 1950년에 중공이 배제되었다는 이유로 UN을 보이콧(어떤 나라의 정책 또는 행동에 반대의사를 표시하는 수단 - 역주)했을 당시 그런 실수를 똑같이 저질렀거든요. 바로 그것 때문에 한국에서의 연합국 활동을 통과시켰던 거고. 그런데 러시아가 또다시 그런 실수를 저질렀단 말인가요?」

「저도 그걸 이해할 수 없지만, 그자들은 그렇게 했어요.」

로다가 말했다.

「무엇이 그렇게 큰 미스터리인지는 모르겠지만, 그자들은 모든 것을 미리 계획해둔 대로 한 것뿐이야.」

요엘이 빈정거리는 투로 끼어들었다.

「그게 무슨 뜻이죠?」

탐이 물었다. 그러자 로다가 나섰다.

「요엘, 내가 말하도록 좀 놔둬. 네 생각은 나중에 말해도 되잖아.」

「물론 그렇게 하셔야죠. 하지만 그의 뇌 기능이 절반만 살아난다고 해도 자기 스스로 모든 것을 다 파악하게 될걸?」

「내 입장이라는 것도 있잖아. 넌 날 뭐로 보는 거니?」

로다가 자기 동생을 꾸짖었다.

「UN은 봉쇄안을 통과시켰어.」

요엘이 그녀가 하던 얘기를 상기시켰다.

「그래요, 그래서 여러 가지 비난의 말들이 오가다가 결국 러시아 는 아랍에 더 이상 무기를 제공하지 않겠다는 데에 동의했어요. UN 은 강제로 봉쇄를 하지 않겠다는 데에 동의했고. 며칠 후에는 이스 라엘 안에서 많은 변화가 있었던 것 같아요. 우리는 그 전에 잃었던 많은 땅을 되찾았고, 우리의 공군은 아랍의 공군과 육군을 때려눕히 고 있었지요. 그런데 그때 이스라엘 정보부인 모사드는, 러시아로부 터 전통적인 무기들을 더 이상 입수할 수가 없게 된 리비아가 화학 무기 공격을 계획하고 있다는 것을 알아내게 되었어요. 이를 예방하 기 위해서 이스라엘 공군은 리비아의 화학 무기 공장을 선제공격했 지요. 불행하게도 폭격의 대부분은 성공하지 못했어요. 리비아가 이 미 그 공격을 예상하고 대처했기 때문이었지요.」

잠시 요엘의 말이 끊기자 탐은 어서 빨리 다음 말을 해주길 기대 했다.

「이스라엘이 리비아의 화학 무기 공격을 멈추게 할 만한 길이 더 이상 없다는 것이 확실해지자, 그린스버그 총리는 리비아에 메시지 를 보냈어요. 이스라엘이 화학 무기로 공격을 당한다면 리비아에 대 해 즉각 대량 핵 공격을 퍼부을 것이라고 했지요.」

「이스라엘이 핵보유국임을 결국 인정한 셈인가요?」

탐이 물었다.

「메시지의 내용 자체가 언론에 그대로 배포된 것은 아니지만, 총 리는 명백히 그런 뜻을 밝힌 셈이죠.」

요엘이 대답했다.

「어쨌든 러시아는 UN과 보조를 같이하면서도 한편으로는 아랍에 재래식 무기를 추가적으로 팔기로 했어요. 그것이 화학 무기 공격과 핵 공격을 막을 수 있는 유일한 방책이라고 주장하면서 말이에요.」

로다가 계속했다.

「아, 그거야말로 러시아로서는 완벽한 구실이 되었지. 그러한 구실로 그들은 무엇보다 먼저 자신들이 원했던 바를 실행에 옮길 수 있었고.」

요엘이 또 끼어들었다.

탐은 요엘이 무엇을 주장하고자 하는지 알 수 없었지만, 그냥 흘려듣기로 했다. 로다가 말을 이었다.

「모사드는 러시아의 선박들이 리비아에 무기를 공급하기 위한 것으로 추정되는 이동 과정을 추적했고, 우리 공군은 그 선박들이 리비아 수역으로 들어서기 직전에 공격을 했어요. 네 척의 화물 선박들과 호위용 배들을 침몰시켰지만, 그것은 미끼에 지나지 않았다는 것이 밝혀졌지요. 이스라엘 공군의 대부분이 지중해에서, 병력의 대다수가 아랍과의 국경 지대에서 작전을 수행하는 동안, 러시아의 게릴라 부대가 텔아비브 북부에 투입되어 활주로를 장악해버렸어요. 활주로를 장악하자마자 러시아 군대와 장비가 착륙하기 시작한 것을 보면, 그 모든 것이 완벽하게 계획된 것이었음에 틀림없어요.」

「잠깐만요. 그러니까 텔아비브가 러시아에 의해 점령당했다는 말이지요?」

탐이 물었다.

「텔아비브만이 아니에요. 나라 전체죠.」

요엘이 대꾸했다.

「세상은 두 눈 멀쩡히 뜨고 도대체 뭘 하고 있었죠!」

「소련 연방이 붕괴되고 난 후 러시아 사람들의 일부는 그렇게 돌아가는 세상에 많은 불만을 품고 있었던 것 같아요. 그들 중 일부는 아직도 세상을 지배하고 싶어하지요. 물론 그들은 UN에서, 자기들의 해군 함정에 대한 우리의 〈까닭 없는〉 공격에 대응했을 뿐이며, 군대를 동원한 것은 평화를 유지하기 위해서였다고 말했습니다. 그들이 이스라엘을 점령한 의도는 오로지 화학전쟁과 핵전쟁을 방지하기 위해서일 뿐이라는 것이지요. 그리고 그것을 더욱더 합법적인 것으로 만들기 위해 그들은 에티오피아, 소말리아, 그리고 다른 몇몇 나라의 군대를 합세하게 했어요. 그들은 그것을 〈국제적인〉 평화 유지군이라고 말하면서 떠나기를 거부하고 있지요.」

*

다음날 아침 탐은 요리 냄새에 잠에서 깨어났고, 로다 펠스버그가 자기를 부르는 소리를 들었다.

「도나핀, 일어났어요?」

그의 눈에 감겨진 붕대 때문에 가늠하기가 어려운 모양이었다.

「아, 예.」

탐이 대답했다.

「아침식사를 좀 드실래요?」

「듣던 중 반가운 소립니다. 고마워요. 하지만 화장실부터 먼저 다녀와야겠네요.」

「변기를 가져다 드릴까요? 아님, 몇 걸음이라도 걸으실 수 있을 것 같으면 내가 당신을 거기까지 데려다드리지요.」

탐은 벌써 자리에서 일어나 서 있었다. 두 발은 웬일인지 공중에 붕 떠 있는 듯 아무런 감각도 느낄 수가 없었다. 그가 말했다.

「전 현실 속에서 살아갈 준비가 되어 있어요.」

「그럼 가봅시다.」

그녀는 그의 손을 자기 어깨에 두르게 하고는 아파트를 가로질러 걸음을 옮겨놓았다.

「이제 됐어요.」

맨발에 카펫 대신 타일이 느껴지자 탐이 말했다.

「방으로 돌아올 수 있겠어요? 난 아침식사를 준비해놓을게요.」

「그럼요. 부엌도 찾을 수 있을 거예요.」

로다는 요리를 끝내고는 두 사람을 위해 상도 차려놓았다. 그녀는 탐이 천천히 부엌을 찾아오는 모습을 지켜볼 뿐, 아무런 간섭이나 도움도 제공하지 않았다.

「조금 왼쪽으로요.」

그가 문설주를 찾아 한참 더듬거리자 그녀가 결국 입을 열었다.

탐이 식탁을 찾아 자리에 앉았을 때, 로다는 붕대를 감은 모습이 긴 하지만 탐의 표정이 매우 이상하다는 것을 알아차렸다.

「문제 되는 게 있나요?」

「모르겠어요. 화장실에 있을 때, 뭔가가…, 어, 그러니까…, 뭐 괜찮아요. 그러니까… 난…….」

탐이 더듬거렸다. 그가 만약 볼 수 있었다면, 그가 무엇을 말하고 싶어하는지를 알아차린 로다가 당혹스러워 하는 표정을 볼 수 있었을 것이다.

「마음 쓰지 마세요.」

결국 탐이 그렇게 말했다. 로다는 안도하는 표정이 되었다.

「좋은 뉴스가 있어요. 친구인 안과의사에게 전화를 걸었더니, 당신을 내일 보겠다고 하더군요.」

로다가 잽싸게 화제를 바꾸었다.

「대단한 소식이군요!」

「아직은 너무 흥분하지 마세요. 그는 단지 진찰해보겠다고 했을 뿐이니까요. 수술을 허락한 건 아니에요.」

「그러니까 시력을 다시 찾을 수 있다는 말을 듣게 될 수도 있잖아요? 최소한 그런 기회가 남아 있는 건 사실이잖아요?」

「맞아요. 꼭 그렇게 되기를 바랄게요.」

「당신도 아시겠지만, 제가 꼭 여기에서 수술을 받아야 할 이유는 없어요. 안 그래요? 미국으로 갈 수도 있어요.」

「아, 물론 그럴 수 있어요. …하지만 벤 구리온 공항은 상태가 대단히 좋지 않아요. 그래도 러시아인들을 위해서는 비행기가 몇 대씩 뜬다고 들었어요.」

그녀의 말은 그게 결코 희망적이지 않다는 걸 말해주고 있었다.

「미국에는 말이에요, 당신이 살아 있다는 걸 알려주어야 할 누군가가 있나요?」

그녀가 조심스럽게 물었다. 터놓고 묻고 싶지 않은 무언가를 알아내기 위해 우회적으로 묻는 질문이었다. 탐은 모르는 척, 그녀의 직접적인 질문에만 대답했다.

「가족은 아무도 없어요. 부모님과 두 형제, 누이동생은 자동차 사고로 모두 세상을 떠났어요. 제가 여섯 살 때였어요. 바로 그것 때문에 머리가 이 모양이 되었지요. 저만이 유일하게 살아남았어요.」

「구사일생으로 살아나신 거군요.」

로다가 말했다.

「예, 그런 것 같아요.」

「그래서 수술을 했나요?」

그녀가 직업적인 호기심을 드러냈다. 탐이 키득거리며 웃었다.

「예, 그래도 좀 두고 보자고 생각한 모양이에요. 그들은 며칠만 지나면 내가 죽을 거고, 설령 살아난다고 해도 식물인간이 될 거라고 생각했어요. 사고가 난 게 그렇게 오래 전이어서 그래도 다행이라고 생각해요. 요즈음에는 편안히 제 갈 길을 가게 한다는 이유를 들어 음식물 공급 튜브를 빼버리잖아요. 어쨌든 사고가 난 지 나흘 후에 전 깨어났고, 간호사에게 말을 걸기 시작했어요. 그때에야 그들은 내가 회복할 수 있으리라고 생각했지요.」

그가 약간 건조해진 목소리로 말을 이었다.

「그래서 그들은 다시 사고현장으로 가서는 주변을 파헤치고, 깨진 두개골 조각 일부를 찾아냈어요. 찾지 못한 부분은 어디로 사라졌는지 모르겠어요. 그 수술로 인해 제 머릿속에는 금속판이 들어가게 되었고, 그것 때문에 공항의 금속탐지기를 지날 때면 늘 삐빅거려서 소란을 피우지요.」

슬픔을 농담으로 마무리짓는 탐의 말에 로다는 미소를 지었다.

「전화를 걸어서 알려야 할 친구가 하나 있어요. 그 친구는 아마도 내가 죽었다고 생각하고 있을 거예요.」

탐이 그제야 원래의 질문으로 돌아가서 대답했다.

「데커라는 분인가요?」

로다가 데커를 알고 있자 탐은 놀랍다는 표정을 지어 보였다.

「당신이 어떻게 알죠?」

「비몽사몽간에도 여러 차례 그 이름을 불렀어요.」

「그랬군요.」

「그밖에 다른 사람은 없나요?」

그녀가 물었다.

「여기 이스라엘에 살았던 로젠 가족이 있지만 대재난 시에 세상을 떴어요.」

탐은 몇 안 되는 지인들을 떠올려 보았다. 재난이 있기 전에는, 조수아와 일라나 로젠이 텔아비브의 병원을 매일같이 찾아주었다. 그들의 아들인 스콧은 재난에서 살아남았지만 탐과는 가까운 사이라고 할 수가 없었다.

「《뉴스월드》에도 전화를 걸어야 해요. 거기가 내 직장이거든요. 하지만 솔직히 말하자면 안과의사에게 다녀올 때까지는 기다리는 게 나을 것 같아요. 전 사진기자인데, 아니 적어도 사진기자였지요. 맹인 사진기자에 대한 수요도 있을 수 있을까요?」

「그런 말은 못 들어봤네요.」

「당신은 어때요?」

「뭐가요?」

「당신의 가족 말이에요.」

「아, 예, 어제 만났던 남동생 요엘이 있구요, 대재난 당시 그앤 아내와 아들을 잃었어요. 난 정말로 그녀를 좋아했었는데. 조카애도 정말 착한 녀석이었구요. 우리 셋은 함께 예배를 보러 다니곤 했어요. 랍비 코헨은 그때 알게 되었지요. 요엘은 이스라엘 정부에서 컴퓨터 시스템 분석가로 일했어요. 전략방위 산업과 관련된 일이라고 해요. 자세한 것은 기밀이라서 말할 수가 없나봐요. 물론 러시아가 점령하기 이전의 이야기가 되어버렸지만요. 그 애가 너무 안됐어요. 불과 몇 달 만에 거의 모든 것을 잃었거든요. 제 부모님과 여동생은 미국에서 살고 있어요.」

탐은 고개를 끄덕거리며 이야기를 들었다. 그러고는 잠시 사이를 두었다가, 워싱턴은 지금 몇 시쯤 되었을지 아느냐고 물었다.

「한밤중일걸요.」

재빨리 헤아려본 후 그녀가 대답했다.

「데커가 집에 있겠군요. 전화를 좀 쓸 수 있을까요?」

「그럼요. 하지만 미리 말씀드리는데, 국제 전화를 건다는 게 쉬운 일이 아니에요. 아무래도 납득이 가지 않지만 점령 이후로 생긴 현상이에요. 친구들에게 전화를 걸 때마다 그랬거든요. 한 번 통화를 하려면 수백 번은 번호를 눌러야 해요. 일단 걸리면 이웃집 사람과 얘기하는 것처럼 소릴 질러야 하구요. 물론 점령당한 것 때문만은 아닐 거예요. 전쟁으로 인해 많은 피해를 입었잖아요.」

로다는 탐이 그녀에게 불러주는 대로 전화번호를 누르고는, 그에게 전화기를 건네주었다.

「맨 아래쪽의 가운데 단추가 재발신 단추예요. 통화가 안 되면 몇 번이고 계속 시도해보세요.」

「신호가 가네요.」

탐이 흥분해서 소리쳤다.

「그런 일은 백만 년 안에는 다시 일어나기 힘들 거예요.」

로다가 탐에게 닥친 행운을 축하해주었다. 탐은 벨 소리가 울리는 것을 들으면서 기다렸다.

「무슨 일이죠?」

1분쯤 지나자 로다가 물었다.

「아무도 받질 않아요.」

「그래도 계속 들고 있어요. 다시 또 걸리려면 시간이 얼마가 걸릴지 모르니까요.」

뉴욕

존 한센 영국 대사와 그의 참모들이 도착하기 이전에 데커는 벌써부터 회의실 테이블 앞에 앉아 있었다. 데커는 아직도 새로운 일자리에 대한 흥분과 설렘을 가누지 못한 상태였다.

「데커, 이번엔 정말 멋진 연설 원고를 한번 써보도록 해요.」

한센이 자리에 앉으면서 입을 열었다.

「1시까지는 초안이 준비될 수 있을 것 같습니다, 대사님.」

데커가 대답했다.

「과거 안전보장이사회에서 대사님이 하신 모든 연설들을 컴퓨터에서 찾아보았습니다. 국부적이긴 하지만 이사회의 재조직에 대해서 말씀하신 적이 있더군요. 물론 우리는 주요 의제에서 벗어나길 원하진 않지만, 대사님이 원하신다면 소주제로서 다룰 수도 있습니다.」

「그래요, 그 문제는 세심하게 다루어야 해요. 그건 이사회의 회원국이 아닌 나라들 사이에서는 여러 해 동안 열띤 토론의 주제가 되어왔소.」

한센이 법률 담당에게로 시선을 돌리며 말했다.

「피터, 이번의 시도에 대한 최종적인 예측은 어떻소?」

「이 모임의 다른 분들을 위해 말씀드리자면, 그것이 유엔 헌장을 위반하고 있다는 다른 근거를 제시하지 못한다면, 이 법안이 통과될 수 있는 길은 없다고 할 수 있습니다. 안전보장이사회의 상임이사국 중 하나를 제거할 수 있는 조항은 어디에도 없습니다. 하지만 데커의 제안에서 더 나아가서 완전한 재조직을 주장할 수도 있을 것입니다. 고려할 수 있는 다른 선택사항은, 총회에서 중화인민공화국을 중국 국민의 진정한 대표로서 인정했다는 이유로 1971년 대만을 UN에서 축출했던 것과 같은 맥락에 따라 시도를 해보는 것입니다.」

「곁길로 새지 맙시다, 피터. 이건 전적으로 체제의 문제라는 걸 기억하시오. 피를 묻히게 되는 살벌한 법안을 통과시키자는 것이 아니지 않소.」

한센은 피터를 질책하고 나서, 이번엔 법률 담당 보조를 향해 돌아섰다.

「잭, 다른 상임이사국들의 지원은 어떻소? 최소한 안건으로 상정하는 데는 문제가 없겠소?」

잭 레드몬드는 루이지애나 출신으로, 한센의 임원진 중에서는 데커를 제외하고는 유일한 미국인이었다. 한센은 UN에 부임하면서 미국 정치에 밝은 사람을 필요로 했고, 그가 적임자로 꼽혔던 것이다.

「안건으로 상정되는 데에는 아무 문제가 없는 것이 분명합니다.

하지만 두번째 동의를 얻을지는 장담할 수가 없습니다.」

잭이 대답했다.

「좋소, 내 연설 내용이 잘 커버해준다면 잘 나갈 수도 있겠군요.」

「대사님, 매스컴의 입장에서 보자면 그건 하나의 실수가 될 수도 있다고 생각합니다. 우리가 동의해줄 누군가를 얻지 못한다면, 언론은 그 안건의 상징적인 본질에 대해서보다는 그 안건이 통과될 수 없다는 가망 없음에 더 초점을 맞추게 될 것입니다.」

데커가 끼어들었다.

한센은 잠시 숙고하더니 말을 이었다.

「좋은 생각이오. 당신 말이 맞을 것 같소. 우린 아랍 국가들 중의 하나로 하여금 그 동의안에 찬성하도록 할 수 있을 거요. 어찌 됐든 그들은 러시아와는 불편한 관계에 있는 게 사실이니까. 잭, 안건에 동의해줄 나라를 찾아봐요.」

한센이 법률 보조를 향해 말했다.

「좋소, 혹시 다른 생각이나 반대 의견이 있으면 말해주시오.」

아무도 말이 없었다. 그러자 한센은 자기 딸에게 물었다.

「잭키, 다른 사항이 있나?」

「내일 정오에 크루츠케긴 러시아 대사와 점심 약속이 잡혀 있습니다.」

「좋아.」

한센이 상황을 정리했다.

「난 오후 3시에 안건을 제출할 것이오. 러시아의 이스라엘 침략과 점령에 대하여, UN 총회는 안전보장이사회에서 그들의 지위를 영구히 박탈해야만 한다는 안건 말이오. 미국에서는 저녁 뉴스 때까지, 아시아와 유럽에서는 아침 뉴스 때까지, 시간이 꽤 넉넉하게 남아 있는 시각이오. 지금 입장에서 나는 크루츠케긴 러시아 대사와 점심을 함께 하면서, 그것이 개인적인 일이 결코 아님을 납득시켜야만 하오.」

이스라엘 텔아비브

「거리에는 러시아인들이 많나요?」
로다가 안과의사에게 가기 위해 차를 출발시키자 탐이 물었다.
「너무 많아요.」
그러다가 잠시 후 로다는 다시 덧붙였다.
「사실 당신이 상상하는 것처럼 그렇게 많진 않아요. 순찰을 도는 병사들도 있긴 하지만, 주요 병력은 광야 지대의 언덕 위에서 야영을 하고 있어요. 국민들을 자극하지 않으려고 애쓰는 것 같아요. 군인들이 너무 설치고 다니는 것은 군인들 쪽에나 민간인들 쪽에나 더 많은 폭력을 불러올 뿐이라는 것을 알고 있는 거죠. 게다가 탱크가 도시를 누비고 다닌다면 자신들이 평화유지군이라는 주장을 무색하게 만들게 되잖아요. 러시아로서는 가장 합당한 선택을 한 것 같아요. 그들은 사람들이 없는 지역에 군인들을 묶어놓고, 도시 안에는 최소한의 병사들만 배치해놓았어요.」
「뺨 때리고 달래는 식이로군요. 다른 도시들도 마찬가지인가요?」
「우리가 아는 한은 그래요. 예루살렘에서는 아랍을 달래기 위해 성전 공사를 중지시켰어요. 하지만 그자들은 이쪽저쪽을 다 원하기 때문에, 유대인들이 더 이상 분노하지 않도록 이미 이루어진 공사 부분에 대해서는 파괴하지 않고 놓아두고 있어요.」

「조직화된 저항의 기미는 없나요?」

탐이 물었다.

「언덕 위의 러시아인들을 저격하는 소규모 그룹이 있다는 보도가 있지만 잘 조직되어 있는 것 같진 않아요. 시내에서는 폭력이 훨씬 덜하지만 그저 참고 있는 것뿐이지요.」

「러시아의 궁극적인 목표는 뭐죠? 당신의 남동생은 그 모든 것이 훨씬 전 단계에서 이미 계획된 것이라고 생각하는 눈치던데요. 러시아가 이스라엘에서 원하는 바가 뭔지를 누가 알까요? 그들의 장기적인 계획이 뭔지 공개적으로 진술한 적이 있나요?」

「그들은 이 지역에서 화학전쟁이나 핵전쟁의 위협이 제거되기만 하면 떠날 거라고 말해요. 하지만 요엘 말로는 이스라엘의 핵무기 전부가 이미 그들의 통제 아래 있다는군요. 그것들을 제거할 계획이었다면 지금쯤은 이미 시작되었어야 했다는 거죠. 물론 그들이 떠난다면 우린 즉각 아랍 국가들에 에워싸인 꼴이 되겠지만요. 러시아는 모든 군사 장비들을 압수해갔어요. 소규모 무기까지도요. 우습게도 지금 상황은, 당장 러시아가 떠난다면 우리에게는 삽과 곡괭이 외에는 우리를 방어할 그 무엇도 없는 셈이에요. 낙관적인 견해라고는 할 수 없겠지만, 기껏해야 이건 장기간의 조정 국면으로 들어간 것뿐이에요. 최악의 경우는, 러시아가 점령의 성공을 선언하고는 아랍에 의해 살육되도록 우리를 놔둔 채로 떠나는 것이에요. 러시아는 사실, 매우 영리해요. 그들이 무한정으로 머물 수 있는 완벽한 구실을 마련해놓은 셈이니까요.」

「미국행 비행기는 언제쯤 뜰 수 있을까요?」

탐이 깊이 생각하면서 물었다.

*

안과에 도착하자 탐은 로다의 팔을 붙들었고, 그녀가 그를 문 쪽으로 이끌고 갔다. 안으로 들어서자 접수원이 그녀를 오랜 친구라도 되는 것처럼 맞아주었다.

「말씀하시던 그 특별한 환자분이시군요. 눈은 좀 어때요?」

「우리가 여기 온 게 바로 그것 때문이지요. 의사 선생님은 언제쯤 뵐 수 있을까요?」

대기실의 많은 사람들을 둘러보며 로다가 물었다.

「눈 속에 파편이 들어 있는 경우에는 응급상황으로 취급해야 한다고 하셨어요. 몇 분만 기다리시면 될 겁니다.」

기다리기 위해 의자에 앉을 때에도 탐은 로다의 팔을 놓지 않았다. 의자가 바짝 붙어 있어서 그렇게 붙들고 있는 것이 자연스러운 일인 것도 같았다. 하지만 곧이어 그는 자신이 아직도 그녀를 붙들고 있다는 것을 의식했다. 처음엔 별다른 생각 없이 넘기려 했지만, 다음 순간엔 로다가 거부하는 것 같진 않다는 생각이 들었다. 그녀의 블라우스의 부드러운 감촉을 뚫고, 피부의 따스한 온기가 전해져 왔다.

두 사람은 말없이 앉아 있었다. 자신이 〈특별한〉 환자라는 접수원의 말이 귓전에 맴돌았다. 큰 의미를 부여하고 싶진 않았지만, 로다에게 보충 설명을 부탁해볼까 하는 생각을 잠깐 했다. 아냐, 하고 그는 그 생각을 떨쳐냈다. 뭔가 말을 꺼낸다면 그 순간의 좋은 분위기를 망칠 것 같아서였다. 그녀는 예의상 자기 팔을 가볍게 빼내야겠다고 느끼게 될지도 모른다. 그러면 자기도 그렇게 해야 할 것이고… 하지만 그냥 이대로가 더 좋다. 그때 그녀가 불쑥 말을 꺼냈다.

「닥터 웨인스타트는 훌륭한 의사세요.」

「훌륭한…….」

탐이 의미 없이 되뇌었다. 그것은 확실히 그냥 해본 소리에 지나지 않았다. 그녀도 탐과 마찬가지로 침묵을 의식하고 있음에 틀림없었다. 중요한 것은 아무리 무의미한 것이라 할지라도 두 사람이 대화를 주고받고 있다는 것이었고, 그녀는 그가 자신을 풀어놓아 주기를 바라는지의 여부에 대해 아무런 의사 표시도 하지 않았다.

*

진찰실에서는 시간이 거의 걸리지 않았다. 의사는 두 눈을 한 번씩 보고 나서는 곧장 진단을 내렸다.

「안됐군요, 도나펀 씨. 각막의 손상이 너무 심해요. 유리 파편으로 인한 상처와 각막의 화상으로 인해 수정체의 90퍼센트 가량이 불투명 막으로 덮여 있습니다. 나머지 10퍼센트 가량도 형편이 썩 좋은 편은 못 됩니다. 이런 상태에서 빛을 조금이라도 인식할 수 있다는 것이 놀라울 지경입니다. 통상적으로 우린 각막 이식 수술을 고려할 수 있습니다만, 이 경우에는 망막에 입은 화상으로 인해, 시력이 회복되리라는 기대도 주지 못한 채 쓸데없이 고통만 더해줄 것으로 생각됩니다.」

모든 것이 너무 빨랐다. 너무 빨랐고, 너무 결정적이었다. 냉엄할 정도로 차가운 몇 마디의 짧은 말을 통해서, 의사는 그에게 영구적으로 앞을 보지 못할 것임을 명백히 선언한 셈이었다.

「몸을 뒤로 좀 젖히세요. 눈 속에 플루오레세인(체액과 조직 등에 존재하는 항원 또는 항체를 검출하는 데 이용되는 형광색소 - 역주)을 좀 떨어뜨릴 거예요. 당신을 괴롭히는 유리 파편이 어디에 박혀 있는지를 알아낼 수 있을 겁니다.」

의사는 그러고 나서 탐의 눈에 항생제 연고를 발라 주고, 눈꺼풀이 움직이지 않도록 다시 압박 붕대를 감아주었다.

「이 상태를 유지하고, 진행 상태를 볼 수 있도록 내일 다시 나오도록 해요. 닥터 펠스버그.」

그가 로다를 향해 말했다.

「도나핀 씨를 내일 다시 모시고 오실 수 있나요?」

로다가 고개를 끄덕이고는, 탐을 위해서는 그렇게 할 수 있노라고 나직하게 속삭였다.

「나가는 길에 베티에게 들르면, 그녀가 편리한 시간대를 잡아줄 거예요. 그리고 그녀에게 말해서 맹인으로서의 삶을 도와줄 소책자를 받아가도록 하세요.」

탐은 알고 있었다. 이런 경우에 의사들은 환자들이 들을 수 없도록 환자 가족만을 따로 불러서 이야기하는 것이 정상이라는 것을. 하지만 탐은 즉시 알아차렸다. 이렇게 하든 저렇게 하든 별 차이가 없다는 것을. 이제 방금 알게 되었지만 그의 영원한 집이 될 캄캄한 암흑 속에서 그는 이제 더 이상 진짜 사람이 아니었다. 왜냐하면 그는 맹인이므로. 이것은 단지 시작에 지나지 않다는 것 또한 그는 알 수 있었다. 그는 맹인들을 여럿 알고 있었다. 그들은 누군가가 도움의 손길을 내뻗어주기를 막연하게 기다려야만 하는 경우가 적지 않았다. 사람들이 가득 찬 방 안에서조차 누군가가 말을 걸어주기를 조용히 기다리고 있는 맹인을 본 적도 있었다. 전날까지만 해도 〈맹인 사진기자〉 운운하며 농담을 했던 그였지만, 이제는 그야말로 사진기자로서의 경력도 끝장이라는 생각이 아프게 엄습해왔다.

「괜찮으세요?」

차 안에서 탐이 침묵을 지키고 앉아 있자, 로다가 손을 뻗어 잡아주었다.

「좋을 리 없죠. 그래도 희망이 남아 있다고 생각했는데……. 이 붕대를 풀고 나면 다시 볼 수 있게 될 거라고 생각해왔거든요.」

탐이 대답했다.

「그러니까…….」

그녀는 그를 위안하고자 손을 꼭 그러쥐면서 입을 열었다. 하지만 더 이상 할말을 찾을 수가 없었다.

탐 또한 그녀의 손을 그러쥐었다. 그는 지금 지푸라기라도 붙잡고 싶은 심정이었다.

「이제 어떻게 해야 할지 모르겠어요. 일자리도 가질 수 없을 테고. 얼마간 저축액이 있고, 《뉴스월드》에서는 3년치 월급을 은행으로 입금하겠지요. 얼마 동안은 그걸로 버티겠지만, 그 다음엔 어떡하죠?」

그는 진부하기 짝이 없는 표현인 「차라리 죽는 게 나을 것 같아요」라고 말하고 싶었다. 하지만 로다의 손이 전해주는 따뜻한 온기가 그것은 진실이 아니라고 말하고 있었다.

「탐, 당신의 분노를 이해할 수 있어요. 지금 당장은 기만당한 기분일 거예요. 하지만 인생에는 우리가 단순히 받아들일 수밖에 없는 그런 일들이 있답니다. 우리가 받아들이지 않더라도 변할 것은 아무것도 없기 때문이지요.」

그녀는 마치 자신이 직접 경험해보기라도 한 것 같았다. 그들은 서로의 손을 붙잡은 채 잠시 동안 침묵 속에 앉아 있었다.

「탐, 당신에게 만나게 해주고 싶은 사람이 있어요.」

마침내 로다가 말했다. 탐은 그녀가 누구를 가리켜 말하고 있는지 알 것 같았다.

「당신의 랍비라는 사람?」

「당신도 그분을 좋아하게 될 거예요. 그분은 당신이 두 발로 걷게 되면 당신을 자신에게 데려오라고 하셨어요.」

「그렇군요. 나를 파내서 당신께로 데려가준 데 대해서 그분께 감사해야 하겠군요.」

탐은 로다의 손이 슬그머니 빠져나가도록 내버려두었다. 그래야 그녀가 운전을 할 수 있을 테니까.

3

보습을 쳐서 칼로

두 달 후 이스라엘 텔아비브

스콧 로젠은 작은 카페에 앉아 수프를 먹으면서 친구인 요엘 펠스
버그를 기다리고 있었다. 곧이어 요엘이 들어왔고, 말없이 자리에
앉았다.

「왜, 무슨 기분 나쁜 일 있어?」

요엘의 얼굴이 잔뜩 찌푸려져 있는 걸 본 스콧이 물었다.

「러시아인들 거드럭거리는 꼴은 정말 못 봐주겠어. 몇 번씩이나
멈춰 세우고 신분증을 제시하라는 거야.」

요엘의 말은 사실 과장되어 있었다. 대부분의 사람들은 그런 제지
를 받지 않고 지냈다.

「그자들은 그리 쉽게 떠나지 않을 거야.」

「그래, 나도 알아.」

스콧이 수프를 홀쩍이면서 별다른 감정을 담지 않고 대꾸했다.

「하지만 모든 것이 그렇게 비관적인 것만은 아냐.」

그는 희망적인 말을 하면서도 목소리에는 별다른 변함이 없었다.

「군용 트럭을 탈취한 레지스탕스 이야길 들었어. 군수품을 모두 훔친 다음, 거기에 다이너마이트를 실어서 리모트 컨트롤로 러시아 진영으로 돌진하게 했대. 그것 때문에 1천 명 가까운 러시아인들이 죽었다더라.」

요엘은 대꾸하기 전에 점심부터 주문했다.

「그 이야긴 지난 3주 동안 스무 번도 넘게 들었어. 들을 때마다 점점 더 우스꽝스러워지더군.」

「넌 그걸 안 믿어?」

「믿긴 믿어. 하지만 맨 처음에 들었던 내용만. 레지스탕스가 트럭 한 대를 탈취한 다음 러시아 진영으로 돌진해가서 급수탑을 들이받았을 뿐이야.」

「그래? 최소한 레지스탕스가 존재하긴 하네.」

「그래, 그들은 대포도 갖고 있지만, 완전히 비조직적이래. 벤 구리온이 그들의 전술을 사용했다면 우린 아직도 영국의 보호령에서 벗어나지 못하고 있는 신세일걸? 네가 어떤 식으로 상상하든 그건 네 자유지만 말야.」

요엘은 커피를 젓고 나서 말을 이었다.

「우리는 점령당한 상태야! 난 우리가 돌진할 수 있는 급수탑이 얼마나 많은지, 우리가 탈취할 군용 트럭이 몇 대나 될지에 대해서는 관심 없어. 우리는 자주 독립 국가였지만, 지금은 그렇지가 못해!」

「그럼 레지스탕스 활동은 어떻게 달라져야 하는 거지?」

요엘의 의견이 상황을 바꿔놓을 수 있기라도 한다는 듯 스콧이 물었다.

「나도 몰라.」

요엘은 체념의 표정을 지으며 고개를 흔들었다.

「아무것도 예측할 수가 없어. 그게 문제야. 우리가 할 수 있는 건 아무것도 없어. 우리가 설령 러시아인들을 몰아낼 수 있다고 할지라도, 그들이 가자마자 곧바로 아랍의 공격을 받을 텐데 뭐. 그리고 우리에게는 그들과 싸울 만한 무기도 아무것도 없고.」

「그래, 하지만……..」

「그만해, 스콧! 그것이 네가 나를 이리로 오라고 한 이유야? 분노와 좌절 속에서 함께 뒹굴어보자 이거야?」

요엘 펠스버그와 스콧 로젠은 나라 사랑에 열심인 친구들이었다. 이스라엘 문제에 이르면 둘 다 쉽사리 열을 올리곤 했지만 이번에는 웬일인지 요엘만이 혈압을 올렸다. 스콧의 말 속에는 평소와는 달리 냉정함이 깔려 있었지만 요엘은 그것을 알아차리지 못했다. 그는 또한 자신이 카페에 온 이후로 드나드는 사람이 아무도 없었다는 점 또한 알아차리지 못했다. 카페 주인이 〈휴업중〉이라는 알림판을 내건 사실조차도. 요엘은 또, 카페 바깥에서 두 사람이 서성거리면서 망을 보고 있다는 것도 까맣게 모르고 있었다.

스콧이 갑자기 활기를 띠며 말했다.

「우리는 러시아인들을 이스라엘에서 쫓아내야 해! 코를 짓뭉개서 다시는 이 땅에 발을 들여놓지 못하게 혼쭐을 내줘야 해!」

「대단한 말씀이군. 대단한 말씀이야.」

요엘이 비꼬았다.

「레지스탕스들이 러시아의 물자 공급선을 깔짝거리는 것만으로 그들이 물러날 것 같아? 러시아인이 설령 떠난다고 해도 성난 파도처럼 달려들 아랍 놈들은 어떻게 감당하고?」

스콧은 잠자코 수프에만 열중했다.

「러시아 놈들에게 핵무기를 사용하기만 한다면 가능한 일이지. 리비아에 대한 협박용으로만 을러댈 것이 아니라.」

「뭐라고? 로젠, 너 정말 어리석구나! 우리가 침략당했다는 것을 알았을 때 러시아 놈들은 이미 도처에 깔려 있었어. 그자들은 이미 우리 땅에 있는데, 어디를 향해서 핵무기를 사용해?」

요엘이 점점 목소리를 높였다.

스콧 로젠은 친구의 분노에도 흔들림이 없었다. 그에게는 달성해야 할 사명이 있었고, 모든 것은 그 계획에 따라 진행되고 있었다.

「맞아, 그 말은 사실이야. 안됐지만 우리에겐 지금 핵무기에 대한 통제 능력이 없어. 모든 것은 언덕 위의 러시아인들에게 집중되어 있지. 하지만 우리는 잘 조준된 미사일 몇 방만으로도 그들의 90퍼센트를 쓸어버릴 수가 있어. 시내에 있는 나머지 10퍼센트는 레지스탕스가 해치울 수 있을 거고.」

스콧의 목소리는 처음엔 언뜻 체념에 젖어 있는 듯했으나 정작 하는 말의 내용은 달랐다.

「너 정말 바보구나. 모스크바는 어떡하고? 뒤로 물러앉아서 사태를 수수방관만 하고 있을 것 같아? 우리의 도시를 후방에서 공격하면 그들은 무슨 수로 막지?」

이것은 스콧이 이미 예상했던 질문이었다. 그는 갑자기 심각한 표정을 지었다. 이제 막 하려는 말의 무게가 요엘에게도 고스란히 전달되어야만 했다.

「우리의 전략방어 시스템이 있잖아.」

마침내 그가 나직하게 속삭였다.

요엘은 스콧을 차갑게 응시하다가, 지나치게 무게를 잡는 그가 너무나 우스워서 〈바보〉라고 다시 한 번 말해주려다가 눌러 참았다. 로젠은 진지해 보였고, 그것이 전략방어 시스템에 관한 것이라면 귀를 기울여줄 만했다. 이스라엘의 전략방어에 관한 한 스콧 로젠은 작고한 자신의 아버지 조수아 로젠 다음으로 많은 것을 알고 있었다. 하지만 결국 참지 못하고 대꾸했다.

「넌 불가능한 것을 말하고 있어. 그 같은 계획이 실천될 수 있다고 해도, 우리의 지지부진한 레지스탕스들이 도대체 어떻게 전략방어 통제실을 장악할 수가 있겠느냔 말이야.」

「우린 통제실 근처에도 갈 필요가 없어.」

스콧이 자신만만하게 말했다.

요엘은 갑자기 주변을 둘러보았다. 로젠과 그가 단순히 불평불만을 터뜨리고 있는 거라면 누가 듣든 상관할 것이 없었다. 두 이스라엘인이 러시아인들에 대해 불만을 터뜨린다는 것은 하등 이상할 게 없는 일이니까. 이스라엘인 모두가 다 불평분자였다. 그런데 지금 두 사람은 확실히 뭔가 다른 이야기를 하고 있는 것이다. 그것은 더 이상 불평불만이 아니었다. 두 사람은 이미 선을 넘은 것이다. 두 사람의 대화를 누군가가 엿듣는다면 그들이 음모를 꾸미고 있다고 오해할 것이다. 그는 아무도 듣는 사람이 없는지 잽싸게 주변을 둘러보고는, 걱정할 만한 것은 아무것도 없다고 말했다. 그런 경우에 대비하여 카페의 일곱 사람도 모두 하나하나 직접 뽑은 사람들이었다.

「리모트 컨트롤이라는 거야?」

마침내 요엘이 숨을 고르면서 물었다.

스콧은 눈으로 긍정의 표시를 했다.

요엘은 전략방어통제실(Strategic Defense Control Facility, SDCF)의 원격 시험 시설에 대해 들은 적이 있었다. 하지만 그는 그것을 잘 알지 못하는 사람들이 떠드는 소리라고 일축하고 말았었다. 만약 원격 시험기지(Strategic Off – Site Test Facility, OSTF)가 있다고 한다면, 그것은 그러한 작전에 요구되는 통신 시설 안에 있어야 할 것이다. 사실 통신의 연결은 그것의 존재를 감추기 위해 의도적으로 작동 불능 상태였을 수도 있다. 하지만 요엘은 지난 5년여 동안 전략방어통제실에서 일해왔으며, 그 기지의 컴퓨터로 수많은 미사일 배치 시나리오를 작동시켜왔었다. 원격 시험 시설이 존재한다면, 모의시험에서라도 등장했어야 했다.

요엘은 OSTF라는 개념에 대해서는 너무나도 친숙했다. 미국을 떠나기 전, 직업 전선에 뛰어든 초창기 시절에 그는 북미항공우주방어통제실(North American Aerospace Defense Command, NORAD)에 배속된 포드 항공 우주 산업에서 소프트웨어 분석가로 일한 적이 있었다. 업그레이드된 소프트웨어를 시험하려면 샤이엔 산으로 이어지는 길고 차가운 터널 안을 걸어가야 했었다. 문제의 1979년에 그는 그 산 속의 기지에 있었다. 당시 시스템은 약 15분 간 소련이 미국을 향해 전면적인 핵 공격에 나섰음을 나타내 보였다. 미국 전략공군통제실(American Strategic Air Command, SAC)의 폭격기들이 떴고, 핵미사일들이 경계경보 상태에서 대통령의 최종명령만을 기다리고 있었다. 하지만 결국 그 경계경보는 OSTF의 컴퓨터 네트워크가 작동되고 있는 상태에서 실수로 시험 시나리오 프로그램이 입력되는 바람에 발생한 것으로 판명이 났다. 그러한 잘못된 경보의 결과, 미국 의회는 즉각 콜로라도 스프링스 내에 NORAD의 원격 시험 시설을 축조하도록 승인했다.

콜로라도 스프링스의 OSTF를 설립하기에 앞서, 시험 소프트웨어의 업그레이드를 위한 표준적인 작전 절차에는, 그러한 시험이 진행되는 동안 미사일 경보 컴퓨터가 작동되지 않을 경우에 대비하여 NORAD의 백업 시스템을 만드는 일도 포함되었다. 그것은 기껏해야 위험에 대비한 일이었을 뿐이었다. 새로운 시스템에 잘못이 있다면 어떻게 될까? 15분 안에 테스트 모드에서 백업 시스템을 취하여 그것을 다시 작동시킬 것이고, 그걸로 모든 상황이 끝날 수 있었다. 더구나, 요엘이 아는 한, 콜로라도 스프링스의 시내는 한밤중의 샤이엔 산 속보다는 훨씬 더 통신이 편리했다. OSTF에는 샤이엔 산속의 모든 시스템에 대한 완전한 복제본을 만드는 일도 포함되어 있었다. 새로운 소프트웨어의 모든 시험은 거기에서 이루어졌다. 소프트웨어에 대한 시험이 통과된 후에야 그것은 암호문자화되어 NORAD의 작전실로 다운로드되었다. 그리고 거기에 OSTF의 또 다른 유익함이 있었다. NORAD의 시스템이 모두 가동되지 않을 경우에도 OSTF가 실제적인 작전을 수행할 수가 있는 것이다. 컴퓨터와 통신실, 암호 장비가 모두 갖추어져 있었다. 필요한 것이라고는 적절한 암호 키를 입력하는 일뿐이었다.

요엘이 이스라엘 전략방어통제실에 들어갔을 때, 그는 2년 동안 이스라엘을 위한 동일한 시스템을 발전시킬 필요성을 확신시키고자 애썼지만 무위로 돌아갔다. 그는 거기에 대해 말하는 것조차도 거부하는 상관에 대한 항의 표시로 사임할 것을 고려하기도 했지만, 그의 아내가 조금 더 참고 기다리라고 만류했다. 사실 그를 가장 화나게 하는 것은 이스라엘 SDCF의 총책임자인 아놀드 브라운 박사였다. 그는 NORAD에 OSTF 개념을 발전시키는 데에 결정적인 역할을 했던 인물이었다. 그런 브라운이 이스라엘에 똑같은 능력을 제공하기를 거부한다는 것이 요엘로서는 아무래도 납득이 가지 않았다.

SDCF가 OSTF를 보유하고 있다는 스콧 로젠의 발언에 요엘이 처음 보인 반응은, 스콧이 그저 떠도는 소문을 믿고 있는 것이 아니냐는 것이었다. 군용 트럭을 탈취하여 어쩌구저쩌구 했다는 소문과 마찬가지로. 하지만 스콧에게는 어딘지 단호한 면이 있었다. 요엘이 까맣게 모르고 있는 무언가를 그는 알고 있는 건지도 몰랐다. 스콧의 진지한 표정이 그것을 말해주고 있었다.

「스콧, 지금 게임하자는 거야? 날 놀리는 거야?」

요엘이 몸을 뒤로 젖히면서 말했다.

스콧은 입 밖으로 내어 대답을 하진 않았지만, 그의 진지한 눈이 하려는 말을 대변하고 있었다.

「하지만 스콧, 난 5년 이상이나 전략방어통제실에서 일해왔어. 나는 기지의 컴퓨터로 1천 번이나 미사일 배치 시나리오를 가동시켜봤다구. 원격시험기지라는 것이 존재했다면 왜 모의시험에는 나타난 적이 없을까?」

「그건 거기 있었어. 그것의 기능은 진정한 목적을 감추기 위해 위장되어왔어. 하지만 거기 있었어.」

「어디에?」

「SF14.」

스콧이 짤막하게 대답했다.

스콧이 정말 뭔가를 알고서 하는 소리인지는 알 길이 없었다.

SF14(Sensor Facility 14)라면, 요엘이 알고 있는 한 비작전용 적외선 추적 감지장치로서, 상대방의 기지를 포착하기 위한 것이었다. 우연하게도 SF14는 요엘이 실제로 방문해본 적이 없는 오직 두 개뿐인 원격 기지 중의 하나였다. 이제 와서 생각해보니 SF14의 사이트 체크를 위한 근무표에서는 어느 누구의 이름도 본 기억이 없었다. 하지만 그것은 브라운 박사가 원격시험기지에 대한 관심이 없어서였을 수 있었다.

「좋아, 날 그리로 데려다줘.」

요엘이 돌연 제안했다.

놀랍게도 스콧은 조금도 물러설 기색이 없이 자리에서 일어서서는 요엘과 함께 카페를 떠날 차비를 했다.

「얼마죠?」

요엘이 물었다.

「그건 회사에서 부담하기로 되어 있소.」

카페 주인이 대답했다.

*

스콧은 텔아비브의 동부 상업 지역을 곧장 지나 어느 사무실 건물 지하 주차장에 주차했다. 최근의 전쟁에도 불구하고 조금밖에 피해를 입지 않은 별 특색 없는 건물이었다. 요엘은 스콧을 따라 엘리베이터 쪽으로 걸어갔다. 스콧은 멈춰 서서는 엘리베이터 천장 가까이에 있는 보안 카메라를 올려다보았다. 순식간에 카메라에 적색 불이 깜박였고, 스콧은 엘리베이터의 콜 버튼을 눌렀다. 엘리베이터 문이 뒤에서 닫히자 스콧은 비상 〈멈춤〉 스위치를 손가락으로 툭 하고 쳤다. 그러고는 엘리베이터의 숫자판에서 일곱 자리로 된 숫자 암호를 눌렀다. 이미 지하실에 있었는데도 불구하고, 엘리베이터는 갑자기 아래쪽으로 기울더니, 요엘이 짐작하기에 여러 층을 더 아래로 하강해 내려가기 시작했다.

엘리베이터 문이 열린 곳은 작은 방으로 이어져 있었고, 두 명의 무장 경호원이 대기하고 있었다. 그곳에서는 계급배지 같은 게 문제가 되지 않았다. 그들은 엄격하게 서로에 대한 인지만을 바탕으로 하여 작업에 임하고 있었다. 요엘은 그것이 그렇게 어려운 일이 아님을 곧 알게 될 것이었다. 이 작전에는 매우 적은 인원만이 참가하고 있었던 것이다. 스콧은 요엘의 용모를 샅샅이 살피고 있는 경호원에게 그를 소개했다. 요엘은 줄지어 늘어선 보안 모니터 옆 책상 위에 자기 사진이 놓여 있는 것을 보았다. 보안 모니터 중의 하나는 그들이 들어섰던 주차장의 엘리베이터 안에 초점이 맞추어져 있었다.

스콧은 엘리베이터 이외에는 유일한 출구인 육중한 문의 암호 자물쇠를 열었다. 그러자 그들 앞에 소형 컴퓨터와 방어 추적 장비들이 줄지어 늘어선 방이 펼쳐졌다. 어지간한 학교의 운동장만한 넓이였다. 요엘은 이런 하드웨어의 배치를 전에도 본 적이 있었다. 남부 이스라엘의 미츠페 라몬 근처 산 속에 있는 전략방어 통제 기지에서였다. 산 속에 있는 것보다는 방이 훨씬 적었지만, 첫눈에 보기에도 이 설비는 SDCF의 핵심을 고스란히 복제해놓은 것임이 거의 분명했다.

남자들과 여자들 몇 명이 여기저기에 흩어져서 바쁘게 일하고 있었다. 몇몇은 스콧과 요엘에게 친근한 미소를 보내고는 곧 자신의 일로 돌아갔다. 요엘이 놀라움을 감추지 못한 채 돌아보는데, 다부진 체격의 남자가 다른 방에서 들어와서 그들에게로 다가왔다. 스콧은 즉시 하던 일을 멈추고는 격식을 갖춰 그를 맞이했다.

「안녕하십니까, 단장님. 요엘 펠스버그를 소개드립니다. 요엘, 화이트 단장님이셔.」

「환영하오. 우리와 함께하게 된 것을!」

화이트가 말했다.

「어…, 감사합니다, 단장님.」

요엘이 얼떨결에 대답했다.

「매우 중차대한 시기에 오셨군요. 당신에 관해서는 스콧이 자세히 말해주었고, 당신의 기록도 다 보았소. 당신이 이번 일을 도울 수 있으리라 믿어 의심치 않소.」

그러고 나서 그는 스콧을 향해 말했다.

「요엘을 다른 요원들에게 소개시키게. 그가 맡게 될 역할에 대해서도 설명해주고. 그럼 나중에 다시 만나서 이야기하세.」

그 말과 함께 단장은 자리를 떴다.

「음, 좋은 생각이야. 스콧, 내 역할이 뭔지 설명해줘. 도대체 여기에서는 무슨 일이 진행되고 있는 거야?」

스콧이 미소를 보내며 말했다.

「SF14에 온 것을 환영하네.」

*

스콧은 브리핑실에서 커피를 대접하면서, 그 프로젝트의 개관을 설명해주고 이스라엘 전략방어의 네 가지 국면에 대해 고도의 기밀에 속하는 사항까지도 자세히 말해주었다. 거의 한 시간이 지난 후에야 그는 요엘이 맡을 임무에 대한 이야기로 들어갔다.

「이제 네가 여기에 오게 된 이유를 말해줄게. 이틀 전 밤중에 우리의 소프트웨어 총감독인 클로드 르메이 박사가 어리석게도 이웃집 부부싸움에 끼어드는 불상사가 발생했어. 그 결과 그 양반은 지금 무의식 상태로 병원에 누워 있어. 심장과 아주 가까운 부위를 칼로 깊이 찔린 거야. 우리는 그가 맡고 있었던 프로젝트를 네가 마저 완성시킬 수 있으리라 여겨서 널 데리고 온 거야.」

요엘은 르메이 박사를 알고 있었다. 몇몇 프로젝트를 위해 함께 일했지만 절친한 사이라고는 할 수 없었다. 그래도 그가 다쳤다는 소식을 들으니 안됐다는 생각이 들었다.

「네가 여기에서 보고 있는 것은 전략방어 통제 기지를 대체할 만한 능력을 완전히 갖춘 설비들이야. 단지 〈시험용〉이 아니고. 개발의 책임자였던 아놀드 브라운 박사는, 시작 단계에서부터 그 존재를 알고 있을 사람을 가능한 한 극소수로 제한해야만 한다고 결정했었지. 이스라엘이 침략을 당할 경우에 대비하여 이 시설은 아무리 막대한 비용이 들더라도 반드시 유지되어야만 한다고 통감했던 거야.」

요엘은 자기가 브라운 박사에 대해 오해를 하고 있었다는 것을 알고는 충격을 받았다.

「방금 네가 만난 화이트 단장님은 사실은 계급이 중위에 지나지 않아. 장교들로 이루어진 체인의 한 부분으로서, 장군에서 대위에 이르는 장교 서열보다도 더 아래이지만, 침략을 당할 경우에는 이

기지의 작전을 책임지게 되어 있지. 장교들의 체인이 존재하는 목적은 침략군에 의해 모든 고위급 장교들이 조직적으로 체포됨으로써 이 기지의 작전이 불능 상태에 빠지는 것을 막기 위해서야. 이미 판명이 되었듯이, 침략 며칠 만에 화이트 단장님보다 윗선의 장교들은 모두 체포되고 그에게 책임이 떨어졌어.」

스콧은 주요 골자로 들어갔다.

「이 시설을 만든 애초의 계획에는, 침략으로 말미암아 SDCF가 기능을 하지 못하게 될 경우 세 가지 시나리오가 있었어. 첫째, 기회가 와야 가능한 일이지만, 침략군의 측면을 공격하여 보급선을 끊음으로써 전방 부대의 힘을 약화시키는 거야. 둘째, 침략군에 의해 우리를 치는 데에 우리 자신의 핵무기가 쓰이도록 시도될 경우, 이 시설은 SDCF의 통제력을 장악함으로써 그러한 시도를 좌절시킬 수 있어. 셋째, 격납고에서 탄두를 제거하려는 시도가 있을 경우, 이 시설은 그 핵폭탄을 무력화시킬 수가 있어. 두번째나 세번째 시나리오를 펼쳐야 하는 경우에는, 원격 조종으로 지하 격납고 안에 소규모 폭발물을 터뜨림으로써 위협적인 미사일들을 파괴하는 일이 우선되어야 하겠지. 그래서 핵탄두와 발사대를 모두 불능으로 만들어야 해. 물론 핵폭탄을 터뜨리지 않고 말이야.」

요엘은 고개를 끄덕이며 열심히 듣고 있었다.

「그런데 이번 러시아의 침공 때는 고려하지 않았던 일이 벌어졌어. 내가 그 카페에서 암시했듯이, 그 카페는 시내에 몇 개 있는 우리의 안전가옥 중의 하나지. 러시아인들은 전혀 기대하지 않았던 뜻밖의 기회를 우리에게 제공해주고 있는 거야. 자기들의 군대를 사람들이 살지 않는 곳에 집결시킴으로써 말이야.」

스콧은 잠시 숨을 돌린 다음, 벽면에 걸린 거대한 지도 위에서 러시아 군대가 위치한 곳을 가리켜 보였다.

「그들은 문자 그대로 자기들을 알을 품고 있는 오리들로 만들어버렸어. 이 시설의 능력을 시험할 무대를 제공하겠다고 나선 꼴이지. 우리 계획의 첫 단계는, SDCF를 무력화시키고, 러시아의 각 진지에 중성자탄이 장착된 짧은 기드온 미사일 여섯 발을 날려 보내는 거야. 성자탄이라 불리는 기드온을 선택한 것에는 세 가지 중요한 이유가 있어. 무엇보다도 우리는 우리의 국경 내에 있는 목표물을 겨누기 때문에 파괴의 범위를 최소한으로 줄여야 한다는 것이 지상과제야. 둘째 이유는 기드온급 탄두는 우리가 지닌 탄두 중에서도 파괴 이후의 원상복구가 가장 빠르기 때문이야. 우리 군대는 폭발 이후 6~8시간 이내에 최초의 살상 반경 안으로 재진입할 수가 있을 거야. 6주 이내에는 지면에서 사람이 거주할 수도 있게 돼. 셋째, 발사가 성공하고 우리의 전략방어 시스템이 러시아의 핵 공격에 맞서서 이스라엘을 성공적으로 방어한 후, 아랍과 러시아가 재래식 무기로 제2의 위협을 가해올 수도 있겠지만, 거기에도 매우 기민하게 대처할 수가 있어. 우리는 다음과 같은 방법으로 아랍 국가들의 즉각적인 대응을 제한할 수 있으리라는 희망을 갖고 있지. 첫째, 통신을 차단하여 우리의 적들을 최대한 교란시킴으로써. 둘째, 하즈 기간에 공격을 함으로써.」

　스콧은 사우디아라비아에 위치하는 메카를 이슬람교도들이 매년 한 번씩 순례하는 관습을 말하고 있었다. 하즈 기간에는 〈카바〉라는 성소 주위를 돌고, 사파 산과 마르와 산 사이를 일곱 번 달린다. 이는 아브라함의 아내인 하갈이 물을 찾기 위해서 그렇게 했다고 믿어진다. 이 의식은 여러 날이 소요되고, 아라파 평지에서의 집단적인 기도가 이어진다. 코란에 따르면, 하즈 기간에 이슬람교도들은 살아 있는 생물을, 적들까지도 해쳐서는 안 된다.

스콧은 테이블 위에 몇 장의 사진을 늘어놓았다.

「너도 보면 알겠지만, 우리의 위성으로 러시아의 진영을 정찰한 바에 따르면 거대한 무기 저장고를 갖추고 있음이 드러났어. 러시아제 무기뿐만 아니라 빼앗은 이스라엘 무기도 많이 있지.」

사진을 본 요엘은 놀라지 않을 수 없었다. 10여 동의 거대한 임시 무기고가 축조되어 탱크와 헬리콥터, 무장한 수송차 들이 보기에도 일사불란하게 도열해 있었다. 마치 거대한 자동차 출고장을 연상시켰다.

「저자들은 저기에서 무엇을 하고 있는 거지?」

요엘이 물었다.

「사우디아라비아와 이집트를 공격하기 위해 군사 무기를 비축하고 있는 것 같아. 그런 다음엔, 당연히 이 일대의 석유 생산 국가들을 차례로 공격하겠지. 제한된 것이긴 하지만 그러한 가정을 지지할 만한 정보가 있어. 단지 이스라엘을 주무르기 위한 무기가 아니라는 것만은 분명해.」

「그들은 이스라엘을 아랍의 석유 기지와 수에즈 운하를 공략하기 위한 기지로 사용하려는 거로군!」

요엘이 믿을 수 없다는 듯이 외쳤다.

「그렇게 보이는 것이 사실이야.」

스콧이 감정을 담지 않고 대꾸했다.

「하지만 우리가 이런 위성사진을 갖고 있다면 미국도 틀림없이 갖고 있을 텐데, 그들은 왜 뒷짐만 지고 있었지?」

「그들은 외교적인 채널을 통해서 일을 추진하고 있어. 군사적 대응을 위한 계획을 갖고 있다고 해도 우리로서는 그런 정보를 받은 바가 없어. 러시아가 이렇게 일을 벌이는 직접적인 이유에 대해 우리와는 견해가 다른 것 같아.」

스콧은 미국에 대해서는 기대할 게 없다는 듯 하던 얘기로 돌아갔다.

「너도 알다시피 중성자탄은 물자가 아니라 인명을 살상시키기 위해 개발된 거야. 그것은 다른 핵무기처럼 열이나 순전한 폭발의 힘에 의해서가 아니라 즉각적인 방사능의 폭로로 인해 인명을 살상하게 돼. 그게 기드온을 선택한 세번째 이유지. 무기는 고스란히 보존하는 반면 러시아인들은 제거하기 위해서. 네가 아까 얘기했듯이, 우리가 러시아인을 제거한다 할지라도 우리는 아랍인들로부터 우리 자신을 방어할 무기를 갖고 있지 않아. 하지만 기드온을 사용함으로써 러시아의 저장고들이 우리에게 필요한 무기를 공급해줄 거야. 물자의 손실을 될수록 줄이기 위해 우리는 러시아 진영의 외곽 400미터 지점을 표적으로 하고 있어. 표적은 론 사무엘이 좌표화하고 있는 중이야. 우리의 얘기가 끝나면 프로젝트의 그 부분에 대해 론이 설명해줄 거야. 운이 따라주면 그는 다음 며칠 이내에 자신의 작업을 끝낼 것이고, 그러면 네 프로젝트를 도와줄 수 있을 거야.」

「문제점은 없는 거야?」

요엘이 물었다.

「왜 없겠어? 기도온급 탄두의 1차적인 살상 반경은 1킬로미터에 불과하고, 2차적인 반경은 그보다 3킬로미터가 더 늘어나게 되지.

그러한 한계로 인해 러시아인들만 해치우고 우리 쪽 사람들은 1,2차 살상에서도 온전하게 되기가 쉽지. 하지만 그게 불가능한 인접한 마을과 키부츠가 두 군데 있어. 바로 그것 때문에 발사 전 약 8시간 전에 우리의 대피 팀이 투입되어 모든 민간인 거주자들을 대피시키게될 거야. 이 계획은 한밤중에 이루어지게 될 것이고, 러시아 쪽으로부터 혐의를 받지 않기 위해서 우리가 SDCF의 작전권을 안전하게 확보할 때까지는 대피를 하라는 경고도 내리지 않을 거야. 전략방어통제실을 무력화시키고 작전권을 이 기지로 옮기는 것은 비교적 쉬운 대목이라고 할 수 있어. 바로 그것 때문에 이 기지가 세워진 거니까 말이야. 다만 어려운 대목은 우리가 주민들을 대피시키고 여섯 발의 기드온을 날릴 시점까지, 러시아인들로 하여금 아직도 자기들이 통제권을 쥐고 있다고 믿게 만드는 것이야.」

스콧은 그 지점에서 요엘을 정면으로 바라보았다.

「바로 그 대목을 위해서 네가 참여한 거야. 네가 그 8시간을 확보해주어야 해. SDCF에 소프트웨어를 쏟아부어 그들의 시스템이 작동되고 있다는 환상을 창조하는 거야. 우리가 이 기지로 통제권을 가져오고 난 이후, 미사일에 새 목표물에 관한 데이터를 싣기까지는 대략 20분 정도가 소요될 거야. 무슨 일이 일어나고 있는지를 러시아인들이 알아차린다면, 그들은 먼저 통제권을 다시 장악하려고 시도할 것이고, 두번째로는 자기 군대를 산 속으로 재빨리 흩어뜨릴 거야. 그런 일이 생긴다면, 우린 즉각 발사시킬 수밖엔 다른 선택의 길이 없어. 1천 명 이상의 이스라엘 민간인과 대피 팀의 희생을 각오해야겠지.」

요엘은 자신이 들은 말을 곰곰 씹고 있었다. 얼른 소화시키기가 어려운 것이 사실이었다.

「시내에 있는 러시아인들은 어떻게 처치하지?」

요엘이 물었다.

「발사 직후 특공대가 투입되어 모든 라디오와 텔레비전 방송국을 러시아인들로부터 접수하게 되어 있어. 성공하지 못할 경우에는, 우리 팀이 방송국 안테나들을 파괴할 거야. 시민들이 시내에 있는 러시아인들에 대한 공격에 참여해주느냐가 우리의 성공에 결정적인 관건이 되겠지만, 당장 벌어지고 있는 일에 대해 세계의 다른 나라들, 특히 아랍이 알아차리지 못하도록 혼동시키는 것 역시 중요한 일이야. 이 모든 일의 되어가는 꼴을 우리의 시민들이 명백히 알고 있다면, 그건 아랍 사람들에게도 명백하다는 뜻이 될 테니까. 그렇게 되면 하즈 기간이든 아니든, 우리가 아직 조직을 갖추지 못하고 러시아 무기고를 장악할 수 있기 이전에 아랍인들에게 기습의 기회를 제공하게 될 수도 있어. 바로 그 점 때문에 아랍인을 차출하여 라디오와 텔레비전을 통해 계속 동일한 메시지를 방송하도록 할 거야. 요엘 4장 10절에 나오는 선지자 요엘의 말씀을 말이야.」

스콧은 요엘의 답변을 기다렸다. 그는 한 사람의 어엿한 과학자였지만, 자기 아버지와 마찬가지로 누구보다 열성적인 종교인이었다. 비록 그의 아버지와 종교가 같다고 볼 수는 없지만. 그는 자기 친구가 최소한 그 성경 구절만큼은 알고 있기를 바랐다. 다른 사람도 아니고 자기 자신과 동일한 이름의 선지자 말씀이 아닌가. 하지만 요엘은 아무런 반응이 없었다. 스콧은 실망의 기색이 역력한 한숨을 길게 내쉬면서 말했다.

「보습을 쳐서 칼을 만들고, 낫을 쳐서 창을 만들라.」

「그건 좀 모호하지 않아?」

요엘은 그것이 스콧의 아이디어인 것을 까맣게 모른 채 되물었다. 스콧은 자제하는 목소리로 말을 이었다.

「나도 그렇다고 생각해. 하지만 그건 레지스탕스들에게 통용되어 왔던 일종의 암호야. 아무쪼록 거리에서 전투가 시작된 것을 보고는 사람들이 합세해준다면 정말 다행이겠지.」

요엘은 작전실 안에 있는 여덟 명의 요원들에게서 저마다 자기들이 맡은 부분에 관한 간명한 브리핑을 들었다. 그것만도 두 시간이 넘게 걸렸다.

3주일 후 뉴욕

전화벨이 세 차례 울린 다음에야 한센 대사는 잠에서 깨어나 전화를 받을 수 있었다.

「여보세요.」

알람시계를 보니 이제 막 11시를 넘어서고 있었다.

「대사님.」

전화를 걸어온 사람은 데커였다.

「방해해서 대단히 죄송합니다만, 30분 전에 들은 소식이 있어서요. 이스라엘 시각으로 새벽 5시 30분에 이스라엘에서 핵폭발이 있었답니다. 몇 차례인지는 알 수 없습니다.」

한센은 머릿속에서 순식간에 잠 생각이 달아나버렸다. 그는 눈을 크게 뜨고 물었다.

「러시아인들?」

「자세한 건 알 수 없습니다. 누구에게 책임이 있는 건지도 분명치 않습니다. 러시아 측으로부터도 공식 발표가 아직 없습니다.」

「데커, 오보일 가능성은 없는 거요?」

「그건 아닙니다, 대사님. 폭발음이 미국, 영국, 중국의 위성에 의해 감지되었습니다. 설상가상으로 사해 단층을 따라 지진이 곧바로 이어졌다고 합니다.」

「알았소. 텔레비전을 켤 테니 잠시만 그대로 있으시오.」

잠시 후 전화기를 통해 한센 대사가 말했다.

「이젠 됐소.」

둘은 잠시 침묵을 지키면서 텔레비전의 보도에 귀를 기울였다.

「폭스 뉴스에 따르면 미국은 방금 전략 폭격기들을 급히 이륙시켰습니다. 국방성은 이것이 단지 사전 예방을 위한 것이며, 미 전략사령부(STRATCOM)는 별도의 명령이 있을 때까지는 미국 영공을 넘어서지 않도록 조처했다고 강조했습니다.」

「도대체 어떻게 돌아가는 거야?」

한센이 외쳤다.

「모를 일입니다, 대사님.」

「러시아 대사의 전화번호를 알고 있소?」

「크루츠케긴 대사님의 번호가 여기 있군요.」

데커는 전화번호를 불러주었다.

「좋소, 크루츠케긴에게 전화를 걸어야겠소. 당신은 잭키, 피터, 잭 등 모두에게 될 수 있는 대로 빨리 사무실로 모이라고 연락을 취하시오.」

*

크루츠케긴 대사관저에서는 단 한 번 전화벨이 울렸을 뿐인데도 즉각 응답이 왔다.

「여보세요.」

「난 존 한센 대사요. 크루츠케긴 대사와 긴히 통화할 일이 있소.」

「죄송합니다, 한센 대사님. 크루츠케긴 대사님은 지금 회의 중이십니다. 바꿔드릴 수가 없는데요.」

전화의 목소리가 대답했다.

「기다리겠소.」

한센의 귀에 크루츠케긴의 목소리가 배경에서 들려왔다. 전화를 받은 사람이 거짓말을 한 것이다.

크루츠케긴 대사는 검은색과 황금색이 어우러진 실크 가운을 입고 전화기 옆에 서 있었다. 따뜻한 이탈리아제 슬리퍼가 대리석의 차가운 기운을 막아주고 있었다.

「안녕하시오, 존.」

그가 입을 열었다.

존 한센은 한 인간으로서의 크루츠케긴을 좋아했고, 적으로서의 그를 존경했다. 크루츠케긴 편에서는 한센을 두고 〈대영제국이 더 이상 세계를 지배하지 않는다는 것을 아직도 모르는 사람〉이라고 묘사하곤 했다. 그러나 크루츠케긴은 가능하기만 하다면 한센과 협력하는 편이 더 생산적이라는 것을 터득하고 있었다. 한센의 질문을 예상한 그가 먼저 얘기를 꺼냈다.

「존, 솔직히 말해서 이스라엘에서 무슨 일이 일어나고 있는지 난 몰라요. 방금 모스크바의 외무성 장관과 통화를 했는데, 우리 측에서 발사한 것이 맹세코 아니랍니다. 그들도 우리와 마찬가지로 혼란을 겪고 있는 게 틀림없소.」

한센은 크루츠케긴이 그가 요청할 내용을 이미 간파하고 있다는 사실이 놀라웠다. 직선적인 그의 대답도 예기치 못한 것이었다. 그는 자신이 거짓을 말해야 할 때와 진실을 말해야 할 때 정도는 가릴 줄 아는 사람이었다. 그런데 지금은 확실히 진실을 말하고 있는 것 같았다. 적어도 그가 알고 있는 한에서는.

「고맙소, 유리.」

한센이 말했다. 그의 솔직한 답변으로도 밝혀진 것이 거의 없긴 하지만.

*

한센 대사를 돕는 간부들은 대사가 도착하기를 기다리면서 텔레비전의 뉴스 보도를 시청하고 있었다.

「일이 어떻게 진행되는지 알고 있는 사람 없소?」

문을 들어서면서 한센이 물었다. 뉴욕 시각으로 오전 2시 직전이었다.

「러시아는 자기들과 무관하다고 주장하고 있습니다. 그들은 그 공격이 이스라엘 산 속에 주둔하고 있는 러시아 군대를 향한 것이었다고 합니다.」

한센의 법률 자문 보조인 잭 레드몬드였다.

이 말은 사태를 더욱 꼬이게 하는 사항이 아닐 수 없었다.

「도대체 어떻게 그런 일이 벌어질 수 있단 말이오?」

한센이 믿을 수 없다는 듯이 말했다. 레드몬드는 고개를 가로저었다.

잠시 침묵하면서 한센은 텔레비전의 기자를 주목했다.

「국무성은 이스라엘에서의 공격이 러시아 정부 내의 권력 다툼에서 기인하는 것일 수 있다는 점을 숙고 중에 있습니다. 최소한으로 줄여서 말하더라도, 러시아 내에서는 정책에 대한 통제력을 장악하기 위한 싸움이 가열되어왔습니다. 외무성의 체로프 장관과 국방성의 크롬첸코프 장관 같은 강경파는 공산주의 시절로 돌아가 세계를 주름잡아야 한다고 주장하고 있고, 이에 반해 페레리야킨 대통령 같은 이는 보다 온건한 노선을 주장합니다. 러시아의 이스라엘 침공이 어느 쪽의 주도인지에 대해서는 분석가들의 일치된 견해가 아직 나와 있지 않습니다.」

한센이 잭 레드몬드를 향해 코멘트를 부탁한다는 제스처를 취했다. 레드몬드는 넓은 어깨를 으쓱했다.

「물론 가능한 말이긴 하지요. 하지만 더 큰 그림의 질문에 대해서는 실제적인 대답이 못 됩니다. 우리가 알기에는 어느 도시도 타격을 입은 바 없습니다. 미사일은 분명 광야 지대에 떨어졌습니다. 그 점은 타격받은 것이 자신의 군대였다는 러시아의 주장을 뒷받침해 주는 것 같습니다. 더욱이 러시아의 한 그룹이 다른 그룹을 폭격할 정도로 정치적인 상황이 악화되어 있었다고는 생각할 수가 없습니다.」

「좋소, 그럼 러시아가 진실을 말하고 있다고 잠시 가정해봅시다. 그들에게는 폭격의 책임이 없다고 말이오. 그렇다면 그런 핵 공격을 감행할 능력을 가진 어느 나라가 그런 일을 저질렀을까?」

한센의 말에 아무도 대답하지 않았다.

「우리가 할 수 있는 것은 위성 데이터가 나와서 발사된 곳을 알아볼 수 있게 되는 것뿐입니다.」 레드몬드가 결론적으로 말했다.

「누가 그 공격을 했든, 지진과 폭발이 겹침으로써 이스라엘은 분명 유리한 위치에 있게 되었습니다. 모든 주요 도시에서 이스라엘과 러시아 사이에 전투가 벌어지고 있다는 보고가 있습니다. 이스라엘 레지스탕스들이 지진으로 파괴되지 않은 모든 텔레비전과 라디오 방송국을 이미 장악했다고 합니다.」

데커가 나섰다.

한센은 머리를 긁적이면서 잠시 생각에 잠겼다. 그러고는 고개를 흔들면서 말했다.

「지진을 제외한 이 모든 것이 이스라엘의 작품이라면 실로 경탄할 만한 일이 아닐 수 없소!」

이스라엘 텔아비브

텔아비브 거리의 보이지 않는 심장부에서는 분위기가 밝고 희망에 넘쳤다. 공격이 개시된 지 다섯 시간이 지난 시점이었다. 지진은 원격 기지를 흔들기만 했을 뿐 피해는 입히지 않은 채 지나갔다. 계획의 1단계는 성공했다. 러시아인들은 전략방위 통제실에서 원격 기지로 작전권이 넘어간 것을 까맣게 모르고 있었다. 조금 지체되긴 했지만 민간인에 대한 대피도 이루어졌다. 전략대로 기드온이 발사

되었고, 표적은 모두 적중되었다. 최초의 살상 반경 바깥에 있는 러시아 군대는 주변의 산악 지대로 흩어졌지만, 중성자의 방사로 말미암아 그들의 내부에 심어진 죽음의 씨앗은 어찌할 길이 없을 터였다. (중성자 방사가 급격히 감소해갈 그들의 시신은 야생 동물과 새들에게 썩은 고기를 제공해줄 것이고, 그들의 흩어진 뼛조각들은 다음 일곱 달 동안 생존자들에 의해 수거되어 하몬 곡 골짜기의 공동묘지에 묻혀 그들의 동지들과 함께 쉬게 될 것이다.) 이스라엘의 의도와는 상관없이 아프리카 플레이트와 아라비아 플레이트가 만나는 사해 단층을 따라 일어난 지진은, 적들의 혼돈을 가중시킴으로써 그들의 커다란 목적 달성에 실제적인 도움이 되어주었다.

이스라엘 거리에서는 시민들이 러시아 점령군을 공격하고 있었다. 미츠페 라몬 근처의 산악 지대에서는, 이스라엘의 한 기병대대가 전략방어통제실의 외곽을 수비하는 안전요원들을 놀라게 하여, 안에 있는 요원들이 항복하러 밖으로 나오기를 기다리고 있는 중이었다. 그들을 억지로 끌어내려는 시도는 쓸모없는 짓이 될 것이다. 메가톤 급 핵탄두로 직접 공격하지 않는 한 그 무엇으로도 뚫리지 않을 1미터 두께의 강철로 된 벽과 문 때문이다. 4개월 전 러시아가 침략했을 때, 기지의 통제실 요원들은 이스라엘의 국방성 장관으로부터 명령을 듣고 난 이후에야 항복을 했었다. 원격 기지가 완전히 주도권을 쥠으로써 이 기지는 러시아인들에게는 거의 쓸모가 없었음에도, 실제 점유자들이 항복하려면 오래 기다려야만 할 것 같았다.

그럼에도 축하할 만한 일은 분명 기다리고 있었다. 두번째 단계는 원격 기지의 화이트 단장과 그 대원들의 몫이라고 해도 과언이 아니다. 이스라엘이 러시아 진영의 무기고를 접수할 동안, 화이트 단장과 대원들이 러시아로부터 보복성 핵무기가 날아올 것에 대비하여 이스라엘의 전략적 방어를 즉각 책임져야 했기 때문이다.

스콧 로젠은, 이스라엘의 전략방어 수준은 러시아가 전면적인 공격을 감행해온다고 해도 97퍼센트 이상 물리칠 수 있다고 판단했다. 러시아에서 핵 설비가 차지하는 비중은 소련 연방이 붕괴한 이래로 계속 감소해왔고, 이스라엘의 전략방어 산업은 영토는 비좁고 보호해야 할 인원은 많다는 점에서 실질적인 성장을 꾀해왔다. 하지만 전면적인 공격이 이루어진다는 것은, 상대적으로 연약한 도시들이 타격을 입을 수 있음을 의미했다. 공격이 더 소규모로 제한적이라면, 전략방어 시설은 날아오는 핵탄두를 모두 파괴시킬 수 있을 것이다. 가장 가능성이 농후한 시나리오는, 서방이 개입할 가능성을 줄이기 위해 러시아가 강력하지만 제한적인 반격을 가하는 것이었다. 그럼에도 모두가 다 희망하는 바는, 이스라엘이 스스로의 전략방어 시스템에 대한 통제력을 다시 찾았음을 러시아가 깨닫고, 핵공격을 하더라도 무용지물이 될 것을 알아차려서 핵탄두를 전혀 날려 보내지 않는 것이었다. 하지만 러시아가 어떻게 나올지에 대해서는 확신할 길이 없었다. 화이트 단장의 대원들 각자는, 핵탄두 하나하나가 수만 명 이상에 달하는 자국민의 죽음을 의미한다는 것을 알고 있었다.

하지만 이것은 타깃을 조준하여 방아쇠를 당기는 게임이 아니었다. 전략방어는 완전히 자동화되어 있었다. 또 그렇게 되어야 했다. 최대한의 인명 살상을 노리는 미사일을 발사시키는 데에 거의 순간적인 반응이 요구되었다. 사람이 끼어들어 망설일 여유가 없었다.

컴퓨터상에 〈징후〉가 나타나서 명령이 주어지기만 하면, 인간들의 역할은 지원이나 재조정의 수준으로 줄어들었다. 그러한 시스템의 통제를 전적으로 시스템 자체에 맡긴다는 것은 위험하다고 말하는 이들이 적지 않았지만, 조수아 로젠과 그의 동료들은 그것이 살아남기 위한 최선의 길이라고 설득력 있는 반론을 펴곤 했다.

　이스라엘은 러시아나 그 동맹국들로부터, 혹은 바다로부터 가해질 공격의 어떠한 징후에 대해서도 즉각적으로 반응할 수 있도록 전략방어 시스템을 이미 가동시키고 있었다.

4
여섯 개의 구름 기둥

러시아 모스크바

텔아비브에서 정북 쪽으로 1천6백 킬로미터 떨어진 모스크바에서는, 이스라엘 사태를 토론하기 위한 국방위원회가 열리고 있었다. 모스크바는 오후 4시 5분, 뉴욕 시각으로는 오전 4시 5분, 이스라엘은 오전 11시 5분이었다.

86세인 국방성 장관 블라디미르 레온 조지프 크롬첸코프는, 크렘린의 〈전쟁의 방〉에 모인 13명 중에서도 가장 연장자였다. 크롬첸코프는 러시아 혁명이 발발되던 초창기에 태어났다. 그의 아버지는 페트로그라드에서 전투에 참가하느라 그의 출생도 지켜보지 못했었다. 혁명을 전후한 시기에, 크롬첸코프의 아버지는 어떻게든지 레닌과 스탈린, 트로츠키와 밀접한 관계를 유지하려고 애썼지만, 그렇다고 해서 그들 중의 어느 누구와 특별히 더 가까워지는 것은 바라지 않았다. 다른 두 사람에게 경계의 대상으로 찍혀서도 안 되기 때문이었다. 배반이 죽 끓듯이 이루어지는 정치판에서 교묘하게 줄을 타는 그의 능력은 아들에게까지 고스란히 전수되었다. 거의 40년 가까이 군대에서 밥을 먹은 블라디미르 크롬첸코프는 고르바초프 초기 시절에 크렘린에 처음 발을 들여놓았다. 고르바초프의 개혁 정책에 반대하는 강경파로서 고르바초프가 그동안 〈비축한 것들을 서방에 거저 넘겨줄〉 것을 견제하기 위해서였다.

보리스 옐친은 크롬첸코프의 정치적인 파워를 약화시켜서 그를 국방위원회에서 몰아내려고 여러 차례 시도했었지만 아무런 성과도 거두지 못했다. 크롬첸코프는 일을 뒤에서 조종한다는 것이 어떤 것인지를 터득한 사람이었다. 원하기만 했다면 그는 대통령이 될 수도 있었을 터였다. 하지만 조작당하기보다는 조작하기를 더 선호하는 그 같은 이에게 대통령 직은 그다지 걸맞지 않았다. 소비에트 연방이 세계를 움직이는 한 축으로서 힘을 회복할 때까지는, 그는 결코 눈을 감지 못할 것이라는 소문이 떠돌 정도였다. 그것이 그에게 주어진 운명의 길이라는 것이었다. 그는 자신이 직접 그러한 운명의 길을 가게 해줄 발판을 마련하는 일에 나섰다. 다른 누구에게도 맡기지 않고 자신이 직접 나서서 이스라엘의 침공을 조종했던 것이다.

「동지들.」

국방성 장관 크롬첸코프가 옛 소련 스타일로 말문을 열었다. 그런 그의 스타일은 주변의 몇몇에게는 닭살이 돋을 정도였지만, 거기에서 따뜻한 동지애를 느끼는 이들이 있는 것도 사실이었다.

「우리의 정보부가 방금 입수한 정보에 따르면 이스라엘에 주둔하는 국제 평화유지군에 대한 오늘 아침의 공격은 이스라엘 반란군에 의해 모의되고 실행된 것이었음이 밝혀졌습니다. 우리는 방금 전에 미츠페 라몬에 있는 전략방어통제실의 책임자인 세로프 장군과 통화를 재개할 수가 있었습니다. 그는 이스라엘이 원격 조종으로 핵무기를 조종할 통제권을 장악한 것이 확실하다고 말했습니다. 오늘 아침의 공격은 바로 그 원격 조종으로 이루어졌다는 것입니다. 현재, 반란군들은 시내에 주둔중인 우리 군대와 전투를 벌이고 있습니다. 이스라엘의 한 소규모 부대는 통제 기지 바깥에서 진영을 구축하고 있습니다. 세로프 장군은 고립된 상태에서도 통제권을 되찾고자 전력을 다하고 있습니다.」

크로첸코프는 자신이 하려는 발언 중에서 실제로는 가장 의미심장한 것인데도 나중에야 생각났다는 듯이 슬그머니 덧붙였다.

「다른 관점에서 보면 이스라엘은 핵탄두를 발사할 수 있는 통제권을 장악한 것에 더하여 자신들의 전략방어 시스템 또한 장악하게 된 것으로 보입니다.」

외무성 장관 체로프는 크롬첸코프가 한 마지막 발언이 갖는 중요성을 간파했다. 이스라엘 레지스탕스가 전략방어 시스템의 통제권을 가졌다면, 러시아가 반응할 수 있는 선택 사항은 입지가 훨씬 좁아지게 된다.

「사용된 핵탄두는 기드온 급으로서 5메가톤의 중성자탄이 여섯 군대의 임시 군사시설물의 외곽을 때린 것으로 확인됐습니다. 우리의 피해 규모는 진영 내의 인명 손실이 전부인 것으로 믿어집니다.」

「물자 피해는요?」

수천 명의 인명 피해보다는 무기의 비축을 더 염려하는 재무성 장관이 물었다.

「이 시점에서 무기류의 손실 정도에 대해서는 파악된 바가 없지만, 장비는 아무 손실이 없었던 것 같습니다.」

「어떻게 할 것인지 제안을 해보시오.」

페레리야킨 대통령이 국방성 장관을 향해 주문했다.

크롬첸코프가 입을 열었다.

「낮은 수준의 메가톤급 중성자탄이 사용된 것은 우리의 병사들을 살상하는 데에 목적이 있었음을 말해줍니다. 그것은 곧 이스라엘에게 아랍으로부터 자신들을 지키기 위해 우리의 무기를 탈취할 기회를 허용하는 것으로 이어집니다. 세로프 장군이 핵무기와 전략방어 시스템의 통제권을 되찾기를 기대하는 한편, 우리는 대응책을 강구하여 그러한 시도가 결코 성공적이 못했음을 보여주어야 합니다. 우리의 평화유지군을 즉각 보충하는 것에 더하여, 핵과 재래식 반격 모두를 준비해야 한다고 제안합니다. 먼저, 우리가 전략방어 시스템을 다시 장악할 경우, 우리는 받은 만큼을 돌려주어야 할 것입니다. 우리 군대에 대해 이스라엘이 아무 근거 없는 공격을 했던 것과 마찬가지로, 우리도 여섯 발의 중성자탄을 이스라엘 측 목표물에 날려보내야 합니다. 둘째, 우리가 전략방어 시스템을 다시 장악하지 못할 경우, 그때는 24시간 이내에 이스라엘이 우리의 장비를 접수하기 이전에 동일한 여섯 군데의 표적을 향해 재래식 무기로 공중 폭격을 가해야 합니다. 우리의 장비를 빼앗으려고 시도하는 이스라엘의 군대에 대해서도 추가적인 공격이 뒤따라야겠지요. 두번째 선택 사항은 단순하긴 하지만 소기의 목적을 달성하게 해줄 것입니다.」

「국방성 장관 크롬첸코프, 우리가 이스라엘의 핵무기를 다시 장악할 수 있다면, 그때는 그들 자신의 사일로(전략 미사일의 지하 격납고-역주)에서 발사를 할 것을 추천하는 바입니다.」

스테판 울리노프 내무성 장관이 말했다.

「좋은 생각이오.」

페레리야킨 대통령이 말했고, 모두가 동의했다.

울리노프가 계속했다.

「핵무기 반격에 관해서 말씀드리자면, 이스라엘의 전략방어 시스템이 우리의 정보부가 보고한 것에 근접할 만큼 효율적이라면, 국방성 장관 크롬첸코프가 절대적으로 옳소. 핵탄두가 목표물에 닿을 것이라는 확신이 없는 한 발사해서는 안 됩니다. 우리의 발전된 미사일 방어 체계가 어느 정도인지를 세상에 과시할 필요는 없을 것입니다.」

울리노프는 전달 효과를 위해서 천천하고도 분명한 목소리로 말했다.

「그것은 곧 결정적인 파국을 불러올 실수가 될 수 있습니다. 서방측으로 하여금 자신들의 전면적인 전략방어 시스템을 가동시키도록 부추긴다면 헤어날 수 없는 올가미에 빠져들게 되는 것입니다.」

울리노프는 국방위원회의 위원들이 자신의 생각이 지혜로움을 알아차릴 수 있도록 잠시 뜸을 들인 다음, 국방성 장관인 크롬첸코프를 바라봄으로써 그에게 발언권을 넘겼다.

「결국, 우리가 핵 능력이나 전략방어 시스템을 다시 장악하지 못한다면, 우리는 재래식 공중 폭격으로 미사일 사일로를 무력화시키기 위해 훨씬 더 많은 힘을 쏟아붓지 않으면 안 될 것입니다. 하지만 우리가 일단 그들의 핵무가 통제권을 다시 빼앗아오기만 한다면, 이스라엘은 전략방어 시스템까지도 넘겨주지 않을 수 없을 것입니다.」

크롬첸코프가 결론을 지었다.

대통령은 다시 한 번 좋은 의견임을 표시한 뒤 말했다.

「국방성 장관, 이번 사태에 어떻게 대처할 것인지 현명한 방안을 강구토록 하시오.」

*

위원회 모임이 끝나자 국방성 장관 크롬첸코프는 외무성 장관 체로프를 단독으로 만나기 위해 그 자리에서 머뭇거리고 있었다. 크롬첸코프는 체로프가 요청하려고 하는 바가 무엇인지 감을 잡았다. 하지만 신중을 기하지 않으면 안 될 일이었다. 듣는 이가 아무도 없다는 것을 확인한 그가 입을 열었다.

「체로프 동지, 말해봐요. 제한된 반격을 해야 한다는 내 제안에 대해 당신은 어찌 생각하오?」

「좋은 계획이오… 당신의 의도가 페레리야킨 대통령의 바람을 만족시키는 데에 있다면 말이오.」

체로프의 목소리는 아무런 거리낌이 없었다. 크롬첸코프의 계획이 만족스럽지 않다는 것을 명백히 드러내고 있는 것이다.

「당신은 반격이 좀더… 강했으면 하는군? 이 기회를 더 극대화시킬 수 있도록 말이오.」

「바로 그렇소. 그것이 내 희망사항이오.」

「다른 대안을 이미 준비해두었소. 어쩌면 당신 의사와 닮은꼴을 찾을 수 있을지도 모르겠소.」

크롬첸코프는 별 특징이 없는 커다란 봉투 하나를 동료 장관에게 넘겨주고는 방을 떠났다.

뉴욕

뉴욕 시각으로 8시경, 세계는 이스라엘에서 일어난 사건을 알아차리기 시작하고 있었다. 보도 초기에는 폭격을 단순히 러시아 측에서 일으킨 우발적인 사고 정도로 바라보는 시각이 지배적이었다. 대다수 러시아인들조차도 그렇게 생각했을 정도였다. 하지만 이제, 어떻든지 간에 이스라엘에 의해 조종된 공격임이 분명해졌고, UN에서는 러시아에 자제를 요청하는 쪽으로 재빨리 관심을 돌렸다.

존 한센은 정치에 입문한 햇병아리 시절에 이미 터득한 바 있었다. 가장 효과적인 외교 정책은 대개는 은밀하게 사적으로 수행되는 것임을. 사무총회의 연단에서 발언을 하는 것은 보여주기 위한 〈쇼〉에 지나지 않았다. 하지만 안전보장이사회의 재조직을 요구했던 경우 순전히 구경거리를 위한 동의안처럼 연단이라는 것이 필수불가결한 경우도 있었다. 현재의 경우는 둘 다를 요구하게 될 것이었다.

이스라엘이 그처럼 기민하게 대처할 수 있었다는 것은 놀라운 일이 아닐 수 없었지만, 그런 행동을 실제로 옮긴 것은 미친 짓이었다는 것이 한센의 생각이었다. 러시아가 어떤 식으로 반격을 해올지 아무도 장담할 수 없었다. 제한적인 핵 공격을 심각하게 고려할 러시아 정치가들이 적지 않았다. 한센은 온건주의자들이 이를 물리쳐주기를 희망하고 있었다. 불행하게도 유리 크루츠케긴 러시아 대사로부터는 더 이상 알아낼 수 있는 것이 없었다. 그는 불필요한 모험을 할 필요가 있겠느냐는 식으로 입을 다물어버렸다.

텔아비브 거리의 지하 깊숙한 곳에 숨어 있는 몇몇 남자들과 여자들이 카드를 쥐고 있다는 것을 한센은 전혀 모르고 있었다. 그들이야말로 이스라엘의 핵무기 및 전략방어 시스템에 대한 통제권과 더불어, 역사를 손아귀에 쥐고 있는 자들이었다.

러시아 모스크바

국방성 장관 블라디미르 크롬첸코프는 화장실로 들어서서 소변기를 향해 다가서면서 누군가가 뒤따라 들어온 것을 알아차렸다. 곁눈으로 보니 외무성 장관 체로프였다. 크롬첸코프는 이것이 결코 우연한 만남이 아님을 알았다. 건물의 외곽에 해당하는 이곳에서 체로프를 만났던 경우는 손가락으로 헤아릴 수 있을 만큼 드물었다. 그럼에도 함부로 추측을 한다는 것은 현명한 일이 못 되었다.

「아, 안녕하시오.」

크롬첸코프가 말을 걸었다.

체로프는 고개를 끄덕여 보이기만 했다.

「대안으로 내놓은 내 안건에 대해서는 들여다보았소?」

「보았지요.」

체로프가 대답했다.

「우리나라의 장단기 목표를 위해 몇 가지 흥미로운 가능성을 생각하게 해주더군요.」

체로프의 목소리는 자신이 거기에 흥미를 갖고 있으며 크롬첸코프가 그것을 이미 갈파하고 있음을 말해주고 있었다.

「물론이오. 그 같은 계획은 미국의 반응에 많은 것이 달려 있을 것이오. 나는 몇 가지 가정을 해보았소. 물론 모두가 추측이지만. 나는 이 분야의 전문가가 아니니까 말이오.」

크롬첸코프가 이런 발언을 하는 의도는 의심할 바가 없다고 체로프는 생각했다. 국방성 장관으로서의 의무를 다하는 것일 뿐만 아니라, 나중에 그 문제에 대한 자신의 가정이 잘못된 것이라고 판명이 난 경우라도 자신은 그 문제에 책임질 위치에 있지 않았음을 확인해 두려는 수작인 것이다.

「당신은 아마 다른 평가를 할 줄로 아는데?」

소변기에서 물러나 크롬첸코프가 손을 씻으면서 말했다.

「아니에요. 장관님의 평가가 옳은 것 같소.」

자신도 싱크대로 오면서 체로프가 말했다.

「물론 확실히 알 수는 없습니다. 이 문제에 관한 페레리야킨 대통령의 바람을 외면하기란 불가능할 것입니다.」

체로프의 목소리에는 만약 자신이 경청해야 할 것이 있다면 기꺼이 그렇게 하겠다는 의지가 담겨 있었다.

「당신 말이 옳은 것 같소.」

크롬첸코프가 한숨을 쉬면서 말을 이었다.

「하지만 국방위원회의 우파 멤버에 의해 그것이 제안된다면, 따를 사람들이 반드시 있을 것이오.」

「우파라고요?」

크롬첸코프가 자신의 제안을 더 좀 확실히 해주기를 바라면서 체로프가 물었다.

「그래요, 더 강한 리더십으로 러시아 연맹을 이끌어나가야 한다고 주장할 사람 말이오. 대통령은 다수의 견해를 지지하지 않을 수 없다는 것을… 어, 알게 될 수밖에 없을 거요.」

그가 무엇을 제안하고 있는 것인지 이제는 의심할 바 없이 분명해졌다. 크롬첸코프의 계획은 확실했다. 체로프에게 〈우파 멤버〉가 되어 달라는 것이었다. 페레리야킨 대통령은 분명히 그 안을 반대할 것이다. 거기까지는 쉬운 부분이다. 어려운 부분은 체로프의 견해를 다수의 의견으로 만드는 것인데, 이는 사전에 조율되지 않으면 불가능한 일이었다. 페레리야킨은 관대한 사람이 결코 아니었다. 계획이 실패한다면 체로프는 비싼 대가를 치러야만 할 것이다.

「뜻을 같이하는 위원이 분명히 있긴 한가요?」

체로프가 신중하게 물었다.

크롬첸코프가 손을 말리면서 대답했다.

「과거에는 페레리야킨을 지지했지만 지금은 나를 따르게 된 세 명의 위원들이 있소. 그들은 이 같은 기회가 그냥 지나가기를 원치 않아요.」

체로프는 재빨리 숫자를 계산해보았다. 그러고는 크롬첸코프의 계산이 정확했음에도 불구하고 모든 것이 계산대로는 되지 않았다는 점에 생각이 미쳤다. 더 강력한 대응 방안을 밀어붙이기 위해 이 세 위원들이 대통령을 찾아가지 않았으리라는 이유도 없지 않은가?

「세 위원들이 대통령에게 가서 탄원을 했나요?」

체로프가 물었다.

「물론 그렇소.」

「그가 듣기는 듣나요?」

「그는 경청해요. 그냥 듣기만 하는 것이 아니라. 그는 신중하니까.」

「돌다리도 두들겨보고 건넌다……」

체로프가 중얼거렸다.

「그래요. 하지만 운명이 슬그머니 지나가버리기를 기대하는 편이지. 러시아가 세계의 한 축으로서 다시 제자리에 설 수 있는 기회를 못 본 척한 체 말이오.」

「장관님은 기회라고 생각하시는군요. 하지만 세로프 장군이 이스라엘의 전략방어 시스템을 다시 장악하는 데에 성공하지 못한다면 그런 기회가 오지도 않을 것 아니겠소?」

크롬첸코프가 인정한다는 듯 고개를 끄덕였다.

「진실로 그렇소. 그가 실패한다면 다른 대안은 있을 수 없고 잃을 것도 없소. 하지만 그가 성공한다면…, 우린 행동할 준비를 해야만 하오.」

체로프는 크롬첸코프의 말을 곰곰 숙고해보았다.

「더 생각해보지요.」

이스라엘 텔아비브

원격 통제실에서 화이트 단장의 대원들은 잠자리에 들 채비를 하고 있었다. 바깥 풍경을 보려면 며칠, 아니 몇 주일을 더 보내야 할지 알 수 없는 일이었다. 요엘은 컴퓨터 앞에서 감자칩을 우적우적 씹어 먹고 있었다. 스콧은 한숨 자두려고 이제 막 간이침대를 편 참이었다. 예기치 않은 사태가 벌어진 것은 바로 그때였다.

「이게 뭐야?」

요엘이 숨을 죽이며 말했다.

「화이트 단장님.」

그가 갑자기 소리쳐 불렀다.

화이트 단장은 커피잔을 내려놓고, 요엘이 앉아 있는 곳으로 걸어왔다.

「무슨 일인가?」

그가 물었다.

요엘은 컴퓨터 쪽으로 몸을 바짝 기울이며 모니터를 들여다보고 있었다.

「제가 잘못 읽었으면 싶지만, 방어망을 나타내는 표시 막대에 적색 불이 들어왔어요.」

화이트 단장은 컴퓨터를 들여다보았지만, 자신이 방금 본 것을 믿을 수가 없었다.

「대니, 이리로 빨리 와봐.」

그가 두 명의 여성 대원 중 한 명을 소리쳐 불렀다.

다니엘 메츠거는 원격 통제실에서도 화이트를 제외하고는 가장 경험이 많은 축에 속했다. 단장과는 달리 그녀의 주된 일은 모두 실무와 관계되는 것이었다. 그녀는 통제실의 안팎일을 두루 꿰고 있었다.

「오, 안 돼!」

그녀가 비명을 질렀다. 그 소리에 잠자고 있던 세 대원이 깨어났다. 메츠거가 고참답게 큰 소리로 외쳤다.

「빨리·서둘러요, 문제가 생겼어요!」

「일이 어떻게 돌아가는지 설명해봐요.」

화이트가 명령했다.

「통제권을 잃었습니다.」

메츠거가 자신이 읽은 것이 틀림없는지를 확인하기 위해 진단 프로그램을 작동시키면서 대답했다.

「무슨 일이죠?」

여러 목소리가 동시에 외쳤다.

메츠거는 통제권을 다시 살리기 위해 미친 듯이 자판을 두드렸다. 하지만 마침내 이것이 결코 실수로 판독된 결과가 아님을 확인할 수 있었다.

「단장님, 어찌 되었든 이젠 러시아가 전략방어 시스템의 통제권을 장악하고 있는 것 같습니다.」

「다시 찾을 수 있겠소?」

그는 그렇게 물으면서도 그녀의 대답이 두려울 지경이었다.

「알 수 없습니다, 단장님. 제 생각엔…….」

「잠깐만요.」

요엘이 끼어들었다.

「공격에 대한 통제권은 아직 우리에게 있습니다. 하나를 잃었다고 해서 다른 것도 잃은 건 아니에요. 혹시 시스템상의 단순한 착오는 아닐까요?」

다른 이들과 마찬가지로 무엇이 잘못되었는지, 그것을 바로잡으려면 어떻게 해야 할지를 파악하기 위해 애쓰고 있던 스콧 로젠이 요엘의 질문에 답했다.

「이건 착오가 아니야. 난 그자들이 어떻게 했는지에 대해서는 설명할 수 없지만, 무엇을 행했는지에 대해서는 설명할 수 있어. 공격 시스템과 방어 시스템의 여러 기지를 이어주는 통신 시설에 쓰이는 광학 섬유는, 전략방어 통제 기지와 원격 통제 기지에도 통하고 있지. 미사일 사일로를 통제하는 통신문은 먼저 이 기지를 통과해서 다음엔 SDCF로 가고, 방어 시스템을 통제하는 통신문은 먼저 SDCF를 통과한 다음 이 기지로 오게 돼.」

「누가 그런 바보 같은 장치를 한 거야?」

요엘이 외쳤다.

「브라운 박사. 하지만 그로서는 이런 상황이 우리에게 생기리라고는 도저히 가정할 수가 없었을 거야.」

다니엘 메츠거가 자신의 사부이기도 했던 고인을 대변하여 말했다.

스콧이 설명을 계속했다.

「어떻든 그자들은 SF14가 일종의 위장 시설임을 간파하고는 입출력 케이블을 찾아낸 것이 분명합니다.」

「우린 통제권을 다시 찾을 수 있는 거요, 없는 거요?」

화이트 단장이 우격다짐 격으로 물었다. 침묵이 오래 이어졌다.

「그럴 수 없을 것 같습니다. 그자들이 케이블을 잘랐을 것입니다.」

마침내 스콧이 대답했다.

혼돈과 당혹 속에서, 어느 누구도 라디오에서 흘러나오는 희미한 소리를 알아듣지 못하고 있었다. 라디오에서는 성경에 쓰인 예언자 요엘의 말씀이 반복적으로 계속되고 있었다. 그렇게 되풀이되던 말이 다른 목소리로 대체되었을 때 사람들은 이를 거의 알아채지 못했다. 그것은 랍비 사울 코헨의 낮고 성량이 풍부하고 세련된 목소리였다. 방 안이 한 순간 침묵 속으로 빠져들자, 그제야 요엘 펠스버그의 귀에 친숙한 목소리가 들려왔다. 처음엔 흘려들었지만 곧 그 목소리를 알아차렸다.

「누나의 랍비야.」

그가 말했다.

다른 이들은 놀라면서도, 누군가 현재의 곤궁에서 빠져나오게 해줄 길을 제시해줄 사람이기를 기대하는 눈치였다.

「저기에서 무슨 일이 벌어지고 있는 거지? 반복되던 요엘의 말씀은 왜 끝나버린 거야?」

모두가 분명히 들을 수 있도록 볼륨을 높이면서 요엘이 반문했다.

「코헨? 저 반역자!」

랍비에 대한 강렬한 증오로 말미암아 눈앞의 더 절박한 문제에서 잠시나마 벗어나게 된 스콧 로젠이 외쳤다. 코헨의 호소력 있는 목소리를 스콧은 전에도 익히 들은 적이 있었다. 부모님의 집에서 묵던 날 아침이면 예의 그 목소리에 잠에서 깨곤 했다. 부모님과 몇몇 사람들은 그를 중심으로, 예수아를 유대인 메시아로서 선포하는 찬송을 부르고 있었다. 그는 부엌으로 달려가서 그 랍비를 한 대 갈기고 싶은 충동을 자제하느라 이를 악물어야 했다. 어머니 일라나 로젠만 아니었더라면, 그는 그렇게 하고도 남았을 것이다. 그의 부모님처럼 이스라엘의 개인적인 시민이 예수아를 믿는 것과, 하시디즘(Hasidism, 율법의 내면성을 존중하는 경건주의 운동 – 역주) 랍비가 그것을 믿는다는 것은 분명 다른 문제였다. 대재난에 부모님이 돌아가시기 이전이긴 하지만 최근에 스콧의 부모님은 뭔가 신비에 싸인 프로젝트를 놓고 코헨과 붙어 지내는 시간이 많았다. 조수아, 일라나, 코헨 셋은 귀가 예정 날짜만을 메모로 남겨놓은 채 몇 주일씩 어디론가 잠적하기 일쑤였다. 그 코헨의 목소리가 지금 라디오를 통해 흘러나오고 있었다.

「지구상의 모든 이들이 오늘날 여기에서 이루어진 일들을 목격했습니다. 하지만, 오, 그대들 이스라엘은 하나님을 영광되게 하지 않았습니다. 그대들은 그대들의 적들을 파멸로 몰아넣은 데 대해 스스로를 축하해 마지않았습니다. 그대들은 그대들 자신을 영광되게 했고, 이제는 그대들 자신의 이익을 위해 예언자 요엘의 말씀을 남용했습니다. 주님은 〈이 말들이 내 백성을 다시 모으기 위한 호소로서 쓰여서는 안 된다〉고 말씀하십니다. 이것들은 사탄의 아들의 말들입니다. 사탄의 아들은 다가오는 주의 날에 그대들을 파멸시키기 위하여 악의 세력을 끌어 모을 것입니다. 그럼에도 불구하고 그대들의 하나님은 인내가 많으시고, 자비가 넘치는 하나님이십니다. 여기 예언자 에스겔이 내 백성 이스라엘의 적들에 대해 하신 말씀이 있습니다.

〈내가 전염병과 피 비린내 나는 일로 그를 심판하겠다. 또 그와 그의 부대와 동맹군 위에 억수 같은 소나기와 돌덩이 같은 우박과 불과 유황을 많은 나라들 위에 퍼부을 것이다. (…) 너와 너의 모든 군대와 너와 함께 하는 나라들이 모두 이스라엘의 산 위에서 쓰러져 죽으리라. 나는 네 시체마저도 온갖 사나운 새들과 들짐승들에게 밥으로 던져줄 것이다. 너와 너의 모든 군대와 너와 함께 하는 나라들이 모두 이스라엘의 산 위에서 쓰러져 죽으리라. 나는 네 시체마저도 온갖 사나운 새들과 들짐승들에게 밥으로 던져 줄 것이다. 내가 이렇게 말하였으니 넌 틀림없이 허허벌판에서 쓰러져 죽으리라. 나 주 여호와가 하는 말이다. (…) 그때에야 비로소 그들은 내가 주인줄을 알게 되리라.〉[1]

오늘, 오, 이스라엘이여, 오늘 그대들은 하나님의 진노와 권세를 보라! 여기, 오 이스라엘이여, 그대들에게 울부짖으며 하소연하나니. 〈하나님의 손을 보라! 눈을 들어 하나님의 손을 보라!〉」

뉴욕

잠 속에서도, 데커의 머릿속은 그날의 사건들로 가득 찼다. 그러다가 갑작스런 공포의 비명 소리에 잠에서 깼다. 크리스토퍼의 방쪽이었다. 달려가 보니 크리스토퍼가 온몸이 땀에 젖어서 떨고 있었다.

「무슨 일이지?」

데커의 가슴도 크리스토퍼 못지않게 떨리고 있었다.

크리스토퍼는 침대에서 벌떡 일어나더니 어리둥절한 눈빛으로 주위를 둘러보았다. 방향 감각이 서서히 되살아나는 모양이었다. 그의 눈빛이 마침내 제자리를 찾았다.

「죄송해요. 이젠 괜찮아요. 꿈을 꾼 것뿐이에요.」

크리스토퍼가 말했다.

하지만 크리스토퍼는 눈에 보일 정도로 떨고 있었고, 데커는 그런 그를 혼자 놔두고 자리를 뜰 수가 없었다.

「십자가에 처형당하는 꿈을 또 꾼 거니?」

「아니에요. 그런 식의 꿈이 아니었어요.」

---

1) 에스겔 38:22, 39:4~6.

「왜, 나에게 이야기해줄 수 없는 내용이야?」

크리스토퍼는 아무래도 내키지 않는 기색이었지만, 데커는 고집했다.

「순전히 개꿈이었어요. 전에도 똑같은 꿈을 꾼 적이 있어요.」

크리스토퍼가 변명조로 말했다. 그래도 데커가 물러날 기색이 없자 크리스토퍼가 양보했다.

「알았어요. …뭔가 기이한 느낌을 주는 꿈이었어요. 먼 옛날 같았지만 동시에 새롭고 신선했어요. 저는 거대한 커튼이 둘러쳐진 방 안에 있었어요. 금실 은실로 장식된 커튼이 무척 아름다웠어요. 방 바닥은 돌로 되어 있었는데, 방 한가운데에 고가구 같은 나무상자가 하나 놓여 있었어요. 테이블 위에 마치 사과상자처럼 놓여 있었지요. 왜인지는 설명할 수 없지만, 나는 꿈속에서 그 상자 안을 들여다보아야 할 것 같은 느낌이 들었어요.」

「상자엔 뭐가 들어 있는데?」

데커가 물었다.

「모르겠어요. 뭔가 보아야 할 필요가 있는 것이 들어 있는 것 같았지만, 한편으로는 그것이 무엇이 되었든 두렵고 무서운 것이라는 것만은 알 수 있었어요.」

데커는 그의 눈 속에서 아직도 남아 있는 두려움을 읽고는, 크리스토퍼에게 꿈 이야기를 하도록 고집한 것이 잘한 일이라는 생각이 들었다. 열다섯 살짜리 소년에게 큰 짐을 혼자서 감당하도록 내버려두어도 좋을 일은 아닌 것이다.

「그 상자에 다가가서 이제 몇 발자국밖에 안 남았을 때였어요. 아래를 내려다보니 웬일인지 마루가 사라져버렸어요. 나는 추락하기 시작하다가 상자가 놓여 있는 그 테이블을 움켜쥐었어요.」

크리스토퍼가 거기서 이야기를 멈추었다.

「그 다음엔?」

데커가 재촉했다.

「꿈은 거기까지였는데…….」

「그런데?」

데커가 재촉했다.

「대개는 그 시점에서 잠이 깨는데, 이번에는 뭔가 달랐어요. 어떤 목소리가 들려왔어요. 매우 깊고, 성량이 풍부한 목소리가 말했어요. 〈하나님의 손을 보라, 눈을 들어 하나님의 손을 보라!〉」

데커는 그 꿈이 의미하는 바가 무엇인지 알 수 없었지만 어쨌든 신경이 쓰였다.

「그런데 그때 또 다른 소리가 들렸어요. 그것은 아까의 그 목소리가 아니라 웃음 소리였어요.」

「웃음 소리?」

「예, 하지만 따뜻함이 담긴 웃음과는 거리가 멀었어요. 차갑고, 잔인하고, 인간적인 것과는 너무도 거리가 멀다는 것 이외는 설명할 길이 없네요.」

러시아 모스크바

유리 돌기노프 부관은 크렘린 궁의 긴 복도를 따라 내려가 국방성 장관의 집무실로 향했다. 그는 아무리 그 메시지가 중요하다 할지라도 들어가기 전엔 반드시 노크를 하고 허락을 받아야 한다는 것을 알고 있었다. 마침내 안으로 들어선 그가 말했다.

「장관님, 우리가 이스라엘의 전략방위 시스템을 다시 장악했습니다.」

참으로 대단한 뉴스였다.

「대단히 훌륭하오.」

크롬첸코프는 그러면서 〈이젠 때가 된 거야〉 하고 혼잣말을 했다. 그는 먼저 외무성 장관 체로프에게 전화를 돌린 다음, 페레리야킨 대통령에게 이스라엘에서의 위상에 변화가 왔음을 알려주었다. 대통령은 즉각적인 국방위원회의 소집을 요구했다.

몇 분 만에 회의가 소집되자, 페레리야킨 대통령은 발언권을 즉시 크롬첸코프에게 넘겼다. 대통령은 어떠한 음모가 꾸며지고 있는지 전혀 모르고 있었다. 그는 단지 국방성 장관으로 하여금 이스라엘로부터의 굿 뉴스를 국방위원회 전원에게 알리도록 하는 것이 대단한 정치적 배려라고 생각했을 뿐이었다.

크롬첸코프는 이스라엘 전략방어통제실의 세로프 장군으로부터 온 공식 전문을 낭독했다.

이스라엘 전략방어 시스템을 다시 장악하게 되었다. 공격용 미사일에 대한 통제권은 획득하지 못했다. 상황 변화에 따라, 경고 없이 즉각적인 전투에 나설 것을 촉구한다.

국방위원회 위원들은 세로프 장군의 성취에 환호했다. 모임에 참가한 위원들 중 여러 명은 그러한 상황을 이미 통고받았지만 처음

들은 것처럼 해달라는 의무 조항에 묶여 있었다.

「고맙소. 이제 나는 장군의 제안에 우리 모두 동의하고, 즉각적으로 반격에 나설 것을 제안하는 바이오.」

페레리야킨 대통령이 크롬첸코프에게 말했다.

「잠깐만요.」

외무성 장관 체로프가 나섰다.

「좋소.」

페레리야킨은 이미 의자에서 일어선 상태였다. 그의 얼굴에는 체로프가 이제 막 시작하려는 발언에 대한 희미한 불안감이 서려 있었다. 하지만 그는 한 방 맞을 것에 대해 대비라도 하려는 듯 아랫배에 잔뜩 힘을 주었다.

「지금 우리는 절호의 기회를 맞았다는 생각이 듭니다. 세계의 큰 축이었던 러시아가 제자리를 다시 찾을 수 있는 기회를 말입니다. 이 순간 미국은 재건을 위해서 안간힘을 다하고 있습니다. 이제 비슷한 조건이 우리 러시아 연맹을 위해서도 다가온 것입니다. 대재난은 양측에 심각한 피해를 입혔습니다. 하지만 우월성을 재는 기준은 상황 자체에 있는 것이 아니라 최종적인 이익을 위해 상황을 어떻게 이용하느냐에 달려 있는 것입니다.」

페레리야킨은 귀로는 체로프의 말을 들으면서도 눈으로는 주변 인물들의 표정을 유심히 살펴보고 있었다. 귀로 들은 것보다는 눈으로 확인한 것이 훨씬 더 마음에 들지 않았다.

뉴욕

「이렇게 아침식사 자리에 함께 해주셔서 감사합니다, 유리.」

존 한센이 소련 대사를 맞으면서 말했다.

「좋은 아침이오, 존. 그런데 전 지금 다이어트 중이라서요.」

다음에 지루한 대화가 이어질 것을 예상한 크루츠케긴이 농담조로 받았다. 두 개의 시간대를 커버해야 하는 그의 눈이 붉게 충혈되어 있었다. 이스라엘에서의 상황을 보고받느라 일찍부터 깨어 있었던 터였다. 국방장관실에서 일하는 그의 조카 유리 돌기노프가 암호문으로 보내온 E메일에 의하면, 러시아가 이스라엘의 전략방어 시스템을 다시 장악했다고 했다. 크루츠케긴은 외무성 장관으로부터 어떤 행동을 취할 것인지를 알리는 공식적인 통보를 기다렸지만 아무런 통보도 없었다. 일이 어떻게 돌아가는지를 알기 위해 조카에게 의지해야 했던 경우가 비단 이번이 처음이 아니었다. 러시아의 모든 사절들을 진두지휘하는 외무성 장관은, 지나치게 〈국제적인 마인드〉를 가진 크루츠케긴 같은 인사들은 러시아 연맹을 위해서는 그리 쓸모가 있지 않다는 이유로 불편하게 생각했다.

아침식사를 하면서 소소한 대화를 주고받다가 한센이 탐색전을 펼쳤다.

「걱정이 많아 보이시군요.」

한센은 거짓말을 하고 있었다. 사실 크루츠케긴의 얼굴에는 아침식사를 가능하면 즐기겠다는 것 이외에는 별다른 감정이 나타나 있지 않았다. 한센은 크루츠케긴의 반응을 살펴보려고 그런 말을 던졌을 뿐이었다.

「전혀요.」

크루츠케긴이 대답했다.

한센이 다른 전략으로 나갔다.

「일이 어떻게 돌아가는지, 내가 알고 있는 이상으로 알고 있는 것 같진 않네요. 안 그래요?」

하지만 크루츠케긴은 미소를 지으며 음식에만 열중할 뿐이었다. 몇 번 더 시도해보았지만 여전히 무위로 돌아갔다. 크루츠케긴은 식사에만 계속 열중했다.

「다이어트 중이라면서요.」

한센이 실망하며 말했다.

「그런데 왜 제 아침식사 초대를 받아들이신 거죠? 그렇게 아무 말씀도 하지 않을 거라면 말이에요.」

크루츠케긴은 포크를 내려놓았다.

「왜냐하면 어느 날엔가는 제가 당신을 아침식사에 초대하길 원할 것이고, 이것저것 물어보고 싶어질 것이기 때문이지요.」

「그런 일이 일어난다면, 나도 당신처럼 완강하게 입을 다물기 위해 애쓰겠소.」

「그렇게 하시겠다면 얼마든지. 그러면 저는 정부에 보고하겠지요. 우리는 만났다, 그러나 새로운 것은 아무것도 듣지 못했다고요. 오늘 당신도 그렇게 하시겠지만.」

크루츠케긴이 능청스럽게 말했다.

한센은 잠시 웃음을 터뜨리고는, 거의 손대지 않은 아침식사에 열중하기 시작했다. 하지만 최근의 사태에 대한 중압감이 되살아나서 금세 식욕이 떨어졌다. 그는 음식을 뭉그적거리고만 있었다.

「걱정이 많아 보이시군요.」

크루츠케긴이 한센의 말을 그대로 받아 되넘겼다.

「유리, 사태가 급변하고 있어요. 난 러시아 안에서 일이 어떻게 진행되고 있는지 캄캄해요. 권력의 실세들은 모두가 불투명한 인물들이오. 옐친과 고르바초프, 심지어는 푸틴 같은 인물들조차 지금 같은 기회를 잡은 적이 없소. 하지만 그들이 어떻게 대처할지에 대해서는 너무나 모르고 있소.」

크루츠케긴은 먹기를 중단했다. 분명 음식에 대해 생각하고 있는 것 같지는 않았다. 한센은 신경이 곤두섰다. 진실을 말하자면 크루츠케긴 또한 한센만큼이나 걱정이 많았다. 그보다 더했으면 더했지 못하지는 않았다. 하지만 그는 여전히 아무 말도 하지 않았다.

아침식사가 끝나자 한센과 크루츠케긴은 각자의 공관을 향해 떠났다. 크루츠케긴이 이스트 67번가에 있는 러시아 연맹의 대사관에 도착하자, 비서가 그에게 쪽지를 전해주었다.

「아침식사를 하고 계실 때 온 겁니다.」

그녀가 보고했다.

쪽지는 국방성의 조카에게서 온 것이었다. 메시지는 단순했지만 이례적이었다. 〈유리 삼촌〉이라고 시작된 것부터가 범상치 않았다. 과거에는 항상 〈친애하는 대사님〉이라고 시작했기 때문이다. 크루츠케긴은 그런 점을 즉각 알아채고는 다음에 이어지는 문장에 시선을 주었다.

「삼촌, 기도를 하세요.」

거기에는 그렇게 적혀 있었다.

크루츠케긴은 자기 방으로 가서는 문을 닫아걸었다. 그러고는 책상 앞에 앉아 쿠바 산 시가에 불을 붙인 후, 조카가 보내온 쪽지를 다시 들여다보았다.

〈삼촌, 기도를 하세요.〉 그것은 일종의 농담이었다. 4년 전, 자신과 성이 똑같은 유리가 크롬첸코프의 임원이 되도록 힘을 써준 후에 오갔던 농담이었다.

「삼촌에게 뭐라고 경고를 할까요? 우리가 핵무기를 날려 보낼 것을 결의한다면 말이에요.」

그 당시 조카가 그에게 말했었다.

크루츠케긴은 자신이 했던 말을 기억할 수 있었다.

「나에게 기도나 하라고 말하렴.」

러시아

무거운 독일제 탄피가 벗겨져 지하 격납고 쪽으로 떨어짐과 동시에 미사일은 제 갈 길로 솟구쳐 올랐다. 여든일곱 군데에 달하는 러시아 연맹의 여기저기에서, 금속과 금속이 맞부딪치는 불길한 소리가 동시에 울려 퍼졌고, 로켓 엔진이 포효하면서 점화되는 소리가 이어졌다. 미사일들은 그동안 몸을 눕히고 있었던 고요한 지하 묘지를 뚫고 솟아올랐다. 처음에는 배출되는 하얀 구름 기둥으로 인해 그 자취가 보이지도 않았다. 하지만 곧이어 미사일들은 구름 기둥을 뚫고 솟아올랐고, 속도를 높이면서 제 궤도에 진입했다. 그것들의 목표는 이스라엘에만 한정되어 있지 않았다. 사실 이스라엘은 이제 하찮은 목표에 지나지 않았다.

초강대국으로서의 입지를 되찾는다는 크롬첸코프의 계획은 세계의 오일 공급원을 장악하는 데 있었다. 이러한 핵탄두의 발사와 함께 이젠 이스라엘을 이집트와 사우디아라비아의 유전을 장악하기 위한 전초 기지로서 이용할 필요조차 없게 될 것이다. 한 발로 그 모든 것이 성취될 수 있을 것이다. 이스라엘은 혼이 좀 나야 할 필요가 있었고, 그래서 여섯 발의 핵탄두가 이스라엘의 도시들을 겨냥하고 날아갔다. 하지만 각각의 미사일 안에는 열여섯 개의 다중 목표를 가진 탄두들[2]이 들어 있어 모두 수백 발에 달하는 핵탄두가 중동의 오일 생산국들 안에 있는 주요 도시들을 목표로 날아가고 있었다. 러시아 전역에서는 군 전체가 뒤이어질 침공을 위해 대기 중이었다.

*

페테르스부르크의 서쪽, 땅이 흔들리고 엔진의 포효 소리가 귀를 찢자 한 농부가 놀라서 일손을 멈추었다. 솟아오르는 미사일로 인해 해가 순간적으로 가려져서 그와 농기계들 위로 그림자를 던졌다. 모스크바의 바실리우스 성당에서는 결혼식 파티에 참가했던 사람들이 여섯 개의 구름 기둥이 하늘로 치솟는 것을 보았다. 이르쿠츠크의 한 다리 위에서는 인형극을 구경하던 아이들이 놀라서 입을 다물지 못했다. 인형극을 조종하던 사람이 하늘에 나타난 불길한 그림을 감상하느라 손놀림을 갑자기 중단했기 때문이다. 예카테린부르크에서는, 10킬로미터 빙상 경기에 참가한 선수들과 관람객들이 네 대의

---

2) Multiple Independently targetable Re-entry Vehicle.

미사일이 껍질을 벗고 하늘로 솟구치는 모습을 바라보느라 고요한 공포 속에서 숨을 죽였다. 러시아 전역에서 비슷한 광경이 연출되었다.

*

궤도로 진입한 지 18.5초 후, 3.2킬로미터 상공 부근에서, 마을에서, 도시에서, 농촌에서 사람들 모두가 지켜보고 있는 가운데…, 설명할 수 없는 기묘한 일이 발생했다.

미사일들에 의해 운반되는 다중 핵탄두들 각각의 핵심 중 극미할 정도로 작은 한 지점에서 이해할 수 없는 에너지의 폭발이 일어났다. 1초의 1백만 분의 1의 1백 분의 1보다 더 적은 시간 동안 핵탄두의 절대온도가 1억 도 이상—태양의 핵보다 다섯 배 정도 뜨거운—으로 올라갔고, 그와 더불어 하나의 화구(火球)가 형성되어 시간당 수백만 킬로미터의 속도로 팽창되어갔다. 폭발 지점으로부터 3~6킬로미터 이내에 있는 모든 것이 즉각 증발되어버렸다. 농부뿐만 아니라 그가 작업하고 있었던 농기계까지도. 결혼식 파티뿐만 아니라 그들이 나왔던 성당까지도. 아이들과 인형극 연출자뿐만 아니라 그들이 서 있던 다리마저도. 스케이트 선수와 관중뿐만 아니라 그들이 질주했던 얼어붙은 강물마저도. 심지어는 공기 자체마저도 불타버렸다. 폭발한 각각의 핵탄두 주변으로 13~20킬로미터 내에 있는 나머지 증발되지 않은 것들은 즉각 화염에 휩싸였다.

화구는 팽창되면서 초고온으로 가열된 충격파를 더 멀리 더 크게 퍼뜨리면서 앞으로 내달리고 있었다. 지상에서 아직 사라지지 않은 것들은 최초의 충격파에 유입된 2차 충격파를 얻어맞고 휩쓸려갔다. 건물들과 가옥들, 나무들, 아직 파괴되지 않은 모든 것들이 지표면으로부터 시속 수천 킬로미터의 속력으로 말려 올라갔다. 최초 15초 동안에만도 사망한 숫자가 3천만 이상이었다.

직경이 10킬로미터 정도로 팽창한 거대한 화구는 이제 하늘 쪽으로 솟구치면서, 마치 거대한 굴뚝처럼 자기 주변의 모든 것들을 흡수하여 끌어올렸다. 몇 조 입방미터에 달하는 연기와 독가스가 화염에 의해 만들어졌고, 폭발에 의해 강타를 당한 모든 것들이 이제는 중심 쪽으로 빨려 들어가서 시간당 8백 킬로미터의 속력으로 거대한 버섯 모양의 방사능 기둥 위로 들려 올려졌다. 거기에서부터 수천 마일 주변까지는, 치명적인 〈죽음의 재〉가 쏟아져 내릴 것이었다.

이스라엘 텔아비브

보안 장치가 안 된 검은색 전화가 울리자 마이클 화이트 단장은 통상적인 절차에 따라 전화번호 중 마지막 네 자리를 기입해두고는 응답했다. 이스라엘의 총리가 최근 국회에 마련된 자기 집무실에서 걸어온 전화였다.

「축하해요. 한 발의 미사일도 러시아 영공을 벗어나지 못했소. 당신들이 모든 이스라엘 국민의 생명과 자유를 건진 겁니다.」

그가 말했다.

「고맙습니다, 총리 각하.」

화이트 단장이 대답했다.

「하지만 그건 우리가 아닙니다. 우리는 몇 시간째 통제력을 상실한 상태에 있었습니다. 우리의 전략방어 시스템은 아직도 작동 불능 상태에 있습니다.」

5
새로운 길

두 달 후 뉴욕

전 UN 부총장인 로버트 마일너와 나미비아 대사 토마스 사부두는 엘리베이터에 오르기 전에 모든 것이 정상적인지 잠시 주변을 둘러보았다. 28층의 영국 공관에 도착하자 잭키 한센이 그들을 따뜻하게 맞으면서 한센의 안쪽 방으로 안내해주었다.

「안녕들 하십니까, 로버트, 그리고 사부두 대사님.」

책상을 떠나 소파 쪽으로 오면서 한센이 말했다.

「어떻게 지내셨습니까, 로버트?」

「노인네에겐 별 일이 없었소이다.」

마일너가 대답했다.

「당신처럼 동작이 굼뜨지 않은 노인은 처음입니다. 제 생각엔, 현역 시절보다 UN에서 더 자주 뵙는 것 같은데요.」

마일너가 너털웃음을 터뜨렸다.

「거기에 있을 필요가 없지만 그 편이 훨씬 재미있으니까요.」

「방금 서류가방에서 뭘 꺼내려고 하시는 것 같았습니다만?」

한센이 물었다.

「아, 아닙니다. 앨리스 번레이가 루시어스 트러스트의 남는 방에 사무실을 하나 차리라고 해서요.」

간단한 이야기가 오가는 동안 잭키가 차와 핫케이크를 들고 들어왔다.

「그래서, 제가 뭘 해 드릴 수 있을까요?」

한센이 사부두와 마일너를 번갈아 바라보면서 말했다.

「존, 우리가 여기 온 것은, 사부두 대사는 공식적으로, 저는 비공식적입니다만 77그룹의 회원들을 대표해서입니다.」

마일너가 입을 열었다. 77그룹이란 애초에는 77개국으로 시작되었지만 지금은 1백50개국으로 늘어난 제3세계 국가들의 모임이었다.

사부두 대사가 그의 말을 받아 이었다.

「우리가 여기에 온 건, 대사님께서 UN 안전보장이사회의 재조직에 관해 총회에서 행하신 적이 있는 두 번의 연설 때문입니다.」

한센은 기억을 더듬었다.

「한 번은 최근 일이지요. 하지만 두 번의 경우가 다 어떤 문제의 심각성을 극적으로 드러내기 위해서였다는 걸 두 분 모두 이해하시고 계시리라 믿습니다. 최근 것은, 러시아가 이스라엘을 침공한 직후였습니다. 안전보장이사회를 재구성하자는 저의 동의안은 러시아가 다른 나라들도 침공해서는 안 되며, 설령 그렇다고 해도 UN으로서는 속수무책이라는 것을 단적으로 보여주기 위해서였습니다. 동의안을 통과시키겠다는 의도는 아니었습니다. 러시아가 안전보장이사회에서 제명되었더라면 러시아는 UN에서도 탈퇴했을 것이고, 그러면 우리는 문제를 UN에서 외교적으로 풀어나갈 기회를 잃고 말았을 것입니다. 이미 말씀드렸듯이, 제가 동의안을 낸 것은 문제를 부각시키기 위한 의도였을 뿐, 안전보장이사회를 실제로 바꾸기 위해서는 아니었습니다.」

「아, 물론이지요.」

사부두가 응수했다.

「존, 우리는 당신이 그 문제를 다시 제기해주셨으면 합니다. 이번에는 진지하게 말입니다.」

마일너가 끼어들었다. 한센은 의자 뒤로 몸을 젖혔다.

「한센 대사님.」

사부두가 입을 열었다.

「그냥 존이라고 불러주세요.」

「좋습니다. 존, 당신도 알다시피, 대재난 이후로 많은 변화가 있었습니다. 불과 두 달 전에는 러시아에서 핵 참사가 있었지요. 77그룹의 다수는 UN 역시 이번 기회에 변해야 한다고 믿습니다.」

사실, 제3세계 국가들은 그들이 UN 회원국의 다수가 되기 시작한 이래로 안전보장이사회를 변화시키기를 원해왔다.

「안전보장이사회의 5개 상임이사국이 UN 전체의 지배자나 된 듯이 작용해온 것은 전적으로 불합리한 일입니다.」

사부두의 목소리는 확신으로 가득 차 있었다.

「전적으로 그래요, 토마스. 저의 나라가 바로 그 5개 상임이사국 중의 하나인데도 저 개인적으로는 그러한 견해에 동감합니다.」

한센이 사부두의 이름을 부르면서 말했다.

「존, 토마스와 나는 77그룹의 회원국 대다수에 대해 여론조사를 했는데, 그들 중 대다수 그러니까 현 시점으로 보자면 1백7개 나라가 그러한 동의안에 지지 의사를 표명했습니다. 다른 32개국도 우리의 방향에 따라 좌우될 가능성이 매우 큽니다.」

마일너가 나서서 설명했다.

한센은 눈썹을 치뜨며 그러한 지지 수준에 놀라움을 나타냈다.

「하지만 왜 내가 그 제안을 해야만 한다고 결정하신 거죠?」

「세 가지 이유가 있습니다. 첫째, 토마스가 말했듯이 당신이 예전에 그 동의안을 냈다는 점입니다. 둘째, 당신은 회원국들 모두에게 특히 제3세계 국가들에 의해 매우 존경받는 분이십니다. 그리고 셋째, 우리는 그러한 동의안이 안전보장이사회의 상임이사국들 중 하나에 의해 발의되어야 한다는 데 모두 의견을 같이하고 있습니다. 몇몇 회원국들은 러시아 연맹의 황폐화로 인해 앞으로 4,5년 이내에 어떤 식으로든 구조가 재편될 것이라고 말하더군요. 하지만 그것을 지금 일어나도록 하기 위해 흔들리는 배에 승선할 것인지에 대해서는 확신하지 못하고 있습니다. 5개 상임이사국 중에서 발의해야 하는 근거의 중요성이 바로 여기에 있습니다. 솔직히 말씀드리자면, 그 동의안이 실패할 경우에도 이를 감당할 만한 대국이 나서주기를 바라는 것입니다. 영국이 동의안을 내준다면, 우리가 제3세계 국가의 모두 혹은 대부분의 표를 끌어올 수 있으리라고 믿습니다. 그럼으로써 통과에 필요한 3분의 2의 찬성표보다도 10여 표 이상 많은 표를 얻을 수 있을 것입니다.」

마일너가 그 이유를 조목조목 설명했다.

「저는 모르겠습니다. 그런 안건에 대해 정부가 어떻게 생각할지 알 수 없어요. 통과될 승산이 없는데도 내가 그걸 제출하는 것과 실제로 가능성을 노리고 하는 것과는 완전히 다릅니다.」

「개인적인 생각은 어떠신지요?」

한센이 선뜻 결정을 내리지 못하자, 마일너가 물었다.

「말씀드렸듯이, 5개 국가가 UN에서 그렇게 지배권을 행사하게 되어 있는 점은 불합리하다는 점에 동의합니다. 하지만 더 나은 방법이 있는지, 그런 방법을 실천한다고 해서 실제로 과연 지금보다 더 개선된 결과를 낳을 수 있을지에 대해서는 확신할 수가 없습니다.」

한센은 잠시 생각에 잠겼다가 다시 말했다.

「비공식적으로 말씀드리자면, 더 공평한 방법을 우리가 제시할 수 있고, 그것이 방향감각의 상실이나 리더십의 결여로 인해 시스템 자체를 수렁으로 빠뜨리지 않을 수만 있다면, 나는 거기에 찬성표를 던질 것입니다.」

「그런 방법을 창출하기 위해서 저희들과 함께 손을 잡지 않겠습니까? 우선은 지역적인 계획을 기반으로 해서 말입니다. 당신이 흡족해하실 뭔가를 우리가 만들어낼 수 있다면, 그것을 당신 정부에 고려해달라고 요청할 수 있지 않겠어요?」

사부두가 요청했다.

한센이 고개를 끄덕이면서 말했다.

「제가 할 수 있는 건 하지요. 하지만 우리가 실행 가능한 계획을 세우고 나의 정부가 그것을 지지해줄 것을 설득시킬 수 있다고 해도, 실제로 그 동의안이 제출될 수 있을지는 알 수 없는 일입니다. 그렇게 함으로써 다른 상임이사국들의 분노를 살 수도 있으니까요.

다른 상임이사국 중의 하나가 그 동의안을 발의할 가능성은 없을까요?」

「우리 생각엔 없을 것 같은데요.」

마일너의 대답에 한센은 묵묵히 고개를 끄덕였다.

마일너는 가방을 열고는 서류 한 장을 꺼내들었다.

「이 지구가 잘 굴러가도록 하기 위해 지역적인 단체들에 근거하여 안전보장이사회를 재조직하는 문제에 관한 한 가지 제안을 가져왔습니다. 우리는 그것이 최종안으로 나아가기 위한 하나의 출발점이 될 수 있기를 바라는 마음입니다.」

한센은 서류를 들여다보고는 그것을 자기 옆의 책상 위에 놓아두었다.

「대사님, 마일너 부총장님이 말씀하신 제3세계 국가의 회원들에 대한 당신의 영향력은 단순한 아첨이 결코 아닙니다.」

사부두가 정중하게 말했다.

「고맙습니다, 대사님.」

한센이 받은 만큼 감사를 표하며 돌려주었다.

「존, 이야기해야 할 게 한 가지 더 있습니다. 저는 그것이 당신의 정부가 안전보장이사회에서의 지위를 상실하는 충격을 훨씬 덜어줄 것이라고 생각합니다. 당신도 아시다시피, 형평성을 기하기 위하여 사무총장은 안전보장이사회의 상임이사국이 아닌 회원국들 중에서 선출되어왔습니다. 여러 해 동안의 그런 관례는 안전보장이사회의 5개 상임이사국들에게로 지나치게 힘이 기울어지는 것을 어느 정도는 막아주었습니다. 하지만 안전보장이사회가 기본적으로 다른 기반 위에 재조직된다면, 그러한 관례가 계속되어야 할 이유가 없어지게 됩니다. 사무총장이 영국이나 미국, 혹은 과거 다른 상임이사국 출신이 아니어야 할 당위성이 사라지게 되는 것입니다. 그래서 말인데요, 존. 사무총장은 이번 회기가 끝남과 동시에 사임할 의사를 이미 밝힌 바 있습니다. 우리는 당신이 동의안을 제출하고 우리가 통과에 필요한 표를 끌어 모을 수 있다면, 당신이 그 자리에 합당한 유력한 후보가 될 것임을 믿어 의심치 않습니다.」

존 한센은 깊은 숨을 들이쉬면서 의자 뒤로 몸을 기댔다.

*

바깥 사무실에서는 잭키 한센이 컴퓨터를 들여다보다가 크리스토퍼 굿맨이 문을 열고 들어서자 시선을 들어 맞아주었다.

「크리스토퍼, 벌써 학교가 끝난 거야?」

「네. 호손 아저씨가 여기 계시나요?」

「지금 막 밖에 나가셨지만 금방 돌아오실 것 같구나. 그분 사무실에 가서 기다리렴.」

「아니에요. 저는 그냥 오늘 저녁에 제가 조금 늦어질 거라는 걸 말씀드리고 싶을 뿐이에요. 사우디 정부가 후원하는 전시회와 세미나에 갈 예정이거든요. 당신이 좀 전해주실래요?」

「물론이지, 크리스토퍼. 여기저기 전시회를 다니느라 무척 바쁜 것 같구나.」

「네, 2주마다 한 번씩은 세미나나 강연회에 가요. 어떤 전시회는 다 보려면 며칠씩 걸리기도 해요.」

「네가 부럽구나. UN에서 제공하는 교육 프로그램에는 다 참여하고 싶더라. 시간이 허락지 않지만.」

잭키는 대사의 방문이 열리는 것을 보고는 손가락을 입술 위에 대며, 잠시 후에 한센 대사의 손님들이 떠난 후에 대화를 계속하자는 뜻을 나타냈다.

크리스토퍼는 시간을 메우려고 잡지를 집어 들었지만, 펼치기도 전에 누군가 자신의 이름을 부르는 소리를 들었다. 고개를 들어보니 한센 대사의 옆에 마일너 부총장이 그를 빤히 내려다보며 서 있었다.

「어, 마일너 부총장님.」

크리스토퍼가 말했다.

「크리스토퍼를 알고 있는 모양이지요?」

한센이 마일너에게 물었다.

「아, 예. 전시회에서 여러 차례 만나곤 했는데, 정식으로 알게 된 건 며칠 전에 제가 크리스토퍼의 고등학교에 갔을 때입니다. 전 그곳에서 〈세계 커리큘럼〉 프로젝트와 UN의 목표에 대한 강연을 했었지요. 그의 선생님이 매우 훌륭한 학생이라고 칭찬하더군요. 크리스토퍼가 장차 UN에서 일하게 되더라도 전 전혀 놀라지 않을 겁니다.」

마일너는 말을 마치고는, 한센과 사부두에게로 다시 돌아섰다.

「제가 드린 초안을 검토해보시고 개선시킬 방안이 생각나시거든 언제든 연락주시기 바랍니다. 우리가 다시 찾아뵙지요.」

「그렇게 하지요.」

마일너의 말에 한센은 정중히 대답했다.

서로 악수를 나눈 후, 마일너와 사부두는 그곳을 떠났다. 한센은 잭키에게 4시 30분에 임원 회의가 있을 것이고, 회의가 조금 늦게까지 계속될 것이라고 말했다.

한센 대사가 자기 방으로 가서 문을 닫자마자 잭키가 크리스토퍼에게 말했다.

「사우디 전시회에서 시간을 충분히 갖고 즐겨도 될 것 같구나. 데커에게는 내가 메시지를 전해줄게.」

「고맙습니다.」

크리스토퍼는 문을 향해 걸어 나갔다. 그가 문 앞에 닿기도 전에 다시 문이 열리더니 마일너가 얼굴을 디밀었다.

「크리스토퍼, 오늘 저녁 사우디 전시회에 갈 거니?」

「예. 지금 가려는 참이에요.」

「좋아, 거기에서 만날 수 있겠구나. 이슬람에 관한 정말 멋진 전시회라고 하더라. 메카와 메디나의 회교 사원을 정교하게 본뜬 모형도 몇 점 선보인대.」

6주 후   이스라엘 텔아비브

탐 도나핀은 칫솔에 치약이 제대로 묻어 있는지를 확인하려고 만져보았다. 만족한 그는 치약을 싱크대 옆 카운터 위의 정해진 자리에 다시 놓아두었다. 눈이 먼 상태에서 생활한 지도 벌써 6개월이 지났고, 그럭저럭 살 만하게 된 터였다. 수염을 기르는 것을 좋아해서 면도를 하지 않아도 된다는 것이 다행이라면 다행이었다. 로다와는 같은 아파트, 같은 층수였다. 로다는 그가 옷을 꺼내 입을 수 있도록 옷장과 서랍 정리를 도와주었다.

그는 아직 좀 이를지 모른다고 생각했지만 서둘러 옷을 갈아입고는 문을 잠그고 로다의 아파트 쪽으로 향했다. 길고 하얀 지팡이로 더듬어가면서 복도 끝에 이르러 방향을 틀고 몇 걸음을 더 헤아려 가면 그녀의 아파트 앞문에 이르렀다. 혼자서 여러 차례 반복해서 해보았기 때문에 남의 집 앞에서 헤맬 가능성은 거의 없었다. 하지만 그는 로다에게, 그녀의 문에 하트 문양과 자신들의 이니셜을 새겨줄 것을 제안했었다. 그럼으로써 자신이 그녀의 아파트를 옳게 찾아왔음을 확인할 수 있도록. 로다는 좋은 생각이라고 말했다.

탐이 문을 두드리자 곧이어 그녀가 따뜻한 키스와 함께 맞아주었다.

「일찍 오셨군요. 어서 안으로 들어가요. 이제 막 옷을 갈아입으려던 참이었어요.」

「눈을 감아야 하는 거요?」

탐이 농담을 했다.

「제가 걱정하는 건 당신의 눈이 아니에요. 당신이 마음으로 그릴 그림이라구요. 여기에서 기다려요. 1분이면 되니까요.」

과거에 탐은 어떤 여인과도 인연을 맺는 것을 피하곤 했었다. 얼굴의 상처 때문에 거부당할까봐 두려웠기 때문이었다. 하지만 기이하게도 이번에는 볼 수가 없는 처지가 되었는데도 더 이상 그것이 문제가 되지 않았다.

탐은 소파 쪽으로 가서 자리에 앉았다. 커피 테이블 위에는 로다가 배우고 있는 초보자를 위한 점자책이 놓여 있었다. 연습을 좀 해볼 참으로 책을 집어 들었다. 하지만 맨 위에 한 장의 종이가 놓여 있는 것이 만져졌다. 그는 손가락을 더듬거리면서 그 종이 위에 박힌 점자를 한 글자씩 읽어나갔다.

「나는 당신을 사랑해요.」

점자는 그렇게 말하고 있었다.

그녀가 침실에서 나왔을 때, 탐은 로다에게 그 쪽지에 대해 언급하지 않았다.

「준비 다 됐어요.」

그녀가 말했다.

탐은 자리에서 일어나 문 쪽으로 걸어갔다. 로다는 중간에서 그와 만나 그의 손을 붙들더니 자신의 팔 위에 얹어주었다.

「랍비는 우리가 무슨 생각으로 하브달라(Havdalah, 유대인 가정과 회당에서 안식일과 절기들을 마치는 의식 – 역주)에 이렇게 일찍 온 것인지 모를 거예요.」

그녀가 말했다.

「오늘 밤에 그가 놀랄 일은 그것만이 아닐걸?」

탐이 덧붙였다. 그는 로다의 얼굴에 피어나는 미소를 두 눈으로 보고 있는 것만 같았다.

*

랍비 코헨의 집에서는 저녁식사가 끝나자 모두들 거실로 이동했다. 대재난에서 아버지와 단둘만이 살아남은 벤자민 코헨은 아버지가 기도를 하면서 하브달라용 촛대의 갈라진 세 심지에 불을 붙이자, 전등을 껐다. 하브달라는 안식일의 끝과 일상적인 일의 시작을 구분하는, 성스러운 것과 세속의 것을 분리하는 의식이었다. 코헨과 탐, 로다 외에도 다른 아홉 명의 참가자들이 더 있었다. 코헨이 주도하는 모임에는 본래 훨씬 더 많은 인원이 참가했지만, 대재난으로 1백50명 이상이 줄어들어버렸다. 어느덧 코헨의 거실만으로도 모이기에 부족함이 없게 되어버린 것이다. 참석자 중 로다를 비롯한 몇몇은 대재난보다 몇 주, 혹은 몇 달 전에 코헨의 예배에 참석하기 시작했고, 다른 이들은 그 이후에 들어왔다.

불꽃이 커지자 사울 코헨은 촛불을 들어올렸다. 전통에 따라 모두들 원을 그리고 촛불을 향해 서서 손가락을 종지 모양을 한 채 손을 위로 들어올렸다. 탐은 촛불을 볼 수 없었지만, 촛불의 열기는 느낄 수 있었다. 그는 로다가 가르쳐준 대로 의식을 따랐다. 그에게는 그것이 전통 이상의 의미를 가지지 못했지만, 로다에게는 중요한 의미가 있었다. 그가 그것을 행하는 이유는 바로 그 때문이었다.

*

하브달라가 끝나자 탐과 로다는 계획했던 대로 모두가 떠나기를 기다려, 랍비 코헨과 이야기할 수 있는 시간을 가졌다.

「탐, 오늘 밤 내 메시지가 어땠나요?」

코헨이 물었다.

「전 당신이 말씀하시는 것을 이해하긴 해요. 하지만 하나님의 왕국에 들어가는 데에는 오직 한 길이 있을 뿐이라니, 인색한 마음 씀씀이라는 생각은 안 드시나요?」

「그렇게 느낄 수 있어요, 탐. 하지만 하나님이 제공하시는 그 한 길은 전적으로 아무런 제한이 없고, 아무런 비용도 들지 않고, 이 지상의 누구에게라도 완전히 열려 있습니다. 우리가 뜻을 갖고 요청하기만 하면 하나님은 바로 그 자리에서 우리에게 응해주십니다. 살기 위해서는 숨을 쉬어야만 하는 오직 한 길만이 존재한다고 말한다면, 그것도 인색한 마음 씀씀이라고 할 수 있을까요?」

「하지만 공기는 누구나 이용할 수가 있잖아요.」

코헨의 설득에 탐이 되받아쳤다.

「탐, 하나님이 바로 그렇습니다. 성서의 로마서에는, 하나님은 자기 자신을 누구나 다 알게 하셨다고 되어 있습니다. 유대인이든 이방인이든, 힌두교인이든 불교인이든 이슬람교인이든 아무 문제도 되지 않습니다. 하나님의 부름에 응답하느냐의 여부에 달려 있을 뿐입니다. 그리고 중요한 사실은 그 부름에 응답하기만 하면, 그 세계 안에 몸담는 것이 지극히 자연스러운 일임을 발견하게 된다는 것입니다. 심지어는 숨쉬는 것보다 더 자연스러운 일이라는 것을요.」

그러한 주제에 관해서라면 더 많은 토론이 필요하겠지만, 지금 탐의 마음은 딴 곳으로 기울어 있었다. 진짜 말하고 싶은 내용으로 옮겨가기 위한 중간과정으로서 탐은 그동안 궁금했던 점을 물어보기로 마음먹었다.

「랍비님, 제가 이해가 안 되는 것이 한 가지 있습니다. 여느 하시드파와는 믿음이 다른 것 같은데도, 왜 복장은 계속 하시드파의 차림을 하시는 거죠?」

로다는 당황한 나머지 눈길을 돌려버렸다. 그녀 스스로는 그런 질문을 제기해본 적이 없지만, 그런 의문에 사로잡혔던 적이 자주 있었던 것이 사실이었다. 랍비는 분명 그녀가 그런 내용을 탐에게 언급했다는 것을 알아차릴 것이 틀림없다. 그렇지 않다면 탐이 랍비가 입고 있는 복장을 어떻게 알 수가 있겠는가?

「그건 저의 유산이에요. 주께서 이방인들에게 가라고 책임을 맡겼던 사도 바울도 자기 사명을 완수하기 위한 필요에서가 아니면 자기 방식을 바꾸지 않았습니다. 더구나 여러 해 동안 계속 입어도 될 만큼 이런 옷들이 많습니다. 왜 새 것을 사야 하지요?」

코헨은 미소를 지으며 대답했지만 탐으로서는 알 길이 없었다. 탐은 그가 심각할 것이라고 짐작하고서는 웃음을 터뜨리지 않으려고 입술을 앙다물지 않을 수 없었다.

「그런데, 제가 무얼 도와드릴까요?」

코헨이 물었다. 탐과 로다가 늦게까지 남은 것은 자신의 복장에 관한 이야기가 아닌 다른 뭔가가 있어서일 거라고 눈치를 챈 것이다.

탐은 마침내 하고 싶은 이야기를 할 기회가 온 것을 기뻐하면서 말했다.

「로다와 저는 결혼하기로 했습니다. 우리의 결혼식 주례를 맡아주십사 하고요.」

코헨은 아무런 대꾸가 없었다.

「무슨 문제가 있나요, 랍비님?」

로다가 물었다.

코헨이 망설이다가 말했다.

「미안하지만, 로다, 잠시만 단둘이 이야기할 수 있을까요?」

코헨은 발걸음을 옮겼고, 로다는 탐이 거부감을 일으킬 겨를도 없이 자동적으로 그 뒤를 따랐다. 그가 뭐라고 말할 사이도 없이 그들은 사라졌고, 탐은 등 뒤에서 가까운 방문이 닫히는 소리를 들었다.

*

단둘이 있게 되자마자 코헨이 입을 열었다.

「로다, 내가 탐을 당신에게로 데려갔을 때 했던 말 기억나나요?」

「그 예언을 말씀하시는 건가요?」

「그렇소.」

「어찌 그걸 잊을 수 있겠어요? 지금도 매일같이 생각하는걸요.」

「그렇다면 이것이 쉬운 결혼이 아니라는 걸 알 텐데요. 몇 년 동안은 아무 일 없을지 모르지만, 그리고 그것이 몇 년이 될지는 알 수 없지만, 어쨌든 당신은 그를 잃게 될 거요. 예언의 내용은 분명합니다. 〈그가 죽음을 불러오고 죽어야만 종말이 오고 새로운 시작이 오리라.〉」

「저도 알고 있고, 이해하고 있어요.」

로다가 말했다.

「그런데도 결혼을 하고 싶어하는 거요?」

코헨의 목소리에는 걱정이 담겨 있었지만, 그렇다고 승인하지 않겠다는 기색은 아니었다.

「그래요, 랍비님. 그 무엇보다도.」

코헨은 그녀의 말에 놀랐다는 표정을 지어 보였다.

로다는 그의 표정을 보고는 자신의 말을 정정했다.

「제가 〈그 무엇보다도〉라고 한 것은, 신의 뜻 안에서 그렇게 하겠다는 뜻이에요.」

코헨은 그냥 지나쳤다.

「좋아요. 당신이 멀쩡한 정신으로 그렇게 하겠다면 말이오.」

「저는 할 거예요, 랍비님.」

로다가 다짐했다.

「물론 불신자의 멍에에 함께 매이게 된다는 문제가 있어요. 하지만 탐에게는, 나는 그것이 단지 시간의 문제일 뿐이라는 것을 늘 알고 있었소. 어쨌든 즉각 그 점에 마음을 쓰지 않으면 안 될 거요. 될 수 있으면 결혼식을 올리기 전에 말이오.」

로다는 기꺼이 동의했다.

「그런데.」

코헨이 뒤늦게 생각났다는 듯이 물었다.

「탐에게 그 예언에 대해 말했소?」

「아니에요, 랍비님. 하지 말아야 한다고 생각해서요.」

코헨은 생각에 잠겨 고개를 주억거렸다.

「말하지 않는 것이 최선일 거요. 때가 되면 하나님이 알아서 처리해주실 거요. 탐의 머릿속에 선입견을 심어주어서는 안 될 거요.」

코헨과 로다는 탐이 기다리고 있는 곳으로 돌아왔다. 코헨이 입을 열었다.

「좋아요, 탐. 당신의 로다가 정신이 나간 줄 알았는데, 그게 아니군요. 멀쩡한 정신임이 분명해요.」

탐은 로다가 코헨의 의견에 얼마나 많은 영향을 받는지 잘 알고 있었지만, 그가 없는 자리에서 들을 말에 대해서는 크게 걱정하지 않았다. 코헨은 당연히 그들의 계획을 이모저모로 따져볼 것이고, 탐으로서는 그것이 비록 달가운 것은 아닐지라도 입을 다물기로 마음먹었다. 그리고 그렇게 한 것을 곧 기쁘게 생각하게 될 터였다.

「당신이 멀쩡한 정신으로 이 결혼을 진행하도록 돕기 위해서 하는 말이지만, 탐, 당신을 위해서 결혼 선물로 드릴 게 있소. 사실 그건 내가 드리는 것도 아니오. 자갈더미 아래에서 당신을 발견했을 때, 나는 이것을 당신에게 주라는 말을 들었소. 적절한 시기는 나에게 맡겨졌었소. 그리고 지금이 어느 때보다도 적절한 때인 것 같소.」

코헨은 탐에게로 다가가서는 팔을 뻗어 탐의 눈 위에 손을 얹었다. 무슨 일이 일어나고 있는지 탐이 알아차리기도 전에 코헨이 말했다.

「나 자신의 어떤 힘을 통해서가 아니라, 그 이름으로, 구세주 예수아의 권능으로 말하노니, 그대여, 눈을 뜨라. 그리고 보라.」

2주 후 뉴욕

영국 대사 존 한센이 UN 총회의 연단에 오르자 갈채가 쏟아졌다. 그의 연설은 영어와 함께 UN의 6대 공식어인 아랍어, 중국어, 프랑스어, 러시아어, 스페인어로 동시통역되었다. UN 안전보장이사회의 재조직 문제에 대해 한센은 이미 두 차례나 발제를 한 적이 있지만, 말할 나위도 없이 이번의 경우는 달랐다.

데커는 이 연설을 위해 3주 이상 노심초사했다. 초안을 쓰고, 응축시키고, 확장시키고, 첨가하고, 삭제하고, 윤문을 하고, 다른 공식어로 번역되었을 때의 효과를 위해 단어를 고르느라 언어학자에게 자문을 구하기까지 했다. 한센이 제안하고자 한 것은 UN의 전체적인 재조직이었다. 연설은 명확하게 이해되어야 함은 물론, 강한 호소력 또한 발휘되어야만 했다.

한센의 연설 내용은 전혀 예기치 않았던 것이었다. 언론에서는 그 연설과 이어지는 동의 발언에 대해서 전혀 보도한 바가 없었다. 동의안의 통과에 필요한 3분의 2의 표를 얻는다는 보장도 여전히 불투명했다. 대다수의 나라들이 투표에 앞서 자기 의사를 밝히지 않았다.

한센의 동의안이 실제로 통과될 수 있다면, 그것은 진지하게 논의되어서라기보다는 러시아에서 일어난 최근의 사태들 때문일 것이다. 핵으로 인한 대학살은 러시아 연맹을 공포의 대상으로 전락시켜 버렸다. 폐허의 잡석더미에서 일어난 지역 연맹체는 여기저기에서 독립된 공화국임을 선언하는 바람에 그 이름조차도 존립의 위기에 놓여 있었다. 이는 러시아 연맹의 전신인 소련 연방이 수십 년 전 와해될 때의 상황과 너무도 흡사했다. 그나마 운이 좋다고 할 수 있었던 것은, 러시아의 일부 지역에서는 정치적인 것들을 걱정할 정도로 생존자들이 충분하지조차 않았다는 사실이었다.

1945년 10월 24일, UN이 공식적으로 출범함으로써 세계는 많은 것이 달라졌다. 제2차 세계대전이 끝나고, 승리자들인 미국, 영국, 프랑스, 소련, 중국은 세계의 주요 세력으로 등장하여 자신들을 〈빅 파이브〉로 부르면서, UN 안전보장이사회의 상임이사국이 됨과 동시에 거부권을 행사할 수 있도록 규정했다.

그 이후 영국은 여러 식민지들에 대한 지배적인 위치에서 벗어났고, 영향력이 남아 있긴 했지만, 〈대영제국〉이라는 이름만 큰 나라로 남게 되었다. 영국은 안전보장이사회의 상임이사국이라는 막강한 권한을 내주는 대신, 한센으로 하여금 사무국을 움직여 UN의 재조직에 지도적인 위치에 설 수 있는 기회를 차지하고자 했다. 한센은 영국 국회에서 「내일 빼앗길 것이 뻔한 것이기에, 오늘 팔아버리는 것이 낫다」라고 말했다. 영국은 UN의 변화가 멈출 수 없는 대세임을 잘 알고 있었다. 또한 그러한 변화를 진두지휘하는 것이 영국에게 부여된 책임이라고 느꼈다.

제2차 세계대전 이후 경제 대국의 자리에서 물러났지만 여전히 자유주의를 사랑하는 프랑스는, 신고립주의로 기울어져 자국의 위상을 세계 지도자의 하나로서 자발적으로 격하시켰다. 그럼에도 프랑스는 자기 힘을 기꺼이 내놓으려 하지 않았다. 한센도 말했듯이, 프랑스는 그 법안에 반대투표를 할 것을 여러 회원국들에게 로비했다.

중국은 이례적이었다. 최빈국들 중 하나이면서도 강대국으로 남은 것은 군사대국이라는 점과 막대한 인구 때문이었다. 그 크기 때문에, 재조직된 안전보장이사회에서도 애초의 5대 국가 중에서는 유일하게 한 자리를 보장받게 될 것이었다. 그럼에도 불구하고 중국은 10개 이사국에 포함된다고 해도 그 힘이 절반으로 줄어든다는 이유로 그 법안에 반대할 예정이었다. 중국의 거대한 크기는 총회에서는 거의 아무런 영향력을 발휘하지 못했다. 2년 전에 이루어진 합의로 인해 UN헌장을 수정하는 것을 넘어서서 빅 파이브의 거부권은 이미 사라진 상태였다. 아주 작은 국가들과 마찬가지로 중국 또한 한 표밖에 갖지 못하게 될 것이다.

러시아 연맹은 목소리 크게 항의하긴 하지만, 안전보장이사회의 영구적인 위상이나 거부권 행사를 더 이상 떳떳하게 주장할 수 없게 되고 말았다.

미국만이 강대국으로서의 자기 위치를 기반으로 상임이사국에 대한 권리를 주장할 수 있었다. 하지만 진정한 의미에서 이 제안은 미국의 전 대통령 조지 H. W. 부시가 처음으로 제안한 〈신세계 질서〉를 향한 다음 단계로 여겨질 수도 있었다. 그것은 국회의 대다수뿐만 아니라 목소리가 큰 미국의 소수 유력 인사들의 지지를 받고 있는 것으로 나타났다. 미국은 UN 회원국들이 원하는 길이라면, 재조직을 방해할 입장에 서지는 않을 것이었다.

한센의 제안은, 〈빅 파이브〉의 영구적인 지위를 없애는 대신, 10개의 주요 지역 대표들로 안전보장이사회를 새로이 구성하는 것이었다. 세부 사항은 전체 회원국들에 의해 결정되어야 할 것이지만, 10개 지역은 다음과 같이 예상되었다. 북아메리카 · 남아메리카 · 유럽과 아이슬란드 · 동아프리카 · 서아프리카 · 중동 · 인도와 그 주변 · 북아시아 · 중국 · 일본과 한국에서 시작되어 남동 아시아를 지나 인도네시아 · 뉴기니아에 이르는 아시아 태평양 연안과 오스트레일리아 · 뉴질랜드. 각 지역은 안전보장이사회에 한 표를 행사하는 멤버가 되고, 부대표를 한 명 두게 되어 있었다.

총회 단상에 서자 한센은 평생을 수많은 연설들로 보내왔음에도 흥분이 되었다. 그는 승인을 위한 로비 활동에 여러 주일 동안이나 밤낮 없이 지내온 터였다. 이제 쇼 비즈니스의 순간이 다가온 것이다. 한센은 마침내 입을 열었다.

「친애하는 세계 시민들과 대표 여러분, 저는 오늘 식민지를 모두 잃은 한 제국의 대사로서 이 자리에 섰습니다. 저는 그 사실을 유감으로서가 아니라 자긍심으로서 말하는 바입니다. 여러 시대를 거쳐

오면서 주권을 가진 국민들이 이 지상에 자기 나름대로의 역사를 쓸 수 있도록 그 권리를 계속해서 신장시켜왔다는 자긍심 말입니다. 많은 희생에도 불구하고 저의 사랑하는 영국은 권력보다도 정의를 우선시했고, 그럼으로써 이러한 동의안의 도입과 지지를 승인했다는 자긍심 말입니다.

이 존엄한 기구가 설립된 이후 지난 60년 이상 동안, 영국도 그 중 하나인 5개의 상임이사국들은 세계의 다른 나라들에게 막대한 영향력을 행사해왔습니다. 오늘, 세계의 역사는 새로운 길을 눈앞에 두고 있습니다.

새로운 길 - 그것은 정해진 마지막 목적지가 아닙니다. 왜냐하면 거기에는 아무런 정류장도 존재하지 않기 때문입니다.

새로운 길 - 그것은 십자로에 이르는 길이 아닙니다. 왜냐하면 진리에 이르는 길 이외에는, 정의롭고 분별 있는 남자들과 여자들이 선택할 수 있는 다른 길이 없기 때문입니다.

새로운 길 - 그것은 우회로가 아닙니다. 우리가 서 있었던 길은 더 멀리까지 갈 수 있도록 우리를 여기까지 데려다주었기 때문입니다.

새로운 길 - 그것은 폐쇄된 끝이 아닙니다. 왜냐하면 거기에서는 되돌아갈 수가 없기 때문입니다.

이렇게 갑작스럽게 역사적인 이 지점에 당도했다는 것 자체가 비극이 아닐 수 없습니다. 하지만 그렇지 않다면 우리는 여전히 그것을 얻으려고 애쓰고 있었을 것입니다. UN의 초창기 시절부터, 어느 날엔가는 모든 나라가 이 기구 안에서 동등한 자격으로 나란히 서리라는 꿈이 존재해왔었습니다. 우리는 그 꿈을 향해서 너무나 멀리 달려왔기에, 이제는 그것의 성취를 향해 계속 나아가지 않을 수 없는 자리에 서 있게 되었습니다.

세계의 모든 민족들이 이제 과거의 족쇄를 벗어버릴 때가 되었습니다. 제국의 시절은 갔습니다. 힘을 가진 나라들을 추종하던 시절도 마찬가지로 종식되어야 합니다. 정의는, 우리 중에서 우월하다고 여겨지는 나라에서, 혹은 사람들에 의해 정해진 법칙 속에서 찾아질 수 없습니다. 정의는 평등하게 자리한 사람 혹은 나라의 공통된 의지에서 비롯됩니다. 한 나라의 위대성은 군사력의 우월성에서 비롯되는 것이 아니라, 다른 나라의 위대함을 허용하고 다른 나라를 돕는 자발성에서 비롯되는 것입니다.」

데커는 열심히 귀를 기울였다. 박수갈채가 어디쯤에서 나올 건지까지 미리 계산해두고 있었다. 다른 언어로의 번역 과정으로 인해 박수가 때로는 지연되는 경우도 있었지만, 데커는 실망하지 않았다. 동의안은 분명 잘 되어가고 있었다.

*

마침내 투표에 돌입하자, 역사가 왕왕 그렇듯이, 아이러니한 운명의 뒤틀림 현상이 나타났다. 60년 전, 소련은 벨로루시아와 우크라이나를 온전한 주권 국가로서 인정해달라고 주장했었다. 그 당시 그것은 소련이 총회에서 두 표를 더 얻을 수 있는 방법이었다. 오늘에 와서, 독립 우크라이나는 안전보장이사회에서 소련을 축출하기 위하여 결정적인 투표권을 행사했다. 동의안은 통과되었다.

일주일 후

안전보장이사회를 재조직한다는 동의안의 통과가 그러한 노력의 완성을 뜻하는 것은 아니었다. 새로운 국면의 시작일 뿐이었다. 동의안이 통과되자 세계 각지의 언론은 새로운 사무총장 자리에 오를 가능성이 농후한 인물에 대한 정보를 얻고자 혈안이 되었다. 데커는 부족한 일손을 보충하기 위해 사람을 더 뽑았지만, 워낙 혼자서 거의 모든 일을 처리하는 스타일이라서 큰 보탬은 되지 못했다.

너무 과로한 탓인지 데커는 언론 보도자료를 세 번이나 들여다보고서도 내용이 눈에 들어오지 않았다. 그는 눈을 감고 의자에 몸을 파묻은 채 《녹스빌 엔터프라이즈》 시절을 돌이켜보았다. 이렇게 녹초가 되도록 일해본 것은 그때 이후로 처음이었다.

잭키 한센이 슬그머니 방으로 들어와서는 그의 의자 바로 뒤에 가서 섰다. 그녀는 눈을 감고 앉아 있는 그의 뒤에서 길고 가느다란 자신의 손가락들을 그의 어깨 위에 올려놓았다. 데커는 펄쩍 뛰었지만 잭키의 미소 띤 얼굴을 보고는 곧 긴장을 풀었다. 그녀는 마사지로 그의 뭉친 근육을 풀어주기 시작했다.

「오, 좋아요.」

데커가 고마움을 나타냈다.

「딱 20분만 허락하겠어요. 그 이후에도 멈추지 않으면…, 쏘겠어요.」

진부한 유머였지만, 잭키는 활짝 웃어주었다.

「당신 등이 완전히 딱딱하게 뭉쳤어요. 너무 과로하신 거예요.」

그녀의 말에서는 연민이 묻어났다.

데커는 꾸벅꾸벅 졸기 시작했지만, 그것으로 인해 마사지가 중단될지도 모른다고 생각하고는 어떻게든지 고개를 가누느라 애썼다.

「아버지는 당신이 해주시는 일에 대해 무척 감사하고 계세요. 당신이 너무 열심히 해주시기 때문에 때로는 헷갈리신대요. 선거에 나온 것이 당신인지 아버지이신지 모르겠다는 거예요.」

인정받는다는 건 확실히 기분 좋은 일이었다. 그는 잭키에게 웃어보이고는, 다시 눈을 감고 그녀의 손길에 몸을 맡겼다. 갑자기 그녀가 동작을 멈췄다.

「진짜 몸과 마음을 편히 쉬도록 하려면 어떻게 해야 하는지 아세요?」

「뭘 말하시려는 거죠?」

「스트레스가 쌓이면 전 명상을 해요.」

잭키는 다시 어깨를 주무르며 말을 이었다.

「당신은 제가 느긋해 보일지 모르지만, 사실은 머리가 복잡할 때가 많아요. 특히 처음 여기에서 일하기 시작했을 때는 일을 잘 하려다 보니 이것저것 걱정이 많았어요. 아버지 때문에 제가 여기에서 일하게 되었다는 입방아를 정말 듣기 싫었거든요.」

잭키는 어깨 근육이 심각하게 뭉친 부위를 발견하고는 그 부분을 집중적으로 주무르기 시작했다.

「프랑스 대사관에서 로레인을 만난 것이 그 무렵이었어요. 그녀가 루시어스 트러스트의 한 명상 클래스에 가자고 초대하더군요.」

잭키는 다시 동작을 멈추고는 시계를 들여다보았다.

「아이쿠, 이거 큰일났네요. 루시어스 트러스트에 가야 하는데, 벌써 7시 55분이네요. 서두르지 않으면 늦겠어요. 일 때문에 지난 3주

동안 계속 빠졌거든요. 오늘밤엔 진짜 빼먹지 말아야 하는데…….」

「뭘 말씀하시는 거죠?」

「명상 클래스요. 매주 수요일마다 루시어스 트러스트에서 있거든요. 오늘밤에는 그 회사의 이사인 앨리스 번레이가 새 회원들을 대상으로 창조력을 개발하기 위해 어떻게 내면 의식에 도달하는가를 주제로 강연을 한댔어요.」

「아, 그런가요.」

데커는 잭키가 말하고 있는 내용을 전혀 이해하고 있지 못함을 굳이 감추려 하지 않았다.

「저하고 같이 가요.」

「어… 전 모르겠어요, 잭키. 뉴 에이지 같은 것에는 관심이 없었거든요. 전 꽤나 구식 스타일인 것 같아요.」

「그러니까 가요.」

그녀는 손을 잡더니 잡아당기기까지 했다.

「당신도 틀림없이 좋아할 거예요. 거기를 떠날 때쯤엔 지난 몇 주 동안의 피로가 말끔히 풀려 있을 거예요. 명상이라는 것이 고차원의 사고방식을 열어준다는 걸 실감하고 있는 중이에요. 명상은 또, 창조력의 세계를 해방시켜줘요.」

데커는 한숨을 쉬었다.

「유용한 프로그램일 것 같지만 아무래도 좀 늦겠군요. 하지만 뛰는 건 질색이니까 그리 알아요.」

*

그들이 도착했을 때, 강연은 이미 시작되어 있었다. 잭키는 데커와 함께 150명 가량의 군중들을 조심조심 헤치고 나아가 빈 좌석을 차지했다. 모두가 눈을 감고 고요히 앉아 연사의 말에 귀를 기울이고 있었다. 일부는 가부좌를 한 자세였다. 그들은 자기 주변의 사람들을 전혀 의식하지 못하는 것 같았다. 희미한 조명 아래에서도 데커는 참석자들 중 20여 명에 달하는 UN 대표들을 알아볼 수가 있었다. 연사는 앨리스 번레이라는 출렁이는 빨강머리를 가진 40대 후반의 매력적인 여성이었다.

「그냥 앉아서 눈을 감고 듣기만 해요.」

잭키가 옆에서 속삭였다.

안락한 의자에 몸을 묻으니 저절로 편안해졌다. 데커는 연사의 말에 귀를 기울이며 자신이 어떻게 해야 하는지 감을 잡으려고 애썼다.

「당신 앞의 검은 장막 속에서, 이제 곧 작은 불빛 하나가 나타날 거예요. 그 빛을 향해 다가감에 따라 거리가 점점 좁혀지고, 그 빛은 더욱 더 밝아지고 더욱 더 따뜻해집니다.」

데커는 자기 주변의 사람들이 마치 고양이가 가르랑거리듯이 낮고 부드러운 소리를 내고 있다는 것을 알아차렸다. 눈을 감고 있자니까 놀랍게도 한 점의 불빛이 보였다. 매우 멀게 느껴졌지만, 분명히 알아볼 수 있을 정도는 되었다. 보이는 것에 신기해하고 있는데, 그 불빛이 점점 가까이 다가오는 것 같았다. 아니 어쩌면 그가 그리로 점점 다가가고 있는지도 몰랐다. 그는 그것이 그 여자에 의해 그려진 마음의 그림이라는 것을 확신할 수 있었다. 하지만 자신의 마음이 어떻게 그녀의 제안에 의해 열리게 되었는지, 놀라운 일이 아닐 수 없었다. 그는 언뜻 수면 부족 때문임에 틀림없다고 생각했다. 여자의 우아한 목소리는 그의 귀를 부드럽게 어루만져주는 것 같았다.

「그 빛에 가까이 다가가세요.」

여자가 계속했고 데커는 그대로 따라했다.

「이제 곧 당신은 그 불빛을 따라 아름다운 동산에 도착하게 될 거예요.」

데커는 여자의 말을 그대로 따랐고, 곧 그것을 보았다.

번레이는 상당한 시간을 들여 동산의 이곳저곳을 묘사했다. 그것은 너무나 선명하고, 너무나 진짜 같고, 너무나 꼼꼼하게 묘사되었다. 데커가 이 일을 나중에 회상할 때마다 가장 경이로웠던 것은, 그렇게도 많은 사람이 어떻게 저마다가 똑같이 선명한 비전을 공유할 수 있었느냐 하는 점이었다. 각자가 모두 홀로이면서도 모두가 자기 자신의 정원을 본 것이다. 그 장소는 너무나 진짜 같아서, 거기 그 방에 함께 있는 다른 사람들도 모두 보고 있을 것만 같았다.

「눈부시게 빛나는 연못 너머에서 누군가가 다가오는 것이 보입니다.」

데커는 눈을 들어 살펴보았지만, 아무도 보이지 않았다.

「그것은 한 사람일 수도 있지만, 동물일 수도 있습니다. 한 마리 새일 수도 있고, 토끼일 수도 있고, 말일 수도 있고, 신화 속의 동물인 유니콘일 수도 있습니다. 어떤 모습을 하고 있는지는 중요하지 않습니다. 설령 사자라고 할지라도, 겁내지 마세요. 그는 당신에게 상처를 입힐 수가 없습니다. 그는 당신을 돕기 위해서 거기 있는 것입니다. 당신이 품고 있는 의문사항에 답해주기 위해서 거기 있는 것입니다.」

아직까지도 데커에게는 아무것도 보이지 않았다.

「그가 아주 가까이 다가오면 말을 거십시오. 당신이 알고 싶은 것이 있으면 무엇이든 물어보십시오. 그가 대답해줄 것입니다. 그의 이름을 묻는 것부터 질문의 포문을 열 수도 있습니다. 여러분 중에 알고 계시는 분도 있지만, 저의 영적인 가이드는 듀얼리 카임이라는 이름으로 오셨다가 가신 티벳인 스승님이십니다. 여러분 중 어떤 분들의 영적 가이드는 다소 부끄럼을 탈지도 모릅니다. 슬그머니 달래서 밖으로 나오게 해야 할지도 모릅니다. 그럴 경우에는 말을 걸지 마시고 단지 듣기만 하십시오. 귀를 기울이기만 하십시오. 아주 가까이에 가서 귀를 기울이기만 하십시오.」

데커는 귀를 기울였다. 연못으로 가까이 다가가면서 들으려고 애썼다. 번레이의 목소리는 침묵 속으로 사라져갔다. 〈부끄럼〉이 많은 영적 가이드의 말을 더 가까이에서 듣도록 하기 위함임이 분명했다. 하지만 그에게는 아무것도 보이지 않았고, 아무 소리도 들리지 않았다.

거기에 아무것도 없는 것은 아니었다. 그들이 어떻게든 더 큰 소리로 말했다면, 그는 분명 그것을 들을 수 있었을 것이다.

「왜 그에게는 아무도 다가가지 않는 거지?」

목소리들 중의 하나가 속삭였다.

「스승님이 그것을 허락하지 않고 있어.」

다른 목소리가 대꾸했다.

「이분을 위해 특별한 계획을 갖고 계신 거야.」

번레이는 10분 정도 침묵 속에 있었다. 잠시 동안 데커는 번레이가 말한 그 가이드를 보거나 그의 말을 들으려고 애쓰다가, 그녀가 다시 입을 열자 눈을 뜨고는 자신이 잠들었다는 걸 알아차렸다. 「이제 당신의 새로운 친구에게 작별인사를 하고는, 고마움을 전하면서 곧 다시 오겠노라고 말해요.」

번레이가 거기에 모인 청중들을 마음의 여정으로부터 귀환시킬 때, 데커는 다른 사람들을 지켜보았다. 한 순간 모두가 눈을 떴고 주변을 둘러보았다. 모두가 미소를 짓고 있었다. 주변 사람을 껴안는 사람들도 있었다. 몇몇은 소리 내어 울었다. 잭키 한센을 바라보니, 그녀는 거의 무아지경에 빠져 있었다. 방 한쪽에서 누군가가 환호하며 박수를 치기 시작하자 방 전체가 곧 환호와 박수로 가득 찼다.

「감사합니다. 감사해요.」

번레이가 정중하게 답례를 했다.

「하지만 미지의 것들에 마음의 문을 여는 용기를 발휘하신 여러분 자신들이야말로 박수갈채를 받아 마땅합니다. 이제 여러분이 어떻게 해야 할지를 알 수 없는 문제에 부딪힐 때면, 잠시 동안 내면의 그 고요한 곳으로 가서 눈을 감고 마음을 여시기만 하면 됩니다. 기회가 닿을 때마다 안내를 구하고 여러분이 알 수 없는 것들에 대해 물으십시오. 우리가 지금 하고 있는 것은 우리 모두의 내면 안에 존재하는 창조성으로 하여금 가장 원하는 바를 하도록 허락하는 일입니다. 여러분 인생에서 생기는 문제들을 창조적으로 해결할 수 있도록 말입니다.」

몇몇 도우미들이 가벼운 다과를 가져오자, 삼삼오오 모여앉아 자신이 경험한 것을 나누기 시작했다. 데커는 잭키에게 초대해주어서 감사하다는 말을 전하고, 자신이 경험한 흥미로운 사실들을 이야기 했다. 하지만 그는 처리해야 할 일 때문에 곧 사무실로 돌아가봐야 했다. 그가 간다고 하자 그녀는 서운한 기색이었지만 만류하지는 않았다.

*

데커가 자리를 뜨자마자 앨리스 번레이가 다가와서는 잭키를 따로 불렀다. 번레이는 말도 없이 잭키의 팔을 붙잡고는 조용한 구석으로 갔다.

「당신과 함께 있는 사람이 데커 호손 맞아요?」

번레이의 목소리에는 약간의 걱정이 담겨 있었다.

「맞아요. 제가 함께 참석하자고 권했어요. 제가 뭘 잘못했나요?」

「아니에요. 전혀 아니에요. 사실은 제가 실수한 거예요. 당신에게 진작 말했어야 했어요. 듀얼리 카임 스승님은 데커 호손이 여기에 속하지 않을 것이라고 분명히 말씀하셨거든요. 스승님께서는 호손 씨를 위한 특별한 계획이 있으시대요.」

이틀 후

존 한센이 사무실에 들어섰을 때, 하초그 대사는 책상에 앉아 전화 통화를 하고 있었다. 그것은 이스라엘 대사가 자신을 환영하지 않는다는 명백한 냉대의 표현이었다. 한센은 이것이 결코 긍정적인 징조가 아님을 알아차렸다. 한센은 기다리면서 자신도 모르게 하초그의 대화 내용을 엿듣게 되었는데, 썩 긴요한 일로 통화를 하고 있는 것 같진 않았다. 이것은 냉대 이상이었다. 만약 그가 자기 아내와 통화중이라면 한센은 이를 없는 일로 셈해줄 수도 있었다. 하지만 손님인 대사를 기다리게 하고 다른 관료와 일 때문에 통화중이라면 이건 더 이상 변명의 여지가 없었다. 더구나 하초그는 한센이 단순한 한 나라의 대사만이 아님을 익히 알고 있었다. 그는 가장 유망한 차기 사무총장 후보인 것이다.

거의 3분 정도가 지나서야 이스라엘 대사는 전화를 끊고는 한센에게로 왔다. 그는 늦어진 데 대해 한마디 사과도 없이 한센의 이름부터 물어왔다. 더구나 UN에 이제 막 부임해온 이스라엘 대사로서 두 사람 사이에는 공식적인 인사도 없는 터였다. 〈건방진 녀석 같으니라구〉 하고 한센은 속으로 생각했다.

「그래서 존, 무슨 일로 오신 거지요?」

한센은 영국 신사답게 꾹 눌러 참았다.

「이성적으로 이야기해보자고 온 거요.」

「이스라엘이 자기 목을 스스로 자르지 않으면 안 되는 이유 말인가요?」

하초그가 빈정거렸다.

「아니요, 난······.」

하초그 대사는 한센의 말을 자르고 들어왔다.

「한센 대사님, 우리 정부는 안전보장이사회를 지역적인 기반에 따라 재조직한다는 총회의 우아한 결정에 대해 숙고한 끝에, 거기에 동조할 수 없다는 결론을 내렸습니다. 안전보장이사회를 지역 기반에 따라 재조직함으로써, 그래서 이스라엘을 중동의 다른 나라들과 함께 묶음으로써, 우리를 이웃하는 아랍의 나라들에게 좌우될 수밖에 없는 위치로 떠미는 것에 대해서는 추호도 갈등이 되지 않던가요? 인식하지 못하시는 모양이지만 이스라엘의 유대인 인구는 5백만입니다. 우리는 2억 5천만에 달하는 아랍의 23개국에 둘러싸여 있습니다. 한번 말씀해보세요. 안전보장이사회에서 어느 대표가 우리의 입장을 대변해줄 수가 있을까요? 그런 기회가 과연 올까요?」

하초그는 잠시 멈추었다가 덧붙였다.

「아랍 세계의 대부분은 이스라엘이 존재한다는 것조차도 아직까지 인정하지 않고 있습니다!」

「하지만 UN을 떠나는 것이 해결책이 될 수는 없습니다, 대사님.」

한센이 겨우 한마디 끼어들었다.

「당신이 뭔가를 보장해줄 수 없는 한…, 안전보장이사회의 자리를 11개로 늘려서 그 자리를 이스라엘에 준다고 보장해주지 않는 한…….」

하초그는 거기서 말을 끊고 한센의 반응을 기다렸다. 그는 한센이 그러한 제안을 받아들이지 않으리라는 것을 확신했지만, 그걸 확인한다고 해서 잃을 것 또한 없었다.

「당신도 알다시피, 우린 그렇게 할 수가 없어요.」

한센이 대답했다.

「그리 되면 전체적인 재구성을 할 수 없게 되고 맙니다. 이스라엘에만 그런 예외를 둘 수가 없습니다. 그것이 전례가 되어 다른 나라들도 비슷한 요구를 해올 겁니다.」

한센은 언급하지 않았지만 그러한 전례를 결코 만들고 싶지 않았다. 그로 인해서 한 나라가 UN을 떠나게 되고 말 전례. 그것은 과거에는 결코 없었던 일이었다.

「그러면 선택의 여지가 거의 없는 것 같군요.」

하초그가 결론을 내렸다.

「대사님, 이스라엘이 UN을 떠나면, 당신이 두려워하는 바로 그 나라들에게 굴복하게 되는 셈입니다. 그들은 UN에서 이스라엘이 떠나는 것을 보면 좋아서 춤을 추지 않을까요?」

「불행하게도, 당신 말이 옳습니다. 하지만 우린 머물 수도 없는 형편입니다.」

*

대화는 더 이상 진전되지 않았다. 한센은 아무런 소득도 없이 자리를 떴다. 사무실에 돌아오자 데커 호손이 기다리고 있었다.

「잘 돼갑니까?」

데커가 물었다.

「좋지가 않소. 이스라엘은 러시아 연맹과의 사이에 생긴 일에 대해서 자만심이 너무 팽배해 있소. 한마디로 건방져요.」

「하지만 그들은 소련제 미사일이 조기에 폭발된 것이 자신들의 전략방어 시스템과는 아무런 상관이 없다는 것을 이미 인정하지 않았나요? 그들이 그렇게 세게 나오는 이유가 뭐죠?」

데커 또한 〈건방지다〉라는 단어를 쓰고 싶었지만, 자신의 입장에서는 아무래도 삼가는 것이 나을 것 같았다.

「이스라엘 국회의 공식적인 입장은, 러시아 미사일의 파괴는 하나님이 이룩하신 기적이라는 거요.」

「이스라엘 대사가 실제로 그렇게 믿는다고는 생각지 않으시겠지요, 그렇죠?」

「요점은, 이스라엘 국민의 대다수가 지금까지 일어난 일들을 하나님이 하신 행위라고 확신한다는 데에 있소. 수천 년 전 예언자 에스겔에 의해 예언된 것[3]이 실현되었다는 거요.」

한센은 고개를 절레절레 저으며 한숨을 쉬었다.

「하지만 판을 다시 짜는 것에 대한 그들의 반응을 비난만 할 수도 없소. 그것으로 인해 그들이 기대할 수 있는 바가 거의 없으니까 말이오.」

---

3) 에스겔 38~39.

6
유체이탈

7년 후 뉴욕

우산에서 비를 털고 레인코트의 단추를 푼 다음, 데커는 UN의 수위를 지나 엘리베이터 쪽으로 걸어갔다.

「안녕하십니까, 호손 씨. 생일을 축하드립니다!」

수위가 말을 걸었다.

데커는 걸음을 멈추고는, 미소를 지으며 고개를 주억거렸다.

「고마워요, 찰리.」

어떻게 알았지? 궁금하지 않을 수 없었다. 데커는 엘리베이터에 올라 UN 사무국 건물의 꼭대기 층인 38층 단추를 눌렀다. 38층에 도착한 데커는 존 한센 사무총장 사무실 옆의 옆의 옆방인 자신의 사무실로 향했다. 사무실에서 내려다보이는 퀸스 구와 이스트 강의 풍경이 창문을 때리는 빗줄기로 인해 몽롱하게 보였다.

데커는 아침에 가장 먼저 처리할 일을 결정하기 위해 책상 위에 흩어진 메모들을 훑었다. 그의 책상의 유리판 아래에는 두 장의 사진이 들어 있었다. 한 장은 데커와 엘리자베스, 호프와 루이자가, 데커의 레바논 탈출 이후와 대재난 사이의 짧은 기간 중 언젠가 용케 찍은 것이었다. 또 한 장은 2년 전 코스타리카에 있는 〈유엔 평화 대학〉에서 석사 학위를 받는 크리스토퍼의 모습이었다.

데커의 58번째 생일이라는 것말고는 별 다른 일이 없는 날이었다. 데커는 그 점이 고맙게 생각되었다. 사무총장 존 한센의 홍보담당관인 데커는 사흘 전에 있었던 〈UN의 날〉 기념일 행사 때문에 무척 바빴었다. 2백35회원국 중 거의 2백여 개국이 참가한 UN 창립 기념행사는 아주 성공적으로 치러졌다. 한센 사무총장은 그 이벤트에 큰 의미를 부여했다. UN과 그 프로그램을 널리 인지시키고 지지를 받기 위해서는 해마다 더 성대한 잔치를 열어야 한다고 생각했다. 몇몇 나라들에서는 자국의 독립기념일보다도 〈UN의 날〉을 더 중요하게 여길 정도로 UN이 성장한 것은 사실이었다.

데커는 각기 다른 시간대의 사람들을 이어가면서 축하 의식을 준비하느라 설쳤던 몸을 당분간은 쉬어주어야겠다는 생각이 들었다.

20분 후, 데커는 비서인 메리 폴크에게 자신이 이미 〈출근〉했다는 사실을 알려주었다. 메리가 놀라서 말했다.

「호손 씨, 저는 당신이 들어오신 것을 못 봤어요. 오늘 아침 사무총장님을 만나기로 되어 있는 걸 잊으셨나요?」

「무슨 회의라고요?」

데커가 되물었다.

「오늘 아침 사무총장님을 뵙기로 되어 있습니다. 약속 시간이 이미 15분이나 지났는데요. 잭키가 이미 두 번이나 당신을 찾았어요.」

「허, 참! 당신은 왜 내가 여기 있는지 없는지도 확인하지 않은 거요?」

데커는 그렇게 물으면서도 대답을 기다리지 않았다.

「잭키에게 내가 금방 그리로 간다고 해줘요.」

한센 사무총장의 집무실까지는 불과 10여 미터밖에 되지 않았다. 메리가 잭키 한센에게 인터폰을 한 지 불과 몇 초 후에 데커는 벌써 한센의 집무실 문을 열고 들어섰다.

회의실에서 모두들 기다리고 있다고 잭키가 말해주었다.

데커는 급히 회의실 문을 열어젖혔다.

「놀랐죠?」

30여 명의 목소리가 일제히 하나가 되어 터져나왔다.

무리의 한가운데에는 사무총장과 그 부인도 서 있었다. 두 사람 모두 데커의 놀란 표정을 재미있어 했다. 데커로서는 웃을 수밖에 없는 상황이었다. 그는 믿을 수 없다는 듯이 고개를 절레절레 흔들었지만, 이내 감사의 미소를 얼굴 가득 나타냈다. 메리 폴크가 뒤에서 문을 열고 들어와서는 파티에 합석했다.

「거짓말 하느라 수고 많았소.」

데커가 자기 비서를 흘겨보면서 말했다.

「나무라지 말아요. 그녀는 내 지시를 따랐을 뿐이니까.」

한센이 말했다.

「이런 깜짝 생일 파티는 대개 오후에 하는 거 아니에요?」

「이런 식으로 하지 않았다면 당신을 놀랠 수가 없었을 거예요.」

데커가 어이없어하자 잭키가 웃으면서 대꾸했다.

테이블 위에는 케이크 모양으로 수십 개의 도넛이 차곡차곡 쌓아올려져 있었고, 중간쯤에는 데커가 불을 밝히도록 촛불이 놓여 있었다.

「여러분들, 정말 절 놀라게 하시는군요.」

데커가 말했다. 하지만 그에게는 아직도 놀랄 일이 한 가지 더 남아 있었다. 방 한 구석에서 그동안 몰래 숨어 있었던 손님 한 사람이 나타난 것이다.

「크리스토퍼, 도대체 네가 여기 웬일이냐?」

「제가 아저씨 생일을 지나칠 줄 알았어요?」

이제 스물두 살인 크리스토퍼가 대답했다.

「난 네가 배를 타고 세계 일주를 하고 있는 줄로 알았는데.」

「절반은 했으니 앞으로 또 남은 일정을 계속해야겠죠. 곧 비행기를 타고 돌아갈 거예요.」

데커는 기뻐하며 크리스토퍼를 끌어안았다.

「촛불은 끌 거예요, 말 거예요?」

메리 폴크가 항의하듯 말했다.

데커가 촛불을 껐고, 모두가 도넛과 커피를 즐겼다. 흔히 사무실 파티가 그렇듯이 대부분의 사람들이 얼굴만 내밀 뿐, 곧바로 도넛을 들고는 자기 자리로 총총 사라졌다. 남은 사람들은 삼삼오오 모여서 가벼운 농담이나 업무 이야기들을 했다. 데커는 문 가까이에 자리를 잡고 모두들에게 와주어서 감사하다는 말을 건넸다. 크리스토퍼는 모여선 사람들 사이를 돌아다니며, 우스갯말을 하거나 이야기되고 있는 화제에 자기 의견을 보탰다. 동료들은 모두 크리스토퍼를 진심으로 환영했고, 데커는 그 모습을 바라보는 것만으로 흡족했다. 특별히 호의를 가진 사람들 중에는 안전보장이사회의 멤버인 중국의 리윤매 대사, 유럽을 대표하는 독일의 프리드리히 하인만 대사, 예전에는 러시아 연맹이었지만 지금은 독립국이 된 카카시아인으로 북아시아를 대표하는 유리 크루츠케긴이 그들이었다. 그들은 방 한쪽에 모여 서서 최근의 무역 장벽에 관한 투표에 대해 이야기를 나누고 있었다.

거의가 흩어져가자 존 한센 사무총장이 데커에게 다가왔다.

「데커, 올해의 〈UN의 날〉 행사 때문에 정말 고생 많았소. 다시 한 번 감사해요.」

한센은 데커의 등을 두드리며 격려했다.

「그렇게 말씀해주시니 감사합니다, 총장님.」

「그동안 너무 과로했으니 잠시 업무를 벗어나 쉬는 것이 좋을 것 같아서, 잭키에게 다음 4,5일 동안은 휴가로 잡아놓으라고 했소.」

그 제안은 파티와 마찬가지로 파격적이었고 진실로 반가운 것이었다.

「총장님을 업어드리고 싶을 정도로 고맙군요. 크리스토퍼와 함께 지낼 생각을 하니 꿈만 같습니다.」

「저기 이제 어엿한 사내가 오고 있군.」

한센이 커피잔을 들어 크리스토퍼가 오고 있는 방향을 가리켰다.

「옙, 총장님.」

아버지의 긍지를 느끼면서 데커가 대답했다.

「로버트 마일너가 칭찬이 대단하더군. 크리스토퍼를 ECOSOC에서 일할 수 있도록 추천해주었소.」

한센이 말한 ECOSOC란 UN 경제사회이사회를 지칭했다.

「예, 총장님, 그분은 크리스토퍼를 대단히 밀어주고 계세요. 지난 달엔 크리스토퍼의 UN 대학 졸업식에도 참석해주셨어요. 코스타리카까지 비행기로 날아가주셨지요.」

데커는 크리스토퍼에 대한 자랑을 늘어놓기 바빴다. 사실 누군가 크리스토퍼에 대해 묻기만 해준다면 자랑거리는 얼마든지 있었다. UN 대학의 수석 졸업생에다가 정치 과학 박사일 뿐만 아니라 농업 경영학 석사라는 것, 지금은 ECOSOC에서 근무하기 이전에 세계 일주 여행 중에 있다는 것 등등.

「로버트 마일너 같은 친구와 함께라면 원대한 꿈을 펼칠 수 있을 거요.」

한센이 말했다.

「마일너 부총장님의 최근 소식을 아시는지요? 들리는 소문에 의하면 몸이 불편하다는 이야기가 있던데요.」

「잭키 말로는 사흘 전에 심장을 진찰하러 병원에 갔다가 여태 거기 입원해 있는 모양이오.」

「너무 바빠서 그것도 몰랐네요.」

데커는 놀랍기도 하고 걱정도 되었다.

「그는 지금 여든둘이오. 당신도 알겠지만.」

「그렇게 많진 않네요.」

최근의 늘어난 수명을 생각하면서 데커가 말했다.

한센은 웃음을 터뜨렸다.

「마일너 부총장의 근황에 대해서는 나보다도 크리스토퍼가 훨씬 더 잘 말해줄 거요. 오늘 아침에도 그를 만나러 간 것 같던데요. 여기 파티에 오기 전에 말이오.」

데커는 한편으로는 놀랐지만, 한편으로는 크리스토퍼가 왜 세계 여행을 일시 중단하고 돌아왔는지 확실하게 알 것 같았다.

*

파티가 끝나자 데커는 사무실로 돌아가 미진한 부분을 챙기고, 일
정을 깨끗이 비워두었다. 정오가 거의 다 되어서야 떠날 채비를 마
칠 수 있었다.

「어디에서 점심 드실래요? 제가 살게요.」

「네가 산다면, 지하에 있는 핫도그 가게가 좋겠는데?」

크리스토퍼의 말에, 데커가 서류를 가지런히 하여 가방에 담으면
서 농담을 했다.

「더 좋은 걸 먹어요.」

결국 UN 근처 2번가에 있는 〈종려나무 식당〉으로 정했다. 우아하
면서도 그리 비싸지 않은 곳이었다. 주문을 한 후 데커가 물었다.

「그래, ECOSOC에서 근무하려면 소정의 교육을 받게 되어 있지
않니?」

「맞아요, 하루 빨리 시작되었으면 좋겠어요. 아직 2주일이나 남아
있어요. 그동안 그곳 도서관에 가서 자료조사나 해야 할까 봐요.」

다른 사람이라면 그의 열정에 칭찬을 하고도 남았겠지만, 크리스
토퍼이고 보니 당연하게만 여겨졌다.

「지난주에 루이스 콜레타와 이야기를 나눴다.」

루이스 콜레타는 UN 경제사회이사회의 수장이었다.

「너에 대해 물으면서 네 활약이 기대된다고 하더라. 역량 있는 인
물을 쓰게 되어서 기쁘다는 말을 두 번 세 번 하더라. 그에게 전화를
걸어서 요청하면 아마 지금 당장에라도 널 부를 거다.」

「그런 말을 들으니 기분이 좋네요. 전 사실 일자리를 얻었다는 것

만으로도 만족해요.」

「거기에서 일하기로 된 건 아주 잘된 일 같아. 한센 사무총장이 임기 중에 ECOSOC의 역할에 더 많은 비중을 실어줄 것 같거든.」

데커는 강조를 위해서 가볍게 탁상을 치면서 말했다.

「UN의 역할이 확장되어 감에 따라, ECOSOC는 점점 더 세계 정책의 선도적인 역할을 하게 될 거야.」

「한센 사무총장이 다른 회원국들뿐만 아니라 안전보장이사회의 멤버들 사이에 진작시킨 협력의 분위기나 지난 7년 동안의 성장을 생각해보면, 그가 은퇴할 경우 얼마나 어려워질지에 대해서는 상상하기가 어려울 정도예요.」

크리스토퍼가 말했다.

「물론 걱정하지 않을 수 없겠지. 하지만 그분은 세상을 더 낫게 만드는 일이라면 물러나 계실 분이 아니야. 게다가 이건 공표해선 안 되는 일이지만, 은퇴하고 난 후에도 그분에게는 할 일이 산더미처럼 많게 되어 있어.」

크리스토퍼의 얼굴에 미소가 떠올랐다.

「네 말도 맞긴 맞다. 그가 없다면 어떻게 지낼 수 있을지 생각만 해도 앞이 캄캄하다. 그가 이토록 성공할 수 있었던 것은 그 자신의 인기 때문이기도 해. 타임스의 피터 팬텀 기자는 그를 가리켜 〈UN의 조지 워싱턴〉이라고 불렀지. 나도 거기에는 전적으로 동감하지 않을 수 없어.」

데커는 잠시 멈췄다가 샌드위치를 한 입 베어 물었다.

「우린 정치적인 동향에 대해 정기적으로 여론조사를 하는데, 다양한 기관들과 그 단체장들에 대한 지지 정도도 조사하지. 한센 사무총장은 전 세계 10개 지역에서 점점 더 높은 지지율을 기록하고 있어. 지난달의 지지율은 78퍼센트야. 한센이든 UN이든 뭐든 반대하는 사람들도 있는데, 종교적인 기인들이 대부분이지. 그자들은 한센을 반(反)그리스도 쯤으로 생각하고, 세계 정부라는 건 어찌 됐든 본질적으로 악한 것이라고 규정짓고 있어.」

「여론조사에는 그자들도 포함될 것이니, 78퍼센트라고 하면 엄청난 지지도네요!」

크리스토퍼가 말했다.

「암, 물론이지. 안타까운 것은 한센이 꾸려가는 이 체제의 가장 큰 약점이 바로 한센에게 너무 의존되어 있다는 점이야.」

데커는 아무도 듣는 이가 없는지 주변을 둘러보고는 크리스토퍼 가까이로 몸을 기울이며 속삭였다.

「그들끼리만 남겨놓으면 안전보장이사회의 몇몇은 개와 고양이처럼 싸울 거야.」

이것은 사실 큰 비밀도 아니었다. 데커가 UN에서 차지하는 위상 때문에 누군가 들어서는 안 되는 진술이었을 뿐이었다.

「한센은 자기 자신의 능력과 기술로 안전보장이사회를 하나로 묶어왔지. 서로간의 차이점을 넘어서서 공동의 선을 위해서 하나로 뭉치도록 역량을 발휘해온 거야. 그를 지켜보면 지켜볼수록, 그는 이 시대의 세계 역사를 위해서 태어난 것 같다는 믿음이 들어. 그가 없다면 안전보장이사회가 어찌 될지 생각만 해도 아찔한 것이 사실이야. 너도 알다시피, 상황에 적응해가는 인간의 능력은 실로 놀라울 정도이지. 바로 그것 때문에 인간이 한 종(種)으로서 지금껏 살아남을 수 있었겠지. 하지만 지금까지 존재해왔다고 해서 미래에도 같은 방식으로 존재하게 되리라는 건 어불성설이야. 그런 사고방식은 인간은 본래 낙천적이라는 사실을 가리킬 뿐이야. 우리는 하나의 세상 속에서 그래도 평화롭게 살아왔지만 그런 환경이 지속되리라는 보장은 없어. 로마는 멸망했고 어느 날엔가는 UN도 그럴 수 있어. 두려운 것은 우리가 로마만큼도 오래가지 못할 것이라는 점이야. 나는 존 한센이 고삐를 쥐고 있는 한 세상이 평화를 유지할 수 있으리라고 확신하고 있어. 하지만 불행하게도 계승될 수 있는 구조가 마련되어 있지 않아. UN 헌장에는 물론 새로운 사무총장을 뽑는 규정이 마련되어 있지만, 한센과 같은 자질과 역량을 가진 사람을 어떻게 찾을 수 있겠니?」

데커와 크리스토퍼는 잠시 숙연해졌다. 거기에 대해서는 두 사람 다 더 이상 대책도 없었고, 할말도 없었다. 잠시 침묵 속에서 식사에만 열중했다.

데커가 마침내 입을 열었다.

「지난번에 너와 통화를 했을 때, 네가 꾼 꿈과 관련해서 나한테 할 이야기가 있다고 하지 않았니?」

「아, 맞아요. 그건 지난 두 학기 동안에 제가 배운 과목들과도 관련이 있어요. 마일너 부총장님이 지도해주신 덕분이지만요.」

데커는 그동안 자신이 주로 말을 하느라 거의 먹지 않은 상태였는데, 이번에는 크리스토퍼가 주로 말하고 데커는 귀를 기울이면서 먹기만 했다.

「먼저 말씀드리고 싶은 것은 뉴 에이지 사상과 불교, 도교, 신도(神道) 같은 동양 종교에 대한 과목이에요. 마일너 부총장님이 그 과목의 교육 과정에 깊이 관여하셨지요.」

「난 마일너 부총장이 가톨릭인 줄 알았는데?」

데커가 말했다.

「그래요. 하지만 동양 종교의 가장 흥미로운 점들 중 하나가 전혀 배타성이 없다는 거예요. 가톨릭이든, 유대교든, 이슬람교든, 힌두교든, 혹은 다른 종교든 그런 것은 문제가 되지 않아요. 그들은 신에게 이르는 데에는 여러 길이 있으며, 어느 한 가지 길만을 고집하는 것은 옳지 않다고 보아요. 마일너 부총장님은 우탄트 전 사무총장님에게서 동양 종교에 대한 이야기를 처음으로 들으셨대요. 또 하나, 제가 깊은 영향을 받은 과목은 전이의식에 관한 것이었어요. 채널링이나, 아스트랄 여행 같은 것을 가르치는 과목 말이에요.」

「그런 것들이 유행이라는 것은 나도 안다. UN에도 뉴 에이저들이 대규모로 진을 치고 있을 정도니까. 거기에 대해서 이러쿵저러쿵 판단을 하고 싶진 않다만, 그런 이야기를 들으면 나는 왠지 기이하게만 여겨지더라.」

「처음에는 저 역시 그랬어요. 제가 배운 클래스에서는 그저 겉만 훑고 지나가는 정도였는데도 많은 것을 배울 수 있었어요. 그중에서는 아직도 정신 나간 짓처럼 여겨지는 것도 있긴 해요. 하지만 어떤 부분들은 정말 그것이 옳을지도 모른다는 생각이 들기도 해요. 제가 처음으로 뉴 에이지 사상에 접했던 것은 저의 출생에 대한 비밀을 알았던 8,9년 전이었어요. 아저씨도 기억하실 거예요, 제가 십자가 처형에 대한 꿈 이야기를 하자 해리 할아버지가 저에게 성서의 어느 부분을 지적해주시면서 그걸 읽으면 내 기억이 되살아날지도 모른다고 하셨다고 말한 적 있잖아요.」

「그래, 기억난다.」

데커는 어렴풋이 그 이야기가 기억났다.

「저는 해리 할아버지가 읽으라고 하신 그 부분에서 멈출 수가 없었어요. 그래서 창세기에서 계시록까지를 전부 읽었고, 그러고 난 이후엔 다른 종교가 말하고자 하는 바에도 깊은 관심을 갖게 되었지요. 그로부터 코란, 몰몬경, 다이어네틱스(Dianetics, 미국에서 허버드가 일으킨 운동으로, 초자연적 치료와 영혼의 윤회를 믿는다 – 역주), 크리스천 사이언스(1879년 메리 베이커 에디가 미국에 세운 교단. 신약성서에서 예수의 병 고침 이야기를 읽고 있는 동안 과거에 큰 사고로 얻은 것으로 보이는 후유증이 씻은 듯이 낫는 경험을 한 에디는, 이를 계기로 치유의 원리를 터득했다 – 역주), 그리고 10여 개가 넘는 다른 종교 서적들을 탐독했어요. 저는 그들이 말하는 것들의 대부분이 굉장한 깨달음을 담고 있다는 것을 발견하게 되었어요. 그런 책들 중에는 카르마와 윤회, 명상, 아스트랄 여행 등에 대해 말하는 것들도 있었지요.」

「아스트랄 여행? 방금 전에도 그 말을 한 것 같은데, 그게 뭐지?」

데커가 물었다.

「동양 종교에서 말하고 있는 것들이 대부분 그렇듯이, 그건 매우 간단한 거예요. 그냥 멈추고 생각을 집중하면 되는 거죠. 거의 모든 종교들이 사람은 육체와 영혼으로 되어 있다는 것을 가르치지요. 아스트랄 여행이란, 명상을 하면서 영혼이 육체를 떠나서 다른 장소로 여행을 떠나는 거예요. 유체이탈(out of body experience)이라고도 하지요.」

「그래, 거기에 대해 들어본 적이 있다. 잭키가 거기에 대해 뭐라고 했었는데……..」

데커는 그 당시를 떠올리려고 애썼다.

「그래, 몇 달 전이었던 것 같아. 근데 그건 말도 안 되는 소리 같았지.」

「반드시 그렇진 않아요.」

크리스토퍼는 그 이상의 뭔가가 있다는 걸 암시했다.

「넌, 해봤어?」

데커가 물었다. 그는 크리스토퍼가 면밀한 검증도 없이 기괴한 것을 믿을 아이가 아니라는 걸 잘 알고 있었다.

「그럼요, 첫 경험은 8년 전이었어요.」

크리스토퍼의 고백에 데커는 충격을 받았다.

「예전에는 한 번도 그런 말을 한 적이 없지 않니?」

「아저씨도 말했다시피, 저에게도 그런 건 괴이쩍은 것으로만 여겨졌어요. 그런 과목을 배우기 전까지는 특히 더요.」

「아스트랄 여행을 경험했을 땐 어디를 갔었지?」

아직도 긴가민가하면서 데커가 물었다.

「레바논이오.」

크리스토퍼가 대답했다.

데커는 포크와 나이프를 떨어뜨리고는 크리스토퍼를 응시했다. 그가 진담을 하고 있는 것인지 의심스러울 지경이었다. 데커가 먼저 입을 열었다.

「크리스토퍼, 대재난 전날 밤, 네 작은할아버지와 작은할머니가 엘리자베스와 나를 만나러 왔었어. 마르타 할머니가 엘리자베스에게 말하기를, 내가 곧 무사히 귀환할 거라는 걸 네가 이미 알고 있었다고 했대. 마르타 할머님께 그런 말을 했었니?」

「그럼요, 아저씨.」

「그걸 어떻게 알았지?」

「레바논에 아저씨와 함께 있었으니까요. 제가 아저씨를 풀어주었지요.」

데커는 갑자기 목이 메었다. 크리스토퍼가 이야기를 계속했다.

「이미 말씀드렸듯이, 전 성서 외에도 다른 종교 서적을 많이 읽었어요. 거기에는 아스트랄 여행에 대해 적혀 있는 책들도 꽤 있었어요. 거기에 대해 적혀 있는 책이라면 무엇이든 다 찾아 읽었어요. 그리고 실제로 시도해보았지요. 너무 쉬워서 놀라울 지경이었어요. 처음에는 내가 알고 있는 곳에만 갔지만, 나중에는 더 멀리 가기 시작했어요. 아저씨가 계시는 곳에 가려고 여러 번 시도했지만, 아저씨를 만나도 아저씨는 저를 몰라보셨어요. 그래서 꿈속에서 아저씨한테 나타나기로 결정한 거예요. 그 꿈, 기억나시죠?」

데커는 너무 놀라 할말을 찾을 수 없을 지경이었다.

「그래. 하지만 지금 이 순간까지도 난 그것이 그냥 꿈인 줄로만 알았다. 나는 그 꿈에 대한 이야기를 탐 도나편말고는 누구에게도 한 적이 없어. 참, 탈출 후에 엘리자베스에게도 했었지. 마르타가 한 말을 듣고도 난 단지 네가 사전에 탈출을 예감한 정도라고만 생각했었지, 진상이 이렇다고는 상상도 못했다. 왜 나에게 그런 말을 하지 않았지?」

크리스토퍼는 안도하는 표정이었다.

「진실을 말하자면, 이 순간까지도 저 자신 그걸 완전히 확신하지 못하고 있었으니까요. 너무나 꿈 같은 일이라서 전 그 모든 것이 내 상상력의 소산일 수도 있다고만 생각했지요. 아저씨는 왜 그런 말을 하시지 않았지요?」

데커는 어깨를 으쓱했다.

「정신 나갔다고 할까 봐서.」

데커와 크리스토퍼는 잠시 동안 서로를 바라보고 있었다.

「내가 네게 참 많은 것을 빚졌구나.」

데커가 말했다.

「제가 아무 데도 갈 곳이 없었을 때, 아저씨가 절 받아주신 것만으로도 아저씨는 몇 배로 갚으신 거예요.」

「네가 아니었다면 난 레바논에서 이미 죽은 목숨이었을 거다.」

「서로에게 많은 것을 빚진 셈이군요. 아저씨는 제게 아버지 같으신 분이에요.」

「난 널 늘 아들처럼 생각해왔다.」

데커는 목이 메어서 숨을 깊이 들이쉬고는 물을 한 모금 마신 다음에야 이야기를 계속할 수 있었다.

「그래서 아스트랄 여행은 어떻게 된 거지?」

「생각보다는 멀리까지 가지 못했어요. 하지만 뭔가 이상한 경험을 하곤 했어요. 아스트랄 여행에 나설 때마다, 제가 인식하는 이상의 무슨 일인가가 벌어졌던 것 같아요.」

「무슨 말이지?」

「그건 마치…….」

크리스토퍼는 말을 고르느라 애썼다.

「결국 비유로밖에 말씀드릴 수가 없군요. 평화로운 들판 한가운데를 걸어가고 있다고 상상해보세요. 멀리 시선이 닿는 곳까지, 주변은 온통 고요함 자체로 덮여 있어요. 하지만 들을 수도 없고 보이지도 않지만, 시야가 닿는 곳 너머의 어딘가에서, 어쩌면 이어지는 언덕 너머의 어딘가에서, 격렬한 전투가 일어나고 있어요. 나를 사이에 두고 벌어지는 전투라는 것 외에는 달리 설명할 길이 없어요. 아스트랄 여행을 떠날 때마다 매번 그걸 느낄 수가 있었어요. 볼 수도 들을 수도 없지만, 그 전투가 점점 더 가까워지고 있고 점점 더 격렬해지고 있는 것 같은 느낌이었어요. 누군가가 혹은 무엇인가가 나를 붙잡으려고 하고 있고, 다른 한편에서는 나를 붙잡지 못하도록 막고 있는 것 같았어요. 아스트랄 여행을 통해 레바논에 간 이후로는 그런 경험을 한 적이 없어요.」

크리스토퍼는 뭔가 생각하는 듯하더니 다시 말을 이었다.

「아주 자세하게 말씀드린 건 아니지만, 대학 교수님께 여쭤보았지요. 아스트랄 여행 중에 공포심이나 다른 부정적인 느낌을 경험하는 것에 대해 들어본 적이 있느냐고요. 그녀는 그런 보고는 접한 적이 없다고 하시더군요. 모두가 다 긍정적인 경험뿐이래요.」

크리스토퍼는 어깨를 으쓱해 보였고, 데커는 도대체 알지 못하겠다는 뜻으로 고개를 흔들었다.

「이런 과목을 수강하면서 발견하게 된 게 또 있어요. 내 과거와 관련된 조각 그림 같은 것을 상당 부분 찾을 수 있었어요. 온전히 깨어 있는 상태에서 꿈같은 상태로 들어가 꿈 꾼 내용을 모두 기억하고, 꿈을 조절하기도 하는 명상법이었어요. 꿈속에서 예수로서의 내 삶을 기억하곤 했기 때문에, 전 이 명상법을 이용하여 다른 정보를 끌어내려고 시도해보았어요.」

「그래서 어떤 성과가 있었어?」

데커가 궁금해하며 물었다.

「어릴 때의 일을 기억할 수 있었어요. 아버지의 목수 일을 도우면서 그 일이 얼마나 힘든지를 알았어요. 다른 아이들과 놀던 일들도 기억할 수 있었어요. 조금 이상한 것은 인디언이 등장하는 꿈을 여러 차례 꾸었다는 거예요.」

데커가 깜짝 놀란 표정을 지었다.

「인디언이라고? 시팅 불이나 코치스, 제로니모 같은 인디언을 뜻하는 거니?」

「아니, 아니에요. 전 인도 사람을 가리킨 거예요. 동양의 인도 말이에요.」

「오, 그렇구나! 그래도 사정이 더 나을 것도 없지. 성서에는 예수가 인도에 갔다는 기록은 전혀 없는 것 같던데. 안 그러니?」

「아니에요. 성서에는 없지만 그가 그곳에 갔다고 암시된 다른 문헌들은 많아요. 그럴듯한 증거들도 꽤 있어요. 〈세계 승리 교회(the Church Universal and Triumphant)〉라고 불리는 몬태나의 한 교회에서는, 예수가 인도의 힌두교 스승 밑에서 공부를 했다고 가르쳐요. 아저씨한테 솔직히 말씀드리자면, 어떤 것이 실제로 일어난 일들에 근거한 기억이고 어떤 것이 상상력의 산물인지 헷갈릴 때가 적지 않아요. 내가 기억하는, 혹은 기억하고 있는 것 같은 장면 중에는 인도의 한 마을과, 저의 스승님이었음에 틀림없는 한 인도인이 나타나요. 꿈속에서 전 아주 젊은 나이인데 매트 위에 앉아서 그분의 말씀을 듣고 있어요. 그분이 말씀하신 내용에 대해서는 전혀 이해할 수가 없었지만요.」

「그것말고 또 기억나는 건 없니? 성서에 기록되어 있는 것과는 다른 어떤 특별한 사건 말이다.」

「없어요. 대부분이 개인적인 경험들일 뿐이에요.」

크리스토퍼가 유감스럽다는 듯이 대답했다.

「어느 정도 먼 과거까지 기억할 수가 있지? 이를테면…, 신에 대한 기억 같은 건 없어?」

데커가 조심스럽게 물었다.

「죄송해요. 그건 제 희망사항이기도 해요. 대개는 명상하는 중에 꿈 내용이 떠오르곤 해요. 하나님 같은 분이 개입되어 있는 꿈은 많이 꾸었지만, 깨어나서 기억하려고 해도 전혀 생각나지 않아요. 유별난 어떤 꿈들은 기억이 나기도 하지만, 엄청난 두려움과 경외감이 한데 뒤섞인 그런 느낌뿐이에요.」

「꿈속에서 천국에 있는 것 같은 느낌을 가진 적은 없니?」

데커가 슬그머니 찔러보았다. 〈천국〉이라는 말을 막상 발음하고 보니, 이런 대화를 나누고 있는 것 자체가 매우 기이하고 낯선 느낌이어서, 그는 엿듣는 사람이 없는지 주변을 둘러보았다.

「모르겠어요. 마르타 할머님이 묘사하신 그런 〈천국〉은 전혀 아니었어요. 해리 할아버지가 제 고향이라고 생각하셨던 외계의 한 행성일 수도 있다는 생각은 들어요. 기억 속의 시간을 다시 붙잡으려고 애쓰지만, 내가 볼 수 있는 것은 환영 같은 것일 뿐이에요. 그것은 마치 손으로 물을 움켜쥐려는 것과도 같아요. 뭔가를 기억하기 시작하면, 그건 잠시 동안은 너무나도 진짜 같아요. 하지만 그렇다고 알아차리는 순간 그것은 사라져버려요. 빛을, 눈부시게 빛나는 육신을 본 기억이 있어요. 때로는 인간의 형상을 하고 있기도 하고, 때로는 아무런 형체도 없이 빛 자체이기도 하지요.」

데커의 얼굴에는 다음 말을 기대하는 표정이 역력했다.

「아마도 천사들이었던 것 같아요.」

크리스토퍼는 멋쩍은 표정을 지으며 말을 이었다.

「…이상한 목소리를 들은 적도 있어요. 무슨 내용인지는 기억나지 않아요. 이상하게 친근함이 느껴지는 목소리였지만, 왜 어떻게 그런 것인지는 말씀드릴 수가 없어요. 더 수수께끼 같은 일은 어딘가 다른 곳에서, 최근에도, 과거 몇 년 안에, 그런 소리를 들어본 적이 있는 것처럼 생각된다는 점이에요.」

데커의 눈이 크게 떠졌다.

「네가 기억할 수 있는…….」

그때 크리스토퍼의 표정이 이제 막 생각났다고 말하고 있어서, 데커는 불현듯 말을 멈추었다.

「그게 뭐지?」

「그 목소리를 들은 장소가 방금 생각났어요!」

크리스토퍼는 이제 막 마음속에 떠오른 새로운 것들을 헤아리느라 잠시 침묵에 빠졌다.

「어디?」

데커가 어서 계속하라고 재촉했다.

「러시아 상공에서 미사일이 폭발하던 날 밤에 제가 나무상자에 대한 꿈을 꾸었다고 한 것 기억나세요?」

데커가 고개를 끄덕였다.

「꿈속에서 어떤 목소리가 말했어요. 〈눈을 들어 하나님의 손을 보라.〉 그러고는 웃음 소리가 이어졌지요. 차갑고 인간의 것이 아닌 듯한 웃음 소리였어요. 꿈속에서 진짜 놀랐던 부분이 바로 그 대목이에요.」

「그래, 그런 꿈을 꾸었다고 말한 적이 있지.」

「내가 들었던 그 목소리를 명상 속에서 다시 들어보니, 친밀하면서도 동시에 낯설더군요. 목소리와 웃음은 동일인의 것이었어요. 동일한 사람, 혹은 동일한 존재. 그것은 확실해요.」

크리스토퍼는 잠시 또 생각을 기울이다가 말했다.

「죄송해요, 그게 제가 기억할 수 있는 전부예요.」

「그런 것들이 무엇을 뜻하는지 생각해봤니?」

크리스토퍼는 이마를 찌푸리면서 고개를 절레절레 흔들었다.

데커는 잠시 기다렸지만, 크리스토퍼는 더 이상 생각나는 것이 없는 것 같았다. 데커가 미소를 지으며 결론을 내렸다.

「인생이란 알면 알수록 더 흥미로운 거야. 그렇지?」

데커는 음식에 열중하기 시작했지만 다른 생각이 나서 멈칫하지 않을 수 없었다. 그는 어떤 식으로 질문을 해야 할지 몰라 잠시 망설였다.

「크리스토퍼, …그런 수업과 명상 말이다, 네가 왜 여기에 온 것인지, 어떤 목적이 있어서 여기에 온 것은 아닌지, 어떤 사명을 띠고 온 것은 아닌지에 대한 어떤 통찰력을 제공하기 위해서 주어진 것이 아닐까?」

데커는 열을 올려서 말했지만, 크리스토퍼는 대화 중에 처음으로 웃음을 터뜨렸다.

「뭐가 우스워?」

크리스토퍼의 예상치 않은 반응에 데커가 물었다.

「마음 한 구석에서는 늘 그런 희망을 품고 있었어요. 어느 날엔가는 아저씨가 그 질문에 답을 해주실 거라구요.」

크리스토퍼가 대답했다.

데커는 도대체 알 수 없다는 표정을 지었다.

「얘야, 어쨌든 복제를 한다는 건 내 아이디어가 아니었어.」

데커의 아이디어가 아니었음에도, 굿맨 교수가 없는 지금은 자신에게 모든 책임이 있다는 무게가 갑작스럽게 느껴졌다.

크리스토퍼는 자못 마음이 편치 않은 모양이었다.

「저는 다만 이런 기이한 상황을 최대한 인내하려고 애쓸 뿐이에요. 저도 아저씨한테 되묻고 싶어요. 아저씨는 왜 태어나셨지요? 우리 중의 누구도 선택해서 이곳에 태어난 것 같진 않아요. 다만 여기에 존재하고 있을 뿐이죠.」

크리스토퍼는 다시 침묵에 빠졌다.

「지금의 저와 본래의 저 사이에는 하나의 커다란 차이점이 있는 것 같아요. 그가 이 행성에 온 것은 분명 하나의 선택이었지만, 저는 아니란 거예요. 제가 선택해서 여기에 온 것이 아니란 점이 오히려 저를 더욱더 인간적이게 해주는 것 같아요.」

크리스토퍼의 목소리에는 간절한 바람이, 다른 모든 이들과 똑같아지고 싶다는 바람이 담겨 있었다. 데커는 잠자코 듣고만 있었다.

「저는 전적으로 인간이기만 한 것은 아니에요. 저는 아프지도 않아요. 다친다고 해도 회복이 매우 빨라요. 하지만 저는 다른 사람들이 느끼는 것을 느끼고, 다른 사람들이 아파하는 것을 아파해요. 그리고 저 역시 다른 사람들처럼 죽을 거예요. …제 추측에는 적어도 그래요.」

크리스토퍼는 잠시 멈추었다가 다시 계속했다.

「제가 죽게 된다면 어떤 일이 일어날지 전 알 수 없어요. 예수가 그랬던 것처럼 부활하게 될까요? 부활은 그의 본성 안에 이미 내재

된 것이었을까요? …그리고 그건 내 본성이기도 한 건가요? 그게 아니라면, 부활은 하나님의 특별한 행위였을까요? 전 모르겠어요.」

데커는 크리스토퍼의 인간성을 다시 한 번 절감했다. 그는 할아버지와 할머니의 상실을 진정으로 고통스러워했고, 데커가 엘리자베스와 호프, 루이자를 잃은 데 대해 깊은 연민을 느꼈으며, 자신보다 더 불행한 사람들을 위해 일하고자 하는 바람을 품고 있었고, 스승격인 마일너 부총장과 자신의 안녕을 늘 걱정해주었다. 크리스토퍼는 분명 데커가 한 번도 본 적이 없는 인간성의 징조들을 역력히 보여주고 있었다. 거기에 그는 인간이라면 거의 모두가 앓는 상실감과 고독감, 자신이 이 세상을 선택하지 않았다는 이방인적인 감각 또한 앓고 있었다.

「특별한 어떤 이유가 있어서 여기에 왔다고는 생각되지 않아요. 어쩌면 예외적인 존재인지도 모르지만, 전 다른 모든 사람들과 마찬가지로, 저 자신으로서 그저 최선을 다해 존재하는 것뿐이죠.」

크리스토퍼가 그렇게 결론을 내렸다. 그리고 그의 생각은 돌연 마일너에게로 옮겨갔다. 마치 마일너에 대한 데커의 생각이 순식간에 전염되기나 한 것처럼.

「저는 그가 진짜 걱정돼요.」

데커는 크리스토퍼가 누구를 지칭하고 있는지 즉각 알아차렸다. 크리스토퍼의 꿈 이야기와 추억담을 더 듣고 싶었지만, 그것들은 나중으로 미뤄도 괜찮을 것들이었다. 크리스토퍼는 데커의 생각을 읽기라도 한 듯 인간적인 면모를 보여주고 있었다. 그는 분명 자기 자신의 이런저런 문제보다도 마일너의 안녕을 더 걱정하고 있었다.

「그는 병원에서 멋진 쇼를 하고 있는 거예요. 그분은 안 그런 척하지만, 제 생각엔 사정이 몹시 좋지 않아요. 의사에게 물었더니, 그런 경우는 말하는 것이 금지되어 있다고 하더군요. 수술이 잘 된다면 모르지만.」

「병원에서는 늘 그래. 그것 때문에 걱정하진 마라. 난 한센 사무총장의 담당 의사들에게 당부하곤 해. 내 허락 없이는 언론이나 다른 누구에게도 그에 관한 말을 입에 올리지 말라고.」

크리스토퍼는 자기도 안다고 말하면서도 완전히 수긍하긴 힘든가 보았다.

「단지 제 느낌이 좀 안 좋아요. 요즘 같은 그분을 뵌 적이 없거든요. 항상 강인한 면모만 보아왔거든요. 그렇게 창백하고 숨소리가 거친 모습은 상상할 수 없었어요. 아저씨가 저와 함께 가 주셨으면 해요.」

「물론이지. 너만 좋다면, 집에 가는 길에 병원에 들러보자.」

그러고는 자신이 묻지도 않고 단정을 하고 있다는 것을 즉시 깨달았다.

「너, 오늘 집에 묵을 거지?」

「그럼요. 아저씨만 괜찮다면요.」

「물론 나는 괜찮고말고. 네 방은 네가 떠났던 때의 모습 그대로다. 하나도 건드리지 않았어.」

*

병원에 들어서자 데커와 크리스토퍼는 곧장 마일너의 입원실로 향했다. 엘리베이터 안에서, 크리스토퍼의 얼굴에는 불현듯 걱정의 기색이 완연해졌다.

「무슨 일이지?」

데커가 물었다.

크리스토퍼는 아찔한 현기증을 털어내기라도 하겠다는 듯 머리를 흔들었다.

「그 느낌이에요. 아저씨한테 말했잖아요. 가까운 곳 어딘가에서 격렬한 전투가 벌어지고 있는 듯한 느낌. 아저씨한테 방금 전에 그런 이야기를 했기 때문일 수도 있지만 갑자기 그런 느낌이 오네요.」

엘리베이터가 원하는 층수에 멈추고 문이 열리는 바람에 갑자기 대화가 중단되었다. 엘리베이터 문 밖에서는 예사롭지 않은 광경이 펼쳐지고 있었다. 사람들의 물결이 이어지고 있었다. 대부분은 나이가 꽤 든 축이었지만 젊은이들도 드문드문 눈에 띄었다. 그들 중에는 휠체어를 밀고 가는 이들도 있었다. 발걸음을 재게 놀리는 이들이 대부분이었지만, 그중에는 급히 서두르지 않는 이들도 있었다. 공포를 불러일으키는 상황은 분명 아니었다. 그들은 어딘가에서 허둥지둥 뛰어나오고 있는 것이 아니라 어딘가를 향해서 움직여가고 있었다.

「그분은 만나 뵈었니?」

간호실에서 한 간호사가 다른 간호사에게 묻고 있었다. 그 앞으로는 사람들이 걷고, 끌고, 절뚝거리면서 지나가고 있었다.

「살짝 보긴 본 셈이지. 그분을 보려는 사람들이 너무 많아서 말이야.」

데커와 크리스토퍼는 사람들의 물결을 따라 복도를 걸어 내려가면서, 환자들 사이에서 일렁이는 흥분의 기미를 알아차리지 않을 수 없었다.

「무슨 일인지 궁금하네요.」

크리스토퍼가 말했다.

「누군가가 돈을 공짜로 나누어준다는 소문을 듣고 너도 나도 그걸 타러가겠다고 나선 것 같군.」 데커가 말했다.

모퉁이를 돌아서자, 흥분의 현장이 더욱 분명해졌다. 복도 끝에 있는 한 방에 사람들이 몰려 있었다. 문 바깥에는 환자복을 입은 40명가량이 서 있었다. 더러는 간호복이나 병원 잡역부 차림도 있었다. 모두가 조금이라도 더 문 가까이 가려고 아우성이었다.

「마일너 부총장님의 입원실인데요.」

크리스토퍼가 말했다. 그들은 즉각 걸음을 빨리하여 군중들을 거슬러 올라가려 했지만, 몇 걸음도 못 가서 혼전의 틈바구니에 끼이고 말았다. 그들에게서 꽤 떨어진 인접한 복도에서는 매우 단단한 체격의 간호사가 네 명의 병원 인부들을 이끌고 오고 있었다. 데커와 크리스토퍼는 순식간에 주된 흐름에서 밀려나버렸다. 그들은 떠밀리지 않으려고 버티고 서 있었고, 다른 사람들은 그들을 밀치고 지나갔다. 그들 옆을 마치 가축 떼가 지나가듯이 군중들이 스쳐 지나갔다.

「어떻게 된 거야!」

데커가 믿을 수 없다는 듯이 말했다. 하지만 그 말을 듣는 이는 크리스토퍼밖에 없었다. 그 역시 데커와 마찬가지로 당황하고 있었다.

「마일너 부총장님께 무슨 일이 일어난 것 아닐까요?」

크리스토퍼가 물었다.

「나도 모르지. 하지만 저 사람들 보았지? 장례식을 향해 가는 사람들 같진 않아. 사실 저 사람들의 얼굴 표정을 보면 마일너 부총장님이 애라도 갖게 된 것 같지 않니?」

크리스토퍼가 미소를 지었다. 곧이어 마지막 패들이 지나가고, 이어서 거구의 간호사와 그녀가 이끄는 무리들이 뒤따랐다. 거기에서부터는 문 앞의 수위를 통과하는 일만 남아 있었지만, 데커 같은 경험 많고 노련한 사람에게는 아주 쉬운 일이었다. 마일너의 입원실이 열리자, 두 의사가 침대 주위에서 뭔가를 서로 상의하는 모습이 보였다. 마치 환자를 위에서 내려다보고 있는 것 같았다. 하지만 더 가까이 다가가보니 침대는 텅 비어 있었다. 의사들이 검사하고 있는 의료 차트뿐이었다.

「마일너 부총장님은 어디 계시는 거죠?」

크리스토퍼가 걱정이 가득한 목소리로 물었다.

의사들은 잠시 그들을 무시하더니, 그들 중의 한 명이 돌아서서 수위에게 이 침입자들을 방에서 끌어내라고 요청했다.

「아, 그러지 말아요.」

두번째 의사가 크리스토퍼를 알아보고는 말했다. 크리스토퍼는 그날 아침 일찍 병원에 들렀던 것이다.

「마일너 부총장님은 어디 계시죠?」

「화장실에요.」

크리스토퍼의 물음에 두번째 의사가 대답했다.

「무엇 때문에 소동이 벌어진 거죠? 그분은 괜찮아요?」

크리스토퍼가 다소 안심한 듯한 목소리로 물었다.

「네가 직접 보려무나.」

그들의 왼편에서 들려오는 목소리였다. 거기에는 화장실 문이 열린 채 마일너 전 부총장이 병원 가운 차림으로 서 있었다. 그의 안색은 너무나 건강해 보였다. 그가 왜 도대체 병원에 입원해 있는지 의아스러울 지경이었다. 눈은 또록또록했고, 낯빛은 불그스레하게 혈색이 좋았다. 어깨와 가슴 또한 쭉 펴진 채로 당당하게 버티고 서 있었다.

데커는 그런 모습을 보고는 고개를 설레설레 저었다. 크리스토퍼는 잠자코 지켜보고만 있었다.

「내 모습이 어때?」

마일너가 자신에 넘쳐서 물어보았다.

「어…, 너무 좋아 보여요. 무슨 일이 있었던 거죠?」

크리스토퍼가 물었다.

마일너는 의사들에게로 시선을 주었다. 어떤 대답을 기대한다기보다는 그들이 설명할 수 없다는 그 점을 더 즐기는 듯한 눈빛이었다.

「우리로서는 알 수가 없어요. 그의 건강 상태는 완벽합니다. 결코 이팔청춘이 아닌데도, 맹세컨대 그가 처음 입원했을 때보다 20년은 더 젊어진 것이 분명합니다.」

의사 중의 한 명이 인정했다.

「그들은 결코 알지 못해. 도대체 뭐가 뭔지 몽롱한 상태에 있을걸.」

마일너가 기쁨 속에서 외쳤다.

「그 말을 인정하지 않을 수 없군요.」

의사 중의 또 한 명이 말했다.

「그 차트를 가지고 가서 연구해보세요. 저는 그동안 찾아오신 분들과 이야기를 하고 있을 테니까요.」

마일너가 재촉하면서 의사들에게 문 쪽을 가리켜 보였다. 의사들은 그 말에 따르면서도 마일너에게 너무 무리하지 말라는 충고를 잊지 않았다.

「물론 그렇게 하지요.」

마일너가 대수롭지 않다는 듯이 대꾸했다.

그들이 가고 나자 마일너는 병원 가운을 걷어붙이더니 윗몸일으키기를 시작했다.

「크리스토퍼, 숫자를 좀 헤아려줘.」

크리스토퍼는 내키지 않았지만, 어쨌든 숫자를 헤아리기 시작했다. 스물셋까지 세고는 그만하라고 크리스토퍼가 만류했지만, 마일너는 두 번을 더 하고서야 멈추었다.

데커는 이 기이한 장면에 낄낄대고 웃느라 바빴다. 크리스토퍼는 줄기차게 물었다.

「무슨 일이죠? 무슨 일이 일어난 거죠?」

「무슨 일이 일어난 거냐고?」

마일너가 한 번 더 되묻고 나서는 대답했다.

「너무나 뻔하지 않니? 보다시피 난 너무나 건강하고, 세상이 다 내 것 같다는 생각이 들 정도란다.」

「하지만 어떻게 해서 이런 일이 일어났느냐고요?」

크리스토퍼가 재촉했다. 마일너는 크리스토퍼의 재촉에도 아랑곳하지 않고 느긋하게 대꾸했다.

「그건 너무나 명백해. 이 모든 것은 네가 기증해준 피를 수혈받은 직후부터 시작된 거야.」

데커는 웃음을 멈추었다. 정신이 번쩍 들었다. 크리스토퍼의 피가 가진 효과 때문만이 아니라, 마일너가 보인 반응 때문이기도 했다. 마일너가 크리스토퍼에 대해서 알고 있단 말인가? 어떻게 알 수 있었을까? 이를 더 추궁하고 나선다면 크리스토퍼의 비밀이 진짜 벗겨지게 될지도 몰랐다.

「무슨 말씀을 하고 계시는 건가요?」

데커는 궁금증을 주체할 수 없어 마침내 묻지 않을 수 없었다.

마일너는 정중한 표정으로 돌아갔다.

「호손 씨, 난 그를 처음 만난 순간부터 크리스토퍼의 내력을 알고 있었소. 어느 정도까지는 그의 운명을 알고 있었다고 할 수도 있소. 그런 것을 밝히는 건 심지어는 그 자신한테까지도 금지되어 있었지만 말이오. 하지만 이런 일이 일어나리라는 것을 미리 알았다고는 할 수 없소.」

그가 갑자기 회복된 건강과 관련지으며 말했다.

「물론 이런 일이 일어났다고 해서 제게는 전혀 놀랄 일은 아니오!」

7
로마의 황태자

8년 후 독일 프랑크푸르트 남쪽

하이델베르크에서 프랑크푸르트로 가는 열차가 독일의 어느 여름 날 저녁을 뚫고 달리고 있었다. 수백 미터 왼쪽으로는 라인 계곡의 편평한 평원 지대에서 불쑥 튀어나온 오덴발트 산맥이 서쪽 벽을 형성하며 이어지고 있었다. 그 산등성이를 따라 다양한 모양의 성들이 8~10킬로미터 간격으로 서 있었다. 어떤 것은 수리 중이었고, 어떤 것은 폐허가 되어 있었고, 어떤 것은 아직도 사람이 살고 있었다. 산 아래쪽으로는 아름다운 마을과 도시가 줄을 이어 자리잡고 있었다. 가끔씩은 뾰족탑을 지닌 가톨릭 성당과 루터 교회가 나타났다. 서쪽 멀리에는, 그러나 기차 안에서 분명히 보이는 곳에는, 독일에서 가장 큰 핵발전소를 나타내는 일곱 개의 거대하고 차가운 탑들이 위용을 자랑하고 있었다. 그에 비하면 그 아래쪽의 비블리스 로쉬라는 작은 마을의 첨탑들은 상대적으로 너무나 초라해 보였다.

강력한 전기 엔진이 끄는 누렇고 푸른 기차에는 UN 사무총장과 그 일행들이 타고 있는 세 대의 차량이 별도로 운행되고 있었다. 거기에는 UN 상주 보도진들도 동승하고 있었다. 2시간 전, 하이델베르크 성에서 존 한센 사무총장은 국제적인 경제 지도자들을 대상으로 최근 국가간의 무역 장벽을 완전 철폐하기로 한 UN의 결정이 가져다줄 유익함에 대해 연설을 했었다. 누구에게나 감동을 줄 만한 연설은 아니었지만, 무역 장벽을 철폐하기 위해 최전선에서 뛰고 있는 세계 각지에서 온 남자들과 여자들에게는 각별한 의미가 있었다.

참석자들 중에는 한센 사무총장을 총회에 소개시킨 장본인인 억만장자 데이브 브랙포드도 있었다. 5년 전 UN에 의해 설립된 무역 장벽의 대부분이 제거된 데에는 브랙포드의 추진력이 크게 뒷받침되었다는 것이 정설이었다. 이제 모든 무역 장벽이 완전 철폐되는 것은 기정사실이었고 시간만이 문제가 될 뿐이었다.

존 한센 사무총장은 두 번 연임을 했고, 올해가 세 번째 연임 기간 중 4년차였다. 사무총장직은 그가 직무에 대한 선언을 처음 한 이래로 점점 더 그 중요성이 높아져왔다. 한센과 재조직된 안전보장이사회에 점점 더 많은 힘이 쏠림에 따라, 둘 사이도 떼려야 뗄 수 없는 사이가 되어가고 있었다. 정치가들과 뉴스 해설자들이 하나의 세계 정부가 존재하게 될 것이냐의 여부를 다루던 시절도 이미 몇 년 전의 과거가 되었다. 이제 그들은 어떻게 하면 그 정부가 최선으로 통치될 수 있겠는가를 주제로 다루었다. 그것이 마침내 실현되기 위해서는 아직도 치워져야 할 장애물들이 있었다. 영향력 있는 인사 중어느 누구도 개별 정부의 완전한 해체를 주장하는 사람은 없었다. 어떤 식으로든 공개적인 해체는 아니었다. 적어도 그러한 방향만큼은 부인할 수 없었다.

어느 날 갑자기 인류가 깨어나서는 국가의 이익이란 전혀 중요하지 않고, 하나의 세계만이 존재하며, 모든 권력이 뉴욕에 본부를 둔 세계 독재 정권에 있다는 것을 발견하게 될 그런 날은 올 것 같지 않았다. 그보다는, 수십 년 전에는 상상도 할 수 없었을 국가간의 타협과 협력이 증진됨에 따라, 한센과 안전보장이사회의 주도로 국제적인 문제들이 UN에 의해 집중적으로 다루어지는 일이 현저히 촉진되어왔다. 지역을 기반으로 하는 안전보장이사회와 존 한센의 공평한 리더십은 모든 국가들의 처우에 균형을 가져왔고, 대체적으로는 평화로운 날들이 이어졌으며, 전 세계 대부분의 지역에 번영이 뒤따랐다. 한센이 자주 지적하듯이, 이제 국제적인 문제는 국제적으로 다루어졌고, 개별 국가들의 정부는 자기만의 이해관계에 초점을 맞추지 않았다.

물론 총체적인 번영에 예외는 있었다. 어떠한 선한 정부도 자연재해를 줄일 수는 없었기 때문이다. 그러한 예외의 하나가 인도 대륙으로서, 특히 북인도와 파키스탄이 심했다. 거기에는 가뭄과 밀농사의 병충해로 인한 기근이 점점 더 빠른 속도로 악화되어갔다.

사무총장 전용 열차칸에서 존 한센과 데커 호손은 다가오는 〈세계의 정부 연두교서〉에 대해 의논 중이었다.

「안전보장이사회의 모든 이사국들로부터, 그리고 모든 사무국 기관으로부터 연두보고서 초안을 보고받았습니다. UN 식량농업기구(FAO)만 아직 남아 있습니다.」

데커가 말했다.

「이것이 FAO로부터의 정보를 제외한 총장님의 연두교서 초안입니다.」

데커는 84쪽에 달하는 〈세계의 정부 연두교서 초안 #5〉라는 제목이 붙은 서류를 한센에게 넘겨주었다. 한센은 페이지를 넘기며 전체 내용을 훑어보았다.

「총장님도 보시다시피, 세계의 기아와 농업 생산의 문제를 다루는 본문은 대부분 준비되었습니다. 다만 FAO에서 보고를 받으면 몇 개의 통계자료를 끼워 넣을 필요가 있을 것 같습니다. 그리고 곧 있을 파키스탄 여행에서 통찰하신 바를 보충하신다면 훨씬 더 생동감을 가질 수 있을 것입니다.」

「농업 자원의 분배에 관한 여덟 가지 핵심 사항은 다 집어넣었소?」

「예, 총장님. 그 내용은 16쪽에서부터 시작됩니다.」

한센은 페이지를 넘기더니 읽기 시작했다. 그러한 기아 문제는 법률로 정한다고 해서 해결할 수 있는 문제가 아니었지만, 한센은 대량의 식량 원조를 통해 UN이 할 바를 다하는 것을 지상 과제로 생각하고 있었다. 문제는 누가 되었든 원조 식량에 대한 비용을 지출하지 않으면 안 된다는 것이었고, 이 문제를 한센은 농업 자원의 분배에 관한 여덟 가지 핵심 사항 속에 담고자 했다.

「잘 된 것 같군.」

한센이 훑어보고 난 다음 말했다.

「당신은 프랑크푸르트에서 비행기로 로마에 갈 거요?」

한센이 데커에게 물었다.

「예, 잭 레드몬드와 저는 로마의 FAO 본부에서 크리스토퍼를 만나, 식량 원조에 대한 지역별 할당량의 권고안을 마무리할 생각입니다. 사무총장님과는 수요일에 파키스탄에서 만나뵙는 걸로 하면 어떨까 싶습니다.」

「좋아요. 잭이 갖고 있는 정보를 활용하는 것이 중요하다고 생각해요.」

한센이 자신의 정치 자문 위원장을 언급했다.

「다음 달 총회에 법안을 상정할 때, 지역 할당량에 대한 입장을 확실히 납득시킬 수 있도록 단단히 준비해둬야 할 거요.」

데커가 고개를 끄덕여 알겠다는 표시를 했다.

「이 프로그램은 실천하기가 쉽지 않을 거요. 부를 가진 국가들이 그것을 내놓겠다고 줄을 서는 건 아니니까. 〈신세계 질서(New World Order)〉가 갖고 있는 문제는, 신세계에 아직도 〈구닥다리〉 사람들이 살고 있다는 점이오.」

한센은 자신이 즐겨 인용하는 문구를 되풀이했다.

「당신과 잭, 크리스토퍼가 서로 상의하여 안을 내놓는다면 많은 도움이 될 거요.」

「잭과 크리스토퍼가 도움이 될 만한 아이디어를 내놓을 겁니다.」

데커가 말했다. 데커는 크리스토퍼에 대해 말할 때는 늘 조심스러웠다. 크리스토퍼에 대한 데커의 자부심은 누가 보더라도 명백한 것이었지만, UN 사무국의 한 멤버로서 그의 급격한 성장은 누구도 의심할 수 없었다. 과거 3년 동안 로마에 본부를 둔 FAO의 총재로서 그가 보여준 역량으로 인해, 내년 봄에 은퇴를 하겠다고 선언한 경제사회이사회의 실행 이사인 루이스 코렐타의 후임이 될 것이라고 점치는 사람이 많아지게 되었다. 사실 한센의 여덟 가지 핵심 사항은 FAO의 총재인 크리스토퍼에 의해 윤곽이 잡힐 수 있었다.

안전보장이사회가 재조직될 때까지, 경제사회이사회는 FAO를 포함한 UN의 10여 개 기구의 절반 이상을 대변하고 보호하는 기구가 되어주었다. 그러나 재조직 이후, UN 기구들은 안전보장이사회의 부대표들 각자가 자리 하나씩을 차지하는 나눠먹기가 된 감이 없지 않았다.

경제사회이사회는 UN의 5대 기구 중 하나였을 때보다는 비중이 훨씬 덜했지만, 그래도 여전히 주요 기구인 것만은 분명했다. 안전보장이사회의 부대표들이 돌아가면서 의장 자리를 맡았지만 그건 이름뿐이었고, 실제적인 책임은 직업적인 전문가가 담당하는 실행 이사의 몫이었다. 따라서 경제사회이사회의 실행 이사로 승진하는 것은 책임이 더 막중해지는 것에 더하여, 정치적으로나 지리적으로 권력의 고삐를 향해 더 근접해간다는 의미가 있었다.

「파키스탄에서 돌아가는 비행기 안에서 우리의 권고안에 대해 브리핑해드릴 생각입니다.」

데커가 말했다.

「아니오, 난 뉴욕으로 돌아가고, 당신과 크리스토퍼는 파키스탄에 남는 것이 좋겠소. 브리핑은 비행기에서 잭이 하면 되겠지.」

한센이 말했다. 이것은 데커가 계획했던 바가 아니었다. 하지만 데커는 더 이상 토를 달지 않았다.

「알겠습니다, 총장님.」

한센은 다시 초안으로 시선을 돌렸다.

「포레 대사는 어떻게 된 거요?」

한센이 여전히 초안에 코를 박은 채 물어왔다.

「우리는 그가 총장님의 농업 분배안을 지지해주리라고 기대할 수 없다고 생각합니다. 총장님이 물으신 뜻이 그거라면.」

「그 사람은 나로 하여금 술을 마시게 한다니까.」

한센이 독일산 맥주를 한 모금 들이켜며 별 감정을 담지 않은 채 말했다.

「내가 하려고 하는 것이 무엇인지는 아무 상관도 없는 것 같아. 그는 한사코 내 의견에는 반대만 하니까 말이오.」

프랑스 대사에 대한 한센의 감정을 데커는 너무도 잘 알았다. 알베르 포레는 한센에게 생선에 박힌 가시였고 점점 더 심해져갔다. 1년 전쯤 포레는 유럽 지역의 안전보장이사회 부대표로 선출되는 데에 성공했다. 이사회에서의 실제적인 권한은 거의 없는 자리였다. 부대표는 안전보장이사회에 안건을 제출할 수도 없었고 투표권조차 없었다. 그런 특권은 10개 지역의 대표들에게만 한정되었다. 부대표가 갖는 가장 큰 권한은, 거의 사용된 적이 없지만, 자신들이 의장직을 맡고 있는 기구를 대표하여 필요하다고 여겨질 때에는 안전보장이사회에서 발언을 할 수 있는 권리였다. 포레가 맡은 기구는 〈세계평화기구〉였다. 세계평화기구에는 UN 해방 감시군, 레바논에 있는 UN 평화유지군, 인도와 파키스탄에 있는 UN 군사 감시단, 그리고 육해공군으로 구성된 UN 평화유지군 등이 있었다. 과거에 그 자리는 상당한 세력과 특권의 자리였지만, 거의 5년 동안 큰 전쟁이 없어서인지 포레의 야망만큼 중요성을 지닌 자리는 못 되었다. 그런 만큼 시간이 남아도는 포레는 다른 목표를 추구하기에 열심이었고, 한센에게는 불행한 일이었지만, 다른 회원국들을 상대로 한센을 반대하는 운동을 벌이는 것도 그 중의 하나였다. 안전보장이사회에서나 총회에서나 한센의 반대 세력이 그리 큰 것은 아니었다. 하지만 농업 분배안에 반대하는 농업 국가들을 결속시키는 데에 성공한다면 현실적인 문젯거리로 등장할 수도 있었다.

「그가 계속해서 나를 노린다면 그를 무시하고 말기보다는 다른 대안을 찾아야 할 것 같소.」

한센이 말했다.

「프랑스 대통령을 설득시켜서 보다 호의적인 인물로 교체하도록 할 수도 있을 것입니다. 몇 년 전 멕시코 대사가 그런 식으로 교체된 적이 있습니다.」

데커가 제안했다.

「그래, 말리 대사도 그랬지.」

한센이 덧붙였다.

「그래요? 우리가 거기에 개입한 게 아니라서 전 모르고 있었는데요. 그럼 제가 잭 레드몬드로 하여금 한번 조종해보도록 하겠습니다.」

「문제는 포레가 프랑스 국민들 사이에는 인기가 상당해서 그리 쉽게 면직시킬 수 있는 인물이 아니라는 점이오.」

「하인만 대사는 어떻습니까?」

데커가 안전보장이사회의 유럽 대표로서 한센을 잘 따르는 독일인을 지칭했다. 그는 프랑스를 포함한 자기 지역권에서 상당한 영향력을 갖고 있었다.

「하인만 대사는 포레에 대한 내 감정을 잘 알고 있소. 파키스탄으로의 여행 기회를 이용해서 그 문제를 그와 직접 상의할 수 있을 것 같소.」

하인만은 주요 식량 생산 지역의 대표로서 한센의 이번 파키스탄 방문에 동행하기로 되어 있었다.

「잭이 뭔가 하인만 대사를 활용하는 방안을 내놓을 수 있을 것입니다.」

「포레의 약점을 찾아내어 압력을 행사하겠단 뜻이오?」

「그렇습니다, 총장님. 어디에 어떤 약점이 있는지를 찾아내는 건 잭의 전공과목입니다.」

한센 사무총장은 그 생각이 흡족한 듯했다.

「로마에서 그를 만나거든 그렇게 이야기해보시오.」

이탈리아 로마

프랑크푸르트에서 출발한 비행기는 다음날 아침 레오나르도 다 빈치 공항에 도착했다. 로마에서는 소매치기를 조심하라는 경고의 말을 들은 적이 있어서 데커는 서류가방을 단단히 움켜쥐고 여행 가방을 끌면서 눈으로는 크리스토퍼 굿맨을 찾아 헤맸다. UN의 공공기구의 중역으로서 데커는 언제든지 UN 소유의 소형 제트기를 탈 수 있었지만, 가능하면 민간 항공기를 이용했다.

「훨씬 안전하거든요.」

그것이 묻는 사람에 대한 그의 대답이었다.

이탈리아 상공인들의 그룹 뒤쪽에서 데커를 향해 손을 흔들던 크리스토퍼가 그를 향해 급히 걸어왔다.

「어서 오세요, 아저씨. 여행은 어땠어요?」

크리스토퍼가 데커를 끌어안으면서 말했다.

「좋아, 다 좋았어.」

「짐은요?」

「이게 전부야.」

데커가 서류가방과 여행용 가방을 가리켜 보였다.

「대단하시군요. 당장 로마 관광을 시작하는 게 어때요? 로마에는 와보신 적이 없지 않아요?」

「안 와봤지. 튜린과 밀라노에는 1978년도에 한 번 와봤고.」

「로마를 진짜 좋아하시게 될 거예요.」

「내 생각도 그래.」

군중을 헤치고 출구로 나오면서 데커는 여러 사람들이 자기들을 지켜보고 있는 것 같은 느낌을 받았다. 거리로 나가 리무진을 기다리고 있을 때는, 매력적인 한 여성이 그들을 바라보느라고 차를 갑자기 멈추는 바람에 하마터면 연쇄 충돌이 일어날 뻔했다. 크리스토퍼는 그 여성의 호기심 어린 시선을 못 본 척 무시했지만, 데커는 리무진에 오르면서 한마디 하지 않을 수 없었다.

「저 여자가 널 알고 있는 것 같다만?」

「콜로세움부터 먼저 갈까요?」

크리스토퍼는 데커의 말을 못 들은 척했다.

「월요일에는 바티칸을 제외하고는 박물관이 모두 문을 닫아서 걱정이에요. 하지만 볼거리는 박물관말고도 너무 많아요.」

「로마, 난 바스타 우나 비타!」

데커가 이탈리아어로 화답했다. 로마를 다 보려면 한 생애로도 충분치 않다는 뜻이었다.

「아저씨가 이탈리아어를 하실 줄은 몰랐는데요.」

「넌 방금 내가 아는 이탈리아어 단어를 모두 들은 거다. 스튜어디스가 가르쳐주더라.」

데커의 고백에 크리스토퍼는 미소를 지었다.

「어찌 됐든 넌 지금 여행 가이드다. 통상적으로 정해진 코스는 아니다만 내가 가보고 싶은 곳이 있어.」

「어딘데요?」

「티투스의 개선문.」

「오, 가고말고요. 콜로세움 근처의 광장에 있어요. 아저씨만 좋으시다면 거기부터 갈까요?」

「좋지. 네가 알고 있던 것보다 훨씬 더 흥미로운 곳이라는 걸 실감하게 될 거다.」

*

티투스의 개선문은 콜로세움을 배경으로 당당하게 서 있었다. 티투스의 성공적인 예루살렘 정벌을 기념하기 위해 축조된 그것은 2천 년의 세월을 지나오는 동안 받아온 상흔을 고스란히 드러내고 있었다. 데커는 아치에 새겨진 조각들을 훑어보고는 자신이 찾고자 하는 것으로 얼른 다가갔다.

「아, 여기 있군.」

크리스토퍼는 데커의 어깨 너머로 조각을 올려다보았다. 예루살렘 성에서 빼앗아온 전쟁 약탈물이 묘사되어 있었다.

「뭘 말씀하시려는 거죠?」

「조수아 로젠이라고 너에게 말했는지 모르겠다.」

데커가 말했다. 크리스토퍼의 얼굴에는 그 이름을 알고 있다는 어떠한 표정도 나타나지 않았다.

「여러 해 전에 알고 지냈던 과학자야. 튜린 원정대에서 만났었지.」

크리스토퍼의 귀가 쫑긋 세워졌다.

「나중에 그는 이스라엘로 이주했고, 나는 그에 관한 기사를 쓴 적이 있지. 어떻든 탐 도나핀과 내가 이스라엘에 있었을 당시, 우리가 인질로 붙잡히기 직전에 조수아 로젠이 예루살렘의 몇몇 장소를 구경시켜준 적이 있어. 〈통곡의 벽〉이라 불리는 곳에도 갔었지. 팔레스타인 사람들이 폭파해버리고 유대인들이 새 성전을 짓기 전에는 옛 유대교 성전의 서쪽 벽이라고 불렀다더라.」

크리스토퍼는 유대교 성전의 최근 역사에 대해서는 잘 알고 있다는 표시로 고개를 끄덕여 보였다. 「우리가 거기에 갔을 때, 조수아가 법궤에 얽힌 이야기를 들려주면서 자기 이론을 펼쳐 보였지. 거기에 대한 이야기는 조만간 너에게 모두 들려주마. 어쨌든 그가 들려준 이야기의 핵심에는 티투스의 개선문과 이 조각에 관한 것이 들어 있었어. 티투스는 AD 70년에 예루살렘을 침략하고 약탈한 로마 황제이자 로마 원정대의 사령관이었지.」

「예, 저도 알아요. 십자가 처형을 당하기 전에 제가 그것을 예언했었지요.」

크리스토퍼가 말했다.

「그걸 기억하고 있다고는 나에게 말한 적이 없지 않니?」

「너무 흥분하지 마세요. 제가 기억하고 있는 것이 아니라, 성서에서 거기에 관해 읽은 것뿐이니까요.」

「아, 그렇구나. 어쨌든, 너도 보다시피, 이 조각은 아주 정교하게 새겨져 있다. 그렇게 오랜 세월에도 불구하고, 예루살렘에서 약탈한

품목들이 무엇이었는지를 분명하게 알아볼 수 있을 정도로 말이야.」

크리스토퍼는 더 가까이 들여다보았다.

「예, 정말 잘 보존되었군요.」

하지만 크리스토퍼는 아직 핵심에는 이르지 못한 것 같았다.

「너도 볼 수 있지 않니? 조각된 보물 목록 안에는 법궤가 들어 있지 않다.」

「죄송해요. 아저씨. 그게 무슨 뜻이죠?」

데커는 그제야 자신이 아직 설명하지 않은 것이 많다는 것을 깨달았다.

「미안하구나. 내가 좀더 자세하게 설명했어야 했는데. 이것이 흥미로운 이유는 튜린의 수의와 관련이 있기 때문이야. 조수아 로젠은 탄소연대측정법에서 그 수의가 왜 고작 1천 년 전의 것으로 나타나는지에 관한 그럴듯한 이론을 펼쳐 보였어.」

데커는 탐 도나편과 함께 조수아 로젠에게 들었던 법궤에 관한 이야기를 모두 들려주었다.

「그러니까 아저씨 생각에는 법궤 안에 들어 있던 수의가 모두 그 당시의 것이란 거예요?」

데커의 이야기를 듣고 난 크리스토퍼가 물었다.

「나도 모르겠어. 하지만 그 수의에 관한 몇 가지 의문에는 대답이 되어주는 것 같아. 그리고 너에 대해서도.」

그들이 아치 위의 조각을 들여다보며 이야기를 나누고 있을 때, 두 소년이 그들 뒤에서 접근해왔다. 하지만 그들은 까맣게 모르고 있었다.

「스쿠시, 시그노르 굿맨, 포트레모 아베레 라 수아 피르마?」

두 소년 중 나이가 들어 보이는 쪽이 말했다.

이탈리아 말을 전혀 모르는 데커는 소년들이 무엇을 원하는지 전혀 감을 잡을 수 없었다. 그런데 크리스토퍼는 양복 주머니에서 펜을 꺼내들고는 소년들이 건네준 종이 위에 자필 서명을 해주는 것이었다.

「웬 사인?」

놀라움을 감추지 않은 채 데커가 물었다.

크리스토퍼는 고개를 끄덕였다. 그는 완벽한 이탈리아어를 구사하며 잠시 소년들과 이야기를 나누었다. 그리곤 활짝 미소를 지어 보이며, 그들이 대단한 인사라도 되는 양 악수를 해주고는 돌려보냈다. 소년들은 몇 발짝 안 가서 서로에게 자기가 받은 사인을 보여주었다. 그러고는 사인을 받은 종이쪽지를 마치 트로피처럼 흔들어대며, 자신들의 엄마에게로 달려갔다.

「일 프린시페 디 로마!」

데커는 당황스러워 하며 잠시 동안 크리스토퍼를 바라보기만 했다.

「공항에서도 그렇게 주목을 받더니, 넌 정말 이 지방의 유명인사가 다 됐구나.」

크리스토퍼는 어깨를 으쓱할 뿐이었다.

「그렇게 거북해할 필요는 없어. 이곳에서 일을 아주 잘 수행하는 모양이지?」

「제가 한 건 정말 아무것도 없어요. 우리가 실행한 UN의 프로그램이 좋은 평가를 받은 것뿐이죠 뭐. 인기 있는 프로그램이 인기 있는 행정부를 낳은 셈이죠 뭐.」

*

　다음날 아침 데커와 크리스토퍼는 일찌감치 FAO, 즉 UN 식량농업기구에 도착했다. 레드몬드의 도착 시각은 출근길 정체가 어느 정도냐에 달려 있었다. FAO 본부는 로마 신시가지의 네 블록을 점유하는 거대한 복합 빌딩으로, 주변 빌딩 중에서도 압도적으로 높았다. FAO는 2천5백 명 이상을 고용하고 있었고, 반 년마다 25억 달러에 달하는 예산을 집행했다.

　크리스토퍼의 사무실에 도착하자 젊고 매력적인 이탈리아 여자가 맞아주었다.

「부옹 지오르노, 시그노르 굿맨.」

「좋은 아침이오, 마리아.」

　여자의 말에 크리스토퍼가 영어로 대꾸했다.

「이분은 저의 부모와 다름없는 데커 호손 씨로 UN의 홍보담당관이세요. 여기는 마리아 사베티니예요.」

「호손 씨, 만나 뵙게 되어 반갑습니다. 굿맨 씨에게 자주 말씀 들었어요.」

「저도 기쁩니다. 당신은 사베티니 대통령과 어떤 관계가 있나요?」

　이탈리아의 대통령과 성씨가 같은 걸 알아차린 데커가 물었다.

「마리아는 대통령의 막내따님이세요.」

　크리스토퍼가 대답했다.

「아⋯, 어, 그러니까, 그것 참, 더 큰 기쁨이군요.」

　데커는 놀라지 않은 척하려고 애썼다. 그런 대답을 들으리라고는 전혀 예상하지 못한 채, 그냥 한 번 물어본 것뿐이었던 것이다.

「잠시 후에 레드몬드 씨가 도착하면 안으로 좀 안내해주세요.」

마리아를 향해 지시한 뒤 크리스토퍼가 문을 닫자마자 데커가 불쑥 내뱉었다.

「네 비서가 이탈리아 대통령의 딸이라고?」

크리스토퍼는 거기에 큰 의미를 두고 싶지 않다는 듯이 고개를 설레설레 저었다.

「그녀는 비서가 아니에요. 행정 서기예요. 그녀는 일자리를 필요로 했고, 저는 행정 서기가 필요했을 뿐이에요.」

「그래, 하지만 대통령의 딸이 아니냐?」

「마일너 부총장님의 아이디어예요.」

그러나 데커의 표정은 더 설명해줄 것을 요구하고 있었다.

「제가 FAO의 총재가 된 지 얼마 지나지 않아 마일너 부총장님이 사업 관계로 이리로 오시게 되었어요. 그분과 대통령은 오랜 지기였구요. 제가 그때 우연히 지나가는 말로 행정 서기가 필요하단 말을 했었죠.」

「그렇다고 해서 그것이 어떤 식으로든 이탈리아 정부와의 관계에 마이너스 요소는 아니라고 여겨진다만.」

데커가 말했다.

「나름대로는 깊이 생각하고 한 일이에요.」

크리스토퍼의 방은 넓고 잘 꾸며져 있었다. 벽에는 크리스토퍼의 사진들이 걸려 있었다. UN 안전보장이사회의 여러 멤버들과 함께 찍은 것, 이탈리아의 총리·UN 대사·대통령을 비롯한 각료들과 찍은 것, 세 명의 추기경을 포함한 로마 가톨릭 교회 지도자들과 찍은 것 등이었다. 그 방에서 가장 큰 사진은 존 한센 사무총장과 함께 찍은 것과, 로버트 마일너와 교황과 함께 찍은 것으로 두 개가 나란히 걸려 있었다.

「너 정말 바쁘게 살고 있구나.」

데커가 사진을 훑어보면서 말했다.

「솔직히 말씀드리자면 이것들 대부분이 마일너 부총장님의 솜씨예요. 제가 FAO 총재가 된 이후로 그분은 1년에 네다섯 차례 이곳에 오세요.」

마일너는 이제 90대였지만, 크리스토퍼의 피를 수혈받은 이후 전혀 나이를 먹어가는 것 같지가 않았다. 아니 오히려 점점 더 젊어져 가는 것 같았다.

「마일너 부총장님이 이탈리아에 무슨 일이 그렇게 많은지 모르겠어요.」

「흠, 그건 나도 마찬가지다.」

데커가 말했다. 데커는 마일너의 잦은 여행이 우연한 일은 아닐 거라고 확신했다. 그는 크리스토퍼의 위상을 높이는 일이라면 자신이 할 수 있는 모든 일을 다 하고 있음에 분명했다. 물론 데커가 그걸 반대할 이유는 없었지만 의혹은 남았다. 그럼에도 그걸 오래 생각하고 있을 수가 없었다. 콜로세움 앞에서 크리스토퍼와 함께 포즈를 취한 한 인물이 눈길을 사로잡았기 때문이었다.

「데이비드 브랙포드가 여긴 언제 왔지?」

데커가 물었다.

「아, 지난 여름이었어요. 세계 은행가들의 모임 때문에 마일너 부총장님과 이곳에 오셨댔어요.」

그때, 마리아가 잭 레드몬드의 도착을 알렸다.

「로마의 황태자님이여, 인사드립니다.」

레드몬드가 나타나 크리스토퍼를 향해 무릎을 굽혀 경배를 표하는 인사를 했다.

데커는 잭이 무엇 때문에 그런 인사를 하는지 알 수 없었다. 아마도 조크인 모양이라고 짐작할 뿐이었다. 하지만 크리스토퍼의 곤혹스런 표정이 그 이상의 뭔가가 있음을 말해주고 있었다.

「난 도통 모르겠군. 도대체 무슨 일이오? 〈로마의 황태자〉라는 건 또 뭐죠?」

「지난 주의 《에포카(Epoca)》 안 보셨어요?」

잭이 데커에게 물었다. 《에포카》는 《타임》이나 《뉴스위크》에 비견할 만한 이탈리아 잡지였다.

「안 보았는데요.」

데커가 대답을 기대하며, 잭과 크리스토퍼를 번갈아 바라보았다.

「여기 있어요.」

잭이 자기 가방을 열더니 데커에게 그 잡지를 건네주었다. 표지에는 매우 공들여 찍은 크리스토퍼의 사진이 실려 있었다.

데커는 잠시 사진을 들여다보고는 굵은 활자로 찍힌 캡션을 번역해달라고 했다. 크리스토퍼가 멋쩍은 듯 머뭇거리자 잭이 나서서 대답했다.

「크리스토퍼 굿맨, 30세의 로마 황태자.」

데커는 너무나 대견하게만 여겨져서 기쁨을 주체하기 어려웠다. 그는 이탈리아어를 몰랐지만, 잡지를 훌훌 넘기면서 관련된 기사를 찾으려고 했다.

「어떻게 된 내력인지 나에게 좀 말해줘요.」

참지 못하고 그가 물었다.

「우리의 크리스토퍼가 이 분야에서 대단한 명성을 얻게 된 것 같아요.」

잭의 목소리에는 우정어린 과장과 약간의 이죽거림이 섞여 있었다.

「그건 아무것도 아니에요. 잡지 편집자가 총리를 비꼬아줄 속셈으로 그렇게 꾸민 거예요. 그들은 여러 달 동안 장기전을 벌이고 있는 중이거든요. 《에포카》의 독자들은 나를 치켜올림으로써 총리를 깎아내리려는 편집자의 속셈을 알아차릴 거예요. 나를 치켜세운 기사 바로 뒤에 총리에 대한 별 특색 없는 기사를 덧붙여놓은 것도 그런 뜻이 있어요.」

크리스토퍼가 항의조로 변명했다.

데커는 책장을 넘겨서 총리에 대한 기사를 찾은 끝에, 전혀 주의를 끌지 않는 인물 사진을 볼 수 있었다. 더 나쁘게 보이도록 하기 위해서 사진에 손을 대지 않았나 싶을 정도였다.

「황태자의 항의가 지나치십니다 그려.」

잭이 말했다.

「전 모두가 부질없는 짓만 같아요. 그 기사를 보자마자 총리에게 전화를 걸어서, 그자들이 그런 식으로 기사를 이용할 줄은 몰랐다고 말씀드렸죠. 다행히도 지난 몇 년 동안 우리 사이는 꽤 좋은 편이었어요. 그는 모든 것을 다 오해 없이 받아들여 주었어요. 이젠, 일을 좀 시작하는 게 어때요?」

「잠깐만, 이걸 한 부 복사해서 갖고 싶은데.」

데커가 말했다.

「겸손하려고 애썼는데, 두 분은 정말 그렇게 하기 힘들게 만드시네요.」

크리스토퍼는 경악을 하며 소리쳤다.

「들어 봐요. 당신은 그 기사에 대단한 자부심을 가질 만해요. 그럴 만한 자격이 충분하다구요. 언론에서 그만큼 인정해주기가 쉬운 일인 줄 알아요? 한센 이외에 그런 식의 인정을 받은 UN 임원은 거의 찾아보기 어렵다구요. 내 말뜻은, 당신의 직업을 경시해서가 결코 아니라, 당신은 곧이곧대로 공무원 체질이다 이겁니다. 무대 뒤에서 일하면서 아무도 알아주지 않아도 상관하지 않는다는 거죠. 내가 그 잡지에서 본 바로는, 당신은 정말 괄목할 만한 업적을 쌓았어요. 한 사람의 관리로서뿐만이 아닙니다. 이탈리아 국민에게 당신은 UN을 나타내는 상징이기도 합니다. 당신은 일을 정말 잘 처리했고, 아무도 그런 당신을 가로막지 못할 겁니다.」

잭 레드몬드가 추켜세우는 것을 크리스토퍼는 〈이크, 이거 야단났군〉 하는 표정으로 듣고 있었다. 데커는 함박웃음을 웃느라 말을 더 보탤 수도 없는 형편이었다.

「그 기사에는 또 당신이 이탈리아 시민이라고 쓰여 있던데요. 그건 누구의 아이디어였죠?」

잭이 던진 질문의 답을 데커는 알 것 같았다.

「마일너 부총장님이오. 제가 처음으로 FAO에 부임했을 당시에 그가 제안했어요. 이탈리아 국민들이 좋아할 거라면서요. 10년 전부터는 시민권 얻기가 한결 수월해져서, 90일의 거주 기간만 채우면 됐거든요. 이탈리아 시민이 된 지도 거의 5년 가까이 되어가네요. 그건 그냥 상징적인 것일 뿐이지만요.」

크리스토퍼의 대답에 잭 레드몬드는 크게 고개를 주억거렸다.

「내가 말했듯이, 아무도 당신을 가로막지 못할 거요.」

「이제는 진짜 일을 좀 시작하지요, 네?」

크리스토퍼가 이제는 애원조로 말했다.

「너무 서두르지 말아요. 그 기사에는 데커가 알면 자못 흥미로워할 이야깃거리가 또 하나 실려 있으니까.」

크리스토퍼는 자리에 앉아 팔짱을 끼고는 천장만 올려다보았다. 이미 굴러가기 시작한 잭을 만류한다는 건 불가능함을 익히 알고 있는 터였다.

「그 기사에 따르면, 당신과 이탈리아 대통령의 따님이 대단한 화제던데요. 장차 결혼할 거라는 소문이 나돌고 있다는데요?」

「뭐라고? 너와 마리아가!」

데커가 깜짝 놀라 외쳤다.

「아니에요! 큰딸인 티나를 이야기하는 거예요.」

크리스토퍼가 재빨리 변명했다.

「잠깐만요, 누가 마리아죠?」

잭이 끼어들었다.

「그런 사람은 없어요!」

크리스토퍼는 데커가 대답하기도 전에 불쑥 내뱉었다. 그럼으로써 잭이 생각할 여유조차 주지 않을 속셈인 것 같았다.

「봐요, 티나와 나는 그냥 친구 사이일 뿐이에요. 정치 행사를 위해 만날 필요가 있었고, 그래서 함께 간 것뿐이에요. 그것이 있었던 일의 전부예요.」

　잠시 더 이야기가 계속되다가, 마침내 화제는 농업 쿼터 문제로 돌아갔다. 그들의 만남은 밤이 이슥토록 계속되었고, 파키스탄으로 가는 비행기 안에서까지 계속되었다.

8
죽음에서 벗어나려는 사람의 죽음

파키스탄 샤이와이

검은 그림자 하나가 마른 강바닥을 따라 잽싸게 움직여갔다. 그것은 저지대 어딘가에 있을지 모를 물을 찾아 헤매고 있었다. 조만간물을 만날 수 없다면, 다른 것들이 그랬던 것처럼 죽음이 그를 덮칠것이다. 주변의 나무들은 모두 갈색으로 타들어갔는데도 아직 푸른색을 띠고 있는 나무 한 그루가 눈에 띄었다. 그 나무 언저리에는 그가 그렇게도 찾아 헤매던 물웅덩이가 있었다. 허겁지겁 그리로 달려간 그는 몸을 엎드리고는 벌컥벌컥 물을 들이키기 시작했다. 그는물이 없어질 때까지는 부근에서 버틸 생각도 해보았다. 배고픔이 다시 그를 다른 곳으로 내쫓을 때까지는. 물은 작은 짐승들 몇 마리를이리로 끌어들일 것이고, 그러면 그는 그것을 잡아먹을 수도 있으리라. 하지만 먹을 것이 자기에게 올 때까지 무턱대고 기다리고 있을수는 없었다. 여기저기를 두 눈 부릅뜨고 헤매고 다니지 않으면 안될 것이다.

동이 튼 직후였지만, 태양이 마른 들판을 벌써부터 뜨겁게 달구고 있었다. 그는 강바닥에서 나와 마른 덤불 숲 사이를 주의 깊게 바라보며 헤매기 시작했다. 10여 미터 전방에 형체 하나가 누워 있었다. 아무런 움직임이 없었다.

그 주일 내내 먹질 못했고 며칠 동안은 물 한 모금 마시지 못했던 터라 오감이 둔화되어 있었던 모양이다. 그렇지 않았다면 좀더 일찍 발견할 수 있었을 텐데. 그는 그리로 다가갔다. 잠시 멈춰 서서 주변에 위험한 것은 없는지 다시 한 번 살펴보긴 했지만 너무 배가 고파 그다지 신경 쓸 겨를은 없었다. 더 가까이 다가가보니 그건 분명 시체였다. 근처에는 그보다 더 작은 두 구의 시체가 더 있었다.

멀리서 거대한 가축 떼가 지나가는 듯 우르릉거리는 소리가 들려왔다. 멀리서 들려오는 그 소리는 점점 더 가까이 다가오고 있는 것 같았다. 생각했던 것보다 훨씬 더 소리가 급박해지자 무섬증이 커져갔다. 그는 재빨리 시체의 다리 한쪽을 물고는 자신의 먹을거리를 강바닥 쪽으로 끌기 시작했다. 하지만 그 일을 감당하기에는 힘이 너무 부쳤다. 참을 수 없는 허기증 때문에 정신 나간 결정을 했던 그는 발걸음을 멈추었다. 소리는 그의 위쪽에서 들려왔고, 점점 더 다가오고 있는 것이 분명했다. 가축 떼에서 나오는 소리가 아니라, 그가 예전에 한 번도 본 적이 없는 거대한 한 마리 새가 울부짖는 소리였다.

*

위쪽에서는, 사무총장의 헬리콥터가 기아 구제 캠프를 향해 서서히 접근하고 있었고, 탑승한 사람들은 주변을 내려다보고 있었다. 가뭄은 모든 것을 황폐화시키고 있었다. 헬리콥터는 마른 강바닥을 따라 30킬로미터를 날아갔지만 몇 군데의 물웅덩이뿐이었다. 바로 아래쪽으로, 물웅덩이 근처에 자리잡은 구제 캠프에서 3킬로미터 떨어진 곳에서는, 바싹 여윈 들개 한 마리가 그들을 올려다보고 짖어대고 있는 것이 시야에 잡혔다. 들개는 구제 캠프를 눈앞에 두고 굶어죽은 한 여인의 시신을 밟고 서 있었다. 가까운 곳에는 그녀의 두 아이들로 보이는 시신이 있었다.

사무총장 일행은 파키스탄에서 벌어진 기근과 가뭄의 뼈아픈 현장을 직접 보았다. 녹병(식물 세포 내에 철의 녹과 같은 포자덩어리를 형성하며 양분을 흡수함으로써 농작물에 피해를 준다. - 역주)으로 그 해의 수확량이 심각하게 감소한 북인도에서도 비슷한 상황이 고스란히 재현되고 있다고 했다. 남인도에서는, 몬순 기간 중의 태풍으로 인해 이미 홍수가 나 있는 지역에 짠 바닷물이 들이닥쳐 농경지가 불모지로 변해버렸다. 인도 전역으로 번져나간 이런 현상에 대처할 수 있는 방법은 거의 전무했다. 이어지는 계절의 변화 속에서 소금기가 차츰 빠져나가기를 몇 년 동안이고 기다릴 수밖에 없었다.

헬리콥터는 거대한 먼지 구름을 기다리고 있는 사람들에게 끼얹으며, 캠프 바깥쪽 공터에 착륙했다. 구제 캠프의 단장인 프레드 블루머가 20여 명의 카메라 및 보도기자들과 함께 사무총장 일행을 환영하기 위해 기다리고 있었다. 블루머 박사를 유일하게 알고 있는 크리스토퍼가 서로를 소개시켰다.

「자, 이렇게 왔으니 어서 시작합시다.」

한센이 블루머의 손을 잡고 흔들며 말했다.

「상상하셨던 것보다 더 좋지 않은 상황을 보시게 될까 봐 두렵습니다.」

블루머가 말했다.

「지난 나흘 동안 거의 1천 명 가까이가 새로 이곳으로 왔습니다. 우리는 이렇게 많은 사람들을 감당할 수가 없습니다. 배급량을 대폭 줄이지 않을 수 없었습니다.」

사람들을 먹이기 위해, 해가 있는 낮 동안 내내 파견단 전원이 달라붙어 부엌을 가동했다. 밤에는 뼈만 앙상한 사람들이 이제 막 도착한 사람을 위해 음식을 가져다주곤 했다. 어떤 경우에는 단 한 시간의 차이로 삶과 죽음이 엇갈리기도 했다. 블루머 박사의 목표는 캠프에 있는 모든 이들에게 하루 두 끼의 식사를 제공하는 것이었다.

찾아온 관리들의 목적은 〈실상을 아는 데〉에 있었지만, 한센이 진실로 원하는 바는 농업 자원의 분배안에 대한 지지 기반을 확보하는 것이었다. 그가 여행에 동참시킨 사람들은 저마다 그래야 할 이유가 있었기 때문이었다. 파키스탄 출신의 할리드 하이더 대사는 자기 나라이기 때문에 당연히 동참했다. 인도 대사는 자기 나라도 비슷한 상황이기 때문에, 또 파키스탄의 난민들이 인도로 쏟아져 들어오지 않을까 하는 염려에서 동참하지 않을 수 없었다.

북아메리카와 유럽의 멤버들은 식량 원조를 제공해야 할 지역이어서 한센이 동참을 요청했었다. 캐나다의 하우웰 대사는 안전보장 이사회의 북아메리카 대표였지만 몇 개월 동안 지병을 앓고 있어서 곧 사임할 예정이었고, 그래서 북아메리카의 부대표인 월터 비숍 대사가 대신 왔다. 한센은 미국을 좀더 알고 그래서 원조안의 지지를 끌어내고자 이 기회를 이용, 그를 초대한 것이다. 독일의 하이만 대사는 안전보장이사회의 유럽 대표로서 식량 재분배에 관해서라면 너무 잘 알고 있었지만 그 지역의 국민들을 설득시켜야 할 필요성 때문에 초청했다. 데커의 권고대로 한센은 하인만으로 하여금 유럽 언론단 또한 동행하도록 초대했다. 유럽 사람들에게 원조의 긴급함을 알리자면 그것이 가장 효과적인 방법이라고 생각했기 때문이었다.

일행은 캠프와 황폐해진 주변 마을을 돌아보는 것으로 일정을 시작했다. 오후에는 크리스토퍼가 다가올 미래에 대한 UN 식량농업기구의 연구 결과를 발표하는 시간을 가졌다. 오후 늦게는 함께 사진을 찍었고, 일행 모두가 저녁식사의 배식에 참여했다. 밤에는 캠프에서 사는 사람들과 거의 똑같은 환경에서 지냈다.

다음날 아침 사무총장과 대사들은 헬리콥터로 인도와의 접경지대인 파키스탄의 라호르로 다시 돌아가기로 되어 있었다. 데커와 크리스토퍼는 오후 늦게 도착하게 되어 있는 UN의 두번째 팀을 위해 캠프에 남았다.

이스라엘 텔아비브

아침 기도를 끝낸 랍비 사울 코헨은 서재를 노크하는 소리에 자리에서 일어났다. 대재난 시에 네 자녀와 아내가 모두 죽어 유일한 피붙이가 되어버린 열일곱 살 난 아들인 벤자민 코헨이 안절부절못하면서 서성거리고 있었다. 벤자민 코헨은 특별한 이유가 없는 한 아버지의 기도를 방해하지 말아야 한다는 것을 잘 알고 있었고, 이번의 경우가 과연 그 〈특별한 이유〉에 적용될 수 있을지 의문이었다. 하지만 거실에서 기다리고 있는 그 남자를 너무 기다리게 해서도 안될 듯싶었다.

〈손님〉이라고 하기에는 왠지 적당하지 않은 듯한 그 남자는 아무런 약속도 없이 불쑥 찾아왔다. 벤자민은 현관문을 열어 그를 들어오게 해놓고는 뒤로 주춤 물러서버렸다. 본능적으로 뭔가 이상한 느낌이 들었다. 물론 그 남자의 어떤 점이 뚜렷하게 수상한 것은 아니었다. 그 남자가 문을 닫고 안으로 들어서자 이상하게도 거실이 꽉 차는 느낌이었다. 벅찬 느낌에 허둥댔지만 자기 아버지에게 얼른 달려갈 수도 없었다. 아버지의 방으로 절반쯤 갔을 때에야 비로소 이름조차 묻지 않았다는 생각이 났다. 좋든 싫든 다시 돌아가서 이름을 묻지 않으면 안 될 것이다.

현관 부근을 기웃거리던 벤자민의 두 눈이 방문객의 두 눈과 마주쳤다. 그는 시선을 피하고 싶었지만 무엇인가에 사로잡힌 느낌이었다. 이 남자의 어떤 점이 자신의 마음을 들뜨게 하는지 이젠 똑똑히 알 수 있었다. 벤자민은 사람의 얼굴만 보고도 그 사람이 얼마나 지혜로운 사람인지를 분별하는 법을 배워왔다. 지혜는 대체로 그 사람의 연륜에서 온다고 가르침을 받아왔지만, 이 사람의 눈빛은 달랐다. 연륜과는 상관없는 범상치 않은 기운이 감돌고 있었다. 그는 그 사람에게 이름을 물었다. 그 대답은 벤자민의 불안을 더욱 가중시켰을 뿐이었지만 더 파고드는 것도 왠지 합당치 않은 것 같았다.

사울 코헨은 최소한 한 시간 정도 아침 기도를 했지만 어떤 이유에선지 오늘 아침은 30분 만에 마쳤다. 때마침 서재 문을 노크하는 소리가 들려왔다. 벤자민이 무슨 일 때문에 그러는지는 알 수 없지만 중요한 일인 것만은 분명했다. 웬만해서는 자신의 기도 시간을 방해하지 않았을 테니까. 코헨은 문을 열었다.

「무슨 일이지?」

그가 물었다. 벤자민이 기대했던 바와는 달리 그의 아버지는 아무런 동요도 없었다.

「아버지를 찾아뵈러 온 분이 계세요.」

코헨은 아들이 뭔가 더 말을 해주기를 기다렸지만 더 이상 말이 없었다.

「그 사람 이름이 뭐라든?」

「말하지 않았어요.」

벤자민이 우물쭈물 대답했다.

「물어보긴 했어?」

「예, 아버지.」

「그런데 뭐라고 그래?」

벤자민은 망설였다. 거실에 앉아 있는 그 남자가 그 말을 했을 때는 대단히 위압적이었지만, 자신의 입술에서 그 말이 나온다면? 얼토당토않은 말로 들릴 것이다. 그래도 뭔가 말을 하지 않으면 안 되었다. 아버지가 기다리고 있으니까.

「아버지한테 전하라고 했어요. 자신은 〈일곱 천둥의 목소리를 들은 그 사람〉이라고요.」

코헨은 아무 대꾸도 하지 않았지만, 얼굴에는 알아들었다는 표정이 나타나 있었다. 그는 마침내 고개를 끄덕였고, 벤자민은 다시 거실로 돌아갔다.

사울 코헨은 문을 닫고는 기계적으로 책상 위를 정돈했다. 불과 몇 초도 지나지 않아서 복도를 걸어오는 발자국 소리가 들렸고, 손잡이를 돌리는 소리가 났다. 불현듯 숨이 멎는 것만 같았다. 아니, 숨쉬는 법조차 잊어버린 것 같았다. 벤자민이 문을 밀어 열었고, 코헨은 평상시의 매너가 아니라고 생각했지만, 그 사람을 맞기 위해 책상 뒤를 돌아 나왔다. 이 사람이 정말 자신이 주장하는 바로 그 사람이 맞는다면 이 정도 행동이 문제랴 하는 생각이 들었다. 그 남자는 잠시 문가에 선 채로 코헨을 묵묵히 바라보기만 했다. 마치 그 순간을 음미하듯이. 그러고는 마침내 안으로 들어섰다.

어떻게 이 남자가 바로 그 사람일 수 있을까? 코헨은 아무래도 알 수 없었다. 하지만 불가능한 것은 없다고 배워온 것도 사실이었다. 대재난 이후로 어느 날엔가 예언자가 오시기로 되어 있다는 것을 그는 알고 있었다. 하지만 이 사람이 바로 그 사람일까? 이 사람 자신이 주장하듯이? 코헨으로서는 받아들일 수 있는 범위를 넘어선 일임에 분명했다.

「안녕하시오, 랍비님.」

그 사람이 손을 내밀면서 진심어린 목소리로 말했다. 그는 코헨이 기대했던 그런 스타일이 전혀 아니었다. 그는 60대 이상으로는 보이지 않았다. 가장 당혹스러운 것은 복장이었다. 현대식의 회색 양복에다가 빨간 넥타이까지 매고 있었다. 어리석은 생각일지 모르지만, 코헨이 기대했던 것은 긴 옷에다가 샌들을 신고, 밧줄을 허리띠 삼아 동여맨 그런 차림이었다. 하지만 그런 외모와 주장의 허무맹랑함에도 불구하고, 이 사람이야말로 바로 그 사람이라는 것을 코헨으로 하여금 믿게 하는 구석이 어딘가에서 풍기고 있었다.

「나는 당신이 그토록 기다려온 바로 그 사람입니다.」

여전히 손을 내민 채 그 사람이 말했다.

「하지만 내 말을 믿어요. 당신이 나를 기다려온 것보다 훨씬 더 오랫동안 나는 당신을 기다려왔소.」

코헨은 무슨 말을 해야 할지 몰라 침묵을 지키고 있었다.

「당신이 사울 코헨이지요? 예레미야가 예언했던 레갑의 아들 요나답의 후손들 중 한 명인.」[4] 그 남자가 말했다. 코헨은 자기도 모르게 불쑥 말이 튀어나왔다.

「그 비밀은 거의 200년 가까이 우리 가문 밖으로 새어나간 적이 없었습니다.」

「그것이 바로 당신이 왜 그… 재난에서 살아남았는지에 대한 유일한 설명이 될 것이오. 당신이 당신의 과업을 완수하면, 당신의 아들이 당신을 대신하여 주께 봉사할 것이오. 예레미야를 통해서 약속된 바와 같이.」

코헨은 깊은 생각에 잠겼다.

「자리에 좀 앉읍시다. 우리는 할 이야기가 많아요.」

남자가 제안했다. 코헨은 말없이 그 제안에 따랐다.

「우리의 만남이 말해주듯이, 이 시대의 마지막이 가까이 다가왔소.」

이 말이 갖는 충격의 정도를 음미할 여유도 주지 않은 채 남자는 말을 이었다.

「여러 해 동안 난 당신을 지켜보았소. 그리고 이제는 당신이 또 다

---

4) 예레미야 35 : 18~19.

른 증인임을 확신하오. 당신이 나를 알아본다는 사실이 바로 그러한 믿음을 확증하는 일이요.」

「전에는 확신하지 못했었나요?」

코헨이 물었다.

「누가 다른 증인이 될 것인지에 대한 이야기는 듣지 못했소. 이제 나는 당신에게로 인도되었다는 것을 알지만, 거기에 대한 확증은 하나님이 나에게 허락하신 분별력과 지혜에 달려 있을 것이오. 그 문제에 관해서는 특별한 계시를 받은 바가 없소.」

솔직한 그의 고백을 듣다보니 저절로 경계심이 사라졌다.

「하지만…, 당신이 어떻게 그것을 모를 수가 있습니까?」

「사도 바울은 이렇게 썼소. 〈우리가 지금은 희미한 거울 속을 들여다보듯 비추어보지만, 나중에는 얼굴과 얼굴을 맞대고 분명하게 볼 것입니다. 지금은 부분적으로만 알지만, 그때가 되면 하나님께서 나를 속속들이 알듯이 나 또한 분명히 알 수 있게 될 것입니다.〉[5] 나는 당신에게 분명히 말씀드릴 수 있소. 당신과 내가 삶의 이쪽 편에 있는 한, 그것은 결코 변하지 않을 것이오. 당신이 2천 살이 되도록 산다고 할지라도 말입니다.」

「랍비님.」

이 사람을 달리 어떻게 불러야 할지를 몰라 수백 번이나 더 망설이다가 코헨이 말했다.

「미안하지만, 요한이라고 불러주시오.」

남자가 말했다.

---

5) 고린도전서 13:12.

어리벙벙한 침묵의 시간이 흘러갔다. 도대체 무슨 일이 벌어지고 있는 것일까? 코헨은 아무래도 알 수가 없었다.

「당신이 요한이라고요?」

남자가 고개를 끄덕였다.

「요하난 바 세바디?」

그 남자의 이름을 히브리어로 발음하면서 코헨이 말했다.

「바로 그렇소.」

「주의 사도 말씀입니까? 십자가의 발치께에 서 있었던?」[6]

「그렇소. 난 거기 있었소.」

그렇게 말하는 그의 표정은 2천여 년 전의 고통을 그대로 느끼고 있는 듯했다.

「하지만 어떻게? 죽음으로부터 다시 돌아왔단 말인가요?」

남자는 미소를 지었다.

「여러 모로 보아 그 편이 더 나았을지도 몰라요. 하지만 그게 아닙니다. 나는 여기에서 계속 살았습니다. 이 썩어가는 세계 위에서 2천 년 동안 이 순간을 기다리면서 살아 있었습니다.」

코헨은 입으로는 더 이상 묻지 않았지만, 눈으로는 여전히 도대체 〈어떻게?〉라고 묻고 있었다.

「당신은 주께서 디베랴 바닷가에 나타나셔서 베드로에게 나에 관한 말씀을 하신 것을 기억하지 못합니까?」

코헨은 그 말씀을 알고 있긴 했지만, 문자 그대로의 의미에 대해서는 생각해본 적이 없었다. 부활 이후, 예수께서는 베드로 사도에

---

6) 요한복음 19:26.

게 그가 어떻게 죽게 될 것인지에 대해 말씀하셨다. 그때 베드로는 요한에게는 어떤 일이 일어날 것이냐고 물었다. 예수께서는 답변하셨다. 〈만일 내가 돌아올 때까지 그가 살아 있기를 바란다고 한들, 그것이 네게 무슨 상관이 있느냐?〉[7]라고.

「하지만 당신은 또 이렇게 쓰셨습니다. 〈예수께서 말씀하신 뜻은 당신이 결코 죽지 않는다는 것이 아니라, 말 그대로 만일 내가 돌아올 때까지 그가 죽지 않기를 바란다고 한들 그게 너와 무슨 상관이 있느냐고 단순히 말씀하신 것이었다〉[8]라고요.」

그 말이 입술에서 떨어지자마자 코헨은 즉각 더 이상 대답이 필요치 않음을 깨달았다. 요한과 그는 자신들을 기다리고 있는 운명을 충분히 의식할 수 있었다. 그리고 그러한 운명이야말로 예수의 말씀과 완전히 상응한다는 것도.

「주님은 나의 형제인 야고보와 나에게, 우리가 주님과 마찬가지로 순교하게 될 것이라고 말씀하셨소.[9] 야고보는 주님의 사도들 중에서 첫번째로 죽습니다.[10] 그리고 나는 가장 마지막이 될 것이오. 그럼으로써 나의 어머니가 예수께 〈야고보와 내가 주님의 나라 안에서 주님의 왼손과 오른손을 잡고 앉을 수 있도록 해달라〉고 요청했던 것이 성취될 것이라고 생각합니다.」[11]

코헨은 아직도 의문투성이였다.

「계시록에서 나는 〈천사가 나에게 두루마리를 주며 그것을 먹으

---

7) 요한복음 21:22.
8) 요한복음 21:23.
9) 마태복음 20:20~23.
10) 사도행전 12:1~2.
11) 마태복음 20:20~23.

라고 했다〉고 적었소. 나는 그 천사의 손에서 두루마리를 받아먹었습니다. 그러자 그가 말한 대로 입에서는 꿀같이 달았으나 먹은 후에는 써서 배가 무척 아팠습니다. 그때 음성이 들려왔습니다. 〈너는 앞으로 더 많은 사람과 나라와 족속과 왕들에게 예언을 해야 한다〉[12]고요.」

코헨은 고개를 끄덕였다. 그 남자가 계속 설명했다.

「두루마리의 말씀이 단 것은, 그 순간 내가 므두셀라[13]보다도 더 오래 살 것이라는 것을 알았기 때문이오. 하지만 두루마리가 입에 썼던 것은 주님을 다시 보기 위해서는 다른 어느 누구보다도 더 오래 기다려야만 한다는 것을 알았기 때문이었소. 그때 나는 내 삶이 계속되어야만 한다는 말을 들었소. 다시 예언을 하기 위해서, 이번 시기에 당신과 함께 많은 민족들과 국가들과 언어들과 왕들에 대해서 예언을 하기 위해서 이 지구 위에서 살아남아 있어야 한다고 말입니다.」

코헨은 자기도 모르게 이맛살을 찌푸리면서 생각에 잠겼다. 그는 분명 믿고 있었다. 하지만 동시에, 믿기에는 너무나도 엄청난 규모의 진실이었다.

「당신은 끓는 기름 속에 잠겨도 살아남게 될 것[14]이라고 기대되었소. 그리고 그 책에서는 〈여기 서 있는 사람들 중에는 죽기 전에 하나님 나라가 큰 권능으로 오는 것을 볼 사람들도 있을 것이다〉[15]라

---

12) 요한 계시록 10:10~11.
13) 창세기 5:25~26에 따르면 므두셀라는 969세까지 살았다.
14) 테르툴리아누스가 〈이단 처방에 관하여(De praescriptione hereticoru)〉 36.에 보고한 바에 따라.
15) 마가복음 9:1, 마태복음 16:28, 24:34.

는 예수아의 예언은 시대의 종말에 관한 것이라고 설명합니다. 당신이 요한이라면 분명 그 세대는 아직 지나가지 않았습니다. 그런데 폴리캅은 어떻게 생각하십니까?」

코헨이 물었다. 1세기 후반과 2세기 초에 서머나의 주교였던 폴리캅은, 그의 제자인 이레네우스에 따르면, 요한이 로마의 트라야누스 황제 통치 기간 중에 죽었다고 말했다고 한다.[16]

「하르낙을 읽어보았소?」

그 남자가 물었다. 폴리캅이 언급한 것은 사도 요한이 아니라 요한이라 불렸던 교회의 한 장로를 가리키는 것이라고 했던 독일의 신학자 하르낙[17]을 언급한 것이다.

그렇다면 그에게 항상 수수께끼로 남아 있었던 성경 속의 미스터리 중 하나도 저절로 풀린 셈인가. 코헨은 문득 그런 생각이 들었다.

「그렇다면 바로 그것이, 후대에 와서 당신이 썼던 원문에 뭔가가 추가되었다는 것에 대한 이유가 될 수 있겠습니까?」[18]

그 남자는 고개를 끄덕였다.

「그러한 혼동이 야기된 것은 유감스러운 일이오. 나는 가끔씩 예수께서 했던 말씀이나 행적 중에서 내가 복음서에 남기지 못했던 것들을 누군가에게 말하곤 했으며, 그들은 나에게 그것을 포함시키라고 주장했소. 초기 판본에 남기지 못했던 몇 가지를 내가 나중에 첨가한 것이 후대에 와서 그렇게 많은 혼동을 야기하리라고는 미처 생

---

16) 〈이단을 반박함(Adversus haerese)〉 2.22.5.
17) Lehbuchder Dogmengeschicht, 1885~1889.
18) 요한 복음 7:53~8:11은 요한복음의 초기 사본에는 나타나 있지 않다. 21장 역시 전체 문맥상 본래 들어 있었던 것인지 의문시되고 있다.

각하지 못했었소. 사울, 당신이 의심하는 이유를 나는 이해하오. 하지만 동시에 성령님은 당신에게, 내가 바로 그 사람임을 증거해주시리라는 것을 알고 있소.」

「하지만 어디에서 사셨습니까? 어떻게 당신의 신분을 감추실 수가 있었습니까?」

「당신이 상상하는 것보다는 더 쉽소. 하지만 내가 원했던 것만큼 항상 성공적이진 못했다는 것을 인정할 수밖에 없소. 수백 년 동안 중국에서 인도로, 에티오피아로 안 가본 데가 없던 시절이 있었소. 가는 곳마다 나에 관한 전설 같은 이야기가 남게 되었지.」

코헨에게는 문득 떠오르는 생각이 있었다.

「프레스터 요한?」

많은 전설 속에 언급된 신비의 인물. 그는 마르코 폴로의 저서 같은 보다 신빙성 있는 저작물 속에서도 세계 각지에 출몰하며 수백 년을 산 것으로 기록되어 있었다.[19]

요한이 고개를 끄덕였다.

「아서 왕의 전설 속에 섞여 들어가기도 했지만, 그건 내가 성배를 가진 것으로 억측을 했던 결과물이었던 것 같소. 그때 이후로, 나는 더 신중해져서 내 정체를 감추어왔소. 질문을 피하기 위해 자주 옮겨 다니지 않으면 안 되었소. 한 곳에서 10년 내지 15년 머무는 게 고작이었소. 주의를 끌지 않으면서도 주께 봉사할 수 있는 일을 찾

---

19) 프레스터 요한에 관한 자료를 위해서는, E. D. 로스, 〈프레스터 요한과 에티오피아 제국〉, 아서 P. 뉴튼(ed.), 《중세의 여행과 여행자들(Travel and Travellers of the Middle Age)》, New York: Barnes & Noble, 1968 (1926, 초판), pp. 174~194, C. F. 베킹햄, 〈프레스토 요한에 관한 의문〉, 《존 라일런드 대학 소식지(Bulletin of The John Rylands University Library)》, LXII, 1980, pp. 290~310.

으려고 애썼소. 세계의 어느 구석에선가 1백 명 남짓 되는 작은 교회에서 목회를 하기도 했소. 하지만 수억 명이 사는 세상에서 정체를 숨긴 채 지낸다는 건, 여간 힘든 일이 아니었소. 하나님 자신이 인간이 되셔서 이 지상에서 살았지만, 때가 되어 그가 자기 사역(使役)을 시작한 30살이 될 때까지는 세상이 전혀 알아차리지를 못했지 않았소? 이제 나에게도 때가 왔소. 그리고 당신에게도 역시. 나의 친구여.」

파키스탄 사히와이

데커는 여기저기 모여 앉아 배급된 음식을 먹고 있는 사람들 사이를 걸어 다니면서 힘을 북돋는 미소를 보내주려고 애썼다. 이제 막 6시가 넘은 시각이었고, 그날의 두번째 식사가 배급되고 있었다. 한센 사무총장과 UN 파견단을 태운 헬리콥터는 두 시간 전에 떠났고, 데커와 크리스토퍼는 실정 조사를 위해 캠프에 올 두번째 파견단을 기다리고 있었다. 한센이 떠나고 나자 크리스토퍼는 잠시 낮잠을 자겠다면서 텐트로 들어갔다.

「크리스토퍼, 일어나. 저녁식사 시간이야.」

텐트 안으로 다가가며 데커가 소리쳐 불렀다.

「어서 일어나라구, 크리스토퍼.」

좀더 큰 소리로 불렀지만 아무런 대답이 없었다.

「크리스토퍼, 거기 있는 거니?」

데커는 텐트 자락 사이로 머리를 디밀었다. 크리스토퍼는 텐트 바닥 위에서 꿈쩍도 않고 앉아 있었다. 얼굴에는 식은땀이 흘러내리고 있었다. 그의 얼굴에는 고통의 표정이 역력했다.

「너, 괜찮은 거니?」

데커는 그렇지 않다는 것을 분명히 알면서도 그렇게 물었다. 크리스토퍼가 겨우 입을 열었다.

「뭔가가 잘못되고 있어요.」

「어디 아파?」

그렇게 물으면서 그는 즉각 자신의 질문이 잘못되었음을 깨달았다. 크리스토퍼는 결코 아파본 적이 없는 것이다. 그는 아플 수가 없는 사람이었다.

「뭔가가 크게 잘못되고 있어요.」

크리스토퍼가 또다시 말했다.

데커는 텐트 안으로 몸을 들여놓고는 뒤에서 텐트 자락을 닫았다.

「무슨 일이야?」

「죽음과 삶.」

크리스토퍼가 천천히 대답했다. 고통으로 쥐어짜는 듯한 목소리였다.

「누구의 삶과 죽음?」

「죽음의 손아귀를 벗어나고자 애쓰는 사람의 죽음, 그리고 죽음을 기꺼이 받아들이려는 사람의 삶.」

「누가 죽는다고?」

한 번에 하나씩 해결하는 편이 낫겠다고 생각한 데커가 물었다.

「존 한센.」

데커는 두번째 의문에 대해서는 물어볼 엄두조차 내지 못했다.

9
추락하는 세계의 지도자들

뉴욕

탐색대는 사흘이 지난 뒤에야 사무총장의 헬리콥터를 찾아낼 수 있었다. 파키스탄의 구랑왈라 남서쪽의 삼림 지대 가운데, 정해진 코스에서 70킬로미터 가량 벗어난 곳에서 휴지처럼 구겨진 채로 발견되었다. 생존자는 없었다. UN 사무총장이 항공기 사고로 사망한 것은 이번이 두번째였다. 첫번째는 1961년 대그 함마르스콜드 사무총장으로, 그의 비행기는 잠비아 상공을 날던 중이었다. 역시 탑승객 전원이 사망한 참사였다. 하지만 첫번째와는 비교할 수 없을 정도로, 존 한센과 세 명의 안전보장이사회 멤버들의 죽음은 세계에 엄청난 충격을 안겨주었다. 1961년에는 사무총장의 위상이, UN 자체와 마찬가지로, 세상 사람들 대부분의 삶에 거의 영향을 주지 못했었다. 하지만 지금은, 세계 전체가 UN을 중심으로 돌아가고 있었고, 사무총장은 그 중심에 있었던 것이다.

미국의 존 케네디 대통령이 암살당했을 때와 영국의 황태자비 다

이애나의 죽음 이래 처음으로 전 세계적인 애도의 물결이 이어졌다. UN에서는 거의 15년 가까이 UN을 이끌어왔던 그를 기리기 위해 2주 동안 총회를 휴회했다.

존 한센의 임원진들은 한편으로는 저마다의 임무를 수행해야 했기에 너무나 힘든 나날을 보내야 했다. 모두가 그를 회상하면서 눈물을 감추지 못했다. 삼삼오오 모여 서서 오열을 터뜨리는 풍경도 보기 드물지 않았다.

데커 호손 또한 보스이자 친구를 잃은 슬픔이 컸다. 하지만 데커에게는 동료들과 더불어 조의를 표할 시간조차 없었다. 수많은 일거리가 기다렸다는 듯 그를 향해 달려들었기 때문이었다. 그는 홍보담당관으로서 자신의 슬픔은 한 편으로 밀어놓은 채 장례식을 준비해야 했고, 다른 수많은 추도식도 주관해야 했다. 그의 직원들은 언론과 조문객들의 요구에 끊임없이 부응해야 했다. 수천의 사람들이 한센의 사진을 요구했고, 수백의 고위급 인사들이 여러 추도식에 참여되기를 희망했다. 특히 고관들 중에는 데커가 개인적으로 자신들의 요구에 부응해주어야만 한다고 믿었고, 많은 경우 그렇게 해주었다. 이런 경우, 차라리 눈코 뜰 새 없이 바쁜 것이 오히려 낫다는 것을 데커는 잘 알고 있었다.

하지만 권력에의 탐착도 그칠 줄을 몰랐다. 애도의 기간인데도 불구하고, 한센의 빈 자리를 자신이 차지하겠다는 속셈을 노골적으로 드러내는 이들이 가장 가증스러웠다. 한때 안전보장이사회의 멤버들이었던 이들은, 저마다가 데커에게 장례식이나 추도식과 관련하여 특별한 배려를 해주기를 요청했다. 캐나다의 하우웰 대사는 연설이 행해지는 연단의 중앙에 자리를 배정해주기를 바랐다. 베네수엘

라의 대사는 한센의 미망인을 에스코트하겠다고 나섰다. 데커를 가장 분노케 했던 것은, 살아생전에는 한센에 대해 좋은 말 한마디 하지 않았던 프랑스 대사 알베르 포레가 조문객들을 가장 앞에서 이끌겠다고 나선 것이었다. 더구나 조문객들 중에서 가장 오른쪽 윗자리를 달라고 주장하는 것이었다. 그 이유에 대해서는 말하지 않았지만 데커는 잘 알고 있었다. 그 위치가 텔레비전 카메라를 가장 자주 받게 될 자리라는 것을.

기쁘게 받아들일 수 있는 일도 없지 않았다. 크리스토퍼를 마중하기 위해 케네디 공항으로 리무진을 보내는 일도 그 중의 하나였다. 하지만 누군가를 딸려 보낼 만큼 한가하지가 못했다. 다른 수백의 외교관들이나 수십만의 조문객들과 마찬가지로 크리스토퍼는 장례식 참가를 위해 뉴욕에 왔다. 뉴욕은 애도의 물결로 인해 이미 만원이었다. 대재난과 러시아 연맹의 황폐화 이래로 16년이 지나는 동안 세계 인구는 급격히 불어났다. 그렇다 해도 전체 인구는 대재난과 전쟁 전보다 10억 정도가 줄었는데, 이번 뉴욕에서만큼은 그런 느낌을 전혀 가질 수가 없었다.

장시간의 회의를 마치고 사무실에서 나온 데커는 비서진 중의 한 명에게 크리스토퍼를 위해 리무진이 보내졌는지를 확인해보라고 했다.

「안 갔습니다, 국장님.」

그러곤 비서가 빠르게 덧붙였다.

「회의 중에 앨리스 번레이께서 전화를 걸어오셨습니다. 마일너 전 부총장님과 함께 굿맨 총재님을 마중 나가겠다고 하시더군요.」

*

    케네디 공항에 도착한 로버트 마일너와 앨리스 번레이는 크리스토퍼가 탄 항공기가 도착하기를 기다리고 있었다. 마침내 출구를 나선 크리스토퍼는 자기를 기다리고 있는 그들을 보고는 진심으로 반가워하며 끌어안았다.

「잘 지내셨어요, 부총장님?」

「그럼, 크리스토퍼. 잘 지내고말고.」

「번레이, 다시 만나서 정말 반가워요.」

「어떻게 지냈어요? 로마에서 뵙고 난 후 거의 1년이 다 된 것 같은데.」

번레이가 말했다.

「예, 매우 바쁜 한 해였어요. 두 분은 어떻게 여기에 나오신 거죠? 누군가 마중 나올 것이라곤 생각도 못 했어요.」

「운전사 외에 아무도 마중해주는 사람이 없으면 너무 쓸쓸할 것 같아서요.」

「두 분을 뵙게 되니 너무 기뻐요. 마음 써주셔서 너무 감사해요.」

번레이의 말에 크리스토퍼는 미소를 지으며 화답했다.

「게다가, 당신이 UN으로 가기 전에 상의할 일이 있거든요.」

크리스토퍼는 상의할 일이 뭔지 궁금하다는 표정이었다.

「차 안에서 이야기하죠. 거기가 더 자유로울 거예요.」

    차 안으로 들어서자, 앨리스 번레이는 스위치를 눌러 운전사와 그들 사이에 검은 유리 장벽이 쳐지게 했다. 가리개가 내려지자 마일너가 곧장 본론으로 들어갔다.

「크리스토퍼, 이건 이중의 저주일 수도 있어. 위대한 한 지도자가 유명을 달리한 이때, 그의 상실을 슬퍼하는 사람들은 또한 그 순간 가장 경계심을 늦추지 말아야 해. 최소한의 양심도 없는 자들이 우리의 불행을 기회로 삼아 치고 들어올 확률이 적지 않거든.」

「그렇게 빨리 암투가 시작될 거란 말인가요?」

크리스토퍼가 물었다.

「물론이지. 바로 이런 순간이야말로 권력을 한 단계 높이려는 자들이 극성을 부리는 때지. 세계 역사가 그것을 보여주고 있어. UN에서 가장 시급히 처리해야 할 일은, 비행기 추락으로 한센과 함께 사망한 유럽과 인도의 안전보장이사회 새 대표를 선출하는 일일세. 인도에서는 두 명의 강력한 경쟁자들이 있는데, 한 명은 현재 부대표인 라지브 아드바니이고, 또 한 명은 인도의 수상인 니힐 간디일세. 자네도 알다시피, 간디는 이탈리아인과의 혼혈로서 미국에서 교육을 받았어. 매우 합리적이어서 아드바니보다는 함께 일하기가 편할 걸세. 하지만 간디가 이긴다면, 그럴 가능성이 대단히 높은데, 아드바니는 인도로 돌아가서 수상이 되려고 뛸 걸세. 자네가 인도 정치에 대해 얼마나 아는지는 모르겠지만, 여론 조사에 따르면 니힐 간디가 진두지휘를 하지 않는다면 국민의회파는 권력을 쥘 수가 없어. 그러면 아드바니의 바라티야 자나타 정당이 5백45석의 다수를 점하여 몇 개 소수 정당과 연대를 해서 과반수를 무난히 넘어설 수 있을 거네. 바라티야 자나타 정당은 힌두교의 부활을 주장하는 당으로서, 소수 무슬림에게 주어졌던 모든 특권을 철폐할 것을 목표로 삼고 있지.」

마일너는 잠깐 말을 끊었다 다시 이었다.

「우리가 니힐 간디를 안전보장이사회의 한 멤버로서 환영하는 것이, 라지브 아드바니가 인도의 수상이 되는 결과를 낳게 된다면 매우 값비싼 대가를 치러야 할 거야. 아드바니 치하의 인도에서는 힌두교와 이슬람교의 적대감이 더욱 첨예해질 것이 뻔하고, 파키스탄과의 국경에서도 긴장감이 더욱 고조될 테니까.」

크리스토퍼는 진지한 표정으로 듣고 있었다.

「유럽에서는 스페인의 발라스케스 대사가 후보로 나올 공산이 크지. 프랑스의 알베르 포레 대사는 말할 나위도 없고. 내 추측에 포레는 더 큰 것에 눈독을 들이고 있는 것 같아.」

「사무총장을요?」

크리스토퍼가 놀람을 감추지 못하며 물었다. 안전보장이사회의 대표보다 더 막강한 권력을 가진 자리는 사무총장밖에 없지 않은가.

「바로 그래.」

「안전보장이사회의 부대표에서 일약 점프를 하겠다는 건가요? 안전보장이사회가 연달아 두 번씩이나 유럽 출신 사무총장을 밀진 않을 거라는 건 그도 알 텐데요?」

「그가 이기리라고는 말할 수 없네. 다만 그가 그럼으로써 다른 대여섯 명과 함께 추구하는 것이 따로 있지……」

앨리스 번레이는 대화 내용이 궤도에서 벗어나 있는 것처럼 여겨졌지만 말없이 앉아 있었다. 마일너가 계속했다.

「새로운 사무총장이 선출되기 이전에 북아메리카의 부대표 선출이 있을 것이고, 인도나 유럽의 부대표 중 누가 대표로 선출된다면 그 자리 역시 다시 뽑아야 하겠지.」

마일너가 한층 진지해진 목소리로 말을 이었다.

「크리스토퍼, 포레 대사가 나에게 요청해왔어. 작고하신 하인만 유럽 대표를 대신하는 자리에 자신을 밀어달라고 말이야.」

「물론, 거절하셨겠군요?」

「아냐, 난 그렇게 하겠다고 했어.」

「뭐라구요! 도대체 왜죠? 포레야말로 부총장님이 말씀하신 가장 경계해야 할 대상이 아닌가요? 눈물이 마를 사이도 없이 빈 자리를 노리고 드는.」

「맞아. 하지만 여기에는 자네가 아는 것 이상의 뭔가가 있네. 불행스런 일이겠지만 포레 대사는 하인만의 빈 자리를 차지하게 될 걸세. 우리로서는 그것을 막을 방법이 없어.」

「하지만 왜죠?」

「두 가지 이유에서야. 첫째, 내가 말했듯이 유일하게 가능한 다른 인물은 스페인의 발라스케스밖에 없어. 그밖의 다른 인물들은 지지를 끌어낼 수가 없어. 그런데 솔직히 발라스케스는 포레의 적수가 되지 못해. 그의 방에는 사실 해골들만으로 가득 차 있어서 경주가 시작되면 낙오되지 않는다는 것이 오히려 기적일 거야. 포레의 사람들은 발라스케스의 뒷배경을 조사해서 옴짝달싹 못하게 폭로전을 펴기 시작할 거네. 그들이 영리하다면 마지막 1분 전까지 기다렸다가 언론에 그 정보를 배포하지 않는 대가로 발라스케스로 하여금 자진 사퇴하도록 하겠지. 최근의 자료에 따르면, 다른 어느 누구도 후보 자리에 오르기가 불가능해. 두번째 이유는, 자네도 짐작하겠지만 앨리스의 미래 예지 능력에 따른 결과일세. 물론 그녀의 영적인 스승인 듀얼리 카임을 통한 것이지.」

앨리스 번레이가 큐 사인을 받은 셈이었다.

「저는 포레 대사가 안전보장이사회의 유럽 대표로 선출되리라는 것을 1백 퍼센트 확신할 수 있어요. 하지만 우리는 이것을 실패로서가 아니라 단기간의 후퇴 정도로 받아들여야 할 겁니다.」

마일너가 다시 그녀의 말을 받았다.

「그리고 우리는 그 상황을 최대한 이용해야 하네. 궁극적으로는 우리에게 이익이 될 수 있는 길을 찾아봐야지. 우리가 지지하든 그렇지 않든 포레가 이길 거라는 걸 안 이상, 우리가 원하는 뭔가를 받는 대가로 그를 지지해주는 것이 최선이라고 생각해. 바로 그 지점에서 크리스토퍼, 자네가 등장하는 것이지.」

크리스토퍼는 뭐가 뭔지 얼른 전체의 그림을 그릴 수가 없었지만 재빨리 간파했다.

「제가 도울 수 있는 길이 있다면 뭐든 말씀해주세요.」

「좋아, 자네가 그렇게 나올 줄 알았지. 그렇다면 UN으로 직행하는 대신 이탈리아 대사관부터 들러야겠네.」

마일너가 말했다.

「이탈리아의 한 시민으로 UN에서 일하고 있는 이상 당연히 그렇게 해야 하겠지요. 니콜리 대사에 대한 예우 차원에서라도.」

「좋아. 이탈리아 대사관에 도착하게 되면 자네는 니콜리 대사가 세 시간 전에 그 자리를 사임했다는 소식을 듣게 될 걸세. 자신의 이익을 추구할 수 있는 다른 자리가 나왔기 때문이지.」

「뭐라구요? 다른 자리라니요?」

크리스토퍼가 참지 못하고 물었다.

「로마 은행의 총재 자리로 대단히 보수가 좋아. 우연찮게도 데이비드 브랙포드가 그 은행의 지분 22퍼센트를 갖고 있다네. 하지만 내가 말하려는 것은, 이탈리아 대사관에 가면 자넨 봉해진 봉투 하나와 이탈리아 대통령에게 그들만의 보안선을 통해 즉각 전화를 걸어달라는 요청을 받게 될 것이라는 점이야. 사베티니 대통령과 통화가 되면 그는 자네에게 그 봉투를 열어보라고 지시할 거네. 그 안에는 자네를 이탈리아의 새로운 UN 대사로 지명한다는 내용의 UN 자격심사위원회에 보내는 서류가 들어 있을 거야.」

크리스토퍼는 마일너를 빤히 바라보고는, 다시 번레이를 또 바라보았다. 번레이는 미소를 지으면서도 잠시 동안은 아무 말이 없었다. 마침내 크리스토퍼가 두 손을 앞으로 내밀며 그만 멈춰달라는 제스처를 취했다.

「잠깐만요. 마지막 문장을 다시 한 번 말씀해주실래요?」

「내 말을 제대로 들었어, 크리스토퍼. 자네는 UN의 새로운 이탈리아 대사로 지명될 걸세. 물론 외람된 추측이지만 자네도 원하고 있는 자리 아닌가?」

「하지만 이건 말도 안 돼요. 이탈리아 시민이 된 지가 겨우 5년째인걸요.」

「난 5년 동안이나 준비해왔네. 지금 이 순간을 위해서 자네와 이탈리아 국민들을 준비시켜온 거야. 바로 그것 때문에 무엇보다 먼저 이탈리아 시민이 되라고 재촉했던 걸세.」

「하지만 일이 이렇게 될 거라는 걸 어떻게 미리 알 수 있었죠?」

「우리도 자세한 건 알 수가 없었어요. 한센 사무총장이 죽게 될 줄 알았다면 사전에 방비하려고 애를 썼겠지요. 미래를 알고 모르는 것은 우리가 임의로 선택할 수 있는 사항이 아니에요.」

번레이가 끼어들었다.

「어느 날 한센이 떠나게 되리라는 것은 앨리스의 투시력으로 알 수 있는 것이 아니지. 하지만 그가 떠나고 났을 때, 그가 이룩한 업적을 보존하려면 대책을 세우지 않으면 안 된다는 것은 알았어.」

마일너가 덧붙여 설명했다.

「죄송해요. 하지만 전 아직도 이해가 안 가는군요. 사베티니 대통령이 나를 새로운 대사로 지명하는 이유는 어디에 있죠? 총리는 거기에 동의할까요?」

크리스토퍼가 여전히 의아한 표정으로 말했다.

「여러 가지 이유가 있지. 말할 나위도 없이 그들은 자네를 좋아하고, 또 믿고 있어. 자네가 이탈리아와 이탈리아 국민에 대해 걱정한다는 것을 잘 알고 있어. 대통령 입장에서는, 내 추측이지만, 장차 자네를 사위로 삼을 생각을 하고 있는 것 같아.」

「사위라고요! 사람들은 왜 그런 말들을 계속 퍼뜨리는 거죠? 티나와 나는 친구 사이일 뿐이라구요.」

크리스토퍼가 힘주어 말했다.

「좋아, 크리스토퍼. 나는 단지 가능한 이유를 열거했을 뿐이야. 하지만 대통령이 자네를 대사로 지명하고 총리가 그러한 결정을 뒷받침하게 되리라는 것을 의심하지 않아도 되는 가장 큰 이유는, 이탈리아가 안전보장이사회에서 목소리를 내기를 원한다는 점이야.」

「잠깐만요.」

크리스토퍼가 다시 제지하고 나섰다.

「제가 아직도 모르고 있는 것이 있는 것 같네요. 제가 이탈리아 대사가 되는 것과 이탈리아가 안전보장이사회에서 목소리를 내는 것이 무슨 관계가 있는 거죠?」

「그것이 바로 포레 대사가 유럽 대표로 선출되는 것에 내가 동의했던 이유야. 현재 상태에서는 유럽의 다섯 국가가 그를 지지하겠다고 표명했어. 내 입장에서는 그가 대표로 선출되는 데에 필요로 할 세 표를 더해줄 수가 있네. 이 세 표를 확보하는 대신에 포레 대사는 자신이 그동안 맡고 있었던 부대표 자리에 내 후보를 지지하게 될 것이네. 그리고 크리스토퍼 자네가 바로 내 후보가 될 것이야. 그럼으로써 이탈리아는 안전보장이사회에서 자기 대표를 갖게 되는 거고 말이야.」

크리스토퍼는 길게 한숨을 내쉬고는 고개를 설레설레 흔들었다.

「하지만 세 표는 어떻게 해서 보장받을 수가 있는 거죠?」

「그중 한 표는 이탈리아 거야. 바로 자네가 행사하게 될.」

「다른 두 표는요?」

「크리스토퍼, 앨리스와 난 UN 회원국들 사이에서 아무런 영향력도 없는 맹물들이 아니라네. 이래뵈도 난 여기저기에 인맥이 많아. 그리고 앨리스로 말하자면, 그녀의 의견이라면 두말 않고 따를 인사들이 UN에 진을 치고 있네.」

그들은 몇 분 동안 침묵만 지켰다. 하지만 차가 이탈리아 대사관 앞에 이르자 마일너가 다짐했다.

「크리스토퍼, 지금의 자네 심정이 어떤지는 모르겠네. 하지만 다짐해두고 싶은 것은, 어떤 대가를 주고 이 자리를 샀다는 생각은 추호도 해서는 안 된다는 것일세. 몇몇 나라에서는 대사직을 사고팔기도 하는 것이 현실이야. 하지만 자네는 그 자리를 위해서나, 이탈리아를 위해서나 적임자라고 이탈리아 대통령에게 찍힌 것이니 그리 알게나.」

「고맙습니다, 부총장님. 그렇게 밀어주시니 말입니다. 저는 다만 잠에서 깨어나서는 이 모든 대화들이 하나의 꿈이었다는 것을 알게 될 것만 같습니다. 누군가가 〈놀랐지?〉 라고 소리치고 나서서, 그 모든 것이 장난이었다고 말할 것만 같습니다.」

「장난이 아니에요, 크리스토퍼.」

앨리스 번레이가 말했다.

크리스토퍼는 차에서 내리면서 문득 생각이 났다.

「아 참, 데커 아저씨와 사무실에서 만나기로 했는데.」

「내가 전화를 걸어 늦을 거라고 말해줌세.」

마일너가 나섰다.

「고맙습니다. 하지만 제가 걱정하는 것은 그게 아니에요. 늦게 되는 이유를 어떻게 설명해야 할지 그게 난감하거든요.」

10
단순한 산술법

3주일 후　뉴욕

중국 대사 리윤매는 안전보장이사회의 회기가 시작되었음을 선포하고, 전체 이사회를 대신하여 새로운 대표들과 부대표들을 환영했다. 안전보장이사회 의장 자리는 열 개의 주요 이사국들이 한 달씩 돌아가면서 맡게 되어 있었다. 특별히 중요한 자리는 아니었지만, 사무총장이 없는 지금에 와서는 언론의 집중적인 조명을 받는 자리가 되었다. 리 대사는 이사회에서도 가장 경험 많은 대표 중의 한 명이었다. 70대인 그녀는 30년 이상을 외교관으로서 살아왔으며, 한센이 사무총장으로 재직할 당시 그와 3년 가까이 함께 일한 적 있었다. 다른 사람들과 마찬가지로, 그녀는 이제 막 열리기 시작하려는 이벤트를 구경거리로 만들고 싶지 않았다. 하지만 존 한센 이후의 첫 사무총장을 뽑는 선거는 모두의 흥분을 자아내지 않을 수가 없었다. 세계의 많은 지역에서 생중계되고 있었고, 거의 5억에 달하는 시청자들이 지켜보고 있는 것으로 추산되었다. 그런 상황에서 관람을 완전히 제한할 수는 없는 일이었다.

이탈리아 대사 크리스토퍼 굿맨은 안전보장이사회의 유럽 부대표 자격으로서 C자 모양의 테이블에 조용히 앉아 있었다. 그로서는 지켜보는 것 이외에는 달리 할 일이 거의 없었다. 부대표는 지명권도 없었고, 제안에 동의할 수도 없었다. 심지어는 새로운 총장에 대한 투표권조차 없었다. 대부분의 경우 부대표는 토론을 위한 발언을 할 수 있는 기회가 주어졌지만, 사무총장의 선거에서는 토론도 없이 지명하고, 동의하고, 그러고는 곧바로 투표가 이어질 예정이었다.

크리스토퍼에게는 사실 생각해야 할 급박한 문제들이 적지 않았다. 인도에 대한 마일너 부총장의 예측은 정확하게 맞아떨어졌다. 전 인도 수상인 니힐 간디는 인도 대표가 되는 데에 성공했고, 라지브 아드바니는 예상했던 대로 간디의 뒤를 이어받아 수상이 되려고 뛰고 있었다. 더 절박한 문제는 파키스탄과 북인도에서의 기근이었다. 구제 사업은 실제적으로는 정지 상태나 마찬가지였다. 경제사회이사회의 실행이사 루이스 콜레타와 크리스토퍼의 후계자인 식량농업기구 총재는 자신들이 할 수 있는 바를 다하고 있었지만, 이제는 답보 상태에서 안전보장이사회에서 토론에 붙여질 날만 기다리고 있었다. 마침내 표결에 부쳐진다고 해도, 한센의 추진력이 없는 지금에는 식량생산국들이 원조 식량을 충분히 내놓으리라고는 거의 기대할 수가 없는 실정이었다.

크리스토퍼는 도와줄 위치에 있지 않았다. 유럽 부대표로서 크리스토퍼는 포레의 뒤를 이어 세계평화기구(WPO) 의장이기도 했다. 크리스토퍼의 경력으로 보면 경제사회이사회를 맡는 것이 훨씬 적임이었지만, 그 자리는 지난 2년 동안 호주 대사가 차지하고 있었다. 최근의 정세 하에서는, 경제사회이사회의 실권이 훨씬 더 막강했기 때문에 호주 대사가 그걸 내놓을 가능성은 전혀 없었다.

파키스탄 난민 캠프는 갈수록 더 많은 사람들이 몰렸고, 가능하면 국경을 넘어 인도로 가려고 했다. 그들 중 다수는 인도와 파키스탄에 주둔하는 UN 군사 감시단에 의해 파키스탄으로 다시 돌려보내졌다. UN 군사 감시단은 1949년 이래로 양국의 국경을 감시하고 있는 중이었다. 하지만 2천5백 킬로미터에 달하는 국경 중에서 절반 정도의 지대에서는 월경이 가능하여(나머지 절반은 인도의 대사막 지대였다.) 인도로 쏟아져 들어오는 난민 숫자는 이제 UN군이 감당할 수 있는 정도를 훨씬 넘어서고 있었다.

인도 정부는 난민들의 처지에 동정심을 표하면서도, 국경선 〈침입〉을 막기 위해 군대를 배치함으로써 이주민의 증가에 대비했다. 자국의 기근 문제만으로도 벅찬 인도는 빈약하기 짝이 없는 자신들의 식탁에 더 이상의 입을 허용하는 것에는 아무 관심도 없었다. 그들 군대는 국경을 넘는 난민들에게 엄중한 경고를 하여 돌려보내곤 했다. 총을 쏘고 매질을 하는 사례도 있었지만 그건 어디까지나 예외였다. 라지브 아드바니의 치하에서도 이런 정책이 계속될지는 지켜보아야 할 것이었다. 이주를 억제하려는 노력에도 불구하고 UN 군사 감시단은 하루에도 수백 명의 난민들이 빠져나간다고 평가했다. 인도 정부가 얼마나 오랫동안이나 군사력에 호소하지 않은 채 이를 방치할지는 아무도 알 수 없는 일이었다.

설혹 어렵게 인도에 잠입하는 것에 성공했다 하더라도, 난민들은 자신들의 노력이 아무런 쓸모도 없는 것이었음을 곧바로 깨달아야 했다. 음식은 파키스탄만큼이나 구경하기 어려웠고, 구걸을 하거나

도둑질을 하는 것조차 거의 불가능한 실정이었다. 돈을 가지고 있어도 물자 구하기가 쉽지 않았다. 파키스탄 난민들은 거의가 이슬람교도인데, 인도인의 대다수를 차지하는 힌두교도들은 이슬람교도들에겐 물건을 팔려고 하지 않아서 상당한 웃돈을 얹어주어야만 했기 때문이다. 그러한 문화적 · 종교적 갈등이 난민들을 더욱 힘겹게 하고 있었다.

경제사회이사회에 남아 있었다면 크리스토퍼가 도울 길이 있었을지도 모른다. 하지만 세계평화기구의 의장으로서 그의 일은 그때와는 전적으로 달라서, 난민들이 국경을 대량으로 건너는 일을 방지함으로써 인도의 군사적 개입을 최소화하는 것에 초점이 맞추어져 있었다.

파키스탄과 인도의 국경은 나라들과 문화들이 만나는 것 이상이었다. 그것은 인도의 UN 지역과 중동의 UN 지역, 이슬람교와 힌두교를 나누는 구분선이기도 했다. 여기에 인도와 파키스탄 모두와 접하고 있는 중국이라는 제3의 요소가 더해졌다. 과거 수십 년 동안, 특히 한센의 지도 아래 긴장이 완화된 시기에는 더욱더, 인도 정부는 중국으로부터의 독립을 추구하는 티벳의 달라이 라마와 그의 추종자들을 암암리에 지원해왔다. 거기에 비해 중국은 파키스탄과 더 공고한 관계를 유지해왔다.

크리스토퍼가 고민해야 할 다른 문제들도 있었다. 세계평화기구의 전임자인 알베르 포레는 많은 문제들을 미결 상태로 남겨놓았다. 그것들 중에는 기간이 만료된 UN과 이스라엘과의 외교 협약을 연장하는 문제도 포함되어 있었다. 그 협약은 군사적인 문제가 대두됨으로써 거의 다루어지지 않았지만, 이스라엘이 거기에 사인하는 것이 자기들에게 이익이라는 것을 아무도 확신시킬 수가 없었다는 이유로 지난 2년 반 동안 다른 두 기구에 의해 질질 끌려오다가, 상호 불가침 조약이 더욱 문제라는 이유에서 세계평화기구로 떠넘겨지게 되었다. 그러한 협약이 필요했다는 것 자체가 아이러니였지만, 이스라엘—UN 총회에서 투표 결과 하나의 국가가 되었던—은 안전보장이사회의 재조직을 이유로 회원국의 자격을 스스로 포기했고, 그로써 UN 회원국이기를 거절한 유일한 나라로 남아 있었다.

이스라엘의 입장에서는 UN과의 옛 협약을 고수하는 게 유리했다. 그들로서는 재협상을 하여 새로운 요구사항을 들어주어야 할 하등의 이유가 없었던 것이다. 이스라엘이 UN을 탈퇴하자 이웃하는 아랍 국가들은 이스라엘을 세계의 나머지로부터 고립시킬 기회라고 보았다. 그들은 이스라엘로 하여금 모든 무역을 할 수 없게끔 하고자 했지만 그렇게 하기에는 분명 한계가 따랐다. 결국 총회는 이스라엘에 신무기의 판매를 금지한다는 원칙적인 성명과 별 결속력이 없는 결의안을 채택했지만, 그 결의안은 이스라엘의 적대국들이 희망했던 것과는 오히려 반대 결과를 낳았다. 아랍 및 러시아 연맹과의 전쟁 이후 첫 7년 동안, 이스라엘 국방성의 병기고는 러시아인들이 은닉해놓고 간 막대한 무기들로 일차적으로 채워졌다. 러시아제 무기의 대부분이 이스라엘이 전쟁 전에 보유했던 무기보다는 못했지만 고쳐서 쓸 만한 정도는 되었다. 또 그때 이후로 대부분의 나라에서는 국방 예산이 삭감되어 왔지만 이스라엘은 꾸준히 증가시켜 왔다. 결론적으로 말하자면, 이웃하는 이슬람 국가들이 큰 소리로 투덜대고 있음에도 불구하고, 그들이 예견 가능한 미래에 이스라엘을 다시 침공할 가능성은 없었다. 이스라엘은 아무래도 상대하기가 곤란한 땅꼬마가 되어가고 있었다.

　세계평화기구의 의장으로서 자기 책임을 다하기 위해 애쓴 기색이 없는 알베르 포레는, 이스라엘과의 새로운 협약이 조인되도록 시도조차 해보지 않았다. 다른 수많은 의무들 역시 등한시했거나 잘못 처리한 흔적들이 역력했다. 그가 잘한 짓이 있다면 세계평화기구, 즉 WPO의 행정부서에 자기 친구들을 대거 임명시킨 것이었다.

　리 대사가 사무총장을 지명해달라고 요청했다. 안전보장이사회가 재조직되기 이전 시절의 비민주적인 잔재 중의 하나가 바로 사무총장의 선거였다. 그것은 안전보장이사회가 만장일치로 승인한 후보라야 했고, 그런 연후엔 총회의 정식 투표가 뒤따랐다. 안전보장이사회의 상임이사국이었던 소위 〈빅 파이브〉가 1945년 UN을 설립했을 당시, 사무총장이 되려면 5개국 전원의 승인을 받아야 하도록 규정해놓았던 것이다. 5개국의 어느 한군데에 매인 사람이라면 형평성을 보장할 수가 없었으므로 사무총장은 대개 제3세계 국가에서 선출되었다. 안전보장이사회는 상호 승인할 만한 후보를 선택하여 총회의 투표에 상정했다. 한센 사무총장이 재임 중일 때는 이러한 절차가 문제가 되지 않았다. 한센은 그의 첫 5년의 임기 동안에 지역성을 일체 배제했던 것이다. 첫번째와 두번째 임기가 끝날 때마다 한센은 안전보장이사회에 의해 재지명되었고, 총회에 의해 재승인 받았었다. 세번째 임기 말에도 똑같은 일이 재현되리라고 믿는 이들이 대부분이었다. 그러나 이제 한센의 죽음으로 인해, 안전보장이사회는 10개 지역 대표들을 모두 만족시킬 만한 후보를 찾아내야 한다는 난제에 직면하게 되었다. 대표들 중의 한 사람에게라도 승인을 받지 못하면 결국은 지명을 받지 못하게 되는 것이다. 이번 모임에서는 후보자 선출에 합의점을 찾을 수 없으리라는 것을 모두가 다 애초부터 알고 있었다.

　의장에게 처음으로 발언권을 얻은 사람은 북아시아 대표인 카카시아 공화국의 유리 크루츠케긴 대사였다. 러시아 연맹이 황폐화된 이후 크루츠케긴은 자기 고향인 카카시아 지방에 새 정부가 들어서는 것을 돕기 위해 UN을 떠났지만, 5년 후 UN으로 다시 복귀했다. 그 지역 회원국들의 만장일치 찬성으로 안전보장이사회 북아시아 대표로 선출되었던 것이다. 크루츠케긴은 자리에서 일어나 태평양 연안 지역을 대표하는 일본의 다나카 대사를 지명했다. 이스라엘과의 전쟁 이후 재건을 위한 북아시아 국가들의 노력에 일본은 많은 지원을 해왔다. UN이 무역 장벽을 철폐하는 법안을 통과시키기 이전에도 일본은 북아시아와 자국 사이의 무역에서 장애가 되는 것들을 대부분 제거한 상태였었다. 이러한 행보가 그 지역의 재건에 매우 중요한 도움이 되어주었고, 크루츠케긴은 그 빚을 갚고자 나선 것이다. 유럽을 대표하는 프랑스의 알베르 포레 대사가 그 지명안에 동의하고 나섰다. 포레가 동의하고 나선 이유는 명확하지 않았다. 하지만 많은 참관인들의 추측으로는 포레가 뭔가 거기에 상응하는 대가를 노려서가 아니겠느냐는 것이었다.

　의장이 다른 사람을 더 추천해달라고 하자, 남아메리카를 대표하는 에쿠아도르의 대사가 미국 대사 잭슨 클라크를 지명했다. 미국에서 교육받은 인도의 니힐 대사가 동의했다. 대부분의 참관인들은 미국이 지명되리라고는 예측하고 있었지만 어떻게 이루어질 것인지에 대해서는 확신하지 못하고 있던 참이었다. 클라크 대사는 한센 대사와 함께 순직한 월터 주교를 대신하기 위해 최근 미국의 대통령직을 사임한 터였다. 클라크가 지명됨으로써 그가 미국 대통령직을 사임한 것이 무엇 때문인지가 분명해진 셈이었다. 북미 대표인 캐나다 대사 하우웰은 건강이 좋지 못한데도 사임을 미루고 있었는데, 그것이 미국을 지지하기 위해서였다는 것도 드러났다.

또 다른 지명이 이루어졌다. 서아프리카를 대표하는 차드의 니고든 대사가 사우디아라비아의 파드 대사를 지명했다. 동아프리카를 대표하는 탄자니아 대사가 동의했다. 지역적으로 근접해 있다는 점과 공통의 종교가 이들의 제휴를 쉽사리 가능하게 해준 것이다.

표는 나뉠 대로 나뉘었다. 최소한 두 개 지역의 지지가 없이는 지명 자체가 불가능했고, 어느 지역도 자신의 지역 출신을 지명하거나 동의할 수가 없었기 때문에, 지명 가능한 최대 수치는 세 명이었다. 중국 혼자만이 의사를 밝히지 않았다. 나머지 모든 지역이 의사를 표명한 셈이었다. 결국 누가 선출되든 전체 10개 지역의 승인을 필요로 했기 때문에, 너무 멀리 벗어나버린 것이 분명했다. 이제는 다른 의사 일정을 계속 진행하는 것 외에는 달리 할 일이 없었다.

이스라엘 예루살렘

스콧 로젠은 새로 축조된 유대교 성전 주위를 에워싸고 있는 바깥 뜰을 가로질러 걸으면서 깊은 생각에 잠겨 있었다. 고대에는 〈이방인의 뜰〉이라고 불렸던 거의 정방형 모양의 이 뜰은, 유대인이 아닌 사람은 들어갈 수가 없는 성전의 성소들과 가까웠다. 이곳은 이제 경건한 예배의 분위기라기보다는 떠들썩한 축제의 분위기를 연상시키는 장소가 되어 있었다. 〈이방인의 뜰〉 주변을 에워싸고 있는 주랑 안에서도 그런 분위기는 이어졌다. 여기에서는 무질서하게 늘어선 노점상들이 다양한 화폐들을 새로 주조된 세겔로 바꾸어주고 있었다. 성전에서는 그 화폐만을 받았기 때문이었다. 근처에서는 제물로 바칠 비둘기와 어린 양을 파는 상인들도 진을 치고 있었다.

스콧은 그런 잡상인들에게는 전혀 주의를 기울이지 않았다. 그의 마음은 전날 주고받았던 대화를 되새기는 데에만 골몰하고 있었다. 어제는 완벽한 날처럼 시작되었다. 날씨는 아름다웠고, 교통 체증도 없었다. 아무런 준비를 하지 않아서 피하고 싶었던 회의는 무기한 연기되었다. 부모님이 남겨주신 저택의 밀린 집세가 그날 아침 우편으로 배달되었다. 그가 자주 들르는 식품점 주인인 솔은 샌드위치에다가 참치를 훨씬 더 많이 우겨넣어 피클과 함께 가져다주었다. 시작은 그렇게 괜찮았었다.

그가 먹고 있을 때 솔이 다가왔고 스콧은 그에게 좀 앉으라고 말했다. 처음에는 아무런 해도 없는 대화가 오갔다. 정치와 치솟는 물가, 성전과 종교 문제에 관한 뒷공론이 무성했지만, 모두가 예전에 했던 이야기의 반복이었고, 두 사람 모두가 맞장구를 쳤던 화제들이었다. 그런데 솔이 다니엘서 9장을 읽고 왔다고 하면서, 그 장의 끄트머리에 나와 있는 예언은 메시아, 즉 유대교인들이 〈메시아 왕〉이라고 부르는 그 메시아가 두번째 성전이 파괴되기 전에 오기로 되어 있음을 가리킨다고 말했다. 두번째 성전이 CE 70년[20]에 파괴되었으므로, 메시아는 그 이전에 이미 왔음에 틀림없다는 것이었다. 스콧

---

20) Current Era, 즉 AD.

은 터무니없는 소리라고 일축했다. 메시아 왕이 이미 왔다면 그들 모두가 틀림없이 알았을 텐데 그것과는 거리가 멀지 않았느냐고 했다. 하지만 솔은 물러서지 않았다. 다니엘의 예언에 따르면, 메시아는 바벨론 사람들에 의해 예루살렘 성이 파괴된 이후 그 성을 재건하라는 명이 떨어진 이후부터 4백83년이 지난 후에 오기로 되어 있었다는 것이다. 에스라 7장[21]으로 보아 그 명령은 BCE 4백57년[22]에 발해진 것으로 볼 수 있고, 당시엔 AD의 출발점 같은 것은 고려되지 않았으므로, 메시아는 CE 27년에 이미 오셨다는 것을 나타낸다는 것이다. 솔은 그것이 어떻게 그렇게 되는지를 보여주기 위해 계산기를 뽑아들었지만, 스콧은 그런 그를 제지했다.

「솔, 넌 지금 너무 심각해. 탈무드에서 하지 말라고 한 그 일을 하고 있는 거라구.」

「뭐라고?」

솔이 반문했다.

「다니엘서 9장에 근거하여 메시아 왕이 오실 시기를 계산하겠다는 것 말이야.」

「하지만…….」

「탈무드에서 조나단 랍비는 다니엘의 예언에 근거하여 메시아가 오실 시기를 계산하는 사람은 누구든지 비난하셨어.」

스콧이 단정적으로 말했다.

솔은 잠시 숙고했다. 그것으로 토론이 끝났다고 생각한 스콧은 샌드위치를 한 입 베어 물었다. 스콧이 입 안 가득 음식을 넣고 우물거

---

21) 에스라 7:6~7.
22) Before Current Era, or BC.

리는데, 솔이 다시 반격했다.

「그건 옳지 않을 수도 있어. 메시아 왕이 오실 날을 다니엘이 우리에게 말해주었는데도, 탈무드가 그걸 금지할 수가 있어? 탈무드는 도대체 무엇 때문에 그걸 알지 못하게 가로막는 거지?」

스콧은 샌드위치를 내려놓았다.

「솔, 예언은 이해하기가 어려워. 계산기를 두들겨댄다고 해서 그 의미를 알 수 있는 게 아니라구.」

「왜 안 돼? 다니엘이 바로 그런 식으로 예레미야 예언자의 말을 해석했잖아. 그리고 다니엘서 9장에도 메시아 왕이 오실 시기에 대한 예언이 나와 있어. 물론 다니엘이 계산기를 갖고 있었던 건 아니지만, 그냥 단순하게 산수를 한 것뿐이라구.」

「이봐, 솔, 넌 지금 알지도 못하면서 마구 말을 하고 있어.」

하지만 솔은 멈추려 하지 않았다.

「넌 알아, 스콧? 메시아가 CE 27년에 왔음에도 불구하고, 우리는 그를 몰라봤다는 것을 말이야. 넌 그걸 알 수 있어? CE 27년에 오시기로 되어 있는 그 묘사에 합당한 분은 오직 한 분만이 존재한다는 것 말이야.」

「그만해, 솔! 무엇이 널 그렇게 만든 건지는 모르겠지만 이건 틀린 거야. 난 듣고 싶지도 않아. 네가 하셈을 진실로 두려워한다면, 내일이라도 성전에 가서 제물을 바치고 용서를 빌어.」

스콧은 신성모독의 어떠한 가능성도 피하고 싶은 마음에서 야훼라든가 〈하나님〉이라는 말을 입에 담지 않고, 〈그 이름〉을 의미하는 〈하셈〉이라는 말로 하나님의 뜻을 대신했다.

솔은 더 이상 아무 말도 하지 않았지만, 성전에 제물을 바쳐야 할 만큼 죄를 졌다고는 생각할 수 없었다. 스콧은 남은 샌드위치와 피클을 집어 들고는 그 자리를 떠나버렸다. 솔은 자신이 무슨 말을 하고 있는지도 모르고 있다고 스콧은 생각했다. 〈솔이 만약 다른 손님들에게도 그런 식으로 대한다면, 무슨 일을 하든 배겨날 수가 없을 텐데.〉

*

성전 바깥에 있는 거리로 이어지는 넓은 층계 위에서 스콧은 누군가 자신을 부르는 소리를 들었다. 카메라와 종이두건을 쓰고 있는 것으로 보아 관광객이 분명해 보이는 일련의 무리들 틈에서 그 소리가 들려왔기 때문에, 스콧은 그중에 자기와 이름이 똑같은 사람이 있는 모양이라고 생각했다.

「스콧.」

목소리가 다시 들렸다. 이번에는 활기찬 걸음걸이로 그를 향해 다가오는 사람의 모습이 시야에 들어왔다.

「요엘 아냐?」

여러 해 동안 같은 직업 전선에서 일해 온 친구였다. 벌써 15년이 지난 일이지만 러시아가 침공해 왔을 당시, 요엘 펠스버그는 스콧과 같은 팀을 이뤄 일했었다.

「여긴 도대체 무슨 바람이 불어서 온 거야?」

스콧 로젠과는 달리, 요엘 펠스버그는 종교에는 그다지 관심이 없는 친구였다. 미국에서 온 친구들과 친척들을 위해서 성전에 와본 적이 있었을 뿐이다. 그가 숨을 헐떡이면서, 스콧의 질문에는 아랑곳하지 않고 말했다.

「나 그분을 봤어! 아니, 그분이 날 보았어.」

「천천히 말해, 요엘. 누가 널 보았다는 거야? 도대체 무슨 말을 하고 있는 거야?」

땅딸막한 체격의 요엘은 자기보다 훨씬 더 큰 스콧 로젠을 향해 바싹 다가들며 속삭였다.

「메시아.」

스콧 로젠은 혹시 누가 듣나 싶어서 주변을 둘러보고는 요엘의 팔을 붙잡고는 다른 관광객들을 헤치고 성전 언덕을 재빨리 걸어 내려갔다. 로젠보다 몸집이 훨씬 작은 펠스버그로서는 끌려가는 수밖엔 다른 여지가 없었다.

「난 그분을 봤어.」

끌려가지 않으려고 애쓰면서 그가 다시 되풀이했다.

「조용히 좀 해!」

요엘을 잡아끌면서 스콧이 경고했다.

1백여 미터 떨어진 주차장에 이르자 스콧은 자신의 밴이 있는 곳 근처에 멈춰 섰다. 그는 다시 한 번 주변을 둘러보고는 말했다.

「너, 미쳤어? 그런 말은 농담을 할 성질의 것이 아니잖아. 그것도 하필이면 성전 계단 위에서 말이야! 누군가 네 말을 듣는다면…….」

「스콧, 난 농담을 하고 있는 게 아냐. 난 메시아를 보았어. 난 그분을 보았다구.」

요엘이 말했다.

「입 닥쳐, 요엘! 보긴 뭘 봐. 그러니 잠자코 입 닥치라구!」

「하지만…….」

「닥치라니까!」

이번에는 요엘의 셔츠를 거머쥐고는 그의 얼굴 앞에 주먹을 흔들어대면서 스콧이 말했다. 요엘은 잠자코 입을 다물었지만 스콧의 눈동자는 동요를 감추지 못하고 있었다. 잠시 후 그는 손을 내리고는 움켜쥐었던 주먹을 풀었다.

「세상이 미치기 시작한 건가? 솔이 그러더니 이번에는 너까지 그러다니!」

「하지만……」

요엘이 다시 입을 열었다. 스콧은 이번에는 두 손으로 요엘을 붙잡아 들어올려 자기 얼굴 가까이로 끌어당기며 두 눈을 마주보며 으르렁거렸다.

「한마디만 더 계속한다면, 하셈의 성전에 대고 맹세컨대 난……」

스콧은 망설였다. 하나님 앞에서 하는 맹세 다음으로 심각한 것이 바로 성전에 대고 하는 맹세라면, 하나님 앞에서 하는 맹세보다는 못하겠지만 비할 수 없이 강력하고 물릴 수 없을 것이 분명했다. 조급하게 서두르거나 분노에 사로잡힌 나머지 할 성질의 것은 아닌 것이다. 스콧은 주먹을 풀고는 요엘을 떠밀었다. 요엘은 차 옆구리 쪽으로 비틀대면서 넘어졌다.

「제정신을 차릴 때까진 날 만날 생각도 하지 마.」

요엘은 몸을 일으켜 세우고는 스콧의 눈을 똑바로 들여다보았다.

「나는 분명히 그분을 보았어.」 요엘이 되풀이했다.

더 이상 어떻게 할 수가 없었다. 스콧은 자신의 옛 친구를 실제로 후려갈길 수가 없었다. 그들은 너무나도 가깝게 지내온 사이가 아닌가. 15년 전엔 텔아비브의 거리 지하에 있는 벙커에서 이스라엘을 구하기 위해 함께 싸우기까지 했지 않은가. 그들은 함께 영웅이 되었다. 스콧은 도대체 무슨 소린지 명확히 물어보는 수밖엔 없었다.

「도대체 어디에서, 어디에서 보았다는 거야?」

「꿈속에서. 그분은 자신의 왕국을 세우기 위해 오신다고 하셨어.」

스콧은 너무나 어이가 없어서 잠시 말을 잇지 못했다. 요엘은 자신의 대답이 얼마나 어처구니없게 들릴지 알고 있었지만 그렇게 대답할 수밖엔 다른 길이 없었다. 하나님이 바로 그렇게 말하라고 했으므로.

스콧의 분노는 갑자기 걱정으로 바뀌었다. 그렇게 사납게 굴었던 것은 분명 잘못이었다. 요엘은 망상에 사로잡혀 있는 것이 틀림없었다. 스콧 또한 가끔씩은 그런 꿈을 꾼 적이 있었다. 너무나도 현실 같아서 깨어 있는 세계에서도 진짜처럼 여겨지는 꿈. 그가 동정적으로 말했다.

「요엘, 그건 단지 꿈일 뿐이야.」

「하지만 단순히 꿈만은 아니었어.」

「나는 알아, 요엘.」

스콧은 자신이 할 수 있는 최대한 부드러운 목소리로 말했다.

「너에겐 그게 진짜처럼 여겨지겠지. 하지만 그건 꿈일 뿐이야.」

「아냐, 스콧. 너 아직도 몰라? 난 요 몇 년 동안 계속해서 잘못된 길을 걸었어. 그 길 위에서 널 만난 거구.」

대화는 전혀 예기치 않은 방향으로 나아갔다.

「그게 무슨 말이야?」

「이 시대의 우리는 모두 잘못 살았어. 누나인 로다와 그녀의 랍비는 옳은 길을 걸은 거고 말이야. 스콧, 너 몰라? 예수아는 진짜 메시아야!」

그러고는 스콧이 자신의 말을 더욱 충분하게 이해할 수 있도록, 요엘은 영어로 된 그의 이름을 사용하여 되풀이했다.

「예수는 메시아야!」

그것이 마지막 지푸라기였던 셈이었다. 스콧 로젠의 눈엔 분노가 가득 차올랐다. 요엘이 망상에 사로잡혀 있든 말든 이젠 더 이상 걱정이 되지도 않았다. 이건 아무래도 도를 넘어선 거야. 그는 요엘의 어깨를 붙들고는 흔들었다.

「너도 이젠 그 배반자 랍비와 똑같구나!」

스콧은 그의 멱살을 잡고는 거세게 패대기쳤다. 넘어지지 않으려고 버티던 요엘은 왼쪽 허리와 집게손가락이 꺾여버렸다.

「난 너 같은 놈 몰라! 넌 죽은 거야! 넌 이 세상에 존재하지도 않아! 두 번 다시 나에게 말을 건다면, 널 죽여버리겠어!」

스콧은 자신의 밴을 집어타고는, 요엘을 뒤에 남겨둔 채 떠나버렸다.

11
2천 년 전의 나무상자

뉴욕

앨리스 번레이와 로버트 마일너는 담쟁이덩굴이 우거진 월렌버그 거리를 따라 거닐면서, 지난 몇 주 동안에 일어난 일을 이야기하고 있었다. 그들의 느긋한 걸음걸이에는, 그들이 느꼈던 흥분의 기색은 조금도 반영되어 있지 않았다.

「제가 느끼기엔 그 모두가 한꺼번에 올 것 같아요. …내가 그것을 보기 위해 여기에 오지 않았다고 해도, 난 그걸 느낄 수 있을 거예요.」

번레이의 말이었다. 그녀는 잠시 사이를 두었다가 덧붙였다.

「달 위에 있다고 해도 알 수 있을 거예요.」

마일너가 미소를 지었다. 그는 한 순간도 그녀의 가설을 의심해본 적이 없었다. 그 역시 그것을 느낄 수 있었다.

「세계 각지의 사람들에게서 전화와 편지, E메일과 팩스를 받았어요. 그 사람들도 새로운 시대가 임박했음을 느끼나봐요.」

번레이가 다시 말했다.

「그래요, 그래도 좀 걱정되는 것이 있소. 무슨 일인가가 터지기를 기대하는 사람들이 많을 것 같아서요. 그 기대치를 우리가 어찌 감당하겠소.」

「크리스토퍼에 대해서는 아무도 모르는 거지요?」

걱정하는 목소리로 그녀가 물었다.

「아무도 모르오. 적어도 내가 아는 한은 그래요. 안전보장이사회의 우리 친구들이 그걸 안다면, 그들은 그를 즉각 사무총장으로 뽑으려 들 거요.」

마일너는 가설을 말했을 뿐이지만 번레이는 그 말을 진지하게 받아들였다.

「그렇게 되선 안 됩니다.」

「물론이오. 아직 그럴 시기가 아니니까. 내 생각엔 크리스토퍼에 대해서 아는 사람은 아무도 없소. 적어도 아직까지는. 하지만 당신과 내가 뭔가를 알고 있다는 걸 많은 이들이 분명 알아차리게 될 거요.」

「그래요, 들어본 적도 없는 사람들과 단체로부터 전화가 걸려왔어요. 그들 모두가 무슨 일이 일어나고 있는지 알고 싶어했어요.」

번레이가 다시 열정적으로 말했다.

「그들에게 뭐라고 할 거요?」

「그들에게 한데 뭉쳐서 수를 불리고, 새로운 시대가 가까이 다가왔다는 말을 퍼뜨리라고 하지요. 그러고는 기다리라고요.」

「좋은 말이오.」

마일너가 말했다.

그들이 걷고 있는 앞에 키가 크고 마른 백발의 신사 한 명이 서 있었다. 그의 양 옆으로 거구의 두 사내가 접근했다. 거구의 사내들은 선글라스를 쓰고 있었다. 마른 체구의 남자가 마일너와 번레이 쪽을 쳐다보았다. 두 사람은 남자들의 대화에 주의를 기울이지 않았지만, 오래 전부터 그들의 존재를 알아차리고 있었다. 그들은 한데 뭉쳐서 보도 전체를 거의 가로막고 있었다. 위협적인 것 같진 않았지만 표정만큼은 단호했다.

「마일너 부총장님?」

마른 체구의 남자가 물었다.

「그렇소만.」

「앨리스 번레이이십니까?」

「그렇습니다만.」

「당신에게 보낸 편지를 갖고 왔습니다.」

그 남자가 봉투 하나를 번레이에게 넘겨주었다. 세계의 구석구석을 다녀본 경험이 있는 마일너는 그 남자의 몇 마디 말을 듣고도 즉각 그 악센트를 알아차렸다. 프랑스 억양이 짙지만 약간은 더 거칠고 목구멍소리가 많은데다 독일의 영향력도 남아 있는 걸로 보아, 그 남자는 알사스로렌 출신임이 분명했다. 그 지방은 1870년에서 1945년 사이에 프랑스와 독일이 번갈아가며 지배했었다. 마일너는 확신할 순 없었지만 알사스로렌 지방의 이 남자를 이곳 뉴욕 공원에까지 오게 한 일이 무엇인지 대충은 알 것 같았다.

번레이는 봉투를 열고는 안에 있는 편지를 읽기 시작했다.

「로버트, 여기 봐요!」

그가 볼 수 있도록 봉투를 위로 치켜들면서 그녀가 말했다.

마일너는 편지를 읽었다. 그가 어렴풋이 기대하고 있던 것이었지만 냉정을 잃지 않는 것이 중요했다. 감정은 위험한 것일 수 있었다.

「우리가 감사해하더라고 전해주시오.」

편지의 내용을 확인하자마자 마일너가 말했다. 하지만 그는 그것을 모두 다 읽은 것은 아니었다. 앨리스가 몹시 흥분하리라는 것을 알고는 미리 앞질러 선수를 친 것이다.

「그 소포를 전해주실 거죠, 그렇죠?」

마른 남자가 물었다.

「그렇게 하겠소.」

마일너가 조용히 대꾸했다.

「아, 물론 그렇게 해드리지요. 기꺼이 기쁜 마음으로…….」

번레이가 활기찬 목소리로 대꾸하다 마일너의 걱정하는 표정을 곁눈으로 알아차리곤 말꼬리를 흐렸다. 그녀의 감정이 격해질 때면 그가 늘 보내곤 했던 신호였다. 그가 그녀만큼 흥분하지 않았던 것은 아니었다. 그런 기색을 내색하지 않았을 뿐이었다.

「그게 어디로 전달되기를 바라시죠?」

마일너는 재빨리 머리를 굴렸다.

「UN 플라자에 있는 루시어스 트러스트…….」

그는 말을 하다가 불현듯 멈추었다. 최종적인 전달을 위해 태평양을 건너야 한다면 말도 안 된다고 생각했던 것이다.

「아, 아니오. 텔아비브에 있는 이탈리아 대사관으로 전달되는 게 좋겠소.」

「통관을 하려면 우리에게는 도움이 좀 필요할 겁니다.」

그 남자가 말했다.

「물론이지요.」

「일주일 이내에 전달해드리겠습니다. 그래도 괜찮다면 말입니다.」

「좋습니다. 대단히 좋아요.」

마일너가 만족해하며 말했다.

그 남자는 주머니에 손을 집어넣더니 네 개의 열쇠가 달린 열쇠고리를 끄집어냈다.

「이것이 필요할 겁니다, 번레이 씨, 그리고 마일너 부총장님.」

그는 작별인사로 고개를 끄덕여 보이더니, 더 이상의 말 없이, 나머지 두 남자와 함께 멀어져갔다. 마일너는 그제야 편지를 더 자세히 들여다보았다.

여러 해 동안 우리가 소유하고 있었던 것이 당신들의 기업에 지금 유용할 것이라고 믿어 마지않습니다. 요청에 따라 그것을 당신들이 임의대로 활용할 수 있도록 인도하게 됨을 우린 대단히 기쁘게 생각할 것입니다.

편지에는, 인도될 〈품목〉에 대한 더 자세한 사항들과 수송과 〈취급〉 시에 주의해야 할 사항들이 적혀 있었다.

번레이가 옳았다. 그것은 모두 함께 온 것이다.

마일너가 천천히 말했다.

「그들이 우리와 접촉하리라는 걸 알고 있었소. 그건 단지 시간 문제였을 뿐이니까.」

이스라엘 티비아리우스

「그래서, 말하고 싶은 게 뭐요?」

랍비 엘리아살 벤 데이비드가 자리에 앉으면서 스콧 로젠에게 말했다. 랍비의 서재는 약간 어두웠다. 전구 중 하나는 나가 있었고, 유일한 창문이 있는 벽도 빼곡 채워진 서가에 가려져서 자연 채광도 기대할 형편이 못 되었다. 서가에는 책들이 넘쳐났고, 랍비가 유창하게 말한다는 3개 국어의 책들이 골고루 갖추어져 있었다.

「요엘이 걱정스러워서요.」

스콧이 입을 열었다.

「요엘 펠스버그?」

「맞아요.」

「우리 셋이 예루살렘 교향악단에 갔던 이후로는 요엘을 만난 적이 없소. 그는 어떻대요? 안 좋은 일이 있는 건가요?」

랍비 벤 데이비드가 말했다.

「제가 여기에 온 이유가 바로 그겁니다. 어제 나를 만나려고 성전에 왔어요. 손을 흔들면서 제게로 뛰어오더군요. 그러고는 〈난 그분을 만났어! 난 그분을 만났어!〉라고 외치더군요. 나는 진정하라고 말하고는, 도대체 무슨 소릴 하는 거냐고 물었어요. 그는 자신이 메시아를 보았다고 말하더군요.」

랍비는 눈썹을 찡그렸지만, 그것은 당장의 동요를 나타내고 있다기보다는 뭔가를 곰곰 생각하는 표정이었다. 랍비의 그런 표정을 보자 스콧은 그가 제대로 들었는지조차 의심스러워졌다.

「랍비님?」

자기 말을 듣고 있는지를 확인하기 위해 스콧은 그의 이름을 불렀다.

「메시아라고요?」

잠시 후 그가 물었다.

「예.」

「어디에서 그를 보았다고 말하던가요?」

「꿈속에서요. 하지만 그는 그것이 꿈 이상임을 확신하고 있었어요. 내 생각에 그는 일종의 비전을 보았다고 생각하는 것 같아요.」

「흠…….」

랍비는 다시 생각하는 표정이 되더니 한참 후에야 말했다.

「그것이 비전이 아니라는 걸 우리가 확인할 길이 있을까요?」

「그럼요. 물론이지요.」

「어떻게?」

랍비가 묻자 스콧은 이맛살을 찌푸리며 대답했다.

「전 말하는 것조차 지긋지긋해요.」

랍비 벤 데이비드는 잠자코 기다렸다.

「그가 꿈속에서 본 것이 무엇이든, 그로 인해서 그는 예수, 그가 부르는 것처럼 〈예수아〉가 메시아였음을 확신하게 된 게 틀림없어요.」

이번에는 랍비가 이맛살을 찌푸리며 아랫입술을 내밀었다. 그는 분명 놀란 것 같았지만 그런 내색을 전혀 하지 않았다. 스콧은 랍비의 반응이 미지근한 것이 영 못마땅했다. 랍비는 생각에 잠긴 것 같았다. 무언가 짚이는 바가 있음에 분명했다. 다른 사람이라면 무얼 그리 골똘히 생각하느냐고 물었겠지만 스콧은 그러지 않았다. 그는 다른 사람을 걱정하는 말을 공공연히 해본 적이 없는 사람이었다. 사람들이 가득한 방에 있는 것보다는 컴퓨터가 가득한 방에 있는 편이 훨씬 더 행복했다. 그가 여기에 와서 요엘 펠스버그에 대해 걱정하고 있다는 사실은 두 사람이 그만큼 가까웠다는 증거였다.

「제가 어떻게 해야 하지요?」

스콧이 주의를 끌기 위해 손을 흔들면서 말했다.

「무얼 말입니까?」

「요엘에 대해서 말입니다.」

스콧이 실망을 감추지 못하며 말했다.

「당신이 할 수 있는 일은 없어요. 그게 단지 꿈이라면 그는 그걸 극복할 거예요. 인내심을 갖고 지켜보세요.」

「〈그게 단지 꿈이라면〉이라니, 그게 대체 무슨 소리죠?」

스콧이 의혹에 가득 차서 물었다.

랍비는 자리에서 벌떡 일어났다.

「이런 특별한 시대에 그가 그런 꿈을 꾸었다는 건 흥미로운 일이 아닐 수 없지요.」

스콧은 놀라서 알아차리지 못했지만, 랍비는 더 이상 딴 곳에 생각이 흩어진 상태가 아니었다.

「연구 결과, 최근에 흥미로운 지점에 도달하게 되었어요. 이걸 당신에게 읽어드리지요.」

랍비는 자기 의자 옆의 커피 테이블에서 책을 펼쳐들고 돋보기를 집어 들더니 읽기 시작했다.

우리가 들은 소식을 누가 믿을 수 있으랴?

주님의 능력이 누구에게 나타났느냐?

그는 메마른 땅에 뿌리를 박고 움튼 햇순과도 같아서

늠름한 풍채도, 멋진 모습도 그에게는 없었다.

눈길을 끌 만한 볼품도 없었다.

사람들에게 멸시를 받고 구박을 당했다.

고통을 겪고 병고를 아는 사람,

우리에게서 얼굴을 돌리고 피해갈 만큼

멸시만 당해온 그분이기에,

우리는 그분을 조금도 귀히 여기지 않았다.

하지만 그는 우리의 병을 앓아주었고

우리가 받을 고통을 겪어주었다.

우리는 그가 하나님께 벌을 받아,

매를 맞고 학대를 당하는 줄로 알았다.

하지만 그가 상처를 입음은 우리의 죄 때문이요

그가 찔림을 받은 것은 우리의 부정 때문이다.

그는 응징을 당함으로써 우리를 온전케 해주었고,

상처를 당함으로써 우리를 치유해주었다.

우리 모두 양처럼 길을 잃고 헤매며

각기 제 갈 길로 흩어졌지만,

주께서는 그에게 우리 모두의 죄악을 짊어지게 하셨구나.[23]

「랍비님, 왜 그런 걸 읽으시는 거죠?」

---

23) 이사야 53장.

스콧이 참지 못하고 물었다.

「잠자코 들어요.」

랍비가 대답했다. 스콧은 그가 왜 기독교인들의 신약성서에서 즐겨 인용되는 대목을 읽으려 하는지 이해할 수가 없었다. 하지만 아직까지는 그에게 반항하는 마음이기보다는 존경심이 남아 있어서 더 이상 대꾸하지 않았다. 랍비가 계속했다.

그는 굴욕을 당하셨지만,

입 한 번 열지 않고 참아내셨다.

도살장에 끌려가는 한 마리 양처럼,

털 깎는 사람 앞에서 잠잠한 어미양처럼,

그는 결코 입을 열지 않았다.

끌려가서 억울한 재판을 당하는 것을 보고도

누가 그의 입장을 대변해줄 수 있으랴?

그러나 그가 인간 사회에서 버림을 받은 것은

내 백성의 허물 때문에 그런 벌을 받은 것이다.

아무런 불의를 행한 바 없고

아무런 거짓도 말한 바 없음에도

그는 사악한 자들과 함께 장사지내졌고,

부유한 자들과 함께 묻혔다.

하지만 주께서는 그를 병고로 고통을 받게 하기로 하셨으니,

그가 만약 자기 자신을 속죄 제물로 바친다면

그가 후손을 보고 오래오래 살 것이며,

그를 통하여 주의 뜻이 이루어지리라.

온갖 번민에서 벗어나 그는 마침내 보게 되리라,
자신의 헌신을 통하여 이룬 것을 흐뭇하게 여기게 되리라.

의로운 나의 종은 수많은 의로운 일을 행하면서도
그들의 죄로 인하여 많은 고통을 받았다.
하여 나는 그의 몫으로 많은 것들을 줄 것이니
그는 민중들을 전리품으로 받게 되리라.
왜냐하면 그는 자기 자신의 목숨을 내놓았고
죄인들 사이에 끼여
많은 사람의 죄를 짊어지고
대신 죽었기 때문이다.

스콧은 랍비가 다 끝냈는지 알 수 없었지만, 더 이상 듣고 싶지 않았다.

「왜 나에게 이런 것을 읽어주시는 거지요?」

「자네는 어떻게 생각하나?」

랍비가 스콧의 질문을 무시한 채 되물었다.

「제 생각엔 기독교 작가들이 유대교 예언자들의 문체를 모방하여 쓴 구절들이에요.」

랍비는 노골적으로 시니컬한 미소를 보였다. 기대했던 대답이 아니었기에, 그는 다시 한 번 명백히 물었다.

「자네는 이걸 어째서 기독교인들이 쓴 것이라고 생각하나?」

스콧은 왜 랍비가 옛 히브리 학교에서 늘 사용하는 질문과 대답으로 이루어지는 교습법을 사용하는지 확신할 수가 없었다. 아마 랍비는 요엘의 망상을 분명히 밝히기 위해서 이런 방식을 사용하고 있는 것일 거라고 그는 생각했다. 마치 교실에 앉은 학생처럼 스콧이 대답했다.

「두 가지 근거가 있습니다. 무엇보다 먼저, 그 저자는 명백히 예수에 관해서 쓰고 있습니다. 〈그가 상처를 입음은 우리의 죄 때문이요 그가 찔림을 받은 것은 우리의 부정 때문이다.〉 그건 기독교인의 신앙입니다. 예수는 모든 인류의 죄를 대신 짊어지신 희생제물이라는 신앙 말입니다. 이건 예수가 메시아였다는 것을 확신시키기 위해서 만들어진 그들의 성서 본문 중 하나임이 명백합니다.」

「그것이 말하고 있는 바가 그건가?」

스콧이 두번째 핵심으로 들어가기도 전에 랍비가 물었다.

「물론입니다. 그건 명백합니다. 다른 것일 수 없습니다.」

「그러면 두번째 근거는?」

「전 그런 구절을 예전에는 읽어본 적도 없고, 들어본 적도 없습니다. 그것이 예언자에게서 나온 것이라면, 회당에서 그것이 낭독되는 소리를 들었을 것입니다.」

랍비 벤 데이비드는 상체를 앞으로 기울이며 여전히 펼쳐진 채인 성서를 스콧에게 넘겨주었다. 그는 의자 뒤로 다시 몸을 젖히며 두 손으로 배를 감싸고 하얀 수염이 휘날리도록 숨을 크게 내쉬었다. 스콧은 그 구절이 적힌 곳을 곧바로 알아볼 수 있었다. 줄이 그어져 있었기 때문이었다. 페이지 상단에는 〈이사야〉라고 적혀 있었다. 그의 눈은 갑자기 분노로 가득 찼다.

「기독교인들이 소위 우리 성서의 뒤에다가 자기들의 저작물을 덧붙여 놓고 그걸 소위 〈신약〉 성서라고 하면서 만족하고 있군요! 그자들은 이젠 자기들의 거짓말을 경전 본문에다가 끼워 넣기 시작했군요! 어디에서 이런 책을 산 거죠? 다른 사람들이 더 이상 기만당하지 않도록 즉각 판매를 중지시켜야 합니다!」

「자네도 알 수 있다시피, 이건 마소라 본문에 따라 번역된 거라네. 미국 유대인 출판협회에서 간행한 거야. 내가 자네에게 읽어준 대목은 자네의 성서 속에도 있어, 스콧. 집에 가서 찾아보라구.」

벤 데이비드가 책장을 넘기면서 말했다.

「그럴 리가 없어요. 제 성서는 할아버지가 물려주신 거예요. 기독교인들은 그걸…….」

「이사야 예언자의 말씀이야, 스콧.」

스콧의 눈동자가 당황한 나머지 점점 커져갔다.

「그렇다면 왜 제가 전에는 그 구절을 들어본 적이 없을까요?」

「회당에서는 그 구절이 읽혀지지 않거든. 그래서 들어본 적이 없는 거야. 안식일에 회당에서 낭독되는 구절들 속에서는 어디에도 나타나지 않아. 항상 빼놓았던 거지.」

「하지만 그런 예언이 어떻게 가능할까요? 누구에 대한 예언인 줄을 어떻게 안단 말이죠?」

랍비가 빤히 바라보기만 했으므로, 스콧은 자기 스스로 묻고 답했다.

「하지만 그건 불가능해요. 그 예언자는 우의적으로 그런 말을 했을 거예요.」

「그럴지도 모르지. 학교에서 들은 말은 모두 믿었던 어린 시절, 랍비들은 이 구절을 짧게 언급하면서 이사야 예언자가 이스라엘에 대해 우의적으로 말씀을 하신 거라고 했어. 하지만 〈그〉가 이스라엘을 가리키는 말이라면, 〈우리〉는 누구란 말인가? 그 말씀 속에는 분명히 두 부류가 등장하고 있어. 〈그〉가 이스라엘이라면, 누구의 죄, 누구의 부정을 대신 짊어진단 말인가? 우리가 태어날 때부터의 죄? 누가 우리의 상처를 치유해준단 말인가?」

랍비는 잠시 말을 멈춰 스콧을 바라본 뒤 계속했다.

「〈그가 인간 사회에서 버림을 받은 것은 내 백성의 허물 때문에 그런 벌을 받은 것이다.〉 이스라엘이 곧 하나님의 백성 아닌가? 이스라엘이 하나님의 백성이라면, 우리의 죄로 인하여 인간 사회에서 버림을 받았다는 〈그〉는 누구란 말인가?」

랍비 벤 데이비드는 이마를 찌푸리면서 결론을 내렸다.

「같은 질문으로 돌아가 보자구. 그 예언은 누구에 대한 것이란 말인가?」

「하지만 병고로 인해 죽는다는 부분은 어떻게 된 건가요? 예수는 십자가에서 죽는 것으로 되어 있어야 하잖아요.」

스콧이 말했다.

「그게 바로 선택적인 번역이라는 걸세. 여기 이걸 보라구.」

그는 그 페이지의 하단에 있는 편집자의 주를 가리켜 보였다.

「히브리어 원어의 의미는 불확실해. 〈병고〉라는 말은 단지 추측으로 그렇게 번역한 것일 뿐이야. 하지만 그렇다고 할지라도, 그 예언이 말하고 있는 바가 크게 벗어나는 건 아냐.」

스콧은 대답하지 않았다.

랍비는 크게 한숨을 쉬었다.

「내가 고민하는 데에는 그러한 근거가 있기 때문이야. 요엘의 꿈도, 바로 거기에 근거가 있고. 최소한 그것을 꾸게 된 시기만큼은 아주 흥미로운 부분이야. 최근에 내가 이사야의 그 부분을 읽은 것도 꿈 때문이었어. 요엘이 꾼 것처럼 화려한 꿈은 아니었지만, 꿈인지 생시인지조차 모를 지경이었어. 내 이름을 부르는 소리가 들리더니 이사야 53장을 읽으라고 했어. 그것을 읽으면서 소스라치게 놀랐지. 자네가 놀랐던 것과 마찬가지로 말이야. 너무도 명료한 그것을 왜 그렇게도 오랫동안 무시하고 지낼 수 있었을까? 나 스스로를 이해할 수가 없었어. 하나의 예언이 곧이곧대로 이루어진다면, 그땐 이것이……..」

랍비는 더 이상의 말을 삼갔다.

「난, 하나의 딜레마에 빠진 셈이야. 자네가 말했다시피, 그 예언이 누구에 대한 것인지가 너무 분명한 것 같으니까 말이야. 난 스스로 그것을 받아들이도록 허락할 수가 없어. 하지만…….」

그는 말끝을 흐렸다가 겨우 다시 이었다.

「그걸 부인할 수도 없어.」

뉴욕

새로운 사무총장을 선출하기 위한 타협안에 도달하기 위한 한 과정으로서 안전보장이사회가 소집되었다. 가야 할 길은 아직 멀었음에도 상당한 움직임이 있었다. 최초의 중요한 변화는 사우디아라비아 대사의 후보 사퇴였다. 다른 지역의 대표들, 특히 인도는 이슬람 사무총장을 승인하지 않을 것이 뻔했고, 선출되기 위해서는 만장일치여야 했기 때문에, 사우디 대사가 사퇴할 거라는 건 너무도 명백한 사실이었다. 그럼으로써 결국 누가 선출되든 간에, 이슬람 지역의 정신과 타협하고 협력하지 않으면 안 된다는 것이 명백해졌다. 미국과 일본 대사는 사우디를 지지했던 동아프리카와 서아프리카의 대표들에게 접근하여 자기들의 지지를 호소했지만 둘 다 그 어느 쪽도 내켜하지 않았다.

일본 대사 다나카와 아프리카인들 사이에 심야의 밀담이 오고간 이후, 공평한 중개인으로서의 역할이 보다 어울릴 듯한 프랑스 대사 알베르 포레는 서아프리카 대사를 초대했다. 동서 아프리카인들 사이에 밀담이 오간 한 시간 후, 그들은 자신들이 북아시아 대표인 유리 크루츠케긴 대사를 지지하겠노라고 답변했다. 포레는 잠시 통보를 연기했고, 다음날 아침 다나카는 후보를 사퇴하고는 크루츠케긴을 지지하겠노라고 했다.

한편, 중동을 대표하는 사우디는 미국의 클라크 대사를 지지하기로 했다. 안전보장이사회가 휴회를 선언했을 때, 크루츠케긴이 다섯 표, 미국의 클라크가 네 표를 확보한 상태였고, 중국은 전과 마찬가지로 의사 표명을 하지 않은 상태였다. 그 의제는 일주일 동안 더 다루어질 예정이었다.

열흘 후   이스라엘 예루살렘

이스라엘 주재 이탈리아 대사인 파울로 다고스티노의 검은색 리무진이 검문소를 통과하여 이스라엘 국회 정문 앞에 멈춰 섰다. 크리스토퍼 굿맨, 로버트 마일너, 앨리스 번레이가 동행하고 있었다.

리무진 바로 뒤쪽에는 경호원들이 동승한 무장 트럭이 뒤따르고 있었는데, 트럭에는 거대한 나무상자가 실려 있었다. 그 나무상자는 최근 프랑스의 알사스로렌 지방으로부터 대사관 측이 인도받은 것이었다.

국회 건물 안의 수상 집무실에는 이스라엘의 대제사장 카임 레빈이 두 명의 레위인 수행원과 함께 이제 막 도착하여, 자신을 초대한 사람들이 도착하기를 기다리면서 수상 및 외무성 장관과 함께 몇 마디 인사말을 주고받고 있었다.

「이렇게 와주셔서 대단히 감사합니다, 랍비님.」

수상이 대제사장에게 말했다.

「이스라엘에 봉사하는 일이라면 언제든 기꺼이 응하고자 합니다.」

뉴욕에서 태어난 대제사장이 대답했다.

「하지만 그 사람들은 제가 이 모임에 참석하는 것이 왜 그렇게도 중요한지, 왜 하필 오늘이어야만 하는지, 아직까지도 밝히지 않았나요?」

「그렇습니다, 랍비님. 만남의 목적은 새로운 UN 주재 이탈리아 대사로 하여금 이스라엘과 UN과의 조약을 재협상할 기회를 주는데에 있습니다. 사실 랍비님과는 아무 상관이 없습니다. 사실은 저 또한 아무 상관이 없습니다. 옛 조약은 시효가 지났습니다. 거기에 몇 가지 결함이 있다는 건 알지만, 어떠한 새로운 타협안에도 동의하고 싶지가 않습니다. 이러한 만남 또한 거절하려고 했지만, 전 UN 부총장 로버트 마일너 씨의 요청이 있어서요. 그분은 미국계 은행들에 상당한 영향력이 있는 분이라서 거절하기가 어려웠습니다. 그가 왜 당신이 초대되기를 요청하고 왜 하필 오늘을 고집한 것인지에 대해서는 전 모릅니다. 그들은 다만 뭔가를 자신들이 가져올 것인데, 랍비님이 그걸 꼭 보고 싶어할 거라고만 말했습니다.」

*

모임은 곧 이루어졌고, 크리스토퍼가 모인 사람들을 향해 말하기 시작했다. 앨리스 번레이는 그 방의 유일한 여성이었다. 그녀가 이런 공식적인 국가 행사에 참석할 만한 자격이 있는지에 대해서는 설명하기가 옹색할 수밖에 없지만, 번레이는 이 순간을 도저히 그냥 지나칠 수가 없었다. 크리스토퍼는 짤막하면서 핵심을 짚어서 말하려고 애썼다. 조약에 관해서라면 예전에도 똑같은 논의가 있었다는 것을 그 자신 잘 알고 있었고, 이번 모임의 진짜 이유는 딴 데 있었다. 하지만 크리스토퍼로서는 조약의 분명한 목적과 UN이 왜 옛것을 단순히 연장하지 않고 새로운 조약을 맺어야 한다고 하는지에 대한 분명한 설명을 제공해야 할 필요가 있었다. 제안된 조약의 기간은 7년이었고, 양측의 동의 아래 7년이 지날 때마다 세 번 더 기간을 연장할 수 있었다. 조약 내용에 특별한 것은 없었고, 단지 전형적인 정부와 정부 간의 문제일 뿐이었다. 상호 침략하지 않는다는 것 정도가 유일하게 짚고 넘어가야 할 부분이었지만, 이것조차도 사실은 기본적인 외교 절차로서 포함되었을 뿐이었다. 이스라엘은 그 어느 나라도 침략할 의도를 가진 적이 없었다. 한 국가로서 자리잡은 지 75년이 넘었지만 계속적으로 전쟁의 위협 하에 있어왔고, 지금도 테러리즘의 문제가 여전하지만 군사적으로는 입지가 확고하여 그 어떤 이웃 나라도 넘볼 수가 없는 나라였다.

크리스토퍼의 간략한 개요 설명은 15분 만에 끝이 났다. 질문에 대답하는 시간을 가지려 했지만 묻는 사람이 아무도 없었다. 이스라엘 측으로서는 어떻게든 빨리 넘기려는 의도가 분명했다.

아무런 질문이 없다는 것이 확인되자마자 수상이 입을 열었다.

「굿맨 대사님, 전 가끔씩 솔직하다는 칭찬을 듣기도 하지만 너무 무뚝뚝하다는 비판을 듣기도 합니다. 어떻든 그것이 제 방식이니까 이해해주시기 바라고, 부디 화를 내시지 않기를 바랍니다. 당신이 말씀하신 것들은 타당성도 있고 설득력도 있지만 전에도 이미 다 말해졌던 것들입니다. 그리고 예전에 결여되었던 것들이 지금도 여전히 결여되어 있군요. 그것은 마치 사과가 오렌지가 될 수 있다는 것과도 같습니다. 당신은 우리에게 사과를 제공하면서 우리가 그것을 오렌지만큼이나 좋아할 것을 보증한다고 하십니다. 하지만 우리는 우리가 가진 오렌지로 인해 충분히 행복합니다. 우리는 옛것으로도 만족합니다. 당신의 말씀 속에서는 그러한 입장을 변경해야 할 시급한 명분은 찾아볼 수 없는 것 같습니다.」

「솔직하게 말씀해주신 데 대해 감사드립니다. 저 또한 솔직하게 말씀드리겠습니다.」

크리스토퍼는 아무도 방해하지 않기를 바라면서 빠르게 말했다. 이러한 만남을 가지게 된 진짜 이유를 이제 막 설명하려던 참이었다.

「이 문제에 대해 우리를 분리시키는 것은 옛 조약을 공식적으로 연장할 필요성에 있는 것이 아닙니다. 우리는 둘 다 관련된 보호 조항들을 공식화한다는 것의 중요성을 인정하고 있다고 확신합니다.

그 문제에 관해서는 어떠한 불일치가 존재하는 것이 아닙니다. 외교적인 면책특권, 간섭 없는 외교문서의 수송, 상호불가침 협정은 논쟁이 될 만한 문제가 아닙니다. 우리를 분리시키는 것은, 수상 각하, 신뢰의 문제입니다. 고대에는 그러한 외교적 정체 현상을 선물의 교환으로써 타개하곤 했습니다. 그런 식으로 당신의 동의를 살 수 있으리라고 믿을 만큼 저 자신 어수룩하진 않습니다만, 그럼에도 그러한 관습을 인정하고 선물을 가지고 왔습니다.」

크리스토퍼는 출입구 쪽으로 걸어가서는 거대한 이중문을 열었다.

바깥 복도에는 네 명의 비무장한 이탈리아 경호원들이 작은 냉장고 크기만한 나무상자를 에워싼 채 지키고 서 있었다. 그 나무상자는 매우 단단해 보이는 바퀴가 달린 금속 테이블 위에, 그러니까 바닥에서 거의 1미터 상공에 놓여 있었다. 크리스토퍼가 신호를 보내자 네 사람이 테이블을 굴려서 나무상자를 방 안으로 들여놓고는 다시 방을 나갔다.

삼나무 목재로 만들어진 상자는 그 자체가 예술품이라고 할 만했다. 아래로 젖혀서 내용물을 볼 수 있도록 네 면에는 경첩이 달려 있었다. 각 면의 가운데 꼭대기에는 각 면을 단단히 닫을 수 있도록 자물쇠 장치가 되어 있었다. 크리스토퍼는 자기 주머니에서 네 개의 열쇠를 꺼냈다.

「제가 받은 이 선물을 아무런 대가 없이 드리고자 합니다. 제가 받은 것은 희망입니다. 우리 사이의 신뢰가 커지게 되리라는 희망, 그러한 신뢰를 통해 필요한 조치들이 이루어질 수 있으리라는 희망 말입니다.」

크리스토퍼의 발언은 근본적으로 두 가지 방식으로 받아들여질 수 있었다. 아무리 분별없는 사람이라도 거절하기가 곤란한 설득력 있는 호소로 받아들일 수도 있었고, 말만 화려한 공치사로 여겨질 수도 있었다. 어느 쪽이든 크리스토퍼는 자신이 원했던 것을 받은 셈이었다. 말만 화려한 공치사로 받아들였다 할지라도, 선물에 대한 대가를 전혀 요구하지 않는다고 함으로써, 어쨌든 자신이 추구하고자 하는 것을 다시 한 번 말했기 때문이다. 그는 수상이 이런 것을 알아차릴 만큼은 충분히 영리하리라는 것을 확신했다. 자신의 말이 설령 화려한 수사로 받아들여질지라도 아무 상관이 없었다. 그들이 보여주고자 하는 것은 이스라엘 국민들에게는 너무도 중요한 것이어서, 새로운 조약에 동의한다고 해도 그들이 여기에서 얻게 된 것과 비교하면 아무것도 아닐 것이기 때문이다.

크리스토퍼는 열쇠를 쥐고는 네 개의 자물쇠 쪽으로 차례로 이동해가며, 앨리스 번레이와 로버트 마일너가 받은 편지에 적힌 순서에 따라 하나씩 열어젖혔다. 마지막 자물쇠를 열고 그가 뒤로 물러서자 이 나무상자가 얼마나 특별한 것인지가 명백해졌다. 네번째 자물쇠가 열린 직후 여덟 개의 피스톤이 동시에 미끄러져 내려가자, 나무상자의 네 면이 천천히 아래로 내려가면서 열렸다. 이미 자리에서 일어나 서 있었던 크리스토퍼와 안에 무엇이 들어 있는지 알았지만 더 잘 보기 위해서 일어나 있었던 앨리스 번레이를 제외하면 다른 사람들은 모두 자리에 앉아 있었다. 하지만 옆면이 절반쯤 열리고 안에 있는 것이 얼핏 보이기 시작하자 달라졌다. 모두들 눈을 휘둥그레 뜨고는 자리에서 일어났다. 잠시 동안 아무도 입을 열지 못했다. 각자는 선 채로 입을 벌리고 바라볼 뿐이었다. 그때 방 뒤쪽에서 날카로운 비명 소리가 들렸다. 대제사장의 수행원 중 더 앳되어 보이는 친구가 자신을 가리기 위해서인 양 두 손을 쳐들고는 히브리말로 뭔가 소리를 지르면서 방에서 뛰쳐나갔다.

레위인이 그런 반응을 보이자 대제사장은 뭔가를 말하려다가 급히 입을 다물고 말았다. 잠시 동안 그는 그것을 진짜로 믿을 뻔했다. 하지만 곧이어 그는 자신이 진상을 알았다고 생각했다.

「매우 멋진 복제품이군요, 대사님.」

수상이 자리에 도로 앉으면서 크리스토퍼에게 말했다. 그는 유난히 큰 소리로 말했는데, 그것은 외무성 장관과 대제사장으로 하여금 정신을 차리게 하려는 의도에서였다.

「우리의 박물관에서는 대단히 기쁘게 받아들일 것 같군요. 비싼 가격을 쳐주겠다고 나설 사람도 틀림없이 있을 것입니다.」

수상의 말은 소기의 목적을 거두었다. 외무성 장관, 대제사장, 남아 있는 대제사장의 수행원은 이것이 복제품임이 분명하다는 것을 깨닫게 된 것이다. 그것이 진짜 성궤일 리가 없었다. 성궤는 수천 년 동안 누구도 본 적이 없었다. 그러니 매우 정교하게 만들어진 복제품일 것이었다. 놀라운 솜씨를 가진 장인의 창작품일 터였다.

「수상 각하, 보증하건대 그건 진짜 성궤입니다.」

앨리스 번레이가 나섰다. 확신에 차 있는, 그러나 감정이 담겨 있지 않은 목소리였다. 소개의 말 이후로는 처음으로 한 발언이었다. 그녀는 자신이 그 모임에 참석해 있다는 것이 적절치 않다는 것을 잘 알고 있었다. 그럼에도 그녀는 방관하고 있을 수만은 없어 과감히 앞으로 나선 것이다. 수상이 무슨 생각을 하고 있든 그런 것은 상관없었다. 그녀의 유일한 관심은 성궤를 보는 것이었고, 그래서 더 잘 보기 위해 가까이 다가섰다.

「앨리스 말이 맞습니다, 수상 각하.」

마일너가 다시 말했다.

수상은 웃음을 터뜨렸다.

「마일너 씨, 당신의 신실성을 의심하진 않습니다. 우리를 위해 이것을 입수하신 수고에 대해서는 감사드립니다. 하지만 이것이 진짜 성궤일 리는 없지요.」

대화에 끼어들지 않은 채 한참 동안 지켜보기만 하던 크리스토퍼가 마침내 입을 열었다.

「수상 각하, 당신의 나라의 역사 속에서 오늘이 갖는 의미에 대해서는 잘 알고 있습니다. 역사는 오늘을 제1성전과 제2성전이 파괴된 날로 기록하고 있고, 금식을 하기로 되어 있지요. 제가 이번 만남을 오늘로 정한 것은 우연이 아닙니다. 당신의 국민들에게 미래를 위한 하나의 상징과 표징을 제공하기 위해 오늘을 택한 것입니다. 하고 많은 날들 중에서 오늘을 택하여 우리가 협력하여 함께 일하기만 한다면, 지구상의 모든 백성들이 희망을 가질 수 있다는 것을 보여주려고 한 것입니다.」

크리스토퍼는 손바닥을 펼쳐 성궤를 가리키면서 말을 이었다.

「수상 각하, 당신이 지금 여기에서 보시고 계시는 것은 성궤입니다. 복제품이 아닙니다. 모사품이 아닙니다. 진짜 성궤입니다!」

「대사님, 우리를 바보로 만들 작정인가요?」

수상이 목소리를 높였다.

「우리는 그것이 진짜라는 것을 증명할 수 있습니다.」

크리스토퍼는 목소리를 높이지 않고도 힘주어 대답했다.

「어떻게요?」

수상이 물었다.

「성궤의 내용물로 말입니다.」

수상은 벌린 입을 다물지 못했다. 너무나 놀라운 제안이었다. 물론 안을 들여다볼 수는 있을 것이다. 그것이 진짜라는 것을 입증하는 방법은 너무나 간단한 일일 수도 있었다. 너무나 간단한 일이라서, 혹시 이탈리아 대사의 그런 주장에 다른 배경은 없는지 저의를 의심하게 될 정도였다.

「좋소, 안을 들여다보도록 합시다.」

그렇게 말을 꺼내놓음과 거의 동시에 수상은 깨달았다. 이것이 진짜 성궤라면 그렇게 하면 안 된다는 것을.

「아, 안 됩니다, 수상 각하. 제 말뜻은 그게 아닙니다. 아무나 성궤를 여는 것은 안전하지 않습니다. 성경에 따르면, 벧세메스 사람들은 성궤를 들여다보다가 70명이 죽었다고 합니다.」[24]

크리스토퍼가 말했다.

「그러면 우린 어떻게 들여다보아야 할까요?」

「성궤는 대제사장만이 열 수 있습니다.」

수상이 대제사장 쪽을 보자, 대제사장은 고개를 끄덕여 크리스토퍼의 말이 옳다는 것을 나타냈다.

「몇 가지 문제가 있을 수 있습니다.」

수상의 얼굴에 나타난 질문에 반응하여 대제사장이 말했다. 그는 수상과 크리스토퍼, 마일너 쪽으로 더 가까이 다가갔다. 번레이가

---

24) 사무엘상 6:19.

성궤를 살펴보고 있다는 것은 전혀 알아차리지 못했다. 그녀는 사실 무슨 말이 오가고 있는지에 대해서는 전혀 관심이 없었다.

「그것이 진짜 성궤라면, 반드시 성전 안에서만 열게 되어 있습니다. 하지만 그게 성궤가 아니라면, 그것을 열어보기 위해서 지성소 안으로 옮겨놓는 것 자체가 신성모독이지요. 더구나 안에 무엇이 들어 있는지 전혀 모르는 상태에서는요. 성전 안으로 들여놓을 수는 있겠지만, 하지만……..」

바로 그때 날카로운 비명 소리가 방을 가득 채웠다. 그들 바로 뒤에서 앨리스 번레이의 몸이 뻣뻣하게 굳은 채 쓰러졌다. 그녀의 머리가 카펫 바닥에 부딪혀 쿵 하고 둔탁한 소리를 냈다.

「앨리스!」

마일너가 그녀에게로 달려가며 외쳤다.

「무슨 일이지요?」

수상이 다급하게 물었다.

지켜보고 있던 대제사장의 수행원은 충격에 휩싸여 입을 다물지 못했다.

「그녀가… 그녀가 성궤를 만졌어요.」

그가 가까스로 말했다.

지금까지 잠자코 지켜보기만 하던 이스라엘 주재 이탈리아 대사 파울로 다고스티노는 문 쪽으로 뛰어가서는 누군가에게 의사를 불러달라고 소리쳤다.

로버트 마일너는 맥을 짚었지만 아무 기미가 보이지 않자 필사적으로 인공호흡을 실시했다. 곧이어 국회에 소속된 의사가 달려왔다. 번레이가 들것에 실려 앰뷸런스로 옮겨지는 동안에도 의사는 응급

조치를 멈추지 않았다. 하지만 그로부터 20분 후 그녀는 결국 사망 판정을 받았다.

그녀의 시신이 그 방에서 옮겨질 때, 로버트 마일너는 울면서 그 뒤를 따랐고, 대제사장 카임 레빈은 성서 구절을 인용했다.

웃사가 손을 펴서 궤를 붙듦으로 말미암아 여호와께서 진노하사 치시매 그가 거기 하나님 앞에서 죽으니라.[25]

수상은 대제사장과 성궤를 번갈아 바라보면서 왔다갔다하고 있었다. 레위인은 여러 가지 상황을 당했을 때의 기도서를 꺼내들고는 황급히 뒤져보았지만, 지금의 이 상황에 맞는 기도문을 발견할 수가 없었다. 크리스토퍼는 성궤 쪽으로 가서는 다시는 번레이가 당하는 꼴을 당하지 않도록 나무상자의 측면을 조심스레 들어올려 닫았다. 마침내 수상이 입을 열었다.

「굿맨 씨, 대제사장이 그 궤를 검사할 겁니다. 만약 그것이 진짜 성궤라면, 우리는 조약에 서명할 것이고, 이스라엘의 국민들은 모두 당신께 감사할 것입니다.」

---

25) 역대상 13:10.

12
UN 사무총장 선거

뉴욕

　크리스토퍼는 데커의 아파트에서 저녁을 함께하면서 이스라엘 여행과 앨리스 번레이의 죽음을 둘러싼 최근의 사건들을 이야기했다. 로버트 마일너는 앨리스의 장례식 절차를 위해 이스라엘에 남았고, 아직 해결해야 할 몇 가지 문제가 남아 있긴 하지만 이스라엘과의 조약은 9월 중순 안에 체결될 것이며, 그 달 말에 시작되는 유대의 신년 축일을 기해 효력을 발휘하게 될 것이라고 설명했다. 데커는 크리스토퍼에게 새로운 사무총장을 뽑는 지루한 과정을 자세하게 이야기해주었다. 이제 북아시아의 크루츠케긴과 미국의 클라크로 지원자가 좁혀져 각자가 자신의 지지 기반을 늘리려고 고심하고 있지만 어느 쪽도 성공하지 못한 상태였다.

　그것은 대단히 기이한 춤판이었다. 결국 누가 선출되든 다른 모든 회원들의 승인을 필요로 했기 때문에, 상대방 위로 기어올라 정상에 도달하려 할 때조차도 상대방의 발끝을 밟는 위험을 감수하려 하지 않았다. 안전보장이사회 이사국들 사이에 아무런 변화가 없는 채 이틀이 지났고, 그렇게 오랜 동안 의사 표명을 하지 않던 중국의 리 대사는 그녀 개인적으로는 크루츠케긴과 우정을 나누는 사이임에도 불구하고 그 어느 쪽도 지지할 수가 없다고 결론을 내렸다. 본래는 태평양 연안의 대사를 지명했지만 동서 아프리카의 표를 확보하기 위해 크루츠케긴으로 말을 바꾸어 탔던 회원국들은 다시 한 번 말을 바꿔 탔다. 새로운 후보는 프랑스의 알베르 포레였다. 포레는 크루츠케긴을 지지했던 표를 흡수한데다가 중국을 더했다. 중국은 유럽의 후보가 그래도 가장 덜 싫다는 입장이었다. 본래 미국의 잭슨 클라크를 지지했던 인도는 미국과 인도 사이에서 선택을 하게 될 입장에 처하자 망설여졌다. 이제 표 대결은 누가 보아도 6 대 3으로 포레가 우세했다. 데커는 포레에 관한 부분이 나오자 말을 멈추고 이야기를 뒤로 미루었다. 크리스토퍼의 식욕을 망치고 싶지 않았기 때문이었다.

바로 그때 전화벨이 울렸다. 친숙한 목소리였다. UN에 있는 크리스토퍼의 사무실에서 걸려온 잭키 한센의 전화였다. 그녀의 아버지가 사망한 이후 크리스토퍼는 그녀를 자신의 행정 사무관으로 기용했다. 전화를 걸어온 용건은 다음날 아침 일찍 예기치 않았던 회동을 요청해온 사람이 있었기 때문이었다. 크리스토퍼는 대개 7시 30분쯤 출근했으나, 그동안의 밀린 잠 때문에 내일 아침에는 좀 늦게 나갈 참이었다. 전화 내용을 듣고 보니 다른 모든 계획들을 뒤로 미루지 않으면 안 되는 상황이었다. 세계평화기구의 두 고위 장성이 아무런 사전 통고도 없이 뉴욕에 도착하여 가능하면 아침 일찍 크리스토퍼를 만날 것을 요청해온 것이다. 한 명은 인도 파키스탄 UN

군사감시단의 사령관인 로버트 맥코이드 중장이었고, 다른 한 명은 최근 벨기에의 브뤼셀에 있는 세계평화기구의 본부로 발령을 받은 알렉산더 더간 소장이었다. 그런 요청은 매우 이례적인 일이어서 크리스토퍼는 다음날 아침 6시 45분에 그들을 만나기로 약속했다.

*

두 사람은 다음 날 아침 크리스토퍼를 만나러 오면서 아무에게도 알리지 않았다. 잭키 한센은 일찌감치 사무실에 나와 있었다. 출근 시간이 되려면 아직 한 시간이나 더 지나야 했지만, 텅 빈 사무실에서 장성들을 맞게 하는 것은 예의가 아닐 것 같아서였다. 방문객들이 도착했을 때 크리스토퍼와 잭키는 함께 응접실에 있었다.

장성들은 대개가 엄숙 단정한 사람들이게 마련이었지만, 이들 두 사람은 무엇인가를 골똘히 생각하느라 더욱더 진지한 표정이었다. 사실 그들은 어떠한 문제든 곧바로 핵심으로 들어가길 선호하는 편이었으나, 이번 문제의 막중함은 신중에 신중을 기하게 하고 있었다.

이스라엘 엔 케렘

스콧 로젠은 혼자 식탁에 앉아 저녁을 먹고 있었다. 바깥은 점점 어두워지고 있었다. 어느 집인지, 밖에서 놀고 있는 아이들을 부르는 엄마의 목소리가 들렸다. 그는 잠시 옆집 친구들과 뛰놀던 자신의 어린 시절을 떠올렸다. 함께 살았던 할아버지는 그를 데리고 나가 소프트볼을 던지고 받는 놀이를 하곤 했다. 가까운 공원으로 함께 산책을 나가기도 했고, 스콧이 히브리 학교에서 배운 것을 묻고 이야기를 나누기도 했다. 할아버지는 가끔씩 할머니에 대한 이야기를 하시기도 했다. 스콧은 한 번도 뵌 적이 없는 할머니에 대해 몇 시간 동안이나 이야기를 들어야 했다.

엄마에게서 배운 대로 요리한 치킨 수프가 끓는 바람에 그의 생각은 현실로 돌아왔다. 하지만 그는 주변을 둘러보면서 기이한 생각에 사로잡혔다. 웬일인지 그는 자신의 부모님의 집에 와 있었던 것이다. 그가 소년이었을 때 미국에서 소유했었던 바로 그 집이었다. 앞에는 5인용 식탁이 차려져 있었다. 아버지의 자리 가까이에는 파슬리 순들과 양고추냉이 무침, 어린 양의 정강이뼈, 완전히 익힌 달걀 등을 담은 거대한 청동 접시가 놓여 있었다. 그 옆에는 무교병(누룩을 넣지 않은 빵 – 역자)이 담긴 약간 더 작은 접시가 놓여 있었다. 분명 유월절의 전형적인 식탁이었다. 다섯 자리 중 네 자리는 스콧과 부모님, 할아버지를 위해 차려져 있었다. 나머지 한 자리는 전통에 따라 하늘나라에서 돌아와 자리를 빛내줄 엘리야 예언자를 위한 것이었다.

스콧은 머리를 거세게 흔들었지만 주변 환경이 전혀 달라지질 않자 이번에는 눈을 비볐다.

「스콧, 이리 와서 엄마를 좀 도와줄래?」

부엌 쪽에서 엄마 목소리가 들렸다. 일라나 로젠이었다. 그는 그 목소리를 들으면서, 어른으로서의 자신의 삶이 마치 꿈결처럼 느껴진다고 생각했다. 그는 자신이 무엇을 생각하고 있었는지를 기억해

내려고 애썼지만 기억은 매우 빨리 스러져갔다. 몇몇 소소한, 서로 연관되지 않는 부분들만이 겨우 떠오를 뿐이었다. 할아버지가 돌아가시고 자신은 이스라엘로 가는, 자신의 미래를 보여주는 몇 장면의 꿈을 기억해냈다. 그 꿈속에서 그의 부모님은 이스라엘로 들어가서 살게 되었고, 그는 그들이… 어떠어떠하다고 당국에 말했지만, 그 내용이 무엇인지는 암만해도 떠오르지 않았다. 그 후 그의 부모는 러시아와의 전쟁 무렵에… 죽었고, 그리고… 스콧은 의미 없는 백일몽의 흔적을 지워버리듯이 생각을 털어내고는, 엄마를 도와주기 위해 부엌으로 달려갔다.

「아빠와 할아버지가 곧 집에 돌아오실 거다. 유월절을 준비하려면 빨리 서둘러야 해.」

그가 부엌으로 들어서자 엄마가 말했다.

밖에서는 해가 저물어가서, 유월절 안식일의 시작을 알리고 있었다. 일라나 로젠은 적포도주 병을 갖고 씨름하다가 그에게 병을 건네주면서 말했다.

「네가 딸 수 있겠니?」

스콧은 병을 단단히 움켜쥐고는 마개를 잡아당겼다. 이미 느슨해진 코르크 마개가 쉽사리 빠져나갔다.

「대단하구나!」

일라나가 손뼉을 치면서 외쳤다.

「이젠 그걸 식탁으로 가지고 가서 유리잔에다 따라라. 엎질러지지 않게 조심해.」

스콧은 부모님과 할아버지의 잔을 채우고, 자신의 잔에는 절반만 따른 다음, 엘리야의 잔도 매우 조심스럽게 채웠다. 엘리야의 잔은

납이 첨가된 크리스털이었다. 스콧은 이것을 볼 때마다 잔이 너무 깨끗하기만 하고 납이 보이지 않아서 항상 이상하게 생각했었다. 하지만 그것은 유월절 행사만을 위해 만들어진 매우 특별한 잔이었다. 바로 그 순간 스콧 자신이 열다섯 살이었을 때 그 잔을 집어 들다가 그것을 깨뜨렸던 장면이 얼핏 생각났다. 하지만 그건 터무니없는 생각이 아닐 수 없었다. 스콧은 이제 겨우 열한 살이었으니까.

앞문이 열려 고개를 돌려보니 아버지와 할아버지가 들어오시고 계셨다. 스콧은 하던 일을 멈추고 할아버지에게로 달려가 으스러질 정도로 끌어안았다. 할아버지를 다시 껴안을 수 있다니 얼마나 멋진가 하고 그는 생각했다. 이런 생각과 함께 백일몽 중의 한 대목이 떠올랐다. 할아버지가 돌아가셨을 당시 몸서리쳤던 기억이었다. 하지만 그건 모두 꿈일 뿐이었다. 지금은 굉장한 기쁨 속에서 자신을 끌어안는 할아버지의 손길을 다시 느끼고 있으니까.

곧이어 유월절 식사와 의식이 시작되었다. 맨 처음으로는 촛불을 켰고, 축복을 뜻하는 첫번째 잔을 비웠다. 다음에는 손을 씻고, 소금물에 손을 슬쩍 담금으로써 이스라엘이 이집트에서 노예 생활을 할 당시의 눈물과 홍해의 짠 바닷물을 기억했다. 다음으로는 아버지가 하얀 천으로 만든 주머니에서 세 개의 무교병을 꺼내어 절반씩으로 자른 다음, 절반은 다시 주머니에 담고 나머지 절반은 아마포가 씌워진 다른 주머니에다가 넣었다. 아버지가 그 무교병 조각들을 식탁의 어딘가에 숨기면, 가장 나이가 어린 가족원이 그것을 찾아내야 했다. 자녀가 그것을 찾아내어 아버지에게 가져가면 아버지는 그에게 돈이나 선물을 주었다. 이 대목이 바로 스콧이 가장 좋아하는 부분이었다. 하지만 그러자면 식사가 끝날 때까지 기다려야 할 것이었다.

무교병을 절반으로 자른 다음에는 모세와 유월절에 대한 이야기가 이어졌고 네 가지 질문이 뒤따랐다. 가족 중 가장 나이 어린 스콧이 유월절에 관한 네 가지 질문을 히브리어로 암송하자, 아버지가 각 질문에 대해 차례로 답했다. 그런 다음에는 이집트인들에게 내린 열 가지 재앙이 암송되었다. 이 대목이 스콧은 항상 가장 재미있었다. 열 가지 재앙을 말할 때마다 참석자들은 손가락으로 자기 포도주를 찍어 접시 위에 한 방울씩을 떨어뜨려야 했기 때문이다.

모든 것이 다른 해와 똑같았다. 전통적인 유월절 노래를 가족이 함께 부르는 것까지도. 그 노래의 의미는 이러했다.

하나님이 우리를 이집트에서 구해주시기만 하고
이집트인들을 벌하시지 않았더라도
우리는 충분히 만족했을 텐데.

하나님이 이집트인들을 벌하시기만 하고
그들의 신들을 파멸시키지 않았더라도
우리는 충분히 만족했을 텐데.

하나님이 그들의 신들을 파멸시키기만 하시고
그들의 맏배를 죽이시지 않았더라도
우리는 충분히 만족했을 텐데.

그런데 그들이 성전에 관한 마지막 절을 노래 부를 때, 스콧의 할아버지가 갑자기 노래를 멈추고는 외쳤다.

「안 돼!」

스콧은 놀라서 할아버지를 바라보았다.

「그건 진실이 아니야. 〈우리는 충분히 만족했을 텐데〉라는 대목은 거짓말이야! 우린 자신을 속이고 있는 거라구.」

「그래요, 우린 우리 자신을 속이고 있어요!」

스콧의 부모가 맞장구쳤다.

이것은 의식과는 맞지 않는 부분이었다. 뭔가가 잘못된 것이다. 그때 아무런 기척도 없이 식탁에 한 존재가 나타났다. 스콧의 앞쪽에 자리를 잡은 그 남자는 무교병 한 조각을 집어 들었다. 무교병은 아직 감추어지지 않은 채로 스콧의 아버지의 접시 옆에 있었다. 그 남자가 앉은 자리는 엘리야를 위해 비워둔 곳이었다. 스콧은 그가 랍비 사울 코헨이라는 것을 즉각 알아보았다. 하지만 이것은 아무런 의미도 없었다. 스콧은 사울 코헨이 어떤 사람인지 전혀 알지 못했기 때문에 이상한 꿈속에서 본 것 외에는. 그는 어떻게 해서 스콧의 집에 와서 엘리야의 자리에 앉아, 엘리야의 잔으로 마실 수가 있게 된 것일까? 스콧의 부모가 특별히 유월절 의식을 위해 마련해둔, 어느 누구에게도 마시기를 허락하지 않았던 바로 그 특별한 잔으로?

「더 이상 우리 자신을 속이지 말도록 합시다.」

코헨이 말했다.

*

스콧이 성인으로서의 자기 자신을 되찾은 것은 거의 한밤중이 다 되어서였다. 깨어보니 예루살렘 교외에 있는 자기 집이었다. 수프는 차갑게 식어 있었고, 디지털 시계의 불빛만이 유일하게 빛나고 있었다. 그는 완전히 탈진한 상태였다. 잠시 동안 그는 멍하니 앉아 있었다. 지난 몇 시간 동안 어린 시절의 집에서 겪은 사건들이 모두 꿈이었을 뿐이라고 생각하자, 그 기억들은 재빨리 흩어져갔다. 꿈 혹은 비전 속에서 엘리야가 앉기로 되어 있던 곳에서 코헨을 보았던 그 자리에는, 4분의 3 정도가 비어 있는 포도주잔이 놓여 있었다. 그것은 엘리야의 잔이었다. 그가 열다섯 살 때 들어올리려다가 떨어뜨려 산산조각으로 부수어졌던 바로 그 잔이었다. 희끄무레한 속에서조차 그는 그것을 분명히 알아볼 수 있었다. 다시 의자에 주저앉은 스콧은 자기 앞의 테이블 위에 비스듬히 놓여 있는 사발 아래쪽에 있는 접시를 보았다. 접시 아래에는 뭔가가 있었다. 그는 그 접시를 들어올려 그 밑에 있는 무교병을 찾아냈다. 그가 찾을 것을 염두에 두고 감추어진 것이었다.

뉴욕

프랑스 대사 알베르 포레의 비서가 크리스토퍼 굿맨을 맞아들여, 포레와 임원진이 기다리고 있는 방으로 안내했다.

「어서 오세요, 대사님.」

포레가 정중하게 인사를 건넸다.

「항상 바쁘신 줄 알고 있는데, 이렇게 만나주셔서 감사합니다.」

「급하신 용건이라고 말씀하시지 않았습니까.」

「그렇습니다.」

「저의 비서실장인 푸파르댕 서기관을 아시는지요.」

「아, 예, 만난 적이 있습니다.」

크리스토퍼가 손을 내밀며 말했다.

「그럼 곧바로 본론으로 들어갑시다. 당신은 세계평화기구에 관련된 일이라고 하셨는데요.」

「그렇습니다. 당신도 알다시피 파키스탄에서의 상황이 매우 다급합니다. 원조 식량이 충분치 않습니다. 보내진 물자의 대부분은 가장 필요로 하는 사람들에게 가 닿지도 않고 있습니다. 수백 명이 날마다 기아로 죽어가고 있고, 수천 명이 비슷한 상황으로 빠져들고 있습니다. 콜레라로 죽어가는 사람들은 수천 명 이상입니다. UN이 시급히 원조 식량과 의약품, 그리고 분배를 위한 행정관을 보내지 않는다면, 수백만이 죽는 결과를 낳게 될 것입니다.」

크리스토퍼가 말하고 있을 때, 포레와 푸파르댕은 야릇한 미소를 주고받았다. 포레가 말을 하기 시작할 때도 그 표정은 아직 완전히 사라지지 않고 있었다.

「그 지역의 문제에 대해서는 저도 당신만큼이나 걱정하고 있다는 것을 말씀드리고 싶군요, 대사님. 사실 저는 2주일 전에, 그 문제로 신임 파키스탄 대사와 간디 대사를 함께 만났었습니다. 더 많은 것이 조만간 이루어질 수 있기를 희망하는 마음 간절합니다. 하지만…….」

포레는 이마를 찌푸리면서 이어 말했다.

「이것은 경제사회이사회와 식량농업기구에서 다루어야 할 문제가 아닐까요? 저는 당신이 세계평화기구의 문제로 만나고 싶어하는 줄로 알았습니다.」

「그 지역에 관한 식량 공급의 문제는 실은 식량농업기구의 문제이 지요. 하지만 식량 부족으로 인한 사회 불안의 문제는 세계평화기구 의 문제가 됩니다.」

크리스토퍼가 대답했다. 포레는 잠자코 듣기만 했다.

「세계평화기구의 전임 의장들과 마찬가지로, 당신은 지난 2년 동 안 세계평화기구를 괴롭혀온 문제들을 충분히 인식하고 계셨습니 다. 3천6백만 달러 상당의 무기와 장비들이 창고에서 도둑을 맞았으 며, 선적 과정에서 1천4백만 달러를 잃었고, 두 명이 살해를 당했습 니다. 〈설명할 수 없는〉 이유로 말미암아 1억4천1백만 달러에 상응 하는 장비 또한 손실을 입었습니다.」

포레와 푸파르댕은 놀라서 서로를 바라보았다. 포레는 그렇게 막 대한 상실이 있었다는 걸 까맣게 모르고 있었다. 그는 단지 자신이 세계평화기구 의장이었을 당시 그런 문제를 얼마나 등한시했었는 지, 제발 폭로되지 않기를 바라는 마음뿐이었다. 하지만 그는 묻지 않을 수 없었다.

「해명의 차원에서 묻습니다만, 내가 의장이었을 당시에 발생한 손 실은 그 중 몇 퍼센트나 되는지요? 당신이 책임을 맡은 3주 반 동안 의 손실액은 어느 정도인 것으로 보고되었습니까?」

「그러한 통계 자료는 제가 세계평화기구 의장이 되어 인수를 받은 시점에서 6주 전까지를 반영한 것입니다.」

「손실이 그렇게 큰 줄은 몰랐습니다.」

포레가 말했다. 업무 태만을 인정하기보다는 무지를 솔직히 인정 하는 것이 나을 것 같아서였다. 크리스토퍼는 순순히 인정하는 포레 의 표정을 보고도 놀라거나 분노하지 않았다.

「파키스탄에서의 상황이 이것과 무슨 상관이 있지요?」

자기 태만의 문제에서 가능하면 빨리 벗어나길 간절히 바라면서 포레가 물었다.

「저는, 세계평화기구가 잃은 무기와 장비의 95퍼센트 정도가 세계평화기구의 브룩스 장군 개인에게 책임이 있다는 부정할 수 없는 증거를 보고받은 바 있습니다. 그런 보고를 받은 지 아직 24시간도 지나지 않은 상태이지요.」

포레와 비서실장은 또다시 서로를 바라보았다. 둘 사이에는 말을 하지 않고도 의사소통을 할 수 있는 수단이 있는 듯했다. 어느 쪽도 상대방의 표정을 먼저 체크하지 않고서는 말을 하지 않는 것이었다.

「하지만 무슨 이유로 브룩스 장군이 자신의 무기를 훔칠까요?」

포레의 비서실장이 물었다.

크리스토퍼는 고지식하기 짝이 없는 그 질문을 무시했다.

「그 무기들을 반정부 단체에 팔아넘겨왔을 것이 분명합니다. 현금이나 마약으로 대가를 받고서 말입니다.」

「엄청난 죄를 저지른 거군요.」

이번에는 포레의 표정을 살피지 않은 채 푸파르댕이 말했다.

「증거를 어느 정도 가지고 계실 것 같은데요.」

「입증할 수 있다고 확신하지 않는 한 죄과를 물을 수는 없는 일이지요.」

포레와 푸파르댕은 잠시 생각에 잠겼다. 포레가 마침내 입을 열었다.

「조사에 착수하시겠군요.」

「물론입니다. 시간이 가장 중요합니다. 하지만 브룩스 장군이 명령권을 쥐고 있는 한 조사가 충분하고도 완전하게 이루어지기는 불가능할 것입니다. 바로 그것이 제가 여기에 온 이유입니다. 브룩스 장군의 지위를 즉각 박탈하고, 맥코이드 중장에게 임시 명령권을 부여하는 한편, 문제가 해결될 때까지는 그 기구에 대한 완전한 통제권을 저에게 부여해줄 것을 안전보장이사회에 요청하고자 합니다. 그렇게 하기 전에 전임 의장이었던 당신에게 저의 의도를 미리 알리는 것이 예의라고 생각했습니다.」

포레는 재빨리 머리를 굴렸다. 그의 표정은 크리스토퍼의 계획이 자신의 것과는 잘 맞지 않는다고 말하고 있었다.

「저에게 먼저 말씀해주신 것은 아주 잘 하신 것입니다. 대단히 감사합니다.」

포레의 목소리가 갑자기 아주 다정해졌다.

「다만 이런 문제를 안전보장이사회에서 다루기에는 최악의 시기가 아닌가 싶어서 걱정이군요.」

「미룰 수 있는 성질의 문제가 아닙니다. 인도와 파키스탄의 국경지대는 상황이 시급합니다.」

「당신이 걱정하시는 것은 이해하지만… 최근의 사정을 좀 설명해드려야겠습니다.」

포레는 일어나서 자기 책상 쪽으로 갔다.

「당신도 알다시피 새로운 사무총장을 뽑는 선거 과정이 여러 주일 동안 계속되고 있는 중이오. 그리고 이제 와서는 저 자신이냐, 미국의 클라크 대사냐의 선택만이 남아 있는 것 같소. 나는 지금 여섯 표를 확보하고 있고, 클라크 대사는 세 표를 확보하고 있소. 인도는 의사 표명을 하지 않고 있고요. 다음 투표는 나흘 후인 월요일에 있을 것입니다. 아무도 알 수 없는 일이긴 하지만, 나는 파드 대사로부터 다음 투표엔 나를 지지하겠다는 확고한 언질을 받았고, 인도와도 의견 접근이 이루어지고 있소. 그로써 클라크 대사의 표는 남북 아메리카의 두 표밖에 남지 않게 될 거요. 클라크는 결국 패배를 인정하지 않을 수 없게 될 것입니다.」

포레는 잠깐 크리스토퍼의 반응을 살핀 뒤 말을 이었다.

「당신이 합리적인 사람이라면, 브룩스 장군이 세계평화기구의 자원과 연루된 것이 맞다 해도, 나와는 아무런 상관이 없다는 것을 분명히 알 수 있을 거요. 하지만 어떤 사람들은 그런 식으로 생각하지 않을지도 몰라요.」

포레에게는 최소한 업무 태만의 죄가 있었다. 하지만 그는 자신이 세계평화기구 의장이었을 당시의 책임을 전적으로 부인하려 들었고, 전임 사령관이 은퇴하자 자신이 브룩스를 등용했다는 사실을 무시하려 들었다. 브룩스와 포레는 오랜 동맹 관계에 있었다.

「그자들은 브룩스의 행위에 대한 책임을 나에게 물으려고 할지도 몰라요. 이런 견해가 당장 나온다면, 미국은 틀림없이 이 기회를 이용하여 나의 후보 사퇴를 종용하려 할 것이오.」

크리스토퍼가 뭐라고 말하려고 했지만 포레는 손을 들어 제지했다.

「문제의 진상을 파헤쳐야 하는 시급함은 저도 이해합니다. 하지만 안전보장이사회에 문제를 상정하지 않은 채로 조사를 진행할 수 있는 몇 가지 방법이 있을 것이 틀림없습니다.」

「대사님, 직행하는 길 이외에는 시간을 소모할 뿐입니다. 안정보장이사회가 제 요청을 즉각 승인한다고 해도, 인원이 교체되고 필요한 장비와 물자가 인도와 파키스탄 국경에 주둔하는 우리 군대에까지 닿으려면 6~8주가 걸리게 됩니다.」

「당신이 해야만 한다고 느끼는 그 일을 못하게 만류하고 싶지는 않습니다. 그것은 제 방식이 아니지요. 게다가 제가 사무총장으로 지명되고 총회에 의해 승인을 받는다면, 물론 아무도 장담할 수는 없는 일이지만, 당신은 아마도 저로 인해서 비게 된 안전보장이사회의 대표 자리 중 하나를 차지할 수 있게 될 것입니다.」

포레는 그 점을 지적하고 싶었지만, 크리스토퍼의 주의를 끌지 못했다.

「정말이지, 미래의 우리 관계에 그늘을 드리우는 일을 하고 싶진 않습니다. 하지만…….」

포레는 잠시 뜸을 들였다.

「이 기회를 잘 이용하면 당신과 저를 위해서나, 세계를 위해서나, 많은 일을 할 수 있습니다. 가능한 모든 선택사항들을 잘 살펴보시고 아무쪼록 경솔한 행동은 자제해주시길 바라는 마음입니다.」

크리스토퍼는 냉담한 반응을 보였지만, 목소리에는 아무런 분노도 담겨 있지 않았다.

「가능한 모든 선택사항을 이미 살펴보았습니다.」

「이 길밖에 없다고 느끼시는 겁니까?」

「그렇습니다.」

포레의 좌절은 너무나 뚜렷하여 도저히 감출 수 있는 형편이 못되었다.

「단 나흘을 기다릴 수 없단 말이오?」

「기다릴 수 없습니다. 그럴 수 없습니다.」

포레는 자기 참모를 돌아보고는 고개를 흔들었다. 푸파르뎅이 끼어들었다.

「제 생각엔 미국 대사와 한 패인 것 같습니다. 저 사람은 지금은 이탈리아 시민이지만, 미국에서 태어났습니다.」

그러고는 크리스토퍼를 향해 직접 말했다.

「그렇게 **빡빡하게** 구는 이유가 도대체 뭐죠?」

「제라르!」

포레가 자기 참모를 향해 잠자코 있으라고 신호를 보냈다.

「죄송합니다, 대사님. 용서하세요.」

푸파르뎅은 잘 훈련된 개처럼 공손하게 말했다.

「제라르의 무례한 반응에 대해 제가 대신 사과드리겠습니다. 하지만 유럽 국가들 대부분이 같은 생각을 가지고 있다는 것을 알아주셨으면 합니다.」

포레는 점점 필사적이 되어갔다. 푸파르뎅은 자신이 방금 했던 식으로 다시 한 번 흥분을 했고, 포레는 그를 또 야단쳤다. 이것은 효과적인 책략이었지만, 이런 전술을 사용한 것이 처음은 결코 아니었다.

「일주일 이내에 저는 사무총장이 될 수 있고, 당신은 안전보장이사회의 유럽 대표가 될 수 있다는 점을 고려해주시기 바랍니다. 당신이 고발한 내용이 사실이라면 브룩스의 행위는 괘씸하기 짝이 없지만, 그를 해임시키는 것이 그 문제에 즉각 영향을 미치기는 어렵습니다. 당신 스스로 말씀하셨듯이, 당신이 원하는 모든 변화가 이루어지려면 6주 내지 8주가 걸릴 것입니다. 이러한 모든 변화를 이루어낸다고 해도 굶어죽어가는 사람들에게 식량을 전달하는 것에는 제한된 효과만을 가져올 수 있을 뿐입니다. 당신의 행동을 선거가 끝날 때까지만 연기한다면, 저는 사무총장으로서의 모든 권한과 영향력을 쏟아부어 세계평화기구에 당신이 필요하다고 느끼는 변화를 위해 박차를 가할 것입니다. 필요한 곳에 식량을 적절하게 분배하는 문제도 틀림없이 해결할 것입니다.」

크리스토퍼는 포레의 말을 고려해보았다. 확실히 취할 점이 있었다. 그는 결국 양보하는 길을 택했다.

「대단히 훌륭하오!」

포레가 기뻐하며 말했다.

「하지만 월요일의 선거 결과에 상관없이, 저의 요청이 안전보장이사회에서 승인될 수 있도록 도와주실 것이라고 확답해주십시오.」

「물론이오.」

포레가 약속했다.

푸파르댕은 자신의 발언에 대해 다시 한 번 사과했고, 크리스토퍼는 곧 자리를 떴다.

*

「저 사람은 위험해요. 그가 기다리지 않겠다고 버텼다면 어찌할 뻔했습니까?」

크리스토퍼가 가자마자 푸파르댕이 말했다.

「제라르, 사무총장이 되는 건 내 운명이야. 필요한 일은 모두 했겠지.」

푸파르댕은 슬며시 미소를 지으며, 포레의 의자 뒤로 가서는 그의 어깨를 마사지하기 시작했다.

「마일너의 지지를 얻기 위해 지불해야 할 대가가 애초에 우리가 예상했던 것보단 커지겠어. 그 젊은 친구를 잘 감시해야 할 것 같군.」

「브룩스 장군에게 전화를 걸까요?」

포레의 말에 푸파르댕이 물었다.

푸레는 깊은 숨을 들이쉬고는 말했다.

「그래야 할 것 같군. 빨리 일자리를 잡고 싶거든 집에서 명령을 대기하고 있는 편이 나을 거라고 해. 하지만 그리 오래 걸리진 않을 거야. 우리에게는 달리 또 신경 써야 할 일이 있어. 간디 대사의 언질을 받아내야 하고, 클라크 대사를 지지하는 남아메리카 대사를 좀 주물러줘야겠어. 이번에 결정이 나지 않는다면 굿맨이 더 이상 기다려줄 것 같지가 않아.」

*

다음 나흘 동안 인도-파키스탄 국경 상황은 나아진 것이 없었다. 원조 물자는 너무 적었고, 너무 늦게 도착하곤 했다. 국경선을 넘으려는 난민들의 수는 갈수록 늘어났다. 그러한 물결을 막기 위해 인도 정부는 국경수비대를 여섯 배로 증강시켰다. 인도로 건너온 난민들이 학대와 고문, 즉석 처형을 당하고 있다는 보도가 많았다. 이에 대응하여 파키스탄 정부 또한 국경선에 병력을 증강시켰다.

뉴욕에서는 새로운 사무총장을 뽑으려는 시도가 다시 한 번 이루어지는 날이었다. 그날은 크리스토퍼가 세계평화기구에 대해 비상전권을 요구하며 기다리겠다고 했던 마지막 시한의 날이기도 했다. 사무총장 방 바깥의 대기실에서는 모임에 앞서서 크리스토퍼 굿맨이 파키스탄의 상황에 대해 간디 대사와 이야기를 나누고 있었다. 그는 전날 저녁에 안전보장이사회의 중동 대표인 사우디의 파드 대사와 함께 파키스탄 대사를 만났었다.

　방 안에서는 알베르 포레와 그의 비서실장인 제라르 푸파르댕이 마지막 몇 분간을 넘기고 있었다. 시초부터 인도의 표를 끌어들이는 데에 주어진 나흘간은 넉넉한 시간인 것 같았다. 결국 판명되었듯이 간디 대사는 몇 가지 보장을 요구하고는 포레를 지지하는 데에 동의했다.

　「간디를 확실하게 믿을 수는 없을 것 같아요.」

　「인도 대사에 대해서는 걱정하지 않아. 내가 약속한 그런 보장책을 누구에게 얻어낼 수가 있겠나.」

　푸파르댕이 걱정하자 포레가 말했다.

　「이리로 들어오다가 굿맨 대사가 그와 이야기하는 걸 보았습니다.」

　「무슨 이야기를 하고 있던가?」

　「못 들었습니다.」

　「별 이야기 아니었을 걸세.」

　「하지만 굿맨은 어제 저녁에 파드 대사도 만났습니다.」

　포레의 얼굴에는 불편한 표정이 언뜻 나타났다.

　「왜 진즉 말하지 않았나?」

　「저도 방금 들었습니다.」

　포레는 생각에 잠겼다.

「거기 가서 무슨 말을 하고 있는지 들어보게. 자네가 끼어들어 불편해하거나 대화 내용을 바꾸면, 즉시 이리로 돌아와서 보고를 해주게.」

푸파르댕은 자리를 떴지만 너무 늦었다. 인도 대사와 크리스토퍼는 이미 다른 방으로 들어간 뒤였던 것이다.

중국의 리윤매 대사는 개회를 알리고, 곧바로 사무총장 선출 문제로 들어갔다. 예상대로 미국의 클라크 대사와 프랑스의 알베르 포레 대사가 지명되었다. 투표는 관습에 따라 거수로 이루어졌다. 리 대사가 먼저 클라크 대사의 지지 여부를 물었다. 북아메리카를 대표하는 캐나다 대사의 손이 즉각 올라갔고, 이어 남아메리카를 대표하는 에쿠아도르 대사의 손이 올라갔다. 포레가 예상했던 대로였다. 그렇게도 원하던 승리가 눈앞에 있었다. 바로 그때 눈을 의심할 만한 사태가 벌어졌다. 사우디 대사의 손이 슬그머니 위로 올라간 것이다. 포레는 얼른 제라르 푸파르댕의 표정을 곁눈질했다. 방 건너편에 있는 그의 입술 모양이 〈굿맨〉이라고 발음하고 있었다.

포레는 욕지기를 중얼중얼 내뱉었다.

포레의 왼쪽에서 안전보장이사회의 문이 열리더니 40대 초반의 빨강머리 여성이 다급한 걸음걸이로 들어왔다. 리 대사는 침착하게 거수된 숫자를 헤아렸다. 미국 대사를 지지하는 숫자는 모두 셋이었다. 그녀는 간격을 두지 않고 포레 대사의 지지 여부를 물었다. 포레는 낙담하지 않을 수 없었다. 자기 자신을 포함하여 다섯 사람의 손만이 올라간 것이었다. 북아시아의 크루츠케긴 대사와 중국의 리 대사는 기권했다. 리 대사가 숫자를 헤아리는 동안, 크루츠케긴은 파드 대사와는 달리, 포레를 빤히 바라보았다. 포레는 분노에 사로잡혀 크리스토퍼 쪽으로 시선을 돌렸지만, 그는 거기에 없었다.

포레의 시선은 재빨리 방 전체를 훑으며 크리스토퍼를 찾았지만, 아무 소용이 없었다. 포레는 푸파르댕을 다시 보면서, 크리스토퍼가 어디에 있는 거냐고 눈으로 물었다. 푸파르댕이 눈으로 가리켰다. 크리스토퍼는 회의실의 한쪽에 서서, 투표 도중 시급한 메시지를 갖고 들어온 잭키 한센과 이야기를 나누고 있었다. 크리스토퍼는 잭키의 말을 들으면서 그녀가 가져온 메시지를 재빨리 읽어 내려가더니, 단호한 걸음걸이로 리 대사를 향해 다가가기 시작했다.

포레의 추측과는 달리, 표가 이동하게 된 실제적인 이유는 파드 대사와 크루츠케긴 대사, 리 대사가 인도 대사의 지지를 얻기 위해 포레가 약속한 내용을 알았기 때문이었다. 그들은 그런 의무에 얽매인 사무총장을 뽑는 것이 자기들의 이익에 보탬이 되지 않는다고 느낀 것이다. 리와 크루츠케긴은 기권을 선택했고, 파드는 예전으로 돌아가 미국을 지지하는 쪽으로 선회했다. 포레는 이런 사정을 까맣게 모르고 있었다. 그는 벌어진 일들이 모두 크리스토퍼가 한 짓이라고 확신했다.

크리스토퍼는 메모를 다 읽고는 방을 가로질러 리 대사에게로 갔다. 그녀에게 전보를 건네준 그는 무슨 말인가를 속삭였고, 그녀는 그것을 읽기 시작했다. 크리스토퍼는 자기 자리로 돌아가서 공식적으로 인정을 받기 위해서 자리에 서 있었다. 모든 눈이 그녀가 읽고 있는 모습을 지켜보았다. 그녀는 읽기를 마치고는, 의사봉을 두드려 어떠한 합의도 이루어지지 않았으며 새로운 사무총장 선출을 2주 후로 연기한다고 선언했다. 그녀는 크리스토퍼에게로 시선을 돌리고 말했다.

「이탈리아 대사, 발언하십시오.」

「의장님, 방금 전보를 통해 읽으신 것처럼, 대략 2만 7천여 명의 인도 보병이 파키스탄과의 국경을 넘는 불상사가 몇 시간 전에 발생했습니다. 이는 명백히 파키스탄 난민들과 계속되어온 국경 분쟁에 기인하는 사건인 듯싶습니다. 인도의 군대는 세 군대의 UN 구제 캠프를 향하고 있습니다. 이러한 침략 행위에 대해 UN군은 로버트 맥코이드 중장의 지휘하에 인도군과 교전 상태에 있습니다.」

방 안은 갑자기 끓어올랐다. 보도진들이 크리스토퍼에게로 몰려들었다. 몇몇 임원들은 방에서 뛰어나갔다. 중동을 대표하는 사우디아라비아 대사와 인도 대사는 의장에게 발언권을 요청했다.

「사상자에 대한 보고는 아직 없지만, 인도 군대는 UN군에 비해 여섯 배나 숫자가 많습니다. 맥코이드 장군은 그 지역의 군사력 보강을 지시했지만 보충병의 도착에는 여러 시간이 걸리게 됩니다. 장군은 그러한 군사 이동이 국경 지대의 다른 곳을 상대적으로 취약하게 만든다는 점을 경고하고 있습니다.」

크리스토퍼는 안전보장이사회에 보고를 마치고, 브룩스 장군을 해임해줄 것과 자신에게 비상대권을 줄 것을 요청했다. 4일 전에 그런 요청이 이루어졌다고 해도 별 차이는 없었을 것이다. 하지만 새로운 사건이 일어남으로써 문제가 더 복잡해지고, 해결하기가 더 어려워진 것은 분명했다.

이스라엘 가버나움 인근

스콧 로젠은 어떻게 그걸 알게 되었는지는 확신할 수 없었지만, 당연히 와야 할 곳에 왔다는 점은 믿어 의심치 않았다. 그는 가버나움 근처 갈릴리 바닷가의 풀밭 언덕 위에 앉아서 기다리고 있었지만, 자신이 기다리고 있는 것이 무엇인지는 전혀 알지 못했다. 거의 한 시간 가까이나 거기 그렇게 앉아서 기다리고 있었다. 어느덧 해가 저물어가고 있었다. 그를 둘러싸고 있는 지대가 자연적인 원형 경기장처럼 되어 있어서, 언덕 중턱에 앉아 있는 사람은 언덕 밑에서 누군가 말을 하면 분명하게 잘 알아들을 수가 있었다. 이 지방의 여행 가이드들은 그 지점을 예수가 추종자들을 가르쳤던 곳이라고 말했다.

스콧이 도착했을 때는 주변을 거니는 관광객들이 적지 않았지만, 해가 기울어가자 이제 거의 혼자밖에 남지 않았다. 15분 전부터는 웬 남자들이 언덕 중턱으로 모여들기 시작했다. 그들은 관광객들이 아니었다. 카메라도, 쌍안경도 없었으며, 뭐라고 떠들어대는 가이드도 없었다. 숫자가 수백 명에서 수천 명으로 불어났지만 어느 누구도 입을 여는 사람이 없었다. 각자가 자기에게 맞춤한 자리를 잡고 주저앉았다.

다음 몇 분 동안에는 실개천이 갑자기 홍수를 만난 듯 매 분마다 수천 명씩이 불어났다. 하지만 아직 누구도 입을 열지 않았다. 스콧은 아는 사람을 여럿 볼 수 있었다. 무엇보다도 며칠 전에 요엘에 관해 함께 이야기를 나누었던 랍비 엘리아살 벤 데이비드가 눈에 띄었다.

그때 요엘이 보였다. 지난번 만남의 결과로 그는 손과 허리를 쓰지 못했다. 요엘은 언덕의 수많은 사람들 속에서 스콧을 찾아내고는 활짝 웃어 보였다. 스콧은 멋쩍게 웃어 보였다. 요엘은 곁에 앉았다. 어느 쪽도 말을 꺼내지 않았다.

한 시간 정도가 지나자 인원은 수십만이 되었지만 어느 누구도 입을 열지 않았다. 이제 더 오는 사람이 없자, 군중들은 언덕 아래쪽에 어떤 움직임이 있는가에 시선이 쏠렸다. 두 남자가 서 있었고, 그 중한 남자가 말하기 시작했다. 그의 목소리는 성량이 풍부하고 깊었으며 발음이 명확했다. 스콧과는 꽤나 멀리 떨어진 거리였지만, 말하는 목소리는 분명히 들을 수 있었다. 스콧은 그 목소리가 누구의 것인지 단번에 알 수 있었다. 사울 코헨이었다.

다른 남자는 코헨의 옆에 서서 군중들을 올려다보며 지난 여름의 어느 날을 회상하고 있었다. 자신과 동생, 아버지가 2천 년 전의 바로 그 바다에서 고기를 잡았던 그날의 일을.

13
적과 동지

16개월 후 북부 이스라엘

노인이 걸음을 옮겨놓을 때마다 메마른 대지가 갈라지면서 풀썩 풀썩 소리를 냈다. 눈이 퀭할 만큼 수척한 얼굴에다가 바람으로 거칠어진 피부로 인해 남자는 나이를 가늠할 수가 없었다. 작은 언덕 위로 오르자 멀리 하이파 시의 전경이 보이고, 시 전체를 내려다보고 있는 듯한 바하이 신전의 금빛 돔이 보였다. 그것은 곧 그의 여정의 끝을 나타내고 있다는 것을 말했다. 갈릴리의 광야에서 14일을 보낸 터라 따뜻한 음식과 잠자리가 그리웠다. 무엇보다도 뜨거운 물에 목욕을 하고 싶었다. 출발할 때 가득 꾸려갔던 마른 과일과 견과류를 담은 배낭은 이제 거의 텅 비어 있었다.

잠시 동안만 신전에 머문 다음 다시 광야로 나가 한두 주일을 보내는 것이 상례였지만, 이번에는 다른 볼 일이 좀 있었다. 막역한 지기였던 앨리스 번레이를 화장한 이후 전 UN 부총장 로버트 마일너가 수도승으로서의 삶을 산 지도 어느덧 일년이 넘었다. 그는 이스라엘의 광야를 떠돌다가 3주 정도에 한 번씩 바하이 신전으로 돌아와 문명 세계의 혜택을 누리곤 했다. 여행의 유일한 동반자는 살아 생전 앨리스 번레이의 안내자 영(靈)이었던 티벳인 스승 듀얼리 카임이었다. 번레이를 화장하는 중에 듀얼리 카임이 마일너에게 나타나 번레이의 목소리로 말을 걸어왔었다. 그때까지도 마일너는 그 티벳인을 앨리스를 통해서만 알아왔었다. 앨리스는 영혼의 스승을 물질 세상과 잇는 채널이었다. 마일너는 이제 그를 훨씬 더 가깝게 만날 수 있게 된 것이다. 지난 16개월 동안 듀얼리 카임은 마일너를 가르치고 훈련시켜왔다. 이번 여행길에서 마일너는 마침내 자신의 영적인 수행을 완성하고, 안내자 영과 자신의 영이 하나로 합하게 되는 것을 받아들이기에 이르렀다. 두 영이 하나가 된 것이다.

로버트 마일너를 이번에 광야에서 불러낸 사명을 다하기 위해서는, 예루살렘에서 며칠을 보내야 할 것이었다. 거기에서 그는 크리스토퍼 굿맨과 데커 호손이 도착하기를 기다릴 예정이었다.

뉴욕

「더 이상 방치할 수 없습니다!」

알베르 포레 프랑스 대사가 자기 앞의 책상을 주먹으로 치며 말했다. 포레의 비서실장인 제라르 푸파르댕은 그 옆에서 안전보장이사회의 다른 회원들의 반응을 조용히 지켜보고 있었다. 그가 보기에, 연설은 잘 나가고 있는 것 같았다.

「이 기구가 이탈리아 대사에게 세계평화기구의 작전을 직접 통제하도록 비상대권을 부여한 지도 어느덧 16개월이 지났습니다. 그 당시 이탈리아 대사는 WPO의 사령관이 부정을 저질렀다면서 실질적인 증거를 확보하고 있다고 했습니다. 물론 이 기구가 그러한 결정을 하게 된 것은 부분적으로는 인도 군대가 파키스탄을 침공한 결과이고, 부분적으로는 파키스탄 난민들의 곤경에 대한 우리의 공통된 염려 때문이었습니다. 하지만 16개월이 지난 지금까지, 우리는 브룩스 장군이 비행을 저질렀다거나 범죄를 저질렀다는 어떠한 구체적인 증거도 아직 받지 못했습니다. 사실, 물자의 손실은 극적으로 줄어들었고, 이는 훨씬 경험이 적은 굿맨 대사가 이 자리에 서서 비상대권을 달라고 요청함으로써 브룩스 장군이 교체되는 과정 중에서도 새로운 보장 수단을 독자적으로 강구한 덕분이라고 할 수 있습니다.

파키스탄 침공이 시작된 바로 그 순간에 이탈리아 대사가 그를 고발함으로써 더욱더 치명적인 결과가 야기되었음을 간과해서는 안될 것입니다. 그가 고발한 결과가 무엇입니까? 브룩스 장군의 리더십이 결정적으로 필요한 시기에, 명령 체계가 무너지고 군대의 사기가 떨어지고 말았습니다.

그리하여 몇 만의 침입으로 시작된 것이 평화를 사랑하는 두 지역 간의 전쟁으로 비화되었고, 제3의 국경 지대인 중국까지도 위협을 받게 되었습니다. 아이로니컬하게도, 전쟁으로 이어졌던 가뭄의 피해는 이제 많이 줄어들었음에도 전쟁은 계속되고 있고, 농작물을 가꾸는 데에 쓰여야 할 자원과 에너지가 전쟁에 돌려짐으로써 기아 상태가 연장되고 있습니다.」

연설은 25분 동안 계속되었다. 포레는 거침없이 밀어붙였다. 그의 의도는 전쟁에 대한 책임을 가급적이면 크리스토퍼에게 돌리는 데에 있었다. 그러한 책임론은 크리스토퍼가 WPO, 즉 세계평화기구의 장비와 물자의 손실이 브룩스 장군에게 책임이 있다는 결정적인 증거를 대지 못한 점에 근거하고 있었다. 나흘 동안 시간을 번 포레는 브룩스에게 증거가 될 만한 서류들을 모조리 파기하도록 했었다. 그 지역의 계속되는 적대감이 크리스토퍼에게 책임이 있다는 포레의 주장에 대해서 다른 안전보장이사회 회원들은 두 나라 사이의 역사를 들어 선뜻 받아들이진 않았다. 1947년 파키스탄의 일부가 북부 인도로 편입된 이래 두 나라는 세 차례 전쟁을 벌였고, 전쟁으로 갈 뻔한 고비는 십여 차례에 달했다. 산불이 나면 주변의 모든 것을 다 태우고서야 그치듯이 전쟁이란 일단 시작되기만 하면 계속 확장되는 성질을 갖게 마련이다. 그리고 중국에 대한 위협이 주목할 가치가 있는 것이라면, 그것은 중국의 무기상들이 파키스탄 정부의 제안을 너무 빨리 받아들였기 때문이었다. 크리스토퍼가 WPO를 장악했다는 포레의 비난도 진실의 아주 작은 부분에 지나지 않았다. 크리스토퍼가 정기적으로 자문에 응하긴 했지만, 작전권은 처음부터 로버트 맥코이드 중장에게 일임했던 것이다.

그럼에도 포레의 주장은 꽤 설득력이 있었다. 그리고 많은 사전 공작 끝에 행해진 연설이었다. 여러 주일 전부터 브룩스의 지지자들과 안전보장이사회의 대표들과 다른 영향력 있는 UN 회원국들을 상대로 로비를 했고, 나중에는 브룩스 자신도 여기에 합세했다. 포레의 목표는 브룩스 장군을 복귀시키는 데에 그치지 않았다. 크리스토퍼를 굴복시켜서 안전보장이사회 유럽 부대표로서의 지위를 유지할 수 없도록 만드는 데에 있었다. 계획이 성공을 거둘 수 있는 핵심 근거는, 그동안 크리스토퍼를 밀었던 배경 인물들이 사라지고 없다는 데에 있었다. 앨리스 번레이는 죽었고, 로버트 마일너는 그녀의 장례식 이후로는 모습을 보이지 않았다. 하지만 크리스토퍼를 제거하는 것은 포레의 계획의 한 부분에 지나지 않았다.

포레의 사무총장 진출이 실패로 끝난 이후 여러 달 동안, 모든 가능한 후보들이 등장했지만 어느 누구도 안전보장이사회의 전원일치를 끌어내지는 못했다. 포레는 시선을 뗄 수가 없었다. 합의가 이루어질 가능성이 줄어듦에 따라 시도하는 빈도도 줄어들었고, 돌아가면서 하는 안전보장이사회 의장의 자리가 사무총장의 역할을 하는 것으로 받아들여지기에 이르렀다. 포레는 자기 자신이 다시 한 번 그 자리를 위해 시도할 수 있을 때까지는 그 상태가 그대로 유지되기를 바랐다. 하지만 시간이 많이 주어져 있지 않다는 것을 포레는 알고 있었다. 너무나 오랜 동안 빈 자리로 남아 있다면, 안전보장이사회는 그것을 영속적인 것으로 결정하게 될지도 모르는 일이었다. 포레는 또 한 번의 시도를 준비하면서 갈 수 있는 곳을 다 갔고, 가능한 책략은 모두 시도했다. 물론 방해가 되는 사람은 예외였다. 크리스토퍼가 후자에 속한다는 것은 말할 나위도 없었다.

다소 다른 범주에 속한 인물로는 니힐 간디가 있었다. 그는 강직한 인물이 아니었지만, 포레로서는 그에게 지불해야 할 대가가 너무 컸다. 그가 원하는 것을 주면 다른 이들을 멀리하게 되는 결과를 낳을 것이기 때문이었다. 포레는 간디의 가장 강력한 라이벌인 라지브 아드바니가 안전보장이사회의 대표로서 선출되기를 바랐다. 아드바니와 포레는 부대표들로서 잘 지낸 경험을 공유하고 있었던 것이다. 아드바니는 이제 인도의 수상이었지만, 포레는 그가 인도의 대표 자리를 더 선호할 것임을 믿어 의심치 않았다. 니힐 간디에게는 불행한 일이 될 것이 틀림없지만.

크루츠케긴과 리는 더 큰 문제였다. 둘 다 여러 해 동안 존 한센 사무총장과 함께 일한 경력이 있었고, 지난해에는 포레에 대한 두 사람의 불신이 오히려 커져갔다. 리와 크루츠케긴은 자주 이야기를 나눴고 포레가 사무총장이 되어서는 안 된다는 결론에 이르렀다. 포레로서는 인내하면서 조만간 있을 리의 은퇴에 희망을 걸 수도 있었다. 하지만 크루츠케긴은 최소한 5,6년의 기간은 건재할 것이 틀림없었다. 포레로서는 그때까지 기다릴 수가 없었다.

*

투표일이 왔고, 크리스토퍼는 굴욕적인 상처를 입었다. 발언할 순서가 되자 그는 자신을 잘 변호했지만, 결국 리와 크루츠케긴, 남아메리카의 리즈만이 크리스토퍼의 비상대권에 대한 계속적인 지지를 했다. 크리스토퍼는 세계평화기구의 의장 자리를 박탈당하진 않았지만 이름뿐이었고, 브룩스 장군이 실제적인 군대의 사령관으로서 복권되었다.

데커 호손은 UN 사무국 빌딩의 자기 사무실에서 폐쇄회로를 통해 투표 현장을 지켜보고는, 건너편에 있는 이탈리아 대사관으로 가서 크리스토퍼가 오기를 기다렸다. 크리스토퍼는 분명 화가 나 있고 기가 꺾여 있었다. 그가 거의 내비쳐본 적이 없는 감정 표출이었다.

「보셨어요?」

지친 표정으로 크리스토퍼가 물었다.

「그래, 보았다.」

데커의 목소리에도 분노가 스며 있었다. 하지만 데커는 크리스토퍼를 위로하고 싶은 마음에서 감정을 애써 자제했다.

「저 자신의 잘못이라는 것은 정말 받아들이기가 어려워요!」

「너 자신을 그렇게 내몰지 말아라. 포레는 이 게임을 위해 너보다 훨씬 오랫동안 준비해왔어.」

그런 말에도 크리스토퍼는 크게 위안받는 것 같지 않았다.

「포레에게 찾아가서 브룩스 장군을 조사할 거라고 말했다는 것 자체가 얼마나 어리석은 일이었는지 몰라요. 정신이 나간 거예요!」

크리스토퍼는 말하면서도 주변을 서성거렸다.

「영리한 짓은 아니었는지도 모르지. 하지만 너의 의도가 조금도 잘못된 것은 아냐. 포레의 의혹을 사게 되었을 뿐이지.」

「그 정도가 아니에요. 저는 그에게 나흘 동안의 말미를 준 거예요. 그러니 아무것도 증명할 수 없게 된 것도 놀랄 일이 아니죠. 브룩스 장군은 나흘 동안 증거를 파기해버렸어요. 전 자신을 완전히 바보로 만들어버렸어요.」

크리스토퍼는 고개를 설레설레 내저었다.

「간디와 파드가 나에게 반대표를 던진 것도 너무 당연한 일이에요. 다나카와 하웰이 그러지 않은 것만도 다행이라고 해야 할 거예요. 그들이 어떻게 눈이 멀 수 있겠어요? 포레가 한 짓이 왜 안 보이겠어요? 그자는 마음만 먹는다면 전 세계를 굴복시키고, 깨어진 돌더미 위에 서서 자신을 왕이라고 선포할 수도 있는 위인이에요!」

데커는 잠자코 그의 말을 들어주었다.

「아시겠지만, 새로운 사무총장을 뽑는 투표가 처음으로 실시되어 포레가 다나카 대사의 지명에 동의하고 나섰을 때, 저에게는 아무 의미도 없는 일이었어요. 이후 서아프리카가 다나카를 거부했을 때, 포레는 크루츠케긴을 대안적인 후보로 제안했어요. 포레가 자신 외의 누군가를 민다는 것은 예상 밖이었어요. 저는 그가 크루츠케긴을 사무총장으로 추대하려고 하는 모양이라고 잘못 짚었어요. 포레가 지명되었을 때에는 걱정이 되었지만, 그래도 그러려니 하고 말았죠. 포레가 일본 대사의 지명에 동의하고 나서고 나중에 크루츠케긴을 지지한 것은 모두가 자신의 지명을 위한 토대를 만들기 위해서였던 거예요. 하지만 그걸 깨닫기까지 너무 긴 시간이 흘러버렸어요. 크루츠케긴이나 다나카를 도우려는 의도가 조금도 없다고는 생각지 못했던 거죠. 그 모두가 자기 자신이 사무총장이 되기 위한 작전의 일부였는데도 말이죠.」

크리스토퍼의 눈에는 분노가 일렁거렸다. 그는 말을 멈추고 창밖으로 시선을 돌렸다. 밖에는 사흘 전에 내린 눈으로 인해 지저분한 거리 위로 우박이 쏟아지고 있었다.

「잠시만이라도 여기에서 떠나고 싶어요.」

크리스토퍼가 말했다.

「왜 며칠 메릴랜드의 집에 갔다 오지 그러냐? 사실은 너만 싫지 않다면 나도 같이 가고 싶다만.」

데커가 더우드의 그 집에 가본 지도 거의 6개월이 가까웠다. 엘리자베스, 호프, 루이자의 산소에도 가보고 싶었고, 집도 잘 관리되고 있는지 살펴보고 싶었다.

「고마워요, 아저씨. 하지만 전 가능하면 UN에서 멀리 떨어지고 싶은데요. 로마로 가야겠지만 거기 가면 제 발이 땅에 떨어지기 무섭게 기자들이 벌 떼처럼 달려들어 이번 투표에 관해 물을 거예요. 솔직히 말씀드리면, 사베티니 대통령도 당장은 부딪히고 싶지 않구요.」

데커는 다른 대안을 생각하기 시작했지만, 크리스토퍼 혼자 생각하도록 입을 다무는 것이 상책일 것 같았다. 크리스토퍼는 창밖만 바라보고 있었다. 데커는 그가 그렇게 넋 놓고 있는 모습을 본 적이 없었다. 크리스토퍼가 입 밖으로 내놓은 것 이상의 무언가가 있는 것이 틀림없는 것 같았다.

「크리스토퍼, 뭔가 나에게 말하지 않은 게 있지?」

잠시 후 데커가 물었다.

크리스토퍼가 데커에게 시선을 돌렸다. 불안과 걱정이 가득한 표정이었다. 크리스토퍼 자신이 스스로 인정하고 싶지 않은, 그러나 부인할 수 없는 무슨 일인가가 있는 것 같았다. 크리스토퍼가 다시 고개를 절레절레 흔들며 말했다.

「뭔가가 크게 잘못되어가고 있는 것 같아요. 이것은 단지 시초에 지나지 않으며, 포레와 브룩스가 뭔가 끔찍한 비극을 저지를 것 같은 느낌이에요. 그리고 그걸 막기에는, 전 너무나 힘이 없어요.」

크리스토퍼는 말을 멈추었지만, 데커는 할 말을 잃고 있었다.

「도망치고 싶다는 것이 잘못된 건가요? 잠시 동안만 떠나 있고 싶다는 것이?」

「물론 그렇지 않아. 우리 둘 다 잠시 떠나서 생각할 여유를 가져야 할 것 같구나.」

「전 상처받았어요. 제가 풀지 못했던 문제와 정면으로 부딪칠 수가 없네요. 무얼 어떻게 해야 할지 모르겠어요. 이런 기분은 난생 처음이에요.」

데커는 〈인류가 널 환영할 거야〉라고 말하고 싶었지만, 그건 마음속에서뿐이었다.

크리스토퍼가 마침내 말했다.

「이상하게 들리실지 모르지만, 왜인지는 설명할 수가 없어요. 하지만 무슨 이유에선지, 이스라엘로 가야 할 것 같아요.」

「이스라엘?」

데커가 놀라서 반문했다. 크리스토퍼는 어깨를 으쓱했다.

「거기에 가면 해답을 발견할 것 같은 느낌이 들어요.」

14
40일의 수난

이스라엘 텔아비브

텔아비브의 아침 공기는 차갑고 건조하여 사람들이 숨을 내쉴 때
마다 김이 서렸다. 벤 구리온 공항에 내린 데커 호손과 크리스토퍼
굿맨은 소리쳐 택시를 불렀다. 택시에 주의가 쏠리는 바람에 데커는
두 명의 경찰이 터미널 문을 박차고 뛰어나오는 것도 알아차리지 못
했다. 그들의 바로 오른쪽으로 조금 떨어진 곳에서는 한 젊은이가
그보다 나이가 좀 든 한 쌍을 향해 무어라고 말을 걸고 있었지만, 그
것 역시 데커의 눈에 띄지는 않았다. 그런데 두 명의 경찰을 본 젊은
이가 갑작스럽게 보도를 따라 데커와 크리스토퍼가 서 있는 쪽을 향
해 뛰어오는 바람에 주목하지 않을 수 없었다. 하지만 젊은이는 그
리 멀리 가지 못했다. 미리 예측하고 기다리고 있던 경찰이 그를 붙
잡아 바닥에 패대기를 쳤기 때문이었다. 데커와 크리스토퍼가 서 있
는 바로 앞이었다. 바로 그때 그 젊은이의 이마에 피처럼 붉게 새겨
진 이상한 마크가 데커의 눈에 띄었다. 데커는 순간적으로 그 남자

가 피를 흘리고 있는 것이 틀림없다고 생각했다. 하지만 더 가까이 다가가서 보니 그것은 히브리어 문자들이었다. 손가락으로 쓴 글씨 같았다.

팔레스타인 택시 운전사가 차에서 뛰어나와 짐을 싣는 바람에 생각이 끊어졌다. 운전사는 한바탕의 소란을 알아차리지도 못한 것 같았다.

「무엇들 하고 있는지 모르겠네.」

자리를 잡고 앉자 데커가 차창 밖을 지켜보면서 말했다.

「경찰에게 체포되는 저 사람 말인가요?」

차를 빼내면서 운전사가 말했다.

「아, 예…….」

데커는 조금 놀랐다. 자기 혼자 중얼거렸을 뿐인데 대답을 들으리라고는 예상치 못했던 것이다.

「그 장면을 보긴 본 거요? 터미널 앞에 모인 몇몇 사람들에게 무슨 말인가를 하고 있는 것 같던데요.」

「그 사람은 KDP예요.」

운전사가 대답했다. 데커는 KDP가 무엇을 가리키는 말인지 도대체 알 수 없었다.

「그게 바로 그 사람들이 하는 일이에요. 사람들에게 말하는 것 말이에요. 매우 기이한 사람들이지요. 그자들은 신통하게도 사람들이 가장 감추고 싶어하는 비밀을 꼭꼭 짚어내거든요.」

운전사는 꽤 합리적인 사람인 것 같았지만, 그가 말하고 있는 것을 액면 그대로 받아들이기가 어려웠다.

「제 생각엔 영능력자들인 것 같아요.」

고속도로로 들어서자 운전사가 말을 이었다.

「공항 주변이나 관광객들이 있는 곳에는 얼씬거리지 못하게 해요. 나라의 이미지가 안 좋아진다는 거죠. 하지만 그자들은 아랑곳하지 않아요.」

「KDP라고 하셨는데, 그게 무슨 뜻이죠?」

「히브리 문자로 쿠프(Koof), 다렛(Dalet), 페이(Pay)를 나타내죠. 영어가 히브리어보다 더 짧기 때문에 사람들은 그냥 그들을 KDP라고 부르게 되었지요. 이마에 적힌 글씨를 보셨죠?」

「그게 뭐죠?」

「저도 자세히 들여다본 건 아니지만, 야훼나 예수아를 나타내는 히브리어 문자일 거예요. 야훼는 하나님의 유대식 이름이고, 예수아는 예수를 나타내는 히브리어이지요. KDP 멤버들은 모두 둘 중 하나를 새기고 다녀요.」

「기독교인이에요, 유대교인이에요?」

「그자들은 둘 다라고 말합니다. 물론 다른 유대교인들은 그자들의 주장을 받아들이지 않지만요. 하지만 KDP 중 많은 이들이 존경받는 유대교인들이었대요. 그들 중에는 랍비들도 있어요. 이스라엘의 대제사장의 수행원이었던 사람도 있다더군요.」

「글씨는 어떻게 쓴 거죠? 피를 문질러 바른 것 같던데. 아직도 마르지 않은 것처럼 보여요.」

「유대교 회당에 바쳐지는 어린 양의 피라고 해요. 하지만 그것이 무엇이 되었든 씻어지지 않아요. 문신 같은 거죠. 제 생각엔 영구적인 염색의 일종이에요.」

「이스라엘 정부가 KDP의 멤버들을 감시하기 위해 이마에 표식을 한 거란 거예요?」

데커가 물었다.

「전혀요! 유대인들은 〈하나님〉이라는 말을 입 밖에 내는 것조차 꺼려합니다. 쓰는 것은 말할 나위도 없지요. 그래서 유대인들은 이마에다가 그의 이름을 쓰고 다니는 KDP를 증오합니다. 더군다나 KDP의 나머지 절반은 이마에다가 〈예수아〉라고 쓰고 다니기 때문에 유대교인들의 감정이 더욱 안 좋을 수밖에요. KDP들이 예수아를 하나님과 동격으로 생각한다는 것이죠. 그들은 정부로 하여금 KDP 모두를 추방하라고 압력을 넣고 있지만, 어느 나라가 그들을 받아들이려 하겠습니까?」

「KDP들은 자기들 스스로 이마에 표식을 하는 겁니까?」

「예, 그자들은 천사들이 그것을 써준다고 주장합니다.」

데커는 자기도 모르게 흠 하고 신음 소리를 냈다.

「이마에 그런 표식을 하고 다닌다는 것이 제겐 너무나 어리석게 보여요. 경찰들이 찾아내기가 너무 쉽잖아요.」

「공항의 그 경찰은 그자를 어떻게 할까요?」

데커가 물었다.

「며칠 동안은 가두어두겠지만, 곧 풀어줄 겁니다. 숫자가 너무 많거든요. 모두 다 잡아들인다면 감옥이 남아나질 않을 겁니다.」

「얼마나 많은데 그러죠?」

「그자들 말로는 14만4천 명이라고 하지만 누가 그걸 일일이 세어보았겠어요?」

「14만4천 명이라고요?」

데커가 숨을 헐떡거릴 정도로 놀랐다.

「대단한 불가사의였어요. 그 모두가 1년 전 어느 날부터 시작된 일이니까요. 전날까지만 해도 아무도 KDP에 대해 들어본 적도 없다가 다음날 갑자기 온 사방에 깔려 있는 식이었으니까요.」

「믿을 수 없군요.」

「바로 그런 식으로 유명해지게 된 거예요.」

「거기에 대해서 더 좀 알고 싶소만.」

데커가 앞좌석 등받이 쪽으로 몸을 기울이면서 말했다.

「히브리어 문자는 각 글자에 대응되는 숫자가 있습니다. 예를 들면 〈타브(tav)〉는 9라는 숫자를 나타냅니다. 그래서 단어를 숫자로 나타낼 수도 있지요. 〈빵〉이라는 히브리어 단어는 78이 됩니다. 유대인들은 그것을 〈게마트리아〉라고 부릅니다. 정통 유대교인들 중 일부는 그런 것을 결정을 내리는 방식으로 사용합니다. 점성학의 열두 사인이나 천궁도를 활용하는 것과 비슷하지요. 예를 들면, 무엇을 기억하기 위해서는 1백1번을 반복해야 한다고 말하는 랍비들이 있습니다. 〈기억하다〉라는 히브리어 단어를 나타내는 숫자에서 〈잊어먹다〉라는 히브리어 단어를 나타내는 숫자를 빼면 1백1이기 때문에 그렇다는 겁니다. 제 생각에는 시간이 많이 남아돌아서 그런 규칙들을 만들어내는 것 같습니다만. 어쨌든, 하나의 숫자는 하나의 단어가 될 수도 있습니다. 그러니까, 어…….」

운전사는 한 가지 사례를 생각하려고 애썼다.

「14라는 숫자는 히브리어로 〈손〉을 나타내게 됩니다. 물론 히브리어에는 영어에서와 같은 모음이 없습니다. 그래서 상상력이 좀 필요하긴 하지요. 어쨌든, 14만4천이라는 숫자는 〈코움 다마 파타르(Koum Damah Patar)〉라는 말을 나타냅니다.」

「그게 영어로는 무슨 뜻이죠?」 데커가 물었다.

「문자 그대로 하면, 〈일어나라, 눈물을 흘려라, 그리고 자유로워져라〉라는 뜻이지요. 제 생각에는 그냥 그들을 나타내는 이름인 것 같아요. 사실 그자들이 설교만 하지 않고, 또 사람들의 약점을 기가 막히게 끄집어내지만 않는다면, 그자들은 매우 멋진 사람들이라고 할 수도 있어요.」

「그 사람들과 이야기를 해본 적이 있소?」

데커가 물었다. 크리스토퍼는 옆에서 아무 말이 없었다.

「아, 예. 이스라엘에 사는 모두가 한 번 정도는 그런 경험을 했을걸요? 어느 날 펑크 난 타이어를 고치고 있을 때였어요. 저는 전날 손에 화상을 입어서 붕대를 감고 있는 바람에 좀 불편했었어요. 이 사람이 다가오더니 묻지도 않고 저를 도와주기 시작하더군요. 올려다보니 KDP였어요. 나는 놀랐지만, 그는 그냥 일만 하더군요.」

「타이어를 가는 걸 도와주었단 말이지요?」

「예, 말씀드린 것처럼 그 사람들은 매우 기이한 사람들이에요. 가끔씩은 아무런 대가도 없이 친절을 베풀기도 해요. 타이어 일이 끝나자 그는 놀랍게도 내가 손을 다치게 된 과정을 이야기하면서, 자신이 나를 도울 수 있도록, 그래서 자기 말을 들을 수 있도록 하기 위해서 손을 다쳤다는 거예요. 손을 다친 과정을 어떻게 해서 알게 되었는지는 모르지만, 하여튼 그는 나에 대해서 다른 것들도 말하기 시작했어요.」

「어떤 것들을요?」

데커가 궁금해하며 물었다.

「사적인 것들요. 이미 말씀드렸듯이 사람들에게 알리고 싶지 않은 것들을요.」

그는 데커가 꼬치꼬치 캐묻는 걸 바라지 않는 것 같았다.

「아, 그렇군요. 가끔씩은 친절을 베풀면서 말을 붙인다면, 그렇지 않을 때는 어떤 식으로 말을 붙이지요?」

「옆집 주부가 KDP인 어떤 사람 주변을 따라다녀 보기로 한 적이 있어요. 다른 사람들에게 무슨 말을 하는지를 들어보고 싶어서였죠. 하지만 그자는 돌아서서 그녀의 이름을 부르더니 그녀는 수다쟁이 이고, 거짓말쟁이이며, 직장에서 물건을 훔친 적이 있다고 말하더라 는 거예요. 그가 계속 나발을 불어서 그녀는 도망치기 시작했지만 그가 쫓아오더랍니다. 그녀가 더 힘을 내어 뛰어가기 시작하자 그는 더 큰 소리로 외치더래요. 더 많은 사람들이 들을 수 있을 정도로 말 이죠. 그녀가 잘못한 일들의 목록을 줄줄이 읽는 것 같았답니다. 그 녀는 마침내 제발 좀 멈춰달라고 사정했고, 그는 그녀에게 회개하고 예수아를 따르라면서, 그렇게 하면 하나님이 그녀의 모든 것을 다 용서해주실 거라고 말하더랍니다.」

데커는 너무 놀라서 고개를 설레설레 흔들었다.

「또 한 가지 이상한 점은, 자기들의 리더 중 한 사람이 사도 요한 이라고 주장한다는 거예요.」

데커가 그게 무슨 말이냐고 설명을 해달라고 말하려는 순간, 지금 까지 침묵 속에서 생각에 잠겨 있던 크리스토퍼가 전기 충격을 받은 것처럼 자리에서 펄쩍 뛰었다.

「뭐라고요?」

크리스토퍼의 목소리에는 놀람과 두려움이 가득했다.

「정말 정신 나간 소리죠, 안 그래요?」

택시 운전사의 말에 크리스토퍼는 이맛살을 찌푸렸다. 다시는 기억하고 싶지 않은 장면이 떠오른 듯, 눈동자가 불안하게 움직였다.

「크리스토퍼, 괜찮니?」

데커가 속삭였다. 크리스토퍼는 대답하지 않았다. 다음 얼마 동안 그들은 침묵만 지키고 있었다. 데커는 크리스토퍼의 마음속에서 격렬한 전투가 일어나고 있음을 알 수 있었다. 크리스토퍼를 괴롭히는 것이 무엇인지는 알 수 없었지만, 그는 서서히 거기에 대한 저항을 포기하는 것 같았다. 마침내 그가 입을 열었다.

「죄송해요. 이제 막 뭔가가 기억난 게 있어서요.」

무슨 내용인지 알고 싶었지만 데커는 잠자코 있었다. 그런 것을 이야기할 만한 장소가 못 되어서, 그들은 호텔에 도착할 때까지 기다려야 했다.

30분 후 라마다 르네상스 호텔 앞에 도착했다. 데커가 선택한 호텔이었다. 그곳은 20년 전 탐 도나핀과 함께 묵었던 곳이었다. 그는 똑같은 방을 찾았지만, 그건 이루어지지 않았다. 택시에서 내리자, 데커의 생각은 한편으로는 추억 속을 헤매었고, 한편으로는 크리스토퍼가 기억했다는 것을 얼른 알고 싶었다. 크리스토퍼의 눈에 나타났던 고통의 기색은 이제 사라지고 없었다. 그는 깊은 생각에 잠겨 있었다.

*

40여 미터 떨어진 거리 맞은편에서는, 두 남자가 그들을 지켜보고 있었다. 한 사람의 이마에는 KDP의 표식이 새겨져 있었다.

「그자들이 왔군.」

두 남자 중 작은 쪽이 말했다.

「나도 보고 있어.」

표식을 한 남자가 말했다.

「이제 행동을 개시하도록 하자.」

「둘이 각기 나누어질 때까지 기다려야 해.」

표식을 단 남자가 주저했다.

「마음이 안 바뀌었군, 그래. 안 그래, 스콧?」

「그건 아냐…, 내 말뜻은…. 모르겠어. 예전에는 그렇게 많은 의미가 있었는데. 하지만 지금 우린 여기까지 왔잖아.」

스콧 로젠이 머리를 절레절레 흔들며 말을 이었다.

「갑자기, 우리가 꼭 그렇게 해야만 하는지 확신할 수가 없어졌거든.」

*

데커는 나란히 붙은 방 안으로 짐을 들이고는 문을 닫았다. 이제야 크리스토퍼와 단 둘이 이야기할 수 있게 된 것이다.

「차 안에서 기억이 났다고 한 게 뭐지?」

데커가 다짜고짜로 물어보았다.

크리스토퍼는 단어를 찾아 헤매는 것 같았다.

「십자가 처형과 관련된 거예요. 그것은…….」

크리스토퍼는 잠시 말을 멈추었다가 다시 이었다.

「어떻든, 운전사가 사도 요한에 관한 말을 하는 순간 기억이 돌아왔어요. …모르겠어요, 제가 그런 기억을 억누르고 있었는지도 모르지요. 어쩌면 기억하고 싶지 않았던 것인지도 모르고요.」

「무얼?」

데커가 재촉했다.

「성서에는 유다가 예수를 배반한 것으로 되어 있지요. 유다는 항상 비난을 받아왔어요. 하지만 나를 배반했던 건 유다가 아니에요. 거기에 관여된 것은 사실이지만, 그는 속임을 당한 거예요. 그를 지목한 사람은 요한이에요. 분명히 기억이 나요. 하지만 왜 그가 그렇게 했는지, 아직도 이해할 수가 없어요. 요한은 나의 막역한 친구들 중 하나였거든요. 하지만 그는 나를 배반했어요. 그는 유다로 하여금 더러운 그 일을 하게 했고, 책임을 뒤집어씌웠어요. 하지만 그걸 계획한 건 요한이에요. 어떻든 그는 나를 산헤드린에 넘겨야 구약의 예언이 성취된다고 유다를 설득시켰어요. 그는 유다에게 말했어요. 그 예언이 성취될 때, 내가 하나님의 군대를 불러들일 것이라고요. 그래서 이스라엘을 점령하고 있던 로마 군대를 쳐부술 것이며, 지상 천국인 유대 왕국이 세워지게 될 것이라고 말이에요.」

크리스토퍼가 말을 이었다.

「저는 어제 일처럼 기억할 수 있어요. 십자가에 매달려 있을 때, 모든 제자들 중에서 요한만이 저에게 왔어요.[26] 저는 그가 한 일을 알아요. 저는 그가 거기 있는 것을 보고, 그가 용서를 구하러 왔다고 생각했어요. 나는 그를 더 가까이로 불렀어요. 함께 이야기를 나눌 수 있도록 말이에요. 나는 그에게 그가 한 일을 알고 있노라고 말했

---

26) 요한복음 19:25~27.

어요. 놀랍게도 그는 그것을 순순히 인정했지만, 후회나 양심의 가책을 느끼는 기색은 아니었어요. 그러기는커녕 그것을 오히려 자랑스러워하는 것 같았어요. 그는 다른 사람들에게 유다가 그랬다고 입방아를 찧고 다녔어요. 불쌍한 유다는 부당한 죄책감에 짓눌려 목을 매고 말았지요.」[27]

데커는 놀라움에 차서 그의 얘기를 듣고 있었다.

「저는 요한에게 그럴 만한 이유가 있었을 거라고 믿어주려고 했어요. 나는 그에게 요청하기만 하면 용서를 해주겠노라고 말했지요. 그만이 아니라 다른 사람들도 역시 용서하겠노라고. 하지만 그는 거부했어요. 유다는 언제까지고 메시아를 배반한 자로 알려지게 될 거라고 허풍을 떨었어요. 그러고는 껄껄대고 웃으면서 말했지요. 자신은 〈가장 사랑받은 요한〉으로 기억될 거라고요. 나는 그에게 말했지요. 회개를 하지 않는데도 불구하고 네가 나에게 한 것에 대해서는 용서해줄 수 있지만, 유다에게 한 것에 대해서는 용서할 수 없노라고.」

「하지만 그건 2천 년 전의 일인데, 어떻게 해서 요한이 아직 살아 있을 수가 있을까?」

데커가 의아해했다.

「모르겠어요. 다만 전 그가 요한이라는 것만은 알 수 있어요. 느낌이 그래요.」

데커는 크리스토퍼의 말을 믿지 않을 수 없게 될 것임을 알 수 있었다. 그것이 아무리 꿈 같은 일처럼 들릴지라도.

---

27) 마태복음 27:5.

「그는 너에 대해서 알고 있을까?」

「그렇지는 않을 거예요.」

「이스라엘에 온 것이 실수였는지도 모르겠다. 요한이 진짜 14만4천 명의 추종자를 거느리고 있다면, 네 안전도 염려해야 할 것 같구나.」

「걱정하실 필요 없어요, 아저씨. 저에 관해서는 그가 알 리 없어요. 저는 단지 그가 왜 나를 배반했었는지 그것만을 알고 싶을 뿐이에요.」

*

데커와 크리스토퍼는 오후 동안 밖에 나가기 전에 잠시 눈을 붙이기로 했다. 데커는 성전이 완성된 이후 한 번도 가본 적이 없었고, 성궤를 돌려준 인물로 이스라엘에 너무도 잘 알려진 크리스토퍼는 대제사장으로부터 언제든지 안내를 해드리겠다는 초청을 받은 터였다. 유대인이 아니면 성전의 대부분이 들어갈 수 없는 금단의 장소지만, 최대한 이상의 것을 보여드리겠다고 했었다.

데커는 깨어나서 시계를 보았다. 벌써 여러 시간이 지나 있었다. 3시 반이 다 되어가고 있었다. 낮잠을 이렇게 잤으니 시차 적응이 더 힘들어지겠다는 생각이 들었지만, 크리스토퍼에게는 좋은 휴식이 되었을 것 같았다. 그는 재빨리 옷을 입고는 크리스토퍼를 깨우기 위해 두 방 사이의 문을 두드렸다. 하지만 아무 대꾸가 없었다. 데커는 다시 한 번 두드리고는 문을 열고 들어갔다. 크리스토퍼는 거기 없었다. 거울에는 크리스토퍼가 적은 메모가 붙어 있었다.

방문을 두드렸지만 대답이 없어서 더 주무시도록 해야겠다고 생각했습니다. 저는 잠깐 동안 구 시가지를 돌아볼 작정입니다. 잠시 생각할 시간을 갖고 싶어서요. 늦더라도 기다리지 마세요.

데커도 구 시가지를 좀 돌아보아야겠다고 결심했다. 구 시가지는 그리 넓지 않으니, 크리스토퍼를 따라잡을 수 있을지도 몰랐다.

*

데커는 좁은 도로를 따라 내려가다가 골목길로 접어들면서, 탐 도나핀과 함께했던 시절을 떠올렸다. 탐은 그때 이스라엘 곳곳을 샅샅이 돌아다녔지만, 데커는 탐이 들고 온 그림엽서와 브로셔만으로 눈요기를 했었다. 엘리자베스와 두 딸이 크리스마스 휴가 때 찾아오면 함께 구경하기 위해, 부러 아껴두었던 것이다. 하지만 그런 일은 일어나지 않았다. 그렇게 많은 세월이 지났음에도 그때 일을 생각하니 가슴이 아려왔다.

해가 기울어가기 시작하자 데커는 골목 안에 있는 작은 식당으로 들어갔다. 식사를 하고 다시 호텔로 돌아왔지만 크리스토퍼는 여전히 호텔에 없었다. 데커는 두 방 사이의 문을 열어놓은 채로 영화를 보다가 잠이 들었다. 깨어나 보니 바깥이 아직 어두워서, 그는 두어 시간 정도 잔 모양이라고 생각했다. 크리스토퍼의 방으로 가보았지만, 조금도 변함이 없었다. 메모도 여전히 거울에 붙어 있었다. 자기 방으로 돌아와 텔레비전을 끄고 테이블 위의 시계를 보니 6시가 가까웠다. 크리스토퍼는 밤이 새도록 돌아오지 않은 것이다. 데커는,

그렇다면 문제가 달라지기라도 한다는 듯 크리스토퍼의 방으로 뛰어갔다. 여전히 마찬가지였다.

데커는 크리스토퍼의 핸드폰으로 전화를 걸었다. 하지만 크리스토퍼의 가방 속에서 벨 소리가 울릴 뿐이었다. 안내 데스크로 전화를 걸었지만, 밤 당번은 그를 보지 못했노라고 했다. 호텔 레스토랑은 문을 닫은 상태였다. 호텔 바 역시 마찬가지였다. 하는 수 없이 잭키 한센에게 전화를 걸었다. 뉴욕의 그녀는 이제 막 잠자리에 들 참이었다. 그녀는 소식을 들은 바 없다고 했다. 마지막으로 텔아비브의 이탈리아 대사관으로 전화를 걸었다. 대사는 잠자리에서 일어나 전화를 받았다. 잠을 깬 것에 못마땅해하면서 그는 크리스토퍼의 소식을 듣지 못했으며, 이스라엘에 온 줄도 몰랐다고 했다. 그는 기회를 놓치지 않고, 대사의 신분이라면 어느 나라를 가든 그 나라 대사관에 알리도록 되어 있다고 지적했다. 대사는 경찰에 신고를 하는 것이 좋겠다고 했지만, 데커는 조금만 더 기다려보겠다고 했다. 대사는 더 이상 말하지 않았다.

데커는 호텔 로비로 내려가서 기다렸다. 전화가 오면 받을 수 있도록 접수원에게도 자기 위치를 말해두었다. 시간의 속도가 갑자기 더뎌진 것만 같았다. 데커는 8시까지만 기다렸다가 경찰에 신고를 해야겠다고 마음먹었다. 몇 번씩이나 시계를 들여다보다가 마침내 8시가 되자 전화를 걸기 위해 로비로 갔다. 동전을 꺼내려고 하는데 뒤에서 누군가 인기척이 났다. 1년 이상 만나지 못한 친숙한 얼굴이 가까이에 서 있었다. 예전보다 약간 더 말라 보이긴 했지만, 데커는 즉각 그를 알아볼 수 있었다.

「마일너 부총장님?」

데커에게는 그가 거기 있다는 것이 너무 놀라웠다.

「안녕하시오, 데커.」

「여긴 웬일이시죠?」

데커가 전화기를 걸어놓으면서 물었다.

「크리스토퍼를 보셨나요?」

「크리스토퍼는 안전하오.」

마일녀가 간접적으로 대답했다.

「하나님, 감사합니다! 그는 어디 있죠? 납치를 당했을지도 모른다고 생각했거든요. 그러니까…….」

데커가 말을 멈추었다. 마일녀가 대신 그 말을 받았다.

「KDP에 의해서 말이오?」

마일녀가 이미 자기 생각을 읽고 있다는 것에 놀란 데커는 할말을 잃고 말았다. 마일녀가 말을 이었다.

「그건 아니오. 그자들은 그렇게 하고 싶어할 것이 틀림없지만 크리스토퍼는 안전하오.」

「그런데 그는 어디 있죠?」

마일녀는 데커에게 다가와 데커의 어깨에 손을 얹었다.

「이봐요.」

순간 데커는 마일녀의 손에서 강력한 힘이 전해져오는 것을 느꼈고, 마음의 눈에 불현듯 크리스토퍼의 모습이 비치기 시작했다. 그가 바로 주변에 있는 것처럼 선명한 장면이었다. 크리스토퍼는 동굴 입구의 거대한 바위 위에 앉아 있었다. 그는 혼자였고, 광야라고 해야 더 적절할 산악 지대였다.

「그는 정말 괜찮은가요?」

「괜찮소. 지금은 배고픔이 점점 심해지긴 하겠지만.」

마일너가 데커의 어깨에서 손을 떼자 환영이 즉시 사라졌다.

「그가 어디 있는지 아신다면, 그리로 저를 데려가 주세요.」

「그건 불가능합니다. 그는 혼자 있어야 하거든요. 지금은 준비 기간입니다.」

「무엇에 대한 준비죠?」

데커가 물었다.

「호손 씨, 세계는 일찍이 알지 못했던 시대로 접어들었소. 러시아 연맹이 황폐화되고 소위 〈대재난〉을 겪었던 그 시기의 어둠이 오히려 농도가 덜했다고 말하게 될 거요. 불행히도 그것을 막기 위해 우리가 할 수 있는 일은 없소. 하지만 인류가 거기에서 빠져나와서 우리의 궁극적인 운명을 향해 나아가기로 되어 있다면, 그것은 오직 크리스토퍼의 리더십 아래에서만 가능할 것이오. 그러한 리더십이 없다면, 우리가 알고 있는 세계는 완전히 멸망하고 말 거요. 나는 그를 만나기 여러 해 전부터 그 사실을 알고 있었소 이젠 당신도 알게 되었소. 지금 크리스토퍼가 통과하고 있는 것은, 그 시간에 대비하기 위해서요.」

데커는 너무나 아찔한 충격에 대꾸할 말을 잃었다. 마음 밑바닥에서는, 크리스토퍼의 탄생에는 단순히 해리 굿맨의 실험실에서 만들어진 소산이라기보다는 뭔가 더 큰 목적이 있지 않을까 하는 의구심이 항상 있어왔다. 잠시 후에야 데커는 간신히 물을 수 있었다.

「KDP는 어떡하지요?」

「그자들은 그를 해치려고 기회를 노리겠지만, 아무런 해도 입힐 수가 없을 거요.」

「그자들은 누구죠? 이것의 한 부분인가요?」

데커가 물었다.

「그렇소. 당신도 알다시피, 앨리스 번레이가 살아 있을 당시, 그녀는 UN 근처에 있는 루시어스 트러스트를 이끌었소. 거기에 자리를 잡은 것은 우연이 아니오. 여러 해 동안 그 트러스트는 수천에 달하는 세계 전역의 〈뉴 에이지〉 그룹들이 정보를 교환하는 센터 노릇을 했소.」

데커는 뭔가 말을 하려고 했지만 마일너는 이미 그의 의중을 알아차리고는 말을 이었다.

「뉴 에이지는 한때 유행하는 풍조가 아니오. 그냥 지나가고 말 일시적인 취미도 아니오. 뉴 에이지는 진화의 마지막 영광스러운 발걸음을 내딛기 위해 인류가 성숙되고 완숙된 결과 나온 것이오. 인류는 지금 진화의 큰 걸음을 내딛기 위한 문턱 위에 서 있소. 그럼으로써 우리는 지금보다 훨씬 높은 곳에 위치하게 될 것이고, 그리 되면 지금의 문명은 숲속의 개미 떼를 내려다보듯이 작게 느껴질 거요. KDP는 그 선봉대 역할을 하기로 되어 있었소. 하지만 불행하게도 지금 그들의 지도자들인 두 사람에 의해서 가야 할 길이 애초부터 뒤틀어지고 말았소.」

「사도 요한이 그 중 한 사람인가요?」

데커가 물었다.

「그래요.」

데커가 그걸 알고 있는데도 마일너는 조금도 놀라지 않았다.

「사람들의 과거를 들여다보는 KDP의 이상한 능력에 대해 들어보셨소?」

「예.」

「그러한 능력은 장차 다가올 일들에 비하면 아주 작은 맛보기에 불과해요. 이제 머지않아 타오르는 태양빛 속의 반딧불처럼 여겨질 거요. 그런 능력은 다른 사람의 마음 깊은 곳을 들여다보고, 사랑과 자비가 절실하게 필요한 곳을 찾아내어 위안을 제공하기 위해 쓰여야 마땅하오. 하지만 요한과 사울 코헨의 지도 아래, 그들은 그런 재능을 사용하여 잊혀지는 편이 더 나을 옛 상처를 들추어내고 발톱으로 할퀴어 인간의 연약함에 초점을 맞추게 합니다. 하지만 그것은 그들의 괴물스러운 비인간성의 극히 작은 일부분일 뿐이오. 악을 위한 그들의 파워는 맨 정신으로는 상상할 수 없으리 만큼 막대해요. 이스라엘이 지난 16개월 동안 가뭄으로 고통을 받았던 것도 그들의 작업이었소. 그자들은 이것이 끝나기도 전에 훨씬 더 못된 짓을 할 거요.」

「그들을 막으려면 어떻게 해야 할까요?」

「우리만으로는 아무것도 할 수 없소. 세계와 인류의 운명은 당신이 당신 자신의 아들처럼 키웠던 사람의 어깨 위에 달려 있어요. 미리 정해진 운명에 따라서 결론이 나는 것은 결코 아니오. 그가 그러한 임무를 감당할 수 있으리라는 점에 희망을 가집시다.」

두 사람은 잠시 동안 말이 없었다. 데커는 한 순간이 지나고 나서야 마일너가 이제 막 한 말이 막중한 의미를 지니고 있다는 것을 겨우 깨닫기 시작했다.

「크리스토퍼는 거기에서 얼마나 오래 지내게 되죠?」

침묵을 깨고 데커가 물었다.

「40일!」

그러곤 자기도 모르게 외쳤다. 로비에 누군가가 있었다면 충분히 들고도 남았을 것이다.

「다른 길은 없소.」

데커를 진정시키기 위함인 듯 마일너가 속삭이듯이 말했다.

「하지만 얼어 죽거나 굶어죽을 수도 있잖아요!」

「거친 환경 속에서 짐승처럼 지내야 하겠지만, 이겨낼 겁니다. 자기 자신의 선택에 따라 그리로 간 거예요. 그에게 강요할 수 있는 사람은 아무도 없소. 자기 스스로 그 길을 택한 거예요. 원한다면 언제든지 중도에서 포기하고 돌아올 수도 있소.」

「그렇다면 저는 여기에 남아서 기다려야 하겠군요.」

데커가 말했다.

「당신도 당신 자신의 의지에 따르시오. 하지만 여기에 남아 있다고 해서 할 수 있는 일은 아무것도 없어요. 뉴욕으로 돌아가신다면 그가 돌아왔을 때에 꼭 필요로 하는 정보를 제공해줄 수는 있을 거요.」

분명 다른 선택의 여지가 없었다. 데커는 뉴욕으로 돌아가야 했다. 하지만 마치 크리스토퍼 곁을 영영 떠나는 것처럼 걱정이 되는 것은 사실이었다. 마일너는 그가 어떠한 해도 입지 않도록 지켜줄 것이다. 데커는 크리스토퍼에겐 자기보다 더 가까운 사람이 없다고 생각했는데, 이젠 어느 면에서는 마일너가 더 가까운 것 같았다. 하지만 이건 삶과 죽음의 문제일 수 있었다. 마일너는 데커의 눈 속에서 걱정하는 빛을 읽고는, 다시 한 번 데커의 어깨 위에 손을 얹었다. 일찍이 한 번도 경험해보지 못한 평화의 물결이 데커를 휩쓸고 지나갔고, 근심 걱정이 씻은 듯이 사라지는 듯했다.

「당신은 이곳에 계실 겁니까?」

데커가 물었다.

「그렇소. 그에게 갈 수는 없지만, 가능하면 가까운 곳에 있을 생각이오.」

데커는 알았다는 듯이 고개를 끄덕거렸다.

「다음 번 비행기로 떠날 생각이에요. 하지만 38일 이내에 돌아올 겁니다. 크리스토퍼가 돌아오기 전에 말이죠.」

「좋아요. 이젠 나도 가야 하오.」

데커와 마일너는 굳은 악수를 했다. 마일너는 돌아서다가 두 발자국도 가기 전에 멈춰 섰다. 그러고는 돌아서면서 말했다.

「아, 데커, 포레 대사를 특히 조심하시오.」

「이 일과 상관이 되나요?」

「직접적으로는 아니오. 하지만 그자는 사무총장이 되기 위해서라면 무슨 짓이라도 할 사람이오. 우리를 반대하는 세력은 자기들의 목표를 달성하기 위해 그런 인간들을 써먹는 법이오.」

15
거래 조건

뉴욕

「왜 이렇게 빨리 돌아오신 거죠? 전 두 분이서 최소 일주일은 지내실 거라고 생각했는데요.」

데커가 뉴욕의 이탈리아 대사관에 들르자 잭키 한센이 물었다.

데커는 크리스토퍼의 사무실로 들어서면서 잭키에게 따라오라고 눈짓을 보냈다.

「무슨 일이죠? 크리스토퍼는 어디 있죠?」

그녀가 문을 닫으면서 물었다.

「그는 이스라엘에 있어요. 한 달 반 가량은 그곳에 있을 거요.」

데커는 가능하면 짤막하게 설명하려 했지만, 쉬운 일이 아니었다.

「한 달 반이라고요? 그럴 수 없어요! 할 일이 얼마나 산더미 같은데요. 참석해야 할 모임에다가, 연설에다가…….」

잭키가 자지러졌다.

데커는 손을 들어 잭키의 말을 제지하고는 설명을 이어가려고 했

316 크라이스트 클론

다. 하지만 그녀로서는 세워놓은 계획들이 너무 마음에 걸렸다.

「전 단지 그분에게 전화를 걸어서 몇 가지 것을 설명해 드리려고 해요! 호텔 전화번호가 어떻게 되죠?」

「그는 호텔에 있지 않아요……」

「좋아요. 그분이 있는 곳의 번호는요?」

「잭키, 연락을 할 수가 없는 곳이오.」

「통할 수 있는 번호가 아무것도 없단 말예요?」

「잭키! 그에게는 지금 전화가 없어요. 미안하지만 잠깐만 진정해 줘요.」

잭키는 팔짱을 끼고는 말을 멈추었다. 적어도 잠시 동안은 듣기만 하겠다는 자세였다. 데커는 그 기회를 놓칠 수가 없었다.

「우린 로버트 마일너를 만났소.」

잭키는 크리스토퍼의 책상 모서리에 등을 기댔다.

「그는 잘 있어요? 살아 있기나 한가요?」

16개월 동안이나 소식을 못 들어본 터라 그녀는 그 무엇도 받아들일 수가 없었다.

「그는 잘 있어요. 좋아 보이기까지 하더군요.」

마일너에 대한 소식을 들은 잭키는, 데커가 예상했던 대로 꽤 안심이 되는 모양이었다.

「크리스토퍼는 지금 그와 함께 있소.」

진실과는 약간 거리가 있었지만, 그 편이 훨씬 설명하기가 쉬울 것 같았다.

「그래도 그분들은 어딘가에 묵고 계실 거잖아요.」

잭키는 다시 예전의 태도로 돌아가버렸다.

「물론이오. 하지만 전화가 없으니 연락할 방법이 없소.」

잭키로서는 아무래도 이해가 가지 않았다.

「밖에서 캠핑이라도 하고 있다는 거예요?」

그녀가 상상할 수 있는 것은 그것뿐이었다.

「아, 어떤 의미에서는 그렇다고 할 수도 있어요.」

「하지만 지금은 한겨울이에요. 얼어 죽는다구요!」

데커는 설명할 길이 막혀버렸다.

「이봐요, 그들은 잘 있소. 내가 크리스토퍼를 어떻게 생각하는지는 당신도 알지 않소. 내 아들이나 마찬가지요. 대재난 이후로는 유일한 가족이었소. 그가 잘 있을 것이란 확신이 없었다면 내가 어떻게 그를 거기다가 놔두고 왔겠소?」

그렇게 말하고 보니 잭키는 적잖이 안심하는 눈치였지만, 그 점에서는 말하는 자기 자신도 마찬가지였다.

「하지만 어째서 전화도 없는 곳에 있는 거죠?」

「터무니없이 들릴지 모르지만, 거기에서는 단지 전화를 걸 형편이 못 된다고 할 수 있어요.」

잭키의 표정은, 〈터무니없다는 당신 말이 진짜 맞군요〉라고 말하고 있었다.

「나도 정말 이해가 안 되는 게 있소. 마일너는 그 모든 것이 뉴 에이지와 관계가 된다고 하더군요.」

「아, 그렇군요.」

그 말은 이제야 알았다는 그런 표정이라기보다는, 더 이상 어찌해볼 도리가 없다는 쪽에 가까웠다.

「어, 그러니까… 크리스토퍼의 약속을 전부 취소하는 편이 낫겠다는 생각이 드는군요.」

 잭키의 갑작스러운 태도 변화에 데커는 말문이 막혔지만, 크리스토퍼의 부재를 더 이상 설명하지 않아도 된다는 사실은 반가웠다. 지금까지는 크리스토퍼를 이스라엘에 혼자 두고 왔다는 걱정조차 마음 놓고 할 수가 없었는데, 이제야 비로소 마음 놓고 걱정을 할 수 있게 된 것이다.

「잭키, 한 가지 더 말할 게 있어요. 당신의 도움이 필요한 일이에요. 마일너와 크리스토퍼가 이스라엘에서의 일을 마치고 돌아오면, 크리스토퍼가 없는 동안의 UN 사정을 내가 낱낱이 알려주어야 해요. 이탈리아나 유럽과 관계되는 일뿐만 아니라 모든 것을요. UN 프린팅 오피스에서 언론에 배포된 모든 자료를 따로 챙길 생각이에요. 보고서나 논문, 연설문, 백서 등도 챙길 거요. 크리스토퍼는 특히 포레 대사의 활동에 관한 정보를 필요로 할 거요. 당신에게는 통할 수 있는 친구가 있을 것 같은데……?」

「포레의 사무실에는 없어요.」

 잭키가 대답했다.

「루시어스 트러스트를 통하는 건 어떻소?」

 데커가 제안했다.

「포레는 자기 사무실의 어느 누구도 그 트러스트와는 연관을 갖지 못하게 해요.」

「지금 농담하는 거요? 고용인의 자유로운 사회활동을 막는 것은 국제 인권규약이나 노동법에도 어긋나는 짓이오.」

「드러내놓고 금지하는 건 아니죠. 사람을 뽑을 때 미리 신중을 기하는 거예요. 마일너 총장님은 여러 해 전에 그걸 이미 아셨지만 입증할 길이 없다고 하셨어요.」

「심각하군요.」

「포레 사무실에 근무하는 친구를 아는 친구가 있을 거예요. 한번 찾아보죠.」

「좋소. 하지만 매우 신중하게 처리해야 하오. 포레의 귀에 들어갔다간 치명적이 될 수도 있으니까요.」

「물론이지요.」

잭키가 대답했다.

*

이틀 후, 잭키 한센은 포레의 사무실에 근무하는 말단 사무원을 알고 있는 루시어스 트러스트의 한 친구를 만날 수 있었다. 아쉽긴 하지만 사무실 주변에서 오가는 이야기를 띄엄띄엄이나마 들을 수 있게 된 것이다. 그 친구가 무엇을 기억하고 있고, 얼마나 잘 기억하고 있느냐에 따라, 또 친구의 친구에게 얼마나 털어놓느냐에 따라 정보의 양이 제한되었지만, 어쨌든 그런 정보들이 잭키한테 전해졌고, 그것은 다시 데커에게로 넘겨져서 파일로 만들어졌다. 언론 경험이 있는 데커는 아무리 사소한 정보라도 결정적인 단서로 탈바꿈할 수 있다는 것을 알고 있었고, 적어도 빈 공백을 어느 정도는 메워줄 수 있을 것이었다.

드러난 정보의 첫 조각은 포레가 브룩스 장군에게 기대어 가능하면 신속하게 전쟁을 끝내려 한다는 것이었지만, 중요한 뉴스감은 못되었다. 하지만 그것은 그로부터 일주일 후 브룩스가 중국의 무기상들을 향해 전투 당사자들에게 무기 판매를 즉각 중단하라고 최후의 통첩을 보냈을 때, 그의 행동을 설명하는 데에 보탬이 되었다. 그러한 움직임이 안전보장이사회 중동 대표인 파드 대사에게는 납득이 잘 되지 않았다. 중국산 무기류는 브룩스가 묘사한 것처럼, 〈전투 당사자들〉에게 흘러들고 있었던 것이 아니라, 〈전투 당사자들 중의 하나〉인 파드의 지역, 즉 파키스탄에만 흘러들고 있었던 것이다. 중국산 무기 판매의 금지는 인도에만 이익을 주게 되어 있었다. 그리고 중동 국가 중 파키스탄만이 연루되어 있는 것이 아니었다. 중국산 무기류를 구입하는 데에는 오일 머니가 쓰였던 것이다.

파드는 안전보장이사회로 하여금 브룩스의 최후통첩을 폐기시키도록 하려 했지만, 서아프리카 대표로부터만 지지를 받았을 뿐이었다. 안전보장이사회는 마지못해 세계평화기구가 구체적인 행동에는 나서지 말도록 만류하는 선에서 그쳤다. 그들은 자신들의 역할이 작전을 펴는 데에 있는 것이 아니라 정책을 입안하는 데에 있다고 본 것이다. 브룩스 장군의 행동이 세계평화기구가 정해놓은 국제협정의 테두리 안에 머무는 한, 안전보장이사회는 굳이 방해할 이유가 없었다.

중국은 기권했다. 리 대사는 브룩스 장군의 잘못을 인정하는 쪽에 표를 던지는 것이 자국의 무기 판매를 간접적으로 시인하는 셈이라고 생각한 것이다. 중국의 공식적인 입장은, 무기 판매에는 반대하지만 시민들의 자유무역을 저해해서는 안 된다는 것이었다. 하지만 리 대사는 브룩스가 중국 영토로 들어가서 단속을 직접 강화하는 일이 없도록 제안했고, 그 안이 통과되도록 강력하고도 민첩하게 손을 썼다. 중국 무기의 판매를 금지하려는 노력은 결국 파키스탄과의 국경에서만 이루어지게 되어 있었다. 리 대사의 제안은 9 대 1로 통과되었다. 인도만이 그 제안에 반대했다.

이상한 우연의 일치로, 리 대사의 그런 행위는 안전보장이사회의 대표로서 최후의 것이 되었다. 이틀 후, 아침 산보길에 그녀는 뺑소니 차량에 치여 병원으로 가는 도중 숨졌던 것이다. 안전보장이사회는 중국이 후계자를 뽑을 수 있도록 2주간의 휴회를 결의했다. 사무총회 강당에서 추도회가 열린 후, 그녀의 시신은 장례를 위해 중국으로 옮겨졌다.

2주일 후

「귀국을 환영합니다, 대사님.」

「고맙소, 제라르.」

포레 대사가 오버코트를 벗으면서 말했다.

「비행기 여행은 어땠습니까?」

「너무 지루했소. 이륙하기도 전에 드골 공항에서 한 시간이 넘도록 진을 쳤으니까.」

포레는 책상 앞에 앉아 산뜻하게 철해진 서류철을 넘기기 시작했다.

「브룩스 장군한테서는 소식이 있소?」

그가 고개를 들지도 않고 비서실장에게 물었다.

「잘 돼가는 것 같습니다. 대사님이 예측하신 대로, 중국 무기가 파키스탄에 유입되는 걸 차단하자 인도 군대가 현저히 유리해졌으니다. 브룩스 장군은 몇 주일이 더 지나야 효과가 제대로 나타날 것 같다고 합니다. 하지만 제 생각엔 속전속결을 기대할 수 있을 듯싶고, 이게 더 중요한 일이지만, 다음번에 대사님이 사무총장 후보로 나서면 인도의 지지를 끌어낼 수 있을 듯합니다. 간디 대사는 이런 상황하에서 대사님께 반대투표를 던지기가 곤란할 겁니다.」

「좋소. 파드 대사와의 관계는 어떻소? 그쪽은 새로운 게 뭐 좀 없소?」

「없습니다. 내일 그와 점심을 함께 하기로 약속을 잡아놓았습니다. 그러니 그의 생각을 잘 읽어보십시오. 브룩스 장군의 조처가 대사님에게 개인적으로 책임이 있다고 믿는 눈치는 아직 보이지 않습니다. UN군의 중국 영토 진입을 반대하는 리 대사의 제안에 대해 대사님이 찬표를 던짐으로써 안전보장이사회의 대표들은 대부분 브룩스와 대사님과의 관계를 따로 떼어놓고 보게 된 것 같습니다.」

포레는 아무 대꾸도 하지 않았다. 그는 서류철 속의 하나에 정신이 팔려 있었다. 푸파르댕은 눈치를 채고는 조용히 기다렸다. 잠시 후, 포레는 쌓인 서류의 나머지를 훑어가다가 끊어졌던 대화를 문득 이어갔다.

「그래요, 그건 내가 계획했다고 해도 그보다 더 잘 될 수는 없었을 거요.」

「조금만 더 그런 예기치 않았던 상황이 이어진다면 중국의 지원을 얻었을지도 모릅니다. 그걸 하지 않고도……」

「행운이란 것은 불확실한 거야, 제라르. 게다가, 행운이 도래해주기를 기다리는 호사를 누리고 있을 수가 없어. 내 말을 명심해. 6개월이 지나도록 새로운 사무총장이 선출되지 않는다면, 안전보장이사회는 이사국들이 돌아가면서 사무총장 자리를 맡는 것으로 영구화시킬 거야. 그러기 전에 우린 우리 자신의 행운을 창조해야 해.」

포레가 쏘아붙이자 푸파르댕은 고개를 끄덕였다.

「중국의 상황은 어떻소?」

「새로운 중국 대사와 내일 저녁식사를 함께 하기로 약속을 잡아놓았습니다. 여기 요약보고서가 있습니다.」

푸파르댕은 포레에게 그것을 건네주었다.

「그에 관한 우리의 정보에 따르면, 근본적으로는 합리적인 인물입니다. 하지만 어떠한 언질도 기대할 수 없을 것입니다. 새로운 사무총장을 선택하는 그의 기준은, 중국의 입장을 공정하게 들어줄 의도를 가지고 있느냐의 여부입니다.」

「내 생각엔, 내가 들을 귀를 가지고 있다는 걸 확신시킬 수 있을 것 같은데.」

포레가 미소를 지었다.

「물론 그가 지금은 어떤 것을 요구하고 있는 것이 아니기 때문에, 그가 우리를 지지해줄지는 알 수 없습니다. 하지만 당신이 기꺼이 들을 준비가 된 사무총장 감임을 확신시켜준다면, 적어도 그가 당신을 반대하진 않을 것입니다.」

「대단히 좋소.」

파일을 책상 위에 도로 내려놓으며 포레가 말했다.

「그때 가서는 매우 좋은 거래조건을 제시할 수 있을 거요.」

「그렇습니다, 대사님.」

「크루츠케긴은 어떻소?」

「적절한 기회를 포착하기 위해 그의 스케줄을 면밀하게 지켜보고 있습니다.」

「구체적인 행동으로 들어가기 전에 나에게 반드시 알리도록 하시오. 실수를 해서는 안 되니까.」

「알겠습니다, 대사님.」

「다른 뉴스가 없다면…, 파리에서 비디오 몇 개를 구입했소. 매우 비싸게 주고 사왔소.」

포레는 자신의 가방을 열었다.

「대단한데요.」

푸파르댕이 포레에게서 디스크를 받아들고는 표지 사진을 열심히 들여다보며 말했다.

「오늘 밤 여기서 이걸 보지요.」

「멋진 일이오, 제라르. 하지만 수잔과 베티와 저녁을 먹기로 약속을 해놓았소.」

포레가 자신의 아내와 딸을 가리키며 말했다. 푸파르댕은 실망한 기색이 역력했다.

「미안해요, 제라르.」

그는 시계를 들여다보고는 덧붙였다.

「지금 여기서 몇 분 간은 시간이 있소. 당신만 좋다면.」

푸파르댕은 미소를 짓고는 문을 걸어 잠갔다.

*

리 대사의 후임은 훨씬 연배가 아래인 50대 초반이었다. 새로운 직무에 대한 책임감이 얼마나 강한지, 곧 시험대에 올랐다. 안전보장이사회가 재소집되어, 브룩스 장군의 최후통첩과 거기에 따른 파키스탄과 중국 국경의 봉쇄 조치가 가져온 쓴 열매를 맛보아야 했다. 봉쇄를 강화하자 UN군은 즉각 파키스탄 군대의 게릴라 공격과 저격병들의 타깃이 되었다. 파키스탄 정부는 그러한 공격을 비난하면서, 파키스탄 정부군과는 관계없는 독립군들의 소행이라고 공식 입장을 밝혔다. 그들은 그러한 봉쇄 조치가 주권 국가의 이익을 침해하는 것이며, UN군은 파키스탄 국경 내에 주둔하기로 한 본래의 의도에서 벗어났으며, UN 헌장의 정신을 위반하고 있다고 되풀이 주장했다. 그들은 또한 모든 이용 가능한 파키스탄 군대가 다른 곳에 배치되어 있기 때문에 게릴라 공격에 대해서 자신들이 할 수 있는 바가 거의 없다고 설명했다.

설상가상인 것은, 파키스탄 이슬람 수비대라고 불리는 파키스탄 의용군의 위협이었다. 전쟁이 인도에 유리해질 것을 우려한 이슬람 수비대가 인도의 주요한 여덟 도시에 핵폭탄을 심어놓았다는 보도가 있었다. 수비대가 핵무기를 입수할 수 있었을 것 같진 않았지만, 위협의 심각성으로 말미암아 안전보장이사회는 그 문제를 진중하게 다루지 않을 수 없었다. 수비대의 요구사항은 사실 지나친 것이었다. 첫째, 모든 UN군과 인도군은 파키스탄 국경을 떠나라. 둘째, 오랜 분쟁 지역이었던 잠무카쉬미르 지방을 파키스탄 관할로 양도하라. 라지브 아드바니 수상은 그러한 요구를 고려치 않을 뿐만 아니라, 그러한 모욕을 묵살하는 데에서 그치지 않고 즉각 반격에 나설 태세였다.

16
치유할 때와 죽일 때

이스라엘의 광야

동이 튼 직후였다. 데커 호손이 빌린 지프를 몰고 산악 지대를 통과하는 동안 로버트 마일너는 항법사 구실을 했다. 크리스토퍼를 만나러 가는 길이었다. 지프에는 음식과 음료수, 응급처치 상자가 실려 있었다. 데커는 지금 크리스토퍼의 안위에 대한 걱정과 로버트 마일너가 40일 전에 라마다 르네상스 호텔 로비에서 들려준 이야기에 대한 기대감이 반반이었다.

메마른 땅을 바라보고 있노라니 18년 전 데커 자신이 겪었던 광야에서의 경험이 떠올랐다. 그와 탐 도나핀은 레바논을 거쳐 이스라엘을 향해가던 중 존 한센에 의해 극적으로 구출되었었다. 땅바닥에 누워 온갖 감정이 교차하던 일, 철조망에 걸려 넘어졌던 일, 세 개의 총구가 자신의 머리를 겨누던 일, 그리고 병사의 헬멧에서 UN의 휘장을 보고 이젠 살았다고 감격했던 일 들이 주마등처럼 스쳐 지나갔다.

과거에 그 일을 회상할 때는 가장 알맞은 시간, 가장 알맞은 장소에서 일어난 일 정도였다. 하지만 이제는 그 이상의 뭔가가 작용했었다는 것을 믿지 않을 수 없었다. 그런 일이 없었다면 존 한센을 만나지 못했을 것이고, 그렇다면 그의 홍보담당관도 될 수 없었을 것이다. 그리고 한센과 인연이 맺어지지 않았다면, 크리스토퍼가 UN에서 일할 수 있는 기회도 주어지지 않았을 것이고, 그랬다면 크리스토퍼가 주요 UN 기구의 의장이나 안전보장이사회의 UN 대사가 되는 일도 없었을 것이다. 이 모든 것은 우연 이상의 일들인 것이다.

이러한 일련의 사건들이 레바논의 길 위에서 비롯된 것만은 아닐 것이라는 생각이 들었다. 통곡의 벽이 무너져 내리고, 그와 탐은 인질로 잡혔다. 그 전에는 이탈리아의 튜린으로 가게 된 사건이 있었다. 튜린에 가지 않았더라면, 차가운 11월의 어느 날 밤 로스앤젤레스로 와서 수의에서 발견한 것을 좀 보아달라는 해리 굿맨 교수의 초청도 받지 못했을 것이다.

꼬리에 꼬리를 물고 이어지는 그런 일들 중의 어느 대목도 사소한 것이라고 여길 수가 없었다. 그 일이 없었다면, 다음에 일어난 모든 일들이 일어날 수 없었을 것이므로.

「운명이라고 할 수밖에 없는 일들이 있지.」

로버트 마일너가 침묵을 깨고 말했다. 데커의 생각을 환히 읽고 있는 것 같았다.

「어…, 아, 그런 것 같습니다.」

크리스토퍼를 만나기 위해 이스라엘로 다시 돌아온 날까지, 데커는 불안과 걱정의 나날을 보냈다. 크리스토퍼가 돌아올 날들을 손꼽아 기다리면서, 어디에도 집중할 수가 없었다. 마일너는 언젠가 러시아 연맹의 황폐화와 대재난이 오히려 가볍게 느껴질 때가 올 거라는 이야기를 했었다. 생각만 해도 두려운 일들이 마일너가 예견해준 희망으로 인해 누그러뜨려질 수 있음은 얼마나 다행인지 몰랐다. 분명 이 시점까지는 대격변이 일어나지 않았다. 인도와 파키스탄에서의 긴장이 그런 사건들의 전조라고도 할 수 있긴 하지만. 데커는 아무리 궂은일이라도 그 뒤에는 좋은 일이 따른다는 것을 받아들이지 않으면 안 된다는 것을 깨달았다. 그렇다 해도, 마일너가 지적했듯이 그런 일이 아무리 피할 수 없는 것들이라 해도 거기에 대해서는 더 이상 생각하고 싶지 않았다.

길 앞쪽으로, 볼품없는 한 형체가 윤곽을 드러내기 시작했다. 조금 먼 데서 그것을 알아보았더라면 그것이 나무 그루터기나 동물이라고 생각했을 것이다. 그만큼 그것은 주변의 환경과 분리할 수 없을 만큼 섞여들어 있었다.

「저기 그가 있소.」

마일너가 말했다.

데커는 액셀러레이터를 밟았다. 더 가까이 다가서면서, 그는 크리스토퍼를 만나게 된 주변 환경에 다시 한 번 놀랐다. 지난번 그들이 함께 있었을 때, 크리스토퍼는 일생일대의 실수를 한 것 같다고 말했었다. 이제 40일이 지났고, 마일너에 따르면 그는 장차 인류를 〈진화에 있어서 가장 영광스러운 최종 단계〉로 이끌 인물이었다.

다음 순간, 그들은 그를 선명히 볼 수 있었다. 옷은 더러워져서 누더기가 되어 있었고, 야위었지만 강인해 보였다. 머리가 귀를 덮었고, 수염도 무성하게 자라 있었다. 데커는 그의 얼굴을 바라보고는 소스라치게 놀랐다. 수의에 나타난 생김새와 너무도 흡사했다. 하지만 한 가지 점은 분명 달랐다. 수의에 나타난 얼굴은 평화스러웠고 죽음을 받아들이는 체념이 깃들여 있었지만, 크리스토퍼의 얼굴은 자신의 사명을 향해 돌진하는 사람의 표정이었다.

마일너가 먼저 지프에서 뛰어 내렸다. 그는 크리스토퍼를 향해 달려가서 끌어안았다. 크리스토퍼의 등을 두드리자 그의 옷에서 작은 먼지구름이 일었다. 이번에는 크리스토퍼가 데커에게 달려왔다. 데커가 손을 내밀었지만 크리스토퍼는 이를 거절하고, 대신 억세게 끌어안았다. 그에게서는 지독한 냄새가 났지만, 데커는 아랑곳하지 않고 오래오래 안고 있었다.

「괜찮아? 난 내내 네 걱정이었단다.」

데커가 말했다.

「괜찮고말고요.」

데커와 마일너를 향해 약간 돌아서면서 그가 말을 이었다.

「모든 것이 분명해졌어요. 그것은 모두 계획된 전체의 부분들이었어요.」

「무슨 계획?」

데커가 물었다.

「저는 아버지와 이야기를 했어요. 아버지는 제가 임무를 마치기를 원하세요.」

「그러니까 넌…, 하나님 아버지를 말하고 있는 거구나? 하나님 아버지와 이야기를 했다구?」

크리스토퍼는 고개를 끄덕였다.

「맞아요. 그분은 제가 2천 년 전에 시작했던 그 사명을 완성하기를 바라세요. 그리고 전 당신들의 도움이 필요해요. 당신들 두 분 말예요.」

데커는 마치 밀려오는 파도의 물마루 위에 서 있는 것 같았다. 갑자기 자신의 인생이 일찍이 상상할 수 없었던 의미를 갖게 된 것이다. 그는 마일너가 크리스토퍼의 운명에 대해 말한 것을 믿었다. 그 말을 믿지 못했더라면, 그를 사막 속에 홀로 남겨둔 채 떠날 수가 없었을 것이다. 하지만 그때는 그 모두가 머릿속의 생각이었을 뿐이었다. 이제 그것을 크리스토퍼의 입술을 통해 직접 듣고 있었다. 이것은 대전환점이었다. 세 사람의 인생뿐만 아니라 시대의 대전환점이기도 했다. 그리스도의 도래가 BC와 AD를 나누었듯이, 지금 이 순간은 다른 모든 것들의 새로운 기준점이 될 터였다. 이 순간은 말할 나위도 없이 뉴 에이지가 탄생하는 순간이었다. 엘리자베스가 살아서 이런 순간을 함께 누렸으면 얼마나 좋았을까 하고 데커는 생각했다.

「이제 무얼 하지?」

데커가 간신히 입을 열었다.

「뉴욕으로 즉시 돌아가야 해요. 수백만의 생명이 위기에 처해 있어요.」

크리스토퍼가 말했다.

*

뉴욕을 떠나기 전에, 데커는 마일너를 위한 것이라면서 데이비드 브랙포드에게 전용 비행기를 빌려주도록 조처해놓았다. 예정대로 전용기는 벤 구리온 공항에 대기하고 있었다. 데커는 크리스토퍼를 위해 옷과 면도기 세트를 집에서 가져왔다. 브랙포드의 비행기 안에서 샤워를 하고 깨끗한 옷으로 갈아입은 크리스토퍼는 면도를 하지 않고 수염을 기르겠다고 했다.

크리스토퍼가 40일 만에 처음으로 음식을 먹는 동안 데커는 UN에서 있었던 일을 짤막하게 브리핑했다. 그런 다음 크리스토퍼는 데커가 가져온 5백 매 분량의 서류철을 검토하기 시작했다.

*

비행기가 이륙한 지 세 시간쯤 지났을 무렵, 승무원 중 한 명이 객실로 들어왔다. 얼굴에는 수심이 가득했다.

「무슨 일이죠?」

데커가 물었다.

「방금 기장님이 라디오에서 들으신 내용에 따르면, 인도에서 끔찍한 사고가 터진 게 분명합니다.」

「한 발 늦었어.」

크리스토퍼가 고개를 떨군 채 얼굴을 손바닥으로 감싸면서 중얼거렸다.

승무원이 계속했다.

「파키스탄의 이슬람 수비대가 뉴델리에서 두 개의 핵폭탄을 터뜨렸습니다. 수백만이 죽었답니다.」

둔기로 얻어맞은 듯한 충격 속에서 한참이나 침묵이 흐른 뒤 데커가 마일너에게 말했다.

「예루살렘에서 당신이 말한 내용이 바로 이거군요, 안 그래요?」

「시작일 뿐이오.」

마일너가 리모트 컨트롤로 위성 텔레비전을 켜면서 말했다.

스크린은 뉴델리에서 터진 첫번째 원자폭탄에서 나온 버섯구름으로 가득했다. 고대의 누덕누덕한 양피지 모양인 구름더미가 하늘을 말아 올렸다. 파키스탄 수비대가 원자폭탄을 숨겨놓았다고 위협한지 이틀 후, 텔레비전 방송국에서는 수비대가 위협을 실행에 옮길 것에 대비하여 그 도시의 외곽에 하루 24시간 돌아가는 리모트 카메라를 설치해놓았었다. 폭발의 충격파로 땅이 흔들리자, 20킬로미터 떨어진 곳에 있던 카메라가 격렬하게 흔들렸다. 카메라 앞 수백 미터 전방에 있는 2층짜리 작은 건물이 진동으로 흔들리다가 무너져 내렸다. 화면은 번쩍이는 섬광에 뒤이어 곧바로 2차 폭발의 모습을 잡아냈다.

「저건 한 시간 전의 장면입니다.」

방송 해설자가 말했다. 두려움이 짙게 배인 목소리였다.

「파키스탄 이슬람 수비대가 터뜨린 두 발의 원자폭탄은 인도 대륙을 뒤흔들어놓았습니다. 이런 행위는 그 지역 UN군 사령관인 브룩스 장군에 의해 주도된, 중국에서 파키스탄으로의 무기 판매 금지 조처와 최후의 통첩에 대한 반발이라는 관측이 유력합니다. 파키스탄 이슬람 수비대와 가까운 소식통에 따르면, 그 수비대의 지도자들은 UN 특별군이 폭탄의 위치를 알아낼 생각조차 하지 않는다고 확신했다고 합니다. 이로 인하여 인도의 파키스탄 침공을 막을 길은 거의 없는 듯합니다.

폭발이 있고 난 지 몇 분 후, 파키스탄 정부는 수비대에 의한 그런 행위를 비난하면서, 그들이 파키스탄 정부와는 무관한 의용군들이라고 되풀이 강조했습니다. 하지만 바로 그 무렵 인도는 이미 보복에 나서서, 파키스탄 상공을 향해 핵탄두를 장착한 두 대의 미사일을 발사했습니다. 인도의 그런 반응을 예견한 중국은, 즉각 미사일 격추기를 발진시켜 그것들이 목표물에 닿기 이전에 성공적으로 격추시켰습니다.

요격기의 발진에 앞서서, 중국은 인접국들의 해묵은 갈등에 대해 중립의 위치를 고수하고자 했습니다. 그럼에도 중국의 무기상들이 파키스탄의 주요 무기 공급원이 되어줌으로써 중국의 중립 표방에 자주 의문이 제기되었던 것이 사실입니다.」

크리스토퍼, 데커, 마일너가 지켜보고 있는 중에도 새로운 정보가 계속 쏟아져 들어왔다. 불과 몇 시간 안에 전면전이 펼쳐지고 있었다. 중국의 반응에 대해, 인도는 중국의 미사일 격추기 기지 위에 재래식 공격을 퍼붓는 한편 파키스탄에도 추가적으로 다섯 발의 미사일을 발사했다. 세 발은 격추되었고, 두 발은 목표물에 명중했다.

파키스탄은 자신이 보유한 핵무기를 일제히 발사함으로써 인도의 공격에 반응했다. 그로부터 몇 분도 안 되어 파키스탄의 이슬람 수비대는 인도의 도시들에 장치해놓았던 남은 일곱 개의 폭탄을 터뜨렸다.

잠시 동안의 소강상태 중에, 텔레비전 장면은 핵폭탄이 터졌을 당시 뉴델리 교외의 공포에 가득 찬 광경을 보여주었다. 사방에서 화재가 일어났고, 거리에는 무너진 건물 잔해로 가득했다. 하늘은 화재와 방사능 낙진(落塵)으로 인한 검은 연기가 두텁게 층을 이루어, 마치 검은 천처럼 태양빛을 가리고 있었다. 수백 명의 사람들이 여기저기 흩어져 있었다. 거의 벌거벗은 젊은 여인의 시신이 거리에 누워 있는 모습이 보였다. 몇 조각 안 남은 그녀의 옷은 불에 탄 흔적이 역력했다. 불에 덜 탄 그녀의 피부 위에는 그녀가 입었던 사리(인도의 여성들이 입는 민속 의상 – 역주)의 꽃무늬가 문신처럼 새겨져 있었다.

그녀의 시신 옆에 앉아 있던 서너 살 정도의 소녀가 겁에 질려 카메라를 올려다보며 비명을 지르기 시작했다. 핵폭탄은 소녀의 엄마에게와 마찬가지로 소녀에게도 전혀 자비를 베풀지 않았다. 카메라는 잠시 동안 그녀의 피부 위에 수없이 잡혀 있는 물집들에 머물렀다.

크리스토퍼는 화면에서 고개를 돌렸다.

「아, 저걸 막을 수도 있었…….」

그의 말은 공포로 인해 잦아들었다.

「크리스토퍼, 네가 할 수 있었던 일은 없어. 자책해도 아무 소용이 없어.」

데커가 말했다.

「아니에요, 할 수도 있었어요. 뉴욕을 떠나기 전에 아저씨에게 말한 적이 있을 거예요. 포레가 뭔가 일을 저지를 것 같다구요. 하지만 저로서는 막을 길이 없다고 그랬지요. 하지만 그건 진실이 아니었어요. 제가 할 수 있었던 한 가지 일이 있었어요. 제가 주저했기 때문에 수백만이 죽었고, 앞으로 수백만이 더 죽을 거예요. 전쟁이 끝나고 난 뒤에도 수없이 많은 사람들이 방사능 오염과 낙진으로 죽을 거예요. UN이 즉각 구제에 나서지 않는다면, 기아와 질병으로도 수백만이 더 사망할 거예요.」

「하지만 너 자신에게 책임을 묻는다는 건 말도 안 돼. 이것이 포레가 저지른 행위의 결과라면, 그 책임은 그에게 있어.」

「사실, 책임은 포레에게 있어요. 브룩스 장군에게 작전권을 돌려준 것도 그고, 브룩스로 하여금 두 차례의 최후통첩을 하게 한 것도 그예요. 첫번째 최후통첩 시에, 포레는 인도에 유리하도록 전쟁을 빨리 종식시키려고 했어요. 그 대가로, 다음번에 사무총장 후보가 되려 할 때 니힐 간디의 지지를 기대한 거지요. 두번째 최후통첩을 통해, 포레는 이슬람 수비대를 장악할 수도 있다고 믿었어요. 브룩스 장군은 수비대가 실제로는 인도에 핵폭탄을 장치해놓지 않았다고 확신시켰지만, 포레는 그 위험성을 알고 있었어요. 폭탄이 없다면, 최후의 통첩은 이슬람 수비대의 으름장이 허구임을 밝히게 되지요. 하지만 그 위협이 사실이라면, 전쟁이 인도를 뒤흔들어 간디는 십중팔구 인도로 다시 돌아가 재건에 매달려야 할 것이고, 라지브 아드바니는 그를 대신하여 안전보장이사회의 대표가 될 것이라는 게 그의 계산이었지요. 어느 쪽이든 손해날 건 없다고 생각한 겁니다.」

「넌 그 모든 걸 확신하니?」

데커가 물었다. 그렇게 많은 사람들을 희생시키고서라도 사무총장이 되려고 하는 포레의 끝없는 야심을 도저히 믿을 수가 없어서였다.

「그럼요.」

크리스토퍼가 대답했다.

「크리스토퍼가 옳아요.」

마일너가 힘을 실어주었다.

「포레는 리 대사의 죽음에도 책임이 있습니다. 유리 크루츠케긴의 암살도 그의 작품이에요. 포레는 목표를 달성시키기 위해서라면 무슨 짓이라도 저지를 사람이에요. 이제는 그를 멈춰 세워야 합니다. 더 이상 다른 짓을 저지르지 못하도록 막아야 합니다.」

「포레는 어째서 간디를 죽이지 않았지? 그렇게도 많은 사람을 죽음으로 몰아넣는 대신, 그를 죽일 수도 있었지 않을까?」

포레가 그 정도로 악독하다는 것을 아무래도 믿을 수가 없어 데커가 물었다.

「리 대사가 죽었을 때는 하나의 사고로 믿어졌었소. 크루츠케긴이 죽자, 대다수가 우연의 일치라고 여겼을 거요. 하지만 세 사람의 안전보장이사회 대표가 갑작스럽게 죽는다면 우연히 그렇게 되었다고 믿을 사람이 드물 거요. 그런 사고 직후 대표가 교체된 덕분에 포레가 사무총장이 된다면 의혹은 더욱 증폭될 거요. 게다가 간디가 죽게 되면, 그에게는 사무총장으로서 인도와 파키스탄 문제를 해결해야 한다는 짐이 지워집니다. 인도에 유리하도록 전쟁을 신속하게 끝내고 간디와 영합하는 게 훨씬 낫지요.」

데커는 경악을 금치 못하는 표정이었다.

「이제 크리스토퍼, 넌 어떻게 할 거지?」

「전도서 3장에서 솔로몬 왕은 노래합니다. 〈모든 일에는 다 때가 있다. 태어날 때가 있으면 죽을 때가 있고, 심을 때가 있으면 거둘 때가 있다. 치유할 때가 있으면 죽일 때도 있다.〉」

데커는 크리스토퍼와 마일너 사이를 왔다갔다하면서, 텔레비전으로 눈길을 주곤 했다. 카메라가 황폐한 현장을 멀리서 파노라마로 잡아내고 있었다. 연기와 방사능 구름이 대지를 덮고, 멀리 지평선에서는 핏빛 달이 떠오르고 있었다.

*

　두 시간을 더 날아가서야 비행기는 뉴욕에 착륙했다. 거기서 그들은 직접 UN으로 갔다. 안전보장이사회는 비공개 회의를 하고 있었다. 동방은 밤중이었지만, 전쟁은 계속 확산되고 있었다. 핵탄두들이 무르익은 과일처럼 낙하하여 하늘에서 별들이 떨어지는 것 같았다. 파괴의 현장은 1천 킬로미터로 폭을 넓혀 중국으로, 인도 남부의 여하이데라바드에까지 이르렀다. 파키스탄의 서부와 북부, 아프가니스탄과 이란 남동부, 타지크스탄 사람들은 등에 짐을 지고 피난길에 나섰다. 며칠만 지나면 들판과 강과 시내는 〈죽음의 재〉로 뒤덮일 것이다.

　파키스탄은 공동묘지에 가까웠다. 인도의 무기고는 완전히 바닥이 났다. 살아남은 것이라고는 명령 계통에서 벗어난 소규모 부대원들뿐이었지만, 대개가 방사능 오염으로 곧 죽게 될 것이었다. 중국은 아직 작전에 임하고 있는 군대가 있었지만, 전쟁을 계속해보았자 아무런 이익이 없다는 것을 이미 알고 난 뒤였다.

　크리스토퍼 일행이 이스라엘에서 UN으로 날아오는 몇 시간 동안에 전쟁은 시작되어 이미 끝난 상태였다. 사망자 수는 4억2천만 명을 초과할 것으로 산정되었다. 승자는 없었다.

*

　크리스토퍼는 안전보장이사회의 회의실 문을 밀치고 들어섰고, 데커와 마일너가 바짝 뒤따랐다. 멤버들의 시선이 잠시 침입자들에게로 쏠렸다. 데커는 모두 알고 있었지만, 마일너는 1년 반 동안 못본 터였고, 머리와 수염이 달라진 크리스토퍼는 모두가 얼른 알아보지 못했다. 크리스토퍼라는 것을 알아본 제라르 푸파르댕은 포레와 상당히 떨어진 자리에 앉아 있다가 옆자리의 다른 직원을 바라보면서 웃음을 터뜨렸다.

「그는 자신을 예수 그리스도라고 생각한다며?」

그러나 아무도 그의 말에 대답을 하지 않았다.

크리스토퍼는 갑작스러운 침묵을 기회로, 안전보장이사회의 의장 자리에 앉아 있는 캐나다 대사를 향해 입을 열었다.

「의장님, 인도, 파키스탄, 중국, 그리고 주변국을 원조한다는 이 기구의 긴급한 사업을 방해할 생각은 추호도 없습니다만, 우리 중에는 도둑들의 총회라 할지라도 표를 던질 만한 가치가 없는 사람이 있습니다. 하물며 이 존엄한 기구에 참석할 자격이 없음은 말할 나위가 없습니다!」

「질서를 지켜요!」

포레가 발을 구르며 소리쳤다.

「의장님, 유럽 부대표는 발언권도 얻지 않았습니다.」

캐나다 대사는 의사봉을 손에 쥐었지만 크리스토퍼가 뚫어지게 바라보자 도대체 들려지지가 않았다.

「안전보장이사회의 신사 여러분.」

크리스토퍼가 좌중을 훑어보며 말했다.

「질서를 지켜요!」

포레가 다시 외쳤다.

크리스토퍼가 그런 포레를 바라보자, 포레는 갑작스럽게 의자에 주저앉더니 잠잠해졌다. 설명하기 힘든 일이었다.

크리스토퍼는 얘기를 계속했다.

「안전보장이사회의 신사 여러분, 전쟁의 원인이 한 개인에게로 돌려지는 경우는 역사상 실로 찾아보기 어렵습니다. 하지만 이번 경우가 바로 거기에 해당합니다. 여러분 가운데 한 사람이 이번의 몰지각한 전쟁에 대한 죄책감의 짐을 견디지 못하고 쓰러졌습니다. 그사람은 프랑스 대사인 알베르 포레입니다.」

포레는 일어나려고 기를 썼다.

「그건 거짓말이야!」

그가 외쳤다.

크리스토퍼는 포레를 고발하는 발언을 계속했다.

「거짓말! 모두 거짓말이오! 의장님, 만행을 그만두게 하십시오. 굿맨 대사는 완전히 미친 것이 분명합니다.」

포레가 외쳤다. 그는 서서히 힘이 돌아오는 것을 느낄 수 있었다.

「발언을 중지시키고, 이 방에서 그를 쫓아낼 것을 강력히 주장합니다. 그리고…….」

크리스토퍼가 돌아보고는 팔을 들어 그를 향해 뻗자, 포레는 다시한 번 침묵에 빠져들었다.

「자백하시오.」

크리스토퍼가 조용히, 그러나 단호하게 말했다.

포레는 믿을 수 없다는 듯 크리스토퍼를 응시했지만, 큰 소리로웃기 시작했다.

「자백하시오!」

크리스토퍼가 다시 한 번 약간 더 크게 말했다.

포레는 돌연 웃음을 멈추었다. 그의 눈에는 엄청난 공포와 두려움이 나타났다. 온몸의 피가 거꾸로 치솟는 느낌이었다. 온몸이 불에 타는 듯 화끈거렸다. 그는 내부의 그 열기를 참을 수가 없었다.

「자백하시오!」

크리스토퍼가 세번째로 말했다. 이번에는 거의 외침에 가까웠다.

포레는 크리스토퍼의 눈을 들여다보고는, 자신의 갑작스러운 고통이 바로 거기에서 비롯되었다는 것을 확연히 알 수 있었다. 그는 고통 속에 넘어지면서 자기 앞의 테이블을 가까스로 붙들었다. 피가 입에서 뚝뚝 떨어져 내렸다. 번민을 주체할 길이 없어 아랫입술을 너무나 세게 깨문 탓이었다. 포레 옆에 있던 사람들이 그를 부축하여 의자에 앉히려 하자 제라르 푸파르댕이 그리로 달려갔다.

고통은 점점 더 심해졌다. 벗어날 길이 없었다.

「맞아요, 맞아!」

자신을 부축하는 사람들을 뿌리치면서, 그가 갑자기 극한의 고통 속에서 외쳤다.

「모두가 사실이오! 그가 말한 것 전부가 사실이오! 전쟁도, 리 대사의 죽음도, 크루츠케긴을 죽인 것도 모두가 다 사실이오!」

방안에 있던 모두가 눈을 크게 떴다. 무슨 일이 벌어지고 있는 것인지 이해할 수 있는 사람은 없었다. 그중에서도 제라르 푸파르댕이 가장 심했다. 하지만 모두가 다 들었다. 포레는 명백히 자백을 한 것이다.

포레는 자신이 자백을 함으로써 한시라도 빨리 그 고통에서 벗어나고픈 마음뿐이었다. 그리고 그 점에서는 실망하지 않아도 되었다. 자백을 마치자마자 포레는 바닥으로 쓰러졌고 목숨을 거뒀다.

누군가가 의사를 부르러 뛰어갔다. 15분 가량은 방 전체가 혼돈의 도가니였다. 마침내 포레의 싸늘하게 식은 시신이 방에서 실려 나갔다.

「신사 여러분.」

포레가 쓰러진 자리 가까이에서 나직한 목소리가 들려왔다. 크리스토퍼였다.

「중국, 인도, 중동의 동쪽 지역에서, 세계 인구의 4분의 1이 죽거나 죽음에 의해 위협을 당하고 있습니다. 해야 할 일이 너무나 많습니다. 그것도 신속히 행해져야 할 일들입니다. 아실는지 모르겠지만, 포레 대사의 죽음으로 인해 프랑스가 새로운 대표를 보내고 유럽 국가들이 새 대표를 뽑기까지는 유럽의 부대표인 제가 그 지역의 대표입니다. 신사 여러분, 이제 시급한 일들을 처리하도록 합시다.」

*

알베르 포레의 죽음의 원인은 갑작스러운 심장마비인 것으로 판명되었다. 자신이 저지른 죄악의 무거운 짐 때문인 것으로 여겨졌다. 데커에게는 아무런 설명도 필요하지 않았다. 크리스토퍼가 자신의 내면에 있는 미지의 힘을 발휘한 것이었다. 데커는 그가 지닌 이 힘으로 인해 세계가 직면하게 될 시련을 감당할 수 있기를 바라고 기도할 뿐이었다. 그리하여 인류가 진화의 최종 단계로 진입하여 새로운 황금시대가 동터 오기를 간절히 희망할 뿐이었다.

〈3권으로 계속〉